스탠드

4

스탠드
The Stand

4
다크맨

스티븐 킹 장편소설

조재형 옮김

황금가지

THE STAND

by Stephen King

Copyright © 1978 by Stephen King
New Material Copyright © 1990 by Stephen King

All rights reserved.

Korean Translation Copyright © 2007, 2011 by Minumin

Korean translation rights arranged with The Knopf Doubleday Publishing Group,
a division of Random House, Inc. through KCC.

이 책의 한국어판 저작권은 KCC를 통해
The Knopf Doubleday Publishing Group과 독점 계약한 ㈜민음인에 있습니다.

저작권법에 의해 한국 내에서 보호를 받는 저작물이므로
무단 전재와 무단 복제를 금합니다.

나의 아내 태비에게
경이로움으로 가득 찬 이 어둠의 상자를 바친다.

종이책의 감성을 온라인으로
황금가지의
온라인 소설 플랫폼

인기 출판소설 무료 연재 중!

| 차례 |

제2부 한 배를 탄 사람들

제48장　9
제49장　112
제50장　140
제51장　224
제52장　291

제48장

 그는 비틀거리고 허우적거리며 긴 오르막길을 올라갔다. 태양의 열기 때문에 뱃속이 부글부글 끓고 뇌가 타 버릴 지경이었다. 주간 고속도로는 이글거리는 열기가 반사되어 희미하게 아른거렸다. 한때 도널드 머윈 엘버트였다가, 이제는 영원히 계속 쓰레기통맨인 그는 황금으로 뒤덮였다는 전설의 도시, 일곱 동네가 모여 있다는 도시, 시볼라를 바라보았다.
 얼마나 오랫동안 서쪽으로 여행해 왔던가? 키드와의 일이 있고 나서 얼마나 오랜 시간이 흘렀나? 하나님은 아실지도 모른다. 하지만 쓰레기통맨은 알지 못했다. 여러 낮이 지났다. 여러 밤도. 오, 여러 밤이 기억났다!
 쓰레기통맨은 누더기를 입은 채 휘청거리고 서서, 시볼라를, 약속받은 그 도시, 꿈의 그 도시를 내려다보았다. 그는 비참한 꼬락서니였다. 치어리 석유 탱크의 계단 난간에서 뛰어내렸을 때 부러진 손목은 제대로 낫지 않았고, 지금은 너덜거리는 더러운 에이스 붕대에 감싸여 괴기스러운 혹처럼 보였다. 어쩐 일인지 손가락뼈가 죄다 뽑혀 나와 노트르담의 꼽추 콰시모도의 갈고리 손처럼 바뀌었다. 왼팔은 팔꿈치에서 어깨까지 입은 화상이 천천히 낫고 있는 중이었다. 이제 악취를 풍기거나 고름이 나오진 않았는데, 새로 돋은 살은 싸구려 인형의 피부처럼 털이 하나도 없는 분홍색이었다. 씩 웃고 있는 광기에 찬 얼굴은 햇볕에 타고 살갗이 벗겨지고 지저분한 수염이 났으며, 타고 가던 자전거의 앞바퀴가 빠졌을 때 곤두박질쳐서 생겨난 피딱지들로 뒤덮였다. 그는 땀 때문에 널찍널찍한 얼룩이 밴 낡은 파란색 J. C. 페니 셔츠와 더러운 코듀로이 바지 차림이었다. 얼마 전까지만 해도 새것이었던 그의 배낭은 이제 주인의 스타일과 본질적으로 다를 게 없었다. 끈 하나가 끊어지는 바람에 간신히 맨 배낭은 귀신 들린 집의 문짝처럼 그의 등에 삐딱하게 매달려 있었다. 먼지투성이에다 배낭의 주름 진 곳마다 사막 모래가 가득했다. 발에는 끈이 한데 엉킨 케즈 운동화를 신고 있었는데, 긁히고 모래에 까진 발목이 양말도 없이 신발 위로 솟아올라 있었다.

쓰레기통맨은 앞쪽 저 멀리 아래에 있는 도시를 주시했다. 포악한 청동색 하늘을 향해 그리고 강하게 내리쬐며 용광로 같은 열기로 그를 뒤덮는 태양을 향해 고개를 쳐들었다. 날카로운 소리를 내질렀다. 포악한 승리의 절규였으며, 로저 래빗처럼 칭얼대던 남자의 두개골을 산탄총 개머리판으로 쪼개고 나서 수전 스턴이 내지른 소리와 매우 흡사했다.

쓰레기통맨이 뜨겁게 아른거리는 15번 주간 고속도로의 노면에서 발을 끌며 승리의 춤을 추는 동안 수천 년에 걸쳐 늘 그래 왔듯 사막의 열풍이 고속도로를 가로질러 모래를 불어 날렸고, 파라나 갓과 스포티드 산맥의 푸른 봉우리들은 눈부신 하늘을 향해 무심하게 이빨을 갈았다. 고속도로 건너편에 있는 링컨 콘티넨털과 티버드 승용차는 거의 모래 속에 파묻혔으며, 안전유리 뒤의 탑승객들은 미라가 되어 있었다. 쓰레기통맨 곧상 앞에는 뒤집힌 픽업트럭이 있었는데, 바퀴와 문짝 발판만 빼고 모조리 모래에 덮인 채였다.

그는 춤을 추었다. 끈으로 동여매 불룩해진 케즈 운동화를 걸친 두 발이 술 취한 뿔피리의 곡조에 맞추듯 고속도로에서 위아래로 덩실거렸다. 셔츠의 누더기 자락이 펄럭거렸다. 물통이 배낭에 부딪혀 덜그럭거렸다. 에이스 붕대의 풀어진 끄트머리가 바람의 뜨거운 숨결에 나부꼈다. 분홍색, 화상을 입은 연약한 살갗이 징그럽게 번들거렸다. 시계 용수철 같은 혈관들이 관자놀이에 불거져 나왔다. 이제껏 일주일 동안 하나님의 프라이팬 속에서 달구어지며 남서쪽으로 이동해 유타를 건너 애리조나 끝을 지난 다음 네바다로 들어온 쓰레기통맨은, 아주 돌아 버릴 지경이었던 것이다.

그는 춤추면서 단조로운 억양으로 노래를 불렀다. 똑같은 노랫말을 계속 반복하며, 테르 오트의 정신 병원에 머물 당시 타워 오브 파워라는 흑인 그룹이 부른 유행가 「나이트클럽으로 가요」의 곡조에 맞추어서. 그러나 노랫말은 자신이 지어낸 것이었다. 그렇게 노래를 불렀다.

"시이아아볼라, 시이아아볼라, 콰아쾅, 콰아쾅 꽝! 시이아아볼라, 시이아아볼라, 콰아쾅, 콰아쾅, 꽝!"

'꽝!' 이라는 말끝마다 약간씩 껑충 뛰는 동작이 이어지더니 끝내는 뜨거운 열기가 그의 동작을 잠재웠고, 황량한 밝은 하늘은 황혼의 회색빛으로 물들었다. 그는 반쯤 실신한 상태로 도로에 주저앉았으며, 혹사당한 심장이 메마른 가슴속에서 미칠 듯이 쿵쾅거렸다. 마지막 힘을 짜내어 엉엉 울고 히죽거리며 뒤집힌 픽업트럭으로 몸을 끌었고, 점점 줄어들고 있는 트럭의 그늘에 드러누워 숨 막히는 열기 속에서 몸을 떨었다.

"시볼라! 콰쾅콰쾅꽝!"

그가 쉬어 터진 소리를 냈다.

갈고리 같은 손으로 어깨에서 물통을 찾아 흔들어 보았다. 물통이 거의 비었다. 상관없었다. 그는 마지막 남은 물 한 방울까지 다 마시고는 해 질 때까지 여기에 드러누울 참이었고, 그러고 나서 고속도로를 걸어 내려가 시볼라, 그 전설의 도시로 입성할 참이었다. 황금으로 뒤덮인 일곱 동네가 모여 있는 도시 속으로. 오늘 밤엔 영원히 샘솟는 황금 분수대에서 물을 마실 작정이었다. 그러나 살인적인 태양이 질 때까지는 보류. 하나님이야말로 누구보다 지독한 방화광이었다. 아주 오래전 도널드 머윈 엘버트라는 소년이 늙은 셈플 부인의 연금 수표를 불태웠다. 바로 그 소년이 포탠빌에 있는 감리교회도 불살랐는데, 만약 이런 미성숙한 시기의 도널드 머윈 엘버트에 관하여 뭐든 남은 기록이 있었다면, 분명히 인디애나 주 개리에 있던 석유 탱크들과 함께 소각되었을 것이다. 석유 탱크는 100개도 넘었고, 그것들은 길게 이어진 폭죽처럼 육중하게 터져 올랐다. 7월 4일 독립기념일에 딱 맞춰서. 멋졌다. 그리고 그 대화재의 결과로 오로지 쓰레기통맨만이 남았고, 그의 왼팔은 부글부글 끓어오르는 스튜 요리가 되었으며, 그의 몸 안에 있는 불은 결코 꺼지지 않을 것이다…… 적어도 몸이 아주 시꺼먼 숯덩이가 되기 전까진.

그리고 오늘 밤 시볼라의 물을 마실 것이다. 그렇다. 그리고 그 물은 포도주 맛이 날 것이다.

쓰레기통맨은 물통을 쳐들었고 그의 목이 꿀꺽거리는 동안 뜨뜻미지근한 오줌 같은 마지막 물이 뱃속으로 꾸역꾸역 흘러들었다. 다 마시고는 물통을 사막으로 내던졌다. 땀이 이슬처럼 이마에 돋아났다. 급히 마신 물이 복통을 일으키는 바람에 누운 채로 우스꽝스럽게 몸을 떨었다.

"시볼라! 시볼라! 내가 가고 있습니다! 내가 가고 있습니다! 당신이 원하는 것은 뭐든지 할게요! 내 생명을 당신을 위해! 콰쾅콰쾅쾅!"

쓰레기가 중얼거렸다.

졸음이 밀려들기 시작하자 갈증은 약간 누그러졌다. 거의 잠들었을 무렵 극단적인 생각이 얼음송곳처럼 마음 밑바닥을 헤집고 올라왔다.

'만약 시볼라가 신기루였다면 어쩌지?'

"아냐. 아냐, 어어어, 아냐."

쓰레기가 중얼거렸다.

그러나 단순한 부정이 그 생각을 물리치진 못할 터였다. 송곳이 연방 들쑤시고 찔러 대서 잠이 달아나 버렸다. '한낱 신기루를 축하하려고 마지막 남은 물을 마셔 버린 거였다면 어쩌지?' 스스로 생각해 봐도 그런 바보짓은 미친 사람들이나 하는 짓이었다. 분명히 그랬다. 만약 시볼라가 신기루라면, 자신은 여기 사막에서 죽을 테고 대머리 독수리들이 시체를 가지고 만찬을 벌일 터였다.

마침내 그 오싹한 가능성을 더는 견딜 수가 없어, 그는 비틀비틀 일어나 다시 도로에 걸어나가, 쓰러져 버릴 것 같은 현기증과 구토의 파도를 이겨 냈다. 언덕 중턱에서 그는 실난초와 회전초와 엉겅퀴가 산재한 아래쪽 긴 평야를 근심스럽게 주시했다. 숨이 목에 걸려 탄식으로 풀렸다. 소맷자락이 굵은 못에 걸린 것처럼.

거기에 있었다!

시볼라, 옛날 옛적 전설의 도시, 많은 이들이 찾아 헤맸으나, 쓰레기통맨이 발견하고야 말았도다!

사막 속 저 멀리 아래 파란 산맥에 둘러싸여 있었고, 머나먼 아지랑이 속의 도시 자체도 파랬으며, 도시의 탑과 대로가 사막의 한낮에 번득였다. 야자나무도 있었다…… 그는 야자나무들을 볼 수 있었다…… 그리고 움직임…… 그리고 물!

"오, 시볼라……."

그가 낮게 중얼거리며 픽업트럭의 그늘로 다시 비틀비틀 돌아갔다. 그 도시는 보이는 것보다는 더 멀었다. 그도 알았다. 오늘 밤 하나님의 횃불이 하늘을 떠나간 후, 한 번도 걸어 본 적 없는 사람처럼 힘겹게 걸어 나갈 것이다. 시볼라에 도착할 것이고 도착하자마자 제일 먼저 만나는 분수대 속으로 곤두박질쳐 뛰어 들어갈 것이다. 그러고 나서는 그분을 찾을 것이다. 자신에게 여기로 오라고 명령했던 그 남자를. 평야와 산맥과 급기야 사막까지 횡단하도록, 모든 걸 한 달이라는 시간 안에 완수하도록 그리고 팔이 끔찍한 화상을 입었음에도 전진하도록 자신을 이끌었던 그 남자를.

그 사람은 다크맨, 단단한 사나이로서 존재했다. 그는 쓰레기통맨이 시볼라에 오기를 고대했고, 그의 무리는 밤의 군대였으며, 그의 무리는 서쪽에서 우르르 뛰쳐나와 떠오르는 태양을 향해 곧장 돌격해 들어갈 하얀 얼굴의 시체 기사들이었다. 그들은 미쳐 날뛰며 히죽거리며 땀과 화약 냄새를 풍기며 들이닥칠 것이다. 비명이 난무할 테지만 쓰레기통은 비명에 별 관심이 없었으며, 강간과 정복이 있을 테지만 그런 것들엔 더더욱 관심이 없었으며, 살인이 있을 터인데 그것은 쓰잘머리 없는 거였으며⋯⋯

그리고 웅장한 불 지르기가 있을 것이다.

그것에 관해서라면 그는 관심이 매우 많았다. 꿈속에서 다크맨은 쓰레기통맨을 찾아와 높은 곳에서 두 팔을 벌리고 화염에 휩싸인 지상 세계를 보여 주었다. 도시가 폭탄처럼 터져 올랐다. 경작지가 불길 속에 빨려 들었다. 시카고와 피츠버그와 디트로이트와 버밍엄의 강은 둥둥 뜬 기름으로 불바다가 되었다. 그리고 꿈속에서 다크맨이 매우 간단한 말을, 여기까지 뛰어오게 했던 말을 그에게 들려주었다.

"내 너를 우리 포병대에서 높은 자리에 앉혀 주마. 너는 내가 원하는 사람이다."

몸을 옆으로 뒤척이자, 불어오는 모래 바람에 뺨과 눈꺼풀이 까칠까칠하고 따끔거렸다. 그는 이제껏 희망을 잃고 있었다. 그렇다. 그가 탄 자전거에서 바퀴가 떨어져 나갔던 때부터 쭉 희망을 잃고 있었다. 하나님, 아버지를 죽인 보안관들의 하나님, 칼리 예이츠의 하나님이 역시나 다크맨보다 더 강한가 보다 하는 심정이었다. 하지만 자신의 신념을 지키고 계속 전진해 왔다. 그리고 다크맨이 기다리는 시볼라에 닿기도 전에 이 사막에서 다 죽을 것 같았을 때, 마침내 그는 햇볕 속에서 꿈꾸듯 저 멀리 아래로 그 도시를 보고야 말았다.

"시볼라!"

그는 속삭였고, 잠이 들었다.

한 달도 더 전에, 팔에 화상을 입은 후 개리에서 첫 번째 꿈이 쓰레기통맨에게 찾아왔다. 그는 그날 밤 잠들면서 이대로 죽을 거라고 확신했다. 그처럼 지독하게 화상을 입고서는 누구든 살 수 없을 테니까. 반복되는 말소리가 그의 머릿속으로 뛰어들었다. '횃불에 살고, 횃불에 죽자. 그것에 살고, 그것에 죽자.'

작은 도시공원에서 두 다리에 힘이 빠진 그는 쓰러졌고, 왼팔이 시체 같은 몸에서 튀어나와 뻐드러져 버렸으며, 셔츠 소매는 연기처럼 사라진 상태였다. 통증은 믿기 어려울 만큼 어마어마했다. 세상에 그토록 대단한 통증이 존재할 수 있으리라곤 결코 꿈에서도 생각해 본 적이 없었다. 그는 한 무리의 석유 탱크에서 다음 무리로 홍겹게 뛰어다니며, 작은 쇠판으로 산성 용액과 분리되어 있는 인화성 파라핀 혼합물과 쇠 파이프로 구성된, 조잡한 시간 조절 장치를 설치하던 중이었다. 이 장치들을 탱크 꼭대기에 있는 석유 배출 파이프 속으로 밀어 넣고 있었다. 산성 용액이 쇠판을 먹어 들어가면 파라핀이 점화하고, 그것이 탱크를 날려 버릴 것이다. 그는 석유 탱크가 하나라도 터지기 전에 개리의 서쪽 지역으로, 시카고나 밀워키로 향하는 온갖 도로들로 이어지는 교차로들이 엉켜 있는 곳 근처로 냉큼 건너갈 계획이었다. 더러운 도시 전체가 불기둥 속에서 터져 나가는 쇼를 감상하고 싶었다.

그런데 마지막 장치를 잘못 다루었거나 잘못 조립했다. 그가 파이프 렌치로 석유 배출구 뚜껑을 여는 작업을 하던 중 장치가 터졌다. 불붙은 파라핀이 금속관에서 분출해 나오자 눈부신 하얀 섬광이 피어나면서, 그의 왼팔을 불로 뒤덮었다. 라이터 기름으로 피운 밍밍한 불꽃이 아니다 보니 팔을 큰 성냥개비처럼 허공에다 흔든다고 해서 픽 꺼질 불이 아니었다. 극심한 고통이 찾아왔다. 마치 팔을 화산 속에 집어넣은 것 같았다.

날카롭게 비명을 지르며 그는 석유 탱크 꼭대기 주위를 미친 듯이 달렸고, 인간 핀볼처럼 허리 높이의 난간 여기저기를 질주했다. 만약 그곳에 난간이 달려 있지 않았다면 그는 그쪽으로 몸을 날려서 끊임없이 곤두박질치며 추락했을 것이다. 마치 우물 속으로 떨어지는 횃불처럼. 오로지 우연이 그의 목숨을 살렸다. 두 발이 서로 엉키자 그는 쓰러졌고, 그러면서 왼팔을 몸 밑에 깔아뭉개는 바람에 불꽃이 꺼졌다.

일어나 앉은 그는 여전히 통증 때문에 반쯤 정신이 나간 상태였다. 나중에 그는 오로지 눈먼 행운 덕에, 또는 다크맨의 의도적 배려 덕에 불타 죽는 것을 모면했으리라고 생각했다. 뿜어져 나온 파라핀이 대부분 그를 비켜 갔던 것이다. 그래서 그는 고맙게 여겼다. 하지만 고마움은 그저 나중에 든 생각일 뿐이었다. 사고 당시엔 오로지 절규하며 몸을 이리저리 흔들고, 피부가 연기를 내뿜으며 갈라지고 수축한 상태에서 바삭바삭하게 탄 왼팔을 앞으로 내밀고 있을 뿐이었다.

하늘의 햇빛이 흐려질 무렵 자신이 이미 열두 개 남짓한 시간 조절 장치를 설치해 놓았다는 생각이 어렴풋이 떠올랐다. 언제 터질지 몰랐다. 죽어서 격렬한 고통으로부터 벗어나는 것은 굉장히 멋진 일 같았다. 그렇지만 화염 속에서 죽는 것은 극도로 무서운 일 같았다.

필사적으로 그는 탱크에서 기어 내려와 비틀거리면서, 바비큐가 된 왼팔을 몸에서 멀찍이 떨어뜨리고 멈춰 버린 차들 사이를 이리저리 헤치며 달렸다.

쓰레기통맨이 도시 중심가 인근의 작은 공원에 당도했을 땐 해질 녘이었다. 그는 두 개의 원반 밀어 치기 놀이터 사이에 있는 풀밭에 앉아, 화상 입은 부위를 어떻게 할 건지 생각하려 애썼다. 화상 입은 데다 버터를 바르렴. 그것이 도널드 머윈 엘버트의 어머니가 말했음 직한 처방이었다. 하지만 끓는 물에 데었을 때, 또는 베이컨 비계가 엄청 높이 튀어 뜨거운 기름기와 함께 몸에 들러붙었을 때나 쓰는 방식이었다. 부러지고 시꺼메져 엉망이 돼 버린 팔꿈치와 어깨에다 버터를 바르는 것은 상상조차 할 수 없었다. 심지어 버터를 만지는 것조차 상상할 수 없었다.

'콱 자살해 버려라.' 바로 그것이었다. 그것이 안성맞춤이었다. 늙은 개같이 짖어 대는 고통으로부터 스스로 안락사할 수 있을 것이었……

도시 동쪽에서, 갑작스럽게 웅장한 폭발이 한 차례 일어났다. 마치 도시 전체가 단칼에 두 동강 나 버린 듯했다. 꿈틀거리는 불기둥 하나가 황혼의 짙어지는 쪽빛과 대조적으로 높이 치솟았다. 그는 이 광경을 외면하며 눈물이 흐르는 두 눈을 억지로 부릅떴다.

극심한 고통 속에서도, 불은 쓰레기통맨을 즐겁게 했다……너무나도 기쁘게, 성취감을 느끼게 했다. 불은 최고의 명약이었으며, 그가 다음 날 찾아낸 모르핀보다도 훨씬 좋았다.(교도소 모범수로서 그는 도서관과 수송부는 물론 진료소에서도 일한 적이 있었기에 모르핀과 엘라빌과 다본 혼합물 같은 약에 관해 잘 알았다.) 지금 자신이 겪고 있는 고통을 불기둥에 연관시키지는 않았다. 그저 불이 좋고, 불이 아름답고, 불이 필요했고 앞으로도 늘 필요할 것임을 깨달을 뿐이었다. 경이로운 불!

얼마 후 두 번째 석유 탱크가 폭발했고 5킬로미터 떨어진 그곳에서도 팽창하는 공기가 따뜻하게 밀어 대는 힘을 느낄 수 있었다. 또 다른 탱크가 터졌고, 다른 탱크가 그 뒤를 이었다. 잠시 중단, 그러고 나서 탱크 여섯 개가 연쇄적으로 들썩거리며 터져 올랐고 폭발 현장은 이내 너무 눈부셔 볼 수 없을 지경에 이르렀다. 그러나 어쨌든 그는 바라보면서 히죽거렸고, 두 눈이 노란 불꽃들로 가득했으며, 부상당한 팔은 까맣게 잊었고, 자살 생각도 까맣게 잊었다.

석유 탱크가 전부 터져 나가는 데 2시간이 넘게 걸렸다. 그때쯤 어둠이 내렸으나 어둡지는 않았는데, 타오르는 불꽃들로 밤이 노란빛과 오렌지 빛으로 물들었기 때문이었다. 지평선의 동쪽 능선 전체가 불춤을 추었다. 그것은 어릴 때 그가 지니고 있던 명작 만화책, H. G. 웰즈의 소설 『우주 전쟁』을 각색한 그 책을 연상시켰다. 이제 세월은 흘러 그 만화책을 보던 소년은 없어졌지만, 쓰레기통맨은 여기에 있었고, 화성인들이 사용하는 살인 광선에 관한 놀랍고도 무시무시한 비밀을 지니고 있었다.

공원을 떠날 때가 되었다. 벌써 기온이 10도나 올라갔다. 그는 서쪽으로 가야 했다. 포탠빌에서 그랬듯 불보다 앞서 가면서, 팽창하는 파괴의 원에서 줄행랑쳐야 했다. 하지만 그는 줄행랑칠 상태가 아니었다. 그래서 풀밭에서 잠에 곯아떨어졌다. 불빛이 지치고 혹사당한 어린애 같은 얼굴 위로 너울거렸다.

꿈속에서, 다크맨이 모자 달린 긴 덧옷을 입고 찾아왔으나, 그 사람의 얼굴은 보이지가 않았고…… 하지만 쓰레기통맨은 이 남자를 전에 본 적이 있다고 생각했다. 포탠빌에 있던 과자 가게와 맥줏집에서 빈둥거리던 인간들이 그에게 야유를 보냈는데, 이 남자가 그들 속에 끼어 조용히 생각에 잠겨 있었던 듯싶었다. 그가 스크루바두바 세차장에서 일하느라(전조등에 비누칠하기, 와이퍼 털기, 문짝 틀에 비누칠하기, 저기요 손님 차에 왁스 찜질해 드릴까요?), 앙상한 손이 죽은 생선처럼 보이고, 손톱이 말끔한 코끼리 상아처럼 허옇게 보일 때까지 오른손에 스펀지 장갑을 끼고 있던 시절, 차 앞 유리에서 흘러내리는 찰랑찰랑한 물결 너머로 미치광이처럼 기뻐하며 맹렬히 히죽거리던 이 남자의 얼굴을 본 적이 있는 것 같았다. 보안관이 그를 테르 오트의 정신 병원으로 보내 버렸을 때, 전기 충격을 가하던 치료실에서 이 남자는 그의 머리 위에 서서 히죽거리는 정신 치료사였으며, 두 손을 전기 조종 장치에 대고('얘야, 내가 네 뇌를 튀겨 줄게. 네가 도널드 머윈 엘버트에서 쓰레기통맨으로 탈바꿈하여 네 길을 가도록 도와줄게. 그러려면 뜨거운 찜질 맛 좀 봐야겠지?') 윙윙대는 1,000볼트 전류를 그의 뇌 속으로 보낼 준비를 했다. 쓰레기는 이 다크맨이 몹시 훌륭하다는 것을 알았다. 그의 얼굴은 절대로 볼 수가 없었고, 그의 두 손은 죽음의 트럼프에서 불길한 스페이드 카드들만 빼서 나눠 주었고, 그의 두 눈은 화염 너머에서 이글거렸으며, 그의 히죽거리는 미소는 무덤 같은 세상 너머에서 환히 빛났다.

"당신이 원하는 것은 뭐든지 할게요."

쓰레기통맨은 꿈속에서 기꺼이 말했다.

"내 생명을 당신을 위해!"

다크맨이 두 팔을 들어 올려 덧옷을 검은 연 모양으로 펼쳤다. 그들은 높은 곳에 서 있었고, 그들 아래로 미국이 화염에 휩싸였다.

"내 너를 우리 포병대에서 높은 자리에 앉혀 주마. 너는 내가 원하는 사람이다."

그러고 나서 만 명이나 되는 온갖 버림받은 남녀들로 이루어진 군대가 동쪽을 향하여 사막을 건너 산맥 속으로 움직이는 모습이 보였고, 그 군대를 거느린 사나운 야수가 뜻을 펼칠 시대가 비로소 도래했음을 알 수 있었다. 군인들은 트럭과 지프차와 사륜 구동 왜건과 캠핑용 자동차와 탱크에 올라탔다. 남녀들은 각각 목에 검은 돌을 매달았고, 그 돌의 깊은 곳에는 눈알 같기도 하고 열쇠 같기도 한 붉은 형상이 있었다. 쓰레기통맨은 군인들의 운송 트럭, 완충 타이어가 달린 대형 트럭의 꼭대기에 탄 자신의 모습을 볼 수 있었고, 그 트럭이 화염의 원료인 네이팜 젤리로 가득 찼다는 것을 알았다. 그리고 그의 뒤편으로 행렬을 이룬 것은 무기를 실은 트럭들이었다. 압력 폭탄과 대전차 지뢰와 플라스틱 폭발물. 화염 방사기와 조명탄과 열 추적 미사일. 수류탄과 기관총과 로켓탄 발사기. 죽음의 춤이 이제 막 시작될 참이었는데, 이미 바이올린 줄과 기타 줄은 슬슬 연기를 피우고 있었으며 유황과 코르다이트 화약의 악취가 대기를 가득 채웠다.

다크맨이 또다시 두 팔을 쳐들었다 내리자 모든 것이 싸늘해지고 조용해졌고, 불이 사라진 데다가 잿더미마저 싸늘하게 식었으며, 잠시 그는 그저 또다시 작고 겁에 질리고 당황한 도널드 머윈 엘버트가 되었다. 그 잠깐 사이에 그는 자신이 다크맨의 거대한 장기 놀이 속에서 겨우 하나의 졸(卒)에 불과한 것은 아닐까, 자신이 속았던 것은 아닐까 의심했다.

그때 다크맨의 얼굴이 이제는 완전히 가려진 상태가 아닌 것을 보았다. 눈이 들어 있어야 마땅한 움푹 패인 구멍들 속에서 두 개의 검붉은 석탄 덩어리가 불타올랐고, 칼날만큼이나 폭이 좁은 코를 밝게 비추었다.

"당신이 원하는 것은 뭐든지 할게요."

쓰레기가 꿈속에서 기꺼이 말했다.

"내 생명을 당신을 위해! 내 영혼을 당신을 위해!"

"나는 네가 불을 지를 수 있도록 해 주겠다."

다크맨이 근엄하게 말했다.

"너는 나의 도시에 찾아와야만 하느니라. 그러면 그곳에서 모든 것이 명확해질 것이니라."

"어디? 어딘데요?"

그는 희망과 기대에 몸이 달았다.

"서쪽."

다크맨의 모습이 희미해졌다.

"서쪽. 산맥 너머."

그 순간 깨어났는데, 아직도 밤이었으며 여전히 밝았다. 화염이 더 가까이 접근했다. 열기가 숨을 조였다. 집들이 폭발하고 있었다. 별들이 기름 연기의 두꺼운 장막에 싸여 사라졌다. 미세한 잿더미가 비처럼 쏟아지기 시작했다. 원반 밀어 치기 경기장이 검은 눈을 뒤집어썼다.

이제 그는 목표가 생겼으며, 걸을 수 있음을 깨달았다. 그는 서쪽으로 절뚝거리며 걸어갔고, 가끔은 개리를 떠나며 활활 타는 모습을 뒤돌아보는 몇몇 사람들을 목격하기도 했다. '바보들, 너희도 불탈 것이다. 얼마 안 있어 너희도 불탈 거라고.' 애정이 담겼다고 해도 무방한 쓰레기통맨의 생각이었다. 사람들은 그를 주목하지 않았다. 그들에게 쓰레기통맨은 그저 또 한 명의 생존자일 뿐이었다. 사람들은 연기 속으로 사라졌고, 새벽이 지나고 얼마 뒤에 쓰레기통맨은 절뚝거리며 일리노이 주 경계선을 건넜다. 시카고는 그의 북쪽으로, 졸리엣은 남서쪽으로, 불길은 지평선을 얼룩지게 한 연기 뒤편으로 사라졌다. 그때가 7월 2일 새벽이었다.

그는 시카고를 모조리 불태우고야 말겠다던 자신의 꿈을 까맣게 잊고 말았다. 더 많은 유조차와 액화 석유 가스를 채운 화물차를 철도 화물 야적장과 바싹 메마른 주택들 곁에 붙여 놓고야 말겠다던 꿈을 말이다. 바람의 도시 시카고의 상태 따위는 개의치 않았다. 그날 오후에는 시카고 하이츠 병원 진료실을 부수고 들어가 모르핀 주사기 한 상자를 훔쳤다. 모르핀이 통증을 약간 진정시켰는데, 더 중요한 부수적 효과가 있었다. 극심한 통증에 대한 불안감을 덜어 주었던 것이다.

쓰레기통맨은 그날 밤 약국 편의점에서 커다란 바셀린 크림 한 병을 가져다가 화상 입은 팔 부위에 1센티미터 두께로 펴 발랐다.

몹시도 목이 말랐다. 당시엔 늘 물을 갈망했던 것 같았다. 다크맨에 대한 환상들이 파리 떼처럼 마음속을 왔다 갔다 하며 윙윙거렸다. 황혼 녘에 맥없이 쓰러졌을 때, 그는 이미 다크맨이 자신한테 명령했던 도시가 시볼라고, 황금으로 넘쳐 나는 일곱 동네가 모여 있다는 도시, 약속받은 전설의 도시가 분명할 것이라 생각했다.

그날 밤 다크맨이 또다시 꿈속에 찾아왔고, 조롱하듯 키득거리며 쓰레기통맨의 생각이 맞다고 확인해 주었다.

쓰레기통맨은 줄곧 시달리던 혼란스러운 꿈의 기억에서 깨어나 오들오들 떨리는 사막의 추위에 눈을 떴다. 사막에서는 항상 얼음 아니면 불이었다. 중간 상태라는 건 아예 없었다.

끙끙대며 일어선 그는 가능한 한 몸을 똑바로 지탱하려 했다. 머리 위로 무수히 많은 별이 반짝거려 거의 손이 닿을 것 같았고, 차가운 마녀의 별빛이 사막을 적셨다.

다시 도로에 걸어 나가던 그는 벗겨져서 연약해진 피부와 이곳저곳이 부위가 쑤시고 아파서 주춤거렸다. 그러나 이제는 그리 대단치 않았다. 그는 잠시 멈춰 서서 도시를 굽어보며, 밤중에 꿈꾸는 듯한 기분에 젖었다.(도시 여기저기에 전기 모닥불처럼 작은 섬광들이 번쩍였다.) 그러고 나서 걷기 시작했다.

몇 시간 뒤 새벽이 하늘을 물들이기 시작했을 때, 시볼라는 그가 처음 언덕을 올라 목격했던 것만큼이나 멀어 보였다. 그리고 그는 여기서 내다보면 사물이 얼마나 확대되어 보이는지 망각하고서, 바보처럼 가지고 있던 물을 전부 마셔 버린 상태였다. 해 뜬 다음엔 탈수증 때문에 감히 오랫동안 걸을 엄두를 내지 못했다. 해가 기세등등하게 떠오르기 전에 또다시 어딘가에 틀어박혀 있어야 했다.

동이 트고 한 시간 뒤 그는 도로에서 벗어나 오른쪽 차체가 문짝 있는 곳까지 모래 속에 잠긴 메르세데스 벤츠와 마주쳤다. 왼쪽 문짝을 열고 쭈글쭈글해져서 원숭이처럼 변해 버린 탑승자 두 명을 밖으로 끌어냈다. 수많은 보석 장신구를 걸친 늙은 여자와 분장한 듯 지나치게 하얀 머리를 한 늙은 남자였다. 쓰레기는 중얼거리며 시동 장치에서 열쇠를 빼내, 차 뒤로 돌아가서 트렁크를 열었다. 그들의 여행 가방은 잠겨 있지 않았다. 가지각색의 옷가지들을 메르세데스 창문 위에 내걸고 돌멩이로 눌러놓았다. 이제 그는 시원하고 어둑한 동굴의 주인이었다.

쓰레기는 차 안으로 기어 들어가 잠들었다. 서쪽으로 수 킬로미터 떨어진 라스베이거스 시가 여름 태양의 햇살에 반짝였다.

쓰레기는 차를 운전할 줄 몰랐으며, 교도소에서도 운전을 가르쳐 주지 않았지만, 자전거를 탈 수는 있었다. 7월 4일, 잠자던 리타 블레이크무어가 약물 과다 복용으로 사망한 것을 래리 언더우드가 발견했던 그날, 쓰레기통맨은 10단 변속 자전거를 찾아내서 타고 가기 시작했다. 처음엔 이동하는 게 느렸는데, 왼팔의 상태가 별로 좋지 않았기 때문이었다. 첫날 두 번 엎어졌고 그중 한 번은 정통으로 화상 부위로 넘어져서 소름 끼치는 고통을 겪었다. 그때쯤엔 화상 부위가 바셀린 크림 속에서 거침없이 곪는 중이어서 냄새가 굉장했다. 이따금 상처 조직이 완전히 썩어 버린 것은 아닌지 의심스럽기도 했지만 오랫동안 내버려 두진 않을 터였다. 그는 바셀린에 살균 연고를 섞어 바르기 시작했는데, 도움이 될지는 잘 몰랐지만 결코 해가 되진 않을 것이 확실했다. 연고는 정액처럼 보이는 찐득찐득한 우윳빛 죽이었다.

그는 한 손으로만 자전거를 운전하는 데 조금씩 조금씩 익숙해졌고 꽤 속력을 낼 수 있다는 것을 깨달았다. 땅이 평평하고 반듯해서 보통은 현기증이 날 만큼 속력을 빠르게 유지할 수 있었다. 모르핀에 취했기 때문에 빈번히 나타나는 어지럼증과 화상에도 불구하고 부단히 자전거를 탔다. 물을 수십 리터나 마시고 경이적일 만큼 많은 음식을 먹었다. 그러면서 다크맨의 말을 심사숙고했다.

"내 너를 우리 포병대에서 높은 자리에 앉혀 주마. 너는 내가 원하는 사람이다."

얼마나 사랑스러운 말이었던가. 어느 누가 전에도 그를 진정으로 원했던 적이 있었나? 그 말이 마음속에서 끊임없이 되풀이되는 가운데 그는 중서부 지역의 뜨거운 태양 아래서 자전거 페달을 밟았다. 그리고 작은 목소리로 「나이트클럽으로 가요」라는 사랑스러운 노래의 멜로디를 흥얼거리기 시작했다. 노랫말이 "시이아 아볼라! 콰쾅콰쾅쾅!" 하고 곡조에 딱딱 맞춰 튀어나왔다. 당시만 해도 나중에 겪는 정도만큼 심하게 정신 나간 상태는 아니었지만, 증세가 점차 깊어지고 있었다.

7월 8일, 닉 앤드로스와 톰 컬런이 캔자스 주 코만치 카운티에서 들소가 풀을 뜯어 먹는 광경을 보았던 그날, 쓰레기통맨은 대븐포트, 록 아일랜드, 베튼도르프, 몰린을 통틀어 일컫는 쿼드 시티즈 지역을 지나 미시시피 주를 건넜다. 아이오와 주에 들어온 것이다.

14일에, 래리 언더우드가 동부 뉴햄프셔의 크고 하얀 집 근처에서 정신을 차렸던 그날에, 쓰레기는 카운실블러프스 북쪽으로 미주리 주를 건너서 네브래스카 주에 진입했다. 왼손의 힘을 어느 정도 회복했으며, 다리 근육도 강해졌고, 빨리 더 빨리 가야 할 필요성을 엄청나게 느끼면서 부단히 페달을 밟았다. 하나님이 다크맨과 그의 운명 사이에 끼어들지도 모른다고 쓰레기통맨이 처음으로 의심했던 것은 미주리의 서부 지역에서였다. 네브래스카에 무언가 잘못된 것이, 지독히도 잘못된 것이 있었다. 그를 두렵게 하는 어떤 것. 아이오와에서처럼 다 똑같아 보였지만…… 그러나 그렇지가 않았다. 다크맨은 이전까지는 밤마다 꼬박꼬박 꿈속에서 그를 찾아왔지만, 쓰레기가 네브래스카로 넘어 들어간 이후로는 더 찾아오지 않았다.

대신 쓰레기는 어떤 할머니가 나오는 꿈을 꾸기 시작했다. 이 꿈 속에서는 옥수수밭 속에 배를 깔고서 증오와 공포로 몸이 얼어붙을 지경이 된 자신의 모습을 보았다. 눈부신 아침이었다. 까악까악 울어 대는 까마귀 떼 소리가 들렸다. 그의 앞에는 칼처럼 생긴 넓적한 옥수수 잎의 장막이 있었다. 원치 않았지만 자신의 의지와는 상관없이 떨리는 손으로 잎들을 헤치고 그 틈새로 앞을 훔쳐보았다. 공터 한복판에 낡은 집 한 채가 보였다. 그 집은 벽돌 또는 자동차 수리용 잭 또는 무언가로 밑을 받쳐 놓았다. 가지에 타이어 그네가 매달린 사과나무 한 그루가 있었다. 그리고 현관에는 기타를 치며 옛 영가를 부르는 늙은 흑인 여자가 앉아 있었다. 그 노래는 꿈마다 곡이 바뀌었고 쓰레기통은 그 곡들을 거의 다 알았는데 그가 한때 어떤 여자를, 도널드 머윈 엘버트라는 소년의 어머니를 알고 지냈기 때문이었다. 그녀가 집안일을 하는 동안 똑같은 노래들을 수없이 불러 댔기 때문이었다.

이 꿈은 악몽이었으나, 단지 꿈의 말미에 엄청나게 무시무시한 일이 벌어지기 때문만은 아니었다. 처음엔 꿈 전체에 두려운 요소가 없다고 말할 수 있었다. 옥수수? 파란 하늘? 할머니? 타이어 그네? 그런 것들이 뭐가 그리 두렵단 말인가? 할머니들은 돌을 던지고 야유를 보내지 않았다. 특히 「저 위대한 기상의 아침」과 「안녕 그리고 안녕, 친절한 주여, 안녕 그리고 안녕」 같은 구닥다리 예수 환장 노래들을 부르는 할머니들이라면 안 그랬다. 돌을 던질 만한 사람은 이 세상의 모든 칼리 예이츠 부류였다.

그러나 그 꿈이 끝나 가기 훨씬 전부터 공포로 몸이 마비되었다. 마치 그가 훔쳐보고 있는 것이 단순한 할머니의 모습이 아니어서, 가까스로 감춰져 있던 어떤 비밀스러운 빛이 온통 그녀 주위로 터져 나올 채비를 하는 것 같았고, 불 뿜는 개리의 석유 탱크들이 한낱 바람 속의 양초들인 양 초라해 보일 정도로 지극히 찬란한 빛이 그녀의 몸에서 기지개를 켤 채비를 하는 것 같았다. 그 빛은 너무나 밝아 그의 눈을 재로 만들어 버릴 것 같았다. 그는 꿈에서 이런 광경을 접하는 동안 오로지 이렇게 생각했다. '아아, 제발 나를 저 여자한테서 벗어나게 해 줘. 나는 저 늙은 암탉의 편이

되고 싶지 않아. 제발 오 제발, 나를 네브래스카에서 벗어나게 해 줘!'

그러면 그 할머니가 무슨 곡을 연주 중이던 간에 쩡쩡거리는 불협화음을 내며 중단했다. 넓적한 잎들의 울타리 속에서 그가 자그만 틈새 구멍으로 훔쳐보고 있는 곳을 그녀가 똑바로 쳐다보았다. 얼굴은 늙었고 주름살이 패였으며, 머리칼은 갈색 머리통을 드러낼 만큼 숱이 적었지만, 두 눈은 다이아몬드처럼 빛났고, 쓰레기가 두려워하는 빛으로 가득했다.

늙고 쉬어 터진, 그러나 힘찬 목소리로 늙은 여자가 부르짖었다. '옥수수밭 속의 족제비들아!' 그러면 그는 자신의 몸에서 변화를 느끼고 아래를 내려다보고는 자신이 족제비, 살금살금 움직이는 짙은 갈색의 털북숭이 짐승이 되었다는 것을, 코는 길고 날카롭게 자라나고, 눈은 구슬같이 까만 점으로 녹아들고, 손가락은 갈고리 발톱으로 돌변해 버렸다는 것을 알았다. 그는 족제비였고, 연약한 생물과 작은 생물을 잡아먹는 비열한 야행성 짐승이었다.

그 순간 쓰레기는 비명을 지르기 시작했고, 결국엔 그 비명에 잠에서 깨어나 온몸에 땀이 줄줄 흐르고 두 눈은 실성한 듯 휘둥그레졌다. 두 손이 온몸을 샅샅이 훑으며, 인간의 신체 부위가 모두 계속 제자리에 붙어 있는지 재확인했다. 이렇게 전전긍긍하며 신체검사를 한 끝에 그는 자신의 머리를 꽉 붙잡고서 여전히 사람의 머리가 맞고, 길고 매끄럽고 유선형에다 모피가 덮인 총알 모양의 물체가 아니라는 사실을 확인했다.

그는 네브래스카 주의 650킬로미터 거리를 횡단하는 사흘 동안 거의 내내 강하게 치솟는 공포에 휩싸여 자전거를 운전했다. 줄스

버그 근처를 지나 콜로라도 주로 건너가자, 그 꿈은 희미해지고 어둡게 흐려지기 시작했다.

(마더 애버게일 쪽에서 보면, 7월 15일 밤, 쓰레기통맨이 헤밍포드 홈의 북쪽을 지나쳐 간 직후에 그녀는 소름 끼치는 오한과 함께 공포와 연민이 뒤섞인 감정을 느끼며 잠에서 깼다. 누구를 위한 연민인지 또는 무엇을 위한 연민인지 알지 수 없었다. 그녀는 자신이 손자 앤더스의 꿈을 꾸고 있었으리라 생각했는데 그 손자는 겨우 여섯 살의 나이에 사냥 사고로 말미암아 어이없이 살해당했다.)

7월 18일, 콜로라도 주 스털링의 남서쪽에 있었던 그때, 아직 브러시에서 몇 킬로미터 떨어진 그곳에서, 쓰레기통맨은 키드를 만나고 말았다.

쓰레기통맨은 황혼이 지고 있을 때 잠이 확 깼다. 차창 위로 옷가지들을 걸어 놓았지만, 그래도 메르세데스는 달아올랐다. 목구멍이 줄곧 텁텁하더니 메마른 우물 꼴이 되었다. 관자놀이가 요동치고 두근거렸다. 혀를 쑥 내밀어 손가락으로 쓰다듬어 보니 죽은 나뭇가지 같은 느낌이 들었다. 일어나 앉은 그는 손을 메르세데스의 운전대 위에 올려놓았다가 뜨거움 때문에 고통스러운 신음을 토하며 손을 뗐다. 차 밖으로 나오려면 문 손잡이 주위를 셔츠 자락으로 감싸 쥐어야 했다. 그냥 밖으로 걸음을 내디디면 된다고 생각했으나, 자신의 힘을 과대평가하고 탈수증이 이 8월의 저녁에 얼마나 심해졌는지 과소평가한 것이 탈이었다. 다리가 풀려 버린 그는 도로 위로 쓰러졌는데, 도로도 역시 뜨거웠다. 끙끙대면서 절룩거리는 가재처럼 그는 메르세데스의 그늘 속으로 허우적거리며 들어갔다. 그곳에 앉아 세운 무릎 사이로 두 팔과 머리를 늘어뜨리고 헐떡거렸다. 자신이 차에서 끌어 내렸던 시체 두 구, 쭈글쭈글한 두 팔에 팔찌를 낀 여자 시체와 미라가 된 원숭이 얼굴 위로 분장한 듯 과장되어 보이는 흰 머리털을 덮어쓴 남자의 시체를 암울하게 노려보았다.

내일 아침 동트기 전까지는 시볼라에 도착해야만 했다. 만일 그렇게 못 한다면, 그는 죽을 것이다…… 목적지를 코앞에 두고서! 분명히 다크맨은 그가 죽게 내버려 둘 만큼 잔인하지 않을 것이다. 결코 안 그럴 것이다!

"내 생명을 당신을 위해!"

쓰레기통맨은 속삭였고, 태양이 산맥의 능선 밑으로 떨어지자 발에 힘을 회복하고 빛의 불꽃들이 또다시 켜지고 있는 시볼라의 탑들, 뾰족한 건물들, 거리를 향해 걸어가기 시작했다.

낮의 열기가 야간 사막의 시원함으로 이어짐에 따라, 그는 자신이 더 잘 걸을 수 있음을 실감했다. 찢어져서 끈으로 동여맸던 운동화가 15번 주간 고속도로 바닥에서 퍼덕거리고 덜컥거렸다. 그는 길을 따라 터벅터벅 걸으며, 죽어 가는 해바라기꽃처럼 머리를 축 늘어뜨렸고, '라스베이거스 50킬로미터'라고 적힌 녹색 야광 표지판을 지나가면서도 그것을 보지 못했다.

그는 키드에 관해 생각하는 중이었다. 당연히 지금쯤 키드가 함께 있어야 마땅했다. 키드가 운전하는 듀스 쿠페 자동차의 쭉 뻗은 배기관이 사막에서부터 굉음을 울려 대는 가운데, 그들은 함께 시볼라로 달려 들어가는 중이어야 마땅했다. 그러나 키드는 그럴 자격이 없는 것으로 판명되었고, 쓰레기는 홀로 황무지 속으로 보내지고 말았다.
그의 두 발이 포장도로 위에서 뛰어올랐다가 떨어졌다.
"시이아아볼라! 콰콰콰콰 꽝!"
쓰레기가 쉰 목소리를 뱉었다.
한밤중이 되자 그는 도로 가장자리에 맥없이 무너져 불안한 선잠에 빠져 들었다. 도시는 이제 더 가까이 있었다.
그는 꼭 도착하고 말 생각이었다.
자신은 해낼 수 있으리라 굳게 확신했다.

쓰레기통맨은 키드를 발견하기 아주 오래전부터 그의 소리를 들었다. 소음기를 떼 버린 쭉 뺀 배기관의 무겁고 요란한 굉음이 동쪽에서부터 그를 향해 천둥같이 울려 퍼졌다. 그날의 인상을 강하게 남긴 그 소리는 콜로라도 주 유마 방향에서부터 34번 고속도로를 따라 다가오고 있었다. 맨 처음 순간적으로 든 생각은 몸을 숨기자는 것이었다. 개리의 일 이후로 목격했던 몇몇 다른 생존자들한테 몸을 숨겨 왔던 것과 마찬가지로. 그러나 이번에는 무언가가 그를 제자리에 머물도록 했으며, 도로 언저리에서 자전거 위에 걸터앉아, 어깨 너머로 염려스럽게 뒤를 돌아다보도록 했다.
천둥소리가 더욱더 요란해졌고, 그러자 햇빛이 크롬 도금과
(??불??)
눈부신 오렌지색 물체를 반사시키고 있었다.
운전자가 쓰레기통맨을 보았다. 차는 엔진 역화 현상으로 기관

총 터지는 소리를 내며 저속 기어로 바뀌었다. 굿이어 타이어가 고속도로 위로 뜨겁게 미끄러지며 자국을 남겼다. 그러고 나자 자동차가 그의 옆에서, 단지 엔진이 공회전하는 것이 아니라 마치 길들 가능성을 가늠하기 힘든 위협적인 짐승처럼 숨 가쁘게 헐떡거렸고, 운전자가 밖으로 나오고 있었다. 처음에 쓰레기통은 오로지 차에만 눈이 갔다. 그는 차에 관해 잘 알았고, 차를 좋아했다. 비록 임시 운전 면허증조차 가져 본 적 없는 처지인데도. 이 차는 아름다웠으며, 누군가 수년간 애지중지 가꾸며 애정 어린 노력으로 수천 달러를 투자해서, 대개는 멋쟁이 자동차 전시회에서만 일반에 공개되는 그런 종류의 차였다.

    1932년형 포드 듀스 쿠페였으나, 차 주인은 평범한 듀스 쿠페를 개조하여 작품으로 만드는 일을 주저하지도 멈추지도 않았다. 끊임없이 작업을 진척시켜서, 그 차를 온갖 미국 차들에 대한 패러디 차량으로, 손으로 그린 불꽃들이 밖으로 노출된 엔진 파이프들에서 물결치듯 굽이쳐 나오는 화려한 SF풍 탈것으로 변모시켰다. 금가루로 페인트칠을 했다. 거의 차체 전체 길이만큼 뻗친 크롬 도금 배기통들이 햇살을 강렬하게 반사시켰다. 앞 유리는 둥글게 볼록 튀어나온 형태였다. 뒤쪽 타이어들은 엄청 큰 굿이어 와이드 오벌 타이어였으며, 바퀴 자리가 타이어에 걸맞게 증폭된 높이와 깊이로 깎여 있었다. 기묘한 난방 장치처럼 보닛에 튀어나온 것은 공기 압축기였고, 검정 바탕에 잿불 같은 빨간 반점들이 찍힌 지붕에 튀어나온 것은 강철 상어 지느러미였다. 차체 양옆에는 하나의 단어가 적혀 있었으며, 속도감을 나타내려고 글자들이 뒤쪽으로 꼬리를 흘렸다. '키드' 라고 적혀 있었다.(키드(The Kid)는 서

부 개척 시대의 유명한 총잡이인 빌리 더 키드의 애칭이기도 하다.—옮긴이)

"이봐, 너 키만 멀대같이 컸지 참 못생겼구나."

운전자가 느릿느릿 점잖게 말했고, 쓰레기는 페인트칠한 불꽃들로부터 이 굴러다니는 폭탄 차량의 운전자에게로 주의를 돌렸다.

키가 160센티미터 정도 되는 사내였다. 머리칼은 위로 겹쳐 쌓아 소용돌이 모양으로 말아 올리고 머릿기름을 발라 광을 냈다. 머리 모양만으로 본래 키에 7센티미터를 더 보탰다. 머리카락 소용돌이들이 모두 옷깃 위로 모여든 모습은 단순히 긴 옆머리를 뒤로 돌려 오리 꼬리처럼 합친 스타일이 아니라, 세상의 온갖 양아치들과 깡패들한테서 지대한 영향을 받은 오리 꼬리 스타일의 결정판이었다. 그는 발끝이 뾰족한 검은 장화를 신고 있었다. 장화 옆면은 탄력 있는 천이 덧대져 있었다. 7센티미터를 더 보태 주어 키드의 총신장을 당당히 174센티미터로까지 키워 준 장화 뒤축 굽은 빛깔이 서로 다른 층을 교대로 쌓아올려 만든 널찍한 쿠반 힐이었다. 징을 박아 넣은 낡은 청바지는 주머니 속 동전들의 제조 연도까지 읽을 수 있을 정도로 몸에 꽉 끼었다. 그 바람에 멋스럽고 아담한 엉덩이 두 짝이 청색 조각처럼 윤곽이 드러났고, 가랑이 속에는 스폴딩 골프공들을 채운 새미 가죽 주머니를 쑤셔 넣기라도 한 것처럼 보였다. 그는 연한 포도주 빛깔의 서부 시대 스타일 실크 셔츠를 입었다. 노란 바탕의 모조 사파이어 단추가 달려 있었다. 소매 단추들은 광택 낸 뼈처럼 보였는데, 쓰레기는 나중에 그것이 정말로 뼈라는 것을 알아냈다. 소매 단추는 두 세트였는데 하나는 사람 어금니 한 쌍으로 만든 것이었으며, 나머지 하나는 사냥개인 도베르만핀셔의 앞니로 만든 것이었다. 그는 이 경이로운 셔츠 위로 그날의 뜨거운 열기에도, 등판에 독수리가 그려진 검은 오토바이 가죽 재킷을 입었다. 재킷의 여기저기에 맞물려 있는 지퍼들의 이빨이 다이아몬드처럼 번쩍거렸다. 양어깨의 덧끈과 허리띠에 토끼 발 세 개가 매달렸다. 하나는 흰색, 하나는 갈색, 하나는 성 패트릭의 날을 상징하는 밝은 녹색이었다. 셔츠보다 훨씬 더 경이로운 이 재킷은 윤택한 기름기를 머금어 고상한 자태로 잔주름이 졌다. 독수리 그림 위로 흰 비단실로 수놓아진 것은 '키드'라는 글자였다. 번쩍거리는 머릿결을 높이 쌓아 올린 뭉텅이와 번쩍거리는 오토바이 재킷의 추어올린 옷깃 사이에서 이제 쓰레기통맨을 올려다보는 얼굴은 자그마하고 창백한 인형 같았다. 묵직하지만 흠 하나 없이 조각되어 삐죽 튀어나온 입술, 시체 같은 회색 눈, 점 하나 상처 하나도 없는 넓은 이마 그리고 이상하리만큼 빵빵한 양 볼. 마치 아기 엘비스 프레슬리처럼 보였다.

  총 띠 두 개가 평평한 배 위로 엇갈렸고, 초대형 45구경 총이 엉덩이 위에 늘어진 각각의 권총집 밖으로 비죽이 나와 있었다.

  "이봐, 애송이, 뭐 할 말 있나?"

  키드가 점잔을 빼며 말했다.

  그러자 쓰레기통이 생각해 낼 수 있었던 유일한 말이 튀어나왔다.

  "당신 차가 맘에 들어요."

  적절한 말이었다. 어쩌면 '최선'의 말이었다. 5분 뒤 쓰레기는 조수석에 있었고 듀스 쿠페는 키드의 주행 속도인 시속 150킬로미터로 속력을 높이고 있었다. 쓰레기가 동부 일리노이에서부터 줄 곧 탔던 자전거는 지평선 위에서 한 개의 얼룩으로 사라져 가고 있었다.

쓰레기통은 머뭇거리면서, 그렇게 빠른 속도로 달리다가 혹시라도 사고 난 잔해나 주저앉은 차량을 만나면 미처 보지 못할 수도 있지 않겠느냐고 넌지시 말했다.(사실 그들은 이미 몇몇 장애물들을 만났다. 키드는 간단히 그것들 주위로 회전했고, 와이드 오벌 타이어가 항의의 비명을 마구 질러 댔다.).

"이봐, 애송이. 나는 반사 신경이 있어. 속도 조절 능력도 있지. 나는 5분의 3초에도 반응할 수 있다고. 내 말을 믿나?"

"그렇고말고요."

쓰레기가 소심하게 말했다. 방금 막대기로 뱀 소굴을 휘저어 놓은 사람이 된 듯한 기분이었다.

"나는 네가 좋다, 애송이."

키드가 이상야릇한 단조로운 억양으로 말했다. 인형 같은 그의 두 눈이 오렌지색 야광 운전대 너머로 가물거리는 도로를 응시했다. 점마다 해골이 그려진 커다란 스티로폼 주사위가 백미러에 매달려 뛰어 다녔다.

"뒷좌석에서 맥주나 한 병 꺼내 처마셔라."

쿠어스 맥주였는데, 뜨뜻한 데다 원래 싫어하는 술이었지만 쓰레기통맨은 재빠르게 한 모금 마시고 맛이 굉장히 좋다고 말했다.

"이봐, 애송이. 쿠어스 맥주는 최고의 맥주야. 할 수만 있다면 난 오줌도 쿠어스로 쌀 거라고. 너 이 행복한 허튼소리 믿냐?"

쓰레기통은 그 행복한 허튼소리를 진심으로 믿는다고 했다.

"사람들은 나를 키드라고 부르지. 루이지애나 주 시레브포트에서는 말이야. 너 그거 아냐? 여기 계시는 이 야수 같은 차는 남부 지방의 큰 자동차 쇼마다 모든 상을 휩쓸었어. 이 행복한 허튼소리 믿냐?"

쓰레기통맨은 믿는다고 말하고 미지근한 맥주를 한 모금 더 마셨다. 이 상황에서는 그것이 최선의 행동인 듯싶었다.

"사람들이 너를 뭐라고 부르냐, 애송아?"

"쓰레기통맨이오."

"뭬야?"

소름 끼치는 한순간, 시체 같은 인형의 눈이 쓰레기통의 얼굴 위로 쏠렸다.

"너 나한테 농담하는 거냐, 애송아? 그 누구도 키드한텐 농담 안 한다. 이 행복한 허튼소리를 믿어 두는 게 좋아."

"철석같이 믿어요."

쓰레기통이 진지하게 말했다.

"하지만 사람들은 저를 그렇게 불러요. 왜냐하면 제가 사람들의 쓰레기통과 우편함 같은 곳에 불을 지르곤 했거든요. 늙은 셈플 부인의 연금 수표에도 불을 놓았죠. 그 일로 소년원에 갔어요. 또 인디애나 주 포탠빌에 있는 감리교회도 불살랐고요."

"그려?"

키드가 아주 즐거워하며 물었다.

"애송이, 너 아주 똥간에 빠진 쥐새끼같이 정신 나간 소리를 하는구나. 그건 좋아. 나는 미친 사람들이 맘에 들어. 나 자신도 미쳤으니까. 이 좆같은 대갈통에서 정신이 확 나가 버렸다고. 쓰레기통맨이랬지, 응? 맘에 들었어. 우리 둘이 한패가 되는 거야. 좆같은 키드와 좆같은 쓰레기통맨. 악수하자, 쓰레기."

키드가 손을 내밀자 쓰레기는 가능한 한 신속하게 그 손과 악수해서 키드가 두 손을 다시 운전대 위에 둘 수 있도록 했다. 굽은 길을 쌩쌩 돌아 들어가자 베킨스 반트레일러 한 대가 고속도로를 거의 완전히 막아 놓고 있었다. 쓰레기는 양손으로 얼굴을 덮으며 즉시 저승행 비행기로 갈아탈 준비를 했다. 키드는 단 한 치도 흔들리지 않았다. 듀스 쿠페가 물벌레처럼 고속도로 왼편을 따라 잽싸게 미끄러지더니 페인트칠이 맞닿을 만큼 가까스로 트럭의 운전석 옆으로 빠져나갔다.

"아슬아슬한데요."

쓰레기통이 목소리를 떨지 않고도 이야기를 할 수 있겠단 느낌이 들자 입을 열었다.

"이봐, 애송이."

키드가 단호하게 말했다. 그러고 나서 인형 같은 그의 한쪽 눈이 닫히며 근엄한 윙크를 보냈다.

"나한테 말 걸지 마. 말은 내가 너한테 걸 거야. 맥주 맛이 어때? 졸라 좋지, 그렇지? 애새끼들 자전거만 타다가 맥주 맛을 보니까 몸 둘 바를 모르겠지, 그렇지?"

"정말 그래요."

쓰레기통맨이 미지근한 쿠어스를 또 한 모금 꿀꺽 삼켰다. 그는 미쳤다. 그러나 아직까진 운전 중인 키드한테 딴죽을 걸 정도로 미치진 않았다. 그 정도가 되려면 아직 멀었다.

"그러니까 말이지, 니미 씹할 자다가 봉창 두드리는 소리는 하지 말자."

키드는 자기도 거품 술을 마시려고 뒷자리로 몸을 젖혔다.

"내 생각엔 우리가 같은 곳으로 가는 중인 것 같은데."

"그런 것 같아요."

쓰레기가 조심스럽게 말했다.

"합뮤해 들어가기. 서쪽으로 향하기. 재빨리 가서 니미 씹할 유리한 자리를 차지하는 거지. 너 이 행복한 허튼소리 믿냐?"

"그런 것 같아요."

"너 검은 비행복 입은 그 마귀 놈 나오는 꿈을 꾸고 있었지, 아닌감?"

"신부 말씀하시는 건가 봐요."

"난 항상 내가 말하는 것만을 의미하고 내가 의미하는 것만을 말해."

키드가 단호하게 말했다.

"나한테 말 걸지 마, 이 버러지 같은 자식아. 말은 내가 너한테 걸 거야. 그놈은 검은 비행복을 입고 비행용 고글을 썼어. 2차 대전이 배경인 존 웨인 영화에서처럼. 고글이 너무 커서 그놈의 니미 씹할 얼굴을 볼 수가 없어. 도깨비같이 살 떨리게 하는 놈이야, 안 그래?"

"맞아요."

쓰레기통이 말하며 미지근한 맥주를 찔끔 마셨다. 머리가 웅웅거리기 시작했다.

키드가 오렌지색 운전대 위로 등을 구부리고 공중전을 벌이는 전투기 조종사 흉내를 내기 시작했다. 추측건대 제2차 세계대전에서 재능을 뽐냈던 조종사 흉내였을 것이다. 그가 전투기의 공중제비와 급강하와 연속 회전을 흉내 내자 듀스 쿠페가 도로 한쪽 편에서 반대편으로 위태위태하게 곡예를 부리며 회전했다.

"부아아아앙…… 휘유우우웅…… 퍼엉퍼엉펑…… 그거나 처먹어라, 좆만 한 독일 새끼들아…… 대장! 12시 방향에 적 편대 출현!…… 공랭식 기관포를 놈들한테 돌려, 이 조또 멍텅구리야…… 투투툭…… 투투툭…… 투투툭 투투툭 투투툭! 놈들을 격추했습니다, 대장! 전멸시켰습니다…… 피유우우웅! 기지로 복귀하자, 제군들! 피유우우우우우웅!"

환상에 빠져 달리면서도 그의 얼굴은 표정이 전혀 변하지 않았다. 그가 다시 원래 차선으로 차를 홱 돌려서 출렁출렁 도로를 오르는 동안 기름이 좔좔 흐르는 머리카락은 단 한 올도 흐트러진 모습을 보이지 않았다. 쓰레기통맨의 심장은 가슴속에서 격하게 쿵쾅거렸다. 번들거리는 땀이 몸을 적셨다. 그는 맥주를 마셨다. 쉬하고 싶었다.

"하지만 나를 겁주진 못해."

먼젓번 대화 주제가 끝나지 않은 듯 키드가 말했다.

"조또 아니라고. 녀석은 단단한 놈이야. 하지만 키드는 전에도 단단한 애새끼들을 다뤄 봤어. 그런 놈들을 입 닥치게 했고 그러고는 결판을 내 버렸지. 두목님 말씀대로 똑같이. 너 이 행복한 허튼소리 믿냐?"

"물론이죠."

"두목님을 이해하냐?"

"물론이죠."

쓰레기통맨은 두목이 누구인지 또는 뭐 하는 사람인지 전혀 알지 못했다.

"두목님을 이해하는 편이 졸라리 좋은 거야. 잘 들어라. 넌 내가 뭘 하려는 건지 아냐?"

"서쪽으로 가기?"

쓰레기통맨이 위험을 무릅쓰고 말했다. 그러는 것이 안전한 듯싶었다.

키드는 답답해하는 듯 보였다.

"내 말은 그곳에 도착한 후의 일 말이야. 그 후. 내가 그 후에 뭘 할 생각인지 아냐?"

"아뇨. 뭔데요?"

"난 한동안은 찌그러져 있을 거야. 상황을 살피는 거지. 너 이 행복한 허튼소리 이해할 수 있냐?"

"물론이죠."

"좆같구먼. 나한테 말 걸지 마, 말은 내가 너한테 졸라리 걸 거야. 그저 상황을 살피는 거다. 왕초를 살펴보는 거라고. 그런 다음에……."

키드가 조용해지며, 오렌지색 운전대 위에서 골똘히 생각에 잠겼다.

"그런 다음에 뭔데요?"

쓰레기통이 머뭇거리며 물었다.

"그를 결딴낼 거다. 황천길로 보내야지. 니미 씹할 텍사스 허허벌판에 있는 캐딜락 목장 풀밭으로 몰아내야지. 내 말 믿지?"

"그럼요, 물론이죠."

"내가 접수한다. 그냥 확 옷을 다 벗겨서 캐딜락 목장에 갖다 버릴 거다. 넌 나만 따라다녀라. 쓰레기통맨이든 뭐든 네가 너 자신을 뭐라 부르든 간에. 우린 돼지고기랑 콩 따위나 처먹고 있진 않을 거다. 어느 누구도 본 적 없는 어마어마한 닭고기를 먹을 것이다."

키드가 자신 있게 말했다.

듀스 쿠페가 엔진 파이프에서 뿜어져 나온 페인트칠한 화염과 함께 고속도로를 우렁차게 질주했다. 쓰레기통맨은 조수석에 앉아, 무릎에 미지근한 맥주를 놓고 마음속으로 괴로워했다.

쓰레기통맨이 시볼라, 달리 알려진 이름으로는 라스베이거스에 입성했을 때는 8월 5일 새벽녘이었다. 8킬로미터쯤 전의 어딘가에서 왼쪽 운동화를 잃어린 까닭에 구부러진 출구 경사로를 걸어 내려가는 지금은, 발소리가 이런 식으로 났다. 툭쿵, 툭쿵, 툭쿵. 바람 빠진 타이어가 철퍼덕거리는 것 같은 소리였다.

천박한 나이트클럽 수백 개가 보였다. '너그러운 구멍들'이라 적힌 간판, '블루벨 결혼 예배당'과 '60초 만에 결혼 완료 하지만 효력은 한평생!'이라고 내걸린 간판들도 있었다. 성인용 서점의 판유리 진열창 속으로 반쯤 처박힌 롤스로이스 실버 고스트가 보였다. 벌거벗은 여자가 가로등 기둥에 거꾸로 매달린 것도 보였다. 펄럭펄럭 넘어가는 《라스베이거스 선》 신문의 두 쪽이 보였다. 종이가 획 넘어갔다가 다시 넘어오면서 반복적으로 보이는 머리기사는 '전염병 악화 일로, 워싱턴 묵묵부답'이었다. '닐 다이아몬드 쇼! 아메리카나 호텔 6월 15일~8월 30일!'이라고 적힌 초대형 광고판이 보였다. 결혼, 약혼 반지만 전문으로 하는 듯한 보석상의 진열창에다 누군가 써 놓았다. '라스베이거스여 네 죗값을 받아 죽어라!' 커다란 목마 시체처럼 거리에 뒤집힌 채 누워 있는 그랜드 피아노도 보였다. 두 눈에 이런 놀라운 광경들이 가득했다.

걸음을 계속할수록 다른 간판들도 보이기 시작했는데, 간판의 네온등은 수년 만에 처음으로 이 한여름에 꺼져 있었다. 플라밍고. 민트. 듄스. 사하라. 글래스 슬리퍼. 임페리얼. 그런데 사람들은 어디 있는 거지? 물은 어디 있는 거지?

자신이 무엇을 하고 있는지 거의 깨닫지 못한 채 두 발이 알아서 제 갈 길을 가도록 하면서, 쓰레기통은 유흥가를 벗어났다. 머리를 앞으로 떨어트리고 턱은 가슴에 묻었다. 걸으면서 꾸벅꾸벅 졸았다. 그러다 발이 도로 경계석에 걸리는 바람에 앞으로 고꾸라져 포장도로 위에서 코가 피범벅이 되었을 때, 고개를 쳐들고 거기 있는 것을 쳐다본 그는 자기 눈을 믿지 못할 지경이었다. 누더기가 된 파란 셔츠로 코피가 흐르는 것도 눈치 채지 못했다. 마치 자신이 여전히 졸고 있고 이것은 꿈인 것 같았다.

드높은 하얀 빌딩이 사막의 하늘까지 뻗쳐 올라가 있었는데, 사막 속의 돌기둥, 첨탑, 기념비라 할 만했으며, 어느 모로 보나 스핑크스나 대형 피라미드만큼 웅장했다. 빌딩의 동쪽 면 창문들이 어떤 징조처럼 떠오르는 태양의 불빛을 발산했다. 뼈처럼 하얀 사막의 대건축물 정면 현관 쪽 통로 양옆에는, 거대한 황금 피라미드 두 개가 있었다. 현관 앞에 설치한 차양 위에는 대형 청동 메달이 있었고, 메달에 얕은 돋을새김 방식으로 새겨진 것은 이빨을 드러내고 으르렁거리는 사자 머리였다.

이 위에는 역시 청동으로, 단순하지만 위엄 있는 명판이 붙어 있었다. 'MGM 그랜드 호텔.'

그러나 그의 눈길을 끈 것은 주차장과 현관 통로 사이의 네모꼴 풀밭 위에 서 있는 물체였다. 뚫어지게 쳐다보던 쓰레기통은 오르가슴 같은 전율이 너무도 맹렬히 모든 기운을 소진시킨 탓에 한동안 피투성이가 된 두 손으로 겨우겨우 몸만 가누고 있었다. 풀어진 에이스 붕대 끝자락을 두 손 사이로 길게 나부끼며 흐릿한 푸른 눈동자로 분수대를 뚫어지게 쳐다보고 있자니, 번쩍번쩍 눈이 부실 지경이었다. 나지막이 끙끙대는 소리가 그의 입에서 새 나오기 시작했다.

분수대는 가동 중이었다. 황금으로 장식을 새겨 넣은, 돌과 상아의 현란한 구조물이었다. 색색의 조명들이 물보라 위에서 움직이며 물을 자주색으로 만들었다가, 다음엔 노란 오렌지색, 그다음엔 빨간색, 그다음엔 녹색으로 만들었다. 물보라가 분수대 연못으로 떨어지면서 연방 첨벙대는 소리가 몹시도 요란했다.

"시볼라."

쓰레기는 중얼거렸고, 몸부림치며 일어섰다. 여전히 코피를 뚝뚝 흘리고 있었다.

비틀거리며 분수대를 향해 가기 시작했다. 비틀거림이 총총걸음이 되었다. 총총걸음이 달리기가 되었으며, 달리기는 전력 질주, 전력 질주는 미칠 듯한 돌진이 되었다. 딱지가 앉은 양쪽 무릎이 피스톤처럼 치솟아 올라 거의 목까지 닿을 지경이었다. 하나의 단어가 그의 입에서 터져 나오기 시작했으며, 종이테이프처럼 긴 그 단어가 하늘로 솟아올라, 건물 높은 곳에 있던 사람들을 창문가로 모여들게 했다.(그리고 어느 누가 그들의 정체를 알겠는가? 하나님이, 아니면 악마가 알겠지. 하지만 분명히 쓰레기통맨은 알지 못했다.) 그가 분수대로 다가갈수록 그 단어를 외치는 소리는 더 높아지고 더 날카로워지고 더욱더 길어졌다.

"시이이이이이볼라아아아아아!"

마지막 '아아' 소리가 자꾸만 길게 길게 늘어지며 이 세상에 살았던 사람이라면 누구나 알 만한 궁극의 기쁨을 표시했다. 그 소리가 끝나자 그는 바로 가슴 높이의 분수대 가장자리를 들이받고 몸을 끌어 올려 넘어가 믿기 힘들 만큼 차갑고 자애로운 분수대 욕조 속으로 뛰어들었다. 온몸의 모공이 수백만 개의 입처럼 열려 스펀지처럼 물을 삭삭 먹어 치우는 것을 느낄 수 있었다. 그는 절규했다. 머리를 숙여 물을 코로 빨아들인 다음 재채기와 기침이 합쳐진 모습으로 도로 내뿜어, 분수대 옆면에다 피와 물과 콧물을 철퍼덕 쏟아 냈다. 그러고는 머리를 숙이고 소처럼 물을 마셨다.

"시볼라! 시볼라!"

쓰레기통맨은 열광적으로 부르짖었다.

"내 생명을 당신을 위해!"

그가 분수대 주위로 개헤엄을 치며 또다시 물을 마셨고, 그런 다음 분수대 언저리를 기어올라 꼴사납게 쿵 소리를 내며 풀밭 위로 떨어졌다. 다 그럴 만한 가치가 있었다. 모든 것이 그럴 만한 가치가 있었다. 물이 급하게 들어간 배가 경련을 일으키자 그는 갑자기 요란한 돼지 소리를 내며 토했다. 토하는 것조차 웅장한 기분이 느껴졌다.

갈고리 손으로 분수대 가장자리를 부여잡고 일어서서, 또 물을 마셨다. 이번엔 그의 배가 선물을 고맙게 받아들였다.

속이 꽉 찬 염소 가죽 물주머니처럼 몸속의 물을 출렁거리면서, 그는 황금 피라미드들 사이로 놓인 계단, 이 전설적인 장소의 출입문으로 이어지는 석고 계단을 향해 비틀비틀 나아갔다. 계단을 반쯤 오르자, 물 때문에 생긴 복통이 덮쳐 와서 허리를 펼 수가 없었다. 아픔이 지나가자 그는 비틀거리며 용맹스럽게 나아갔다. 출입문은 회전문이었고, 그중 하나를 움직이느라 그는 미약한 힘을 쥐어짰다. 문을 밀고 들어와 보니 카펫이 깔린 호화로운 로비였으며, 길이가 몇 킬로미터나 되는 듯 보였다. 발밑의 바닥 깔개는 두텁고 올이 무성하고 보랏빛이 감도는 붉은색이었다. 접수대, 우편 서비스 코너, 열쇠 보관대, 금전 출납 창구가 있었다. 모두 텅 비어 있었다. 그의 오른편으로 보이는 장식 달린 창살 울타리 너머는 카지노였다. 쓰레기통맨이 경외심을 느끼며 카지노를 응시했다. 열중쉬어 자세로 서 있는 군인들처럼 빽빽하게 늘어선 슬롯머신들, 그 너머에는 룰렛과 주사위 게임 탁자들, 바카라 게임 탁자들을 에워싼 대리석 울타리들.

"여기 누구 없어요?"

쓰레기통맨이 쉰 목소리로 말했지만, 아무런 응답이 없었다.

그러자 그는 두려워졌다. 이곳이 귀신들의 장소, 괴물들이 숨어 있을지도 모르는 장소이기 때문이었다. 그러나 피곤에 지쳐 공포는 누그러졌다. 계단을 비틀대며 내려가 카지노 안으로 들어가면서 '커브 바'를 지나쳤다. 그곳에선 로이드 헨리드가 짙은 그늘에 조용히 앉아 그를 지켜보며 폴란드 생수 한 잔을 손에 들고 있었다.

쓰레기통맨이 초록색 모직 천을 씌운 탁자로 가 보니 위에 '딜러는 16까지 움직이고 17에서 멈추어야 합니다'라는 이해할 수 없는 문구가 새겨져 있었다. 그는 탁자 위로 올라가 즉시 잠에 곯아떨어졌다. 곧이어 거의 예닐곱 명쯤 되는 남자들이 잠자는 부랑아 쓰레기통맨의 주위에 둘러섰다.

"이 녀석을 어떻게 할까?"

켄 디모트가 물었다.

"자게 놔둬. 플랙 님이 이 친구를 원하셔."

로이드가 대답했다.

"그런가? 그건 그렇고 도대체가 말이야 플랙 님은 지금 어디 계시는 거야?"

다른 사람이 물었다.

로이드가 고개를 돌려 그 남자를 바라보았다. 머리가 벗겨지기 시작한 그는 로이드보다 30센티미터나 훌쩍 컸다. 그런데도 그는 로이드의 시선에 한 걸음 뒤로 물러섰다. 로이드의 목에 걸린 돌은 단순히 단단하기만 한 검은 돌이 아니라 단 하나뿐인 돌이었다. 가운데에서 작고 불안정한 붉은 흠집이 번뜩거렸던 것이다.

"그분을 뵙고 싶어 안달이 났냐, 헥?"

로이드가 대머리 남자에게 물었다.

"아냐. 아이 참, 로이드, 그게 아니란 거 알잖……"

"물론."

로이드가 블랙잭 게임 탁자 위에서 자고 있는 남자를 내려다보았다.
"플랙 님께선 모습을 드러내실 거다. 그분은 이 친구를 기다리고 계시거든. 이 친구는 특별한 존재야."
탁자 위에선, 이 모든 대화에 아랑곳하지 않고 쓰레기통맨이 계속 잠을 잤다.

쓰레기통맨과 키드는 콜로라도 주 골든에 있는 모텔에서 7월 18일 밤을 보냈다. 키드가 중간에 연결 문이 있는 객실 두 개를 골랐다. 연결 문은 잠긴 상태였다. 이제 안식처를 눈앞에 둔 키드는 이 사소한 문제를 45구경 쌍권총 중 하나로 세 발을 쏴서 자물쇠를 날려 버리는 것으로 해결했다.
키드가 자그마한 장화 한 짝을 들어 올려 문을 걷어찼다. 화약 연기로 덮인 희미한 푸른 아지랑이 속에서 문이 덜컹 열렸다.
"졸라 좆나 캡이다. 어느 쪽 방? 네가 골라 봐, 쓰레기."
쓰레기통맨은 오른쪽 방을 선택했고, 한동안 홀로 남았다. 키드는 어딘가로 나가 버렸다. 쓰레기통맨은 진짜로 나쁜 일이 생기기 전에 어두운 바깥으로 후딱 사라져 버리면 어떨까 천천히 심사숙고하면서, 자신의 이동 수단 부족을 극복할 가능성을 저울질하고 있었다. 그때 키드가 돌아왔다. 쓰레기통맨은 그가 쿠어스 맥주 여섯 개들이 상자가 가득 들어찬 쇼핑 카트를 밀고 오는 것을 보고 화들짝 놀랐다. 인형 같던 두 눈이 이제는 핏발이 서서 붉은 기운이 돌았다. 높이 빗어 올린 머리칼이 부서지고 늘어진 시계 스프링처럼 풀려 있었고, 기름진 머릿결은 이제 키드의 귀와 뺨 위로 널브러져 내려와, 시간 여행자가 떨어뜨리고 간 가죽 재킷을 주워 입은 위험한 (우스꽝스럽기도 한) 원시인처럼 보였다. 토끼 발이 재킷 허리띠에서 요리조리 까딱거렸다.

"맥주가 미지근하다. 그렇지만 그게 뭐 대순가. 내 말 맞지?"

키드가 말했다.

"맞고말고요, 당연하지요."

"그럼 마셔라, 씨발아."

키드가 캔 하나를 던졌다. 쓰레기통맨이 동그란 뚜껑을 당기자 얼굴 가득 맥주 거품이 튀어 올랐고, 키드는 기묘하게 잦아들어 가는 웃음소리를 터뜨리며 두 손으로 납작한 배를 움켜잡았다. 쓰레기가 가냘프게 미소 지었다. 그는 오늘 밤 늦게, 이 작은 괴물이 잠에 빠져 쓰러진 후에 몰래 달아나야겠다고 결심했다. 이제껏 참을 만큼 참았다. 그리고 검은 수도승을 박살 내겠다던 키드의 말…… 그 말에 대해 쓰레기통맨이 느끼는 두려움은 너무나 커서 하나로 뭉뚱그릴 수조차 없었다. 설령 농담이었다 할지라도 그런 말을 해 댄다는 것은, 교회 제단에 똥을 싸거나 천둥 번개가 칠 때 계속 하늘을 올려다보며 제발 번개에 맞게 해 달라고 간청하는 짓이나 다름없었다.

더 끔찍스러웠던 것은 키드의 말이 농담 같지 않다는 것이었다. 쓰레기통맨은 낮 동안 내내(그리고 보아하니 밤새도록 내내) 술을 퍼마시는 데다 다크맨을 깔아뭉개겠다고 말하는 이 미친 난쟁이와 함께 산맥을 오르며 온갖 꼬부랑길을 동행할 의향이 없었다.

그러는 사이 키드는 2분 만에 맥주 두 캔을 해치웠고, 깡통을 찌부러뜨려 객실의 침대 한 쌍 중 한 곳에다 아무렇게나 내던졌다. 왼손에는 금방 딴 쿠어스 맥주, 오른손에는 중간 문을 날려 먹는 데 썼던 45구경 권총을 쥔 채 RCA 컬러 텔레비전을 시무룩하게 쳐다보고 있었다.

"조또 전기가 안 들어오니, 조또 텔레비전도 켜지지 않고."

점점 더 술에 취할수록 남부 억양이 점차 또렷해지면서, 말이 어눌해졌다.

"딱히 싫어하는 건 아냐. 온갖 씹쭈구리들이 끝장난 건 맘에 들어. 하지만 세상에 땅을 치고 통곡하고 환장하게시리, HBO 채널은 어딨는 거야? 염병할 레쓰링 시합은 어딨는 거야? 플레이보이 채널은 어딨는 거야? 그런 건 좋은 거란 말이다, 쓰레기야. 나의 말씀인즉슨, 플레이보이 채널에선 사내 녀석들이 몸을 쭈그리고 털 난 파이를 먹으며 수염 난 조개를 우적우적 씹어 대는 화면은 전혀 볼 수 없다 이거야. 너 내 말 알지. 그런데 그런 화면에서 어떤 숙녀들은 다리가 턱까지 쭉쭉 뻗어 올라가더란 말이야. 너 니미 씹할 내가 뭔 말 하는지 알아?"

"물론이죠."

"좆나 씨발 좋았어. 나한테 말 걸지 마, 말은 내가 너한테 걸 거야."

키드가 꺼진 텔레비전을 노려보았다.

"이 어리버리한 쌍년아."

키드가 텔레비전을 총으로 쐈다. 브라운관이 우렁차게 움푹 꺼지는 소리를 내며 안쪽으로 터졌다. 유리가 카펫 위로 쏟아져 내렸다. 쓰레기통맨이 눈을 가리려고 팔을 쳐드는 바람에 손에 든 맥주가 녹색 나일론 바닥 깔개로 콸콸 쏟아졌다.

"아니 저런, 이 멍청한 좆대가리야!"

키드가 고함질렀다. 몹시 분개한 어조였다. 별안간 45구경 총이 쓰레기를 겨누었는데, 총구멍이 바다를 항해하는 대형 쾌속선의 굴뚝만큼이나 크고 새까맸다. 쓰레기통은 사타구니가 얼얼해지는 것을 느꼈다. 자신의 몸에 오줌을 지릴지도 모르겠단 생각을 했지만, 확실하게 단정 지을 수는 없는 형편이었다.

"그런 짓을 하다니, 골통에 바람구멍을 내 줘야겠구먼. 넌 맥주를 쏟았어. 만약 그게 다른 맥주였으면 내가 아무 상관 안 했을 거야. 하지만 네가 흘린 것은 쿠어스였어. 할 수만 있다면 난 오줌도 쿠어스로 쌀 거라고. 너 이 행복한 허튼소리 믿냐?"

"물론이죠."

쓰레기통이 작은 소리로 말했다.

"그런데 쿠어스가 요즘도 생산되고 있다고 생각하냐, 쓰레기? 네가 보기엔 좆도 그럴 것 같냐?"

"아니오. 아닌 것 같아요."

여전히 작은 소리로 쓰레기통이 말했다.

"좆나 옳은 생각이야. 쿠어스는 멸종 위험에 처한 종조옥이란 말이다."

그가 총을 살짝 쳐들었다. 쓰레기통맨은 자신의 인생이 끝나는 것이리라, 분명히 끝장이 나리라 생각했다. 그때 키드가 총을 다시 내렸다…… 살짝만. 그러고는 완전히 얼빠진 표정을 지었다. 쓰레기통은 이 표정이 깊은 사색을 나타내는 것이라 짐작했다.

"중요한 얘기를 해 줄게, 쓰레기야. 맥주 캔을 하나 새로 집어

들어. 그리고 쭉 제껴. 만약 한 번에 다 제낄 수 있으면, 너를 캐딜락 목장에 보내지 않겠다. 너 이 행복한 허튼소리 믿냐?"

"제······ 제끼는 게 뭐예요?"

"어이구 맙소사, 애송아, 이 돌대가리 딩동댕아! 중간에 멈추지 말고 한 캔 전부 후딱 마셔 버리는 거, 그게 제낀다는 거다! 어디 멀리서 놀다 왔냐? 니미 씹할 아프리카였어? 맥주가 줄줄이 폭탄처럼 넘어가길 빌어라, 쓰레기. 만약 내가 한 방 먹일라치면, 총알이 네 눈알 속으로 정통으로 달려간다. 이 우라질 놈의 총에 덤덤탄을 장전했단 말이다. 졸라리 왕창 터뜨려서 이 더러운 곳의 바퀴벌레들한테 좆같은 뷔페식 저녁 식사로 줘 버리는 수가 있어."

그가 권총을 까딱거리며 자신의 빨간 눈을 쓰레기한테 고정했다. 윗입술에 맥주 거품 찌꺼기가 묻었다.

쓰레기통은 마분지 상자로 손을 뻗어 맥주 캔 하나를 골라 뚜껑을 땄다.

"쭉 들이켜. 마지막 한 방울까지. 만약 토해 내기라도 하면 넌 좆나 죽은 거위 신세가 되는 거다."

쓰레기통맨이 고개를 젖히고 캔을 쳐들었다. 맥주가 콸콸 흘러나왔다. 그는 경련을 일으키듯 들이켰고, 나뭇가지 위의 원숭이처럼 목젖이 위아래로 흔들렸다. 캔이 다 비자 두 발 사이에 떨어뜨렸는데, 구역질과 영원히 끝나지 않을 듯한 전투를 치른 것이었고, 길게 울려 퍼지는 한 번의 트림으로 자신의 생명을 구한 것이었다. 키드가 작은 머리를 뒤로 젖히고 즐겁게 꺼이꺼이 웃었다. 쓰레기가 선 채로 휘청거리며 힘없이 미소 지었다. 갑자기 한꺼번에 취기가 올라왔다.

키드가 총을 권총집에 넣었다.

"좋았어. 나쁘진 않았다, 쓰레기통맨. 니미 씹할 너무 추접스럽진 않았어."

키드는 계속 술을 마셨다. 찌그러진 깡통들이 모텔 침대 위에 쌓였다. 쓰레기는 쿠어스 캔 하나를 무릎 사이에 놓고 키드가 불만스럽게 쳐다보는 것 같을 때마다 찔끔찔끔 마셨다. 키드는 끊임없이 계속 중얼거렸으며, 빈 캔이 쌓여 갈수록 목소리가 점점 더 낮아지고 남부 억양이 심해졌다. 이제껏 자기가 돌아다녔던 곳에 관해 말했다. 자기가 우승했던 경주들. 보닛 밑에 442 헤미 엔진이 달린 세탁소 트럭으로 멕시코 국경을 넘어 운반했던 한 무더기의 약. 더러운 물건이었다고 했다. 약 전체가 니미 씹할 더러운 물건이었다. 자신은 절대 그것을 손대지 않았지만 그런 쓰레기 몇 무더기를 날라다 주고 나면, 앗싸, 황금 화장지로 엉덩이를 닦으며 살 수도 있었다. 마침내 그가 고개를 까딱거리고, 작고 빨간 눈이 닫혀 있는 시간이 점점 더 길어지기 시작하더니 어쩔 수 없이 몸이 늘어지고 있었다.

키드가 중얼거렸다.

"그놈 때려잡을 거다, 쓰레기. 그리로 가서, 상황을 살피고, 사정이 어떻게 돌아가는지 알 때까지 니미 씹할 놈의 엉덩이에 계속 입맞춤할 거다. 하지만 아무도 이 키드를 마구 부려 먹을 순 없어. 좆나 아무도. 오래 걸리진 않을 테지. 난 깨작거리며 일하지 않아. 임무가 생기면, 난 목숨을 걸고 매달린다고. 그게 바로 나의 스타일. 나는 그놈이 누군지 또는 어디 출신인지 또는 그가 어떻게 우리의 니미 씹할 대갈통 속에다 방송을 할 수 있는지 전혀 몰라. 하지만 쫓나게 몰아낼 거다. (커다랗게 하품을 하고) 내 구역에서 결딴낼 거다. 캐딜락 목장으로 보내 버릴 거다. 넌 나만 따라다녀라, 크레기. 네 이름이 좆나 뭐든지 간에."

키드가 침대 위로 천천히 드러누웠다. 새로 딴 캔 맥주가 기운 빠진 손에서 떨어졌다. 더 많은 쿠어스가 바닥 깔개를 진창으로 만들었다. 악동이 맛이 가고 나서 쓰레기통맨이 세어 보니, 키드는 혼자서 스물한 캔을 해치워 놓았다. 쓰레기통맨은 조그만 사람이 어떻게 저렇게 많은 맥주를 마실 수 있는지 알 수 없었지만, 이제 무슨 일을 할 때인지는 확실히 알았다. 자신이 도망갈 때였다. 알고는 있었지만 취하고 힘없고 지친 기분이 들었다. 무엇보다도 쓰레기가 원했던 것은 잠깐 동안 자는 것이었다. 그래도 괜찮을 것 같았다.(괜찮지 않을까?) 키드는 밤새도록, 어쩌면 내일 오전까지도 나무토막처럼 꼼짝 않고 잘 테니까. 그러니 잠깐 선잠을 자도 시간은 남아돌 거니까.

그래서 그는 키드가 혼수상태에 빠진 후였지만 발끝으로 걸으며 옆방으로 갔고, 있는 힘을 다해 연결 문을 닫았다. 썩 잘 닫히진 않았다. 총알이 발사될 때 어찌 된 영문인지 문이 뒤틀렸던 것이다. 화장대 위에 태엽 감는 알람 시계가 있었다. 쓰레기는 시계 태엽을 감고 정확히 몇 신지 몰랐기(신경도 안 썼기) 때문에 현재 시각을 자정에 맞춰 놓은 다음, 알람 시간을 다섯 시에 맞추었다. 운동화를 벗지도 않은 채 두 개의 침대 중 하나에 드러누웠다. 5분 안에 잠이 들었다.

얼마 뒤 쓰레기는 깨어났다. 아침의 어두컴컴한 무덤 속에서, 건조한 미풍을 타고 얼굴에 밀려오는 맥주 냄새와 토사물 냄새를 맡으며. 무엇인가가 침대 속에 함께 있었다. 뜨겁고 부드럽고 꿈틀거리는 무엇인가가. 두려움을 느낀 그의 첫 번째 생각은 네브래스카 꿈속의 족제비가 어찌어찌해서 현실로 튀어나왔다는 것이었다. 입에서 울먹이는 작은 신음이 나오는 순간 그는 침대에 함께 있는 그 동물이 매우 크진 않았어도 족제비치고는 상당히 크다는 사실을 깨달았다. 전날 마셨던 맥주 때문에 머리가 아팠다. 두통이 무자비하게 관자놀이를 뚫어 댔다.

"내 걸 잡아."

키드가 어둠 속에서 속삭였다. 쓰레기통의 손은 꽉 붙들려서 두근거리는 단단한 원통 모양의 피스톤 같은 물체한테로 이끌렸다.

"나를 딸쳐 줘. 어서 해 봐, 딸쳐 줘. 어떻게 하는지 넌 알잖아. 널 처음 봤을 때 알아봤다. 어서 해 봐, 니미 씹할 딸치야, 나를 딸쳐 줘."

쓰레기통맨은 그것을 하는 방법을 알고 있었다. 여러 면에서 다행이었다. 감방에서 보낸 긴긴 밤에 그것을 알았다. 사람들은 그것이 나쁘다고, 호모 짓이라고 말했지만, 호모들이 하는 짓은 다른 사람들 몇몇이 벌이는 짓보다는 나았다. 그 몇몇은 밤마다 숟가락 손잡이를 칼처럼 날카롭게 갈았고, 침상에 벌렁 누워 손가락 관절을 우두둑거리며 상대를 쳐다보고 오싹한 미소나 지어 보였다.

키드가 쓰레기통의 손을 총을 닮은 신체 부위에 올려놓자 쓰레기는 상황을 이해했다. 그는 그것을 손으로 움켜쥐고 움직이기 시작했다. 그 일이 끝난 후 키드는 또다시 잠들 것이었다. 그러면 쓰레기는 슬그머니 도망갈 것이었다.

키드의 숨결이 거칠어졌다. 쓰레기통이 흔드는 리듬에 맞춰 엉덩이를 움직이기 시작했다. 쓰레기는 키드가 자신의 허리띠를 끄르고 있다는 것을 처음엔 깨닫지 못했는데, 어느 틈엔가 그의 청바지가 스르르 벗겨졌고 곧이어 팬티가 무릎으로 끌려 내려갔다. 쓰레기는 그가 하는 대로 놔뒀다. 키드가 자기 물건을 자신에게 쑥 집어넣고 싶어하든 말든 상관없었다. 쓰레기는 예전에도 남의 성기가 쑥 들어오는 것을 놔둔 적이 있었다. 그런다고 죽는 것은 아니었다. 성기는 독이 아니었다.

순간 쓰레기의 손이 굳어 버렸다. 자신의 항문을 갑작스럽게 쑤신 것이 무엇이든 간에, 살은 아니었다. 차가운 금속이었다.

그는 문득 금속의 정체를 깨달았다.

"안 돼."

쓰레기가 속삭였다. 눈이 어둠 속에서 휘둥그레졌고 겁에 질렸다. 거울 속에 저 살인적인 인형의 얼굴이 어렴풋이 보였다. 인형은 빨간 두 눈에 머리칼을 드리우고, 쓰레기통맨의 어깨 위에서 대롱거리고 있었다.

"돼."

키드가 맞받아쳤다.

"혹시라도 손 흔드는 거 멈출 생각 마라, 쓰레기. 니미 씹할 단 한 번도 멈추지 마. 안 그랬다가는 내가 이 잡것의 방아쇠를 확 당겨 버릴지도 몰라. 네 똥창이 지옥까지 터져 나가 없어질 거다. 덤덤탄이다, 쓰레기. 이 행복한 허튼소릴 믿냐?"

울먹이며, 쓰레기통맨은 움켜쥔 손을 다시 흔들기 시작했다. 45구경 권총의 총신이 몸 안으로 밀고 들어와 빙빙 돌고, 쑤셔 대고, 쥐어뜯자, 흐느낌은 고통스러운 헐떡거림으로 바뀌었다. 그런데 이것 때문에 흥분한다는 게 가능한 일일까? 가능한 일이었다.
 결국에는 그의 흥분을 키드도 분명히 알아차렸다.
 "기분 좋지, 그치?"
 키드가 헐떡거렸다.
 "네가 그럴 줄 알았다, 이 고름 주머니야. 넌 누가 네 엉덩이를 쑤셔 박는 걸 좋아하지, 그치? 그렇다고 말해, 고름 주머니야. 그렇다고 말해. 안 그럼 당장 지옥으로 보내 주마."
 "좋아해요."
 쓰레기통맨이 흐느껴 울었다.
 "내가 딸딸이 쳐 주길 원하지?"
 아니었다. 흥분되건 말건 간에, 그는 싫었다. 그러나 그렇게 말할 정도로 어리석진 않았다.
 "예."
 "다이아몬드가 박혀 있다 한들 네 좆엔 손댈 생각 없다. 혼자서 해결해라. 하나님이 왜 너한테 두 손을 주셨겠냐?"
 그 일이 얼마나 오랫동안 계속되었을까? 하나님은 아실지도 몰랐다. 그러나 쓰레기통맨은 알지 못했다. 1분, 1시간, 한평생. 무슨 차이가 있을까? 그는 키드가 절정에 도달하는 순간 자신이 두 가지를 동시에 느낄 것이라 확신했다. 자신의 배 위로 맹렬하게 쏟아지는 작은 괴물의 정액, 그리고 덤덤탄이 내장 기관들을 쩌렁쩌렁 울리며 확산시키는 극심한 고통. 극한의 관장 요법.
 한순간 키드의 엉덩이가 굳는가 싶더니 그의 성기가 쓰레기통맨의 손 안에서 발작을 거듭했다. 쓰레기의 주먹이 미끈거렸다, 고무장갑처럼. 한순간이 지난 후 권총이 뒤로 물러갔다. 소리 없는 안도의 눈물이 쓰레기통의 두 뺨으로 펑펑 쏟아져 내렸다. 죽기가 두렵지는 않았다. 적어도 다크맨에게 충성을 바치다 죽는 것은 두렵지 않았다. 그러나 이 컴컴한 모텔 객실 안에서 정신병자의 손에 죽고 싶지는 않았다. 시볼라를 보기 전까진 죽기 싫었다. 쓰레기는 하나님한테 간절히 기원할 법도 했지만, 다크맨한테 충성을 바쳤던 사람에게는 하나님도 동정 어린 귀를 열어 두지 않을 것이라고 직관적으로 알아차렸다. 게다가 어차피 하나님이 쓰레기통맨한테 이제껏 해 준 게 뭐란 말인가? 그런 문제에 관해서라면 도널드 머윈 엘버트한테도 뭐 해 준 게 있었나?

숨소리만 가득한 정적 속에서 키드가 목소리를 높여 노래를 불렀다. 음정이 엉망인 데다 쉬어 터진 소리를 내면서, 잠을 향해 늘어져 갔다.

"내 친구들하고 난 진짜 진짜 유명해…… 아무렴, 나쁜 녀석들도 우리를 아니까 건드리지 않는다네……."

그가 코를 골기 시작했다.

'이제 떠나야겠어.' 쓰레기통맨은 생각했다. 그러나 움직이면 키드가 깰까 봐 무서웠다. '이놈이 정말로 잠든 게 확실해지자마자 얼른 떠나야겠다. 5분. 그보다 더 오래 걸리진 않을 거야.'

그러나 어느 누구도 어둠 속에서 5분이 얼마나 긴 시간인지 알지 못한다. 어둠 속에서는 5분이 존재하지도 않는다고 말하는 편이 타당할지도 모른다. 그는 기다렸다. 조는 줄도 모르고 선잠을 오락가락했다. 이윽고 잠의 미끄럼틀로 미끄러져 내려갔다.

쓰레기는 매우 높은 검은 도로 위에 있었다. 손을 뻗으면 닿을 만큼 별들이 가깝게 보였다. 별을 하늘에서 똑 따서 유리병 속에다 훌훌 집어넣을 수 있을 것 같았다, 개똥벌레처럼. 지독하게 추웠다. 몹시 어두웠다. 별빛에 젖은 고속도로가 자연 그대로의 암석 덩어리들 속으로 뚫고 지나가는 것이 어렴풋이 보였다.

어둠 속에서, 무엇인가가 그를 향해 걸어오고 있었다.

그리고 그분의 목소리가 미지의 장소에서, 사방 천지에서 들려왔다.

"산속에서 나는 네게 기적을 내릴 것이다. 네게 나의 힘을 보여 줄 것이다. 나를 거역하려는 자들한테 무슨 일이 생기는지 네게 보여 줄 것이다. 기다려라. 지켜보아라."

빨간 눈동자들이 어둠 속에서 열리기 시작했다. 마치 누군가가 서른 개도 넘는 위험 신호 등불에 덮개를 씌워 놓았다가 이제 한 쌍씩 덮개를 벗겨 내는 듯했다. 그것들은 눈동자였고, 쓰레기통맨을 죽음의 원으로 둘러쌌다. 처음에는 족제비들의 눈이라고 생각했지만, 원이 그의 주위로 가깝게 조여 옴에 따라 거대한 회색 늑대들이 귀를 앞쪽으로 쫑긋 세우고 검은 주둥이에서 거품을 뚝뚝 흘리는 모습이 보였다.

그는 무서웠다.

"그것들은 너를 노리는 것이 아니다, 나의 선하고 충실한 하인이여. 알겠느냐?"

그러자 눈들이 사라졌다. 이와 동시에 헐떡거리던 회색 야생 늑대들도 사라졌다.

"지켜보아라."

그 목소리가 말했다.

"기다려라."

그 목소리가 말했다.

꿈이 끝났다. 쓰레기가 깨어나니 모텔 객실 창문으로 눈부신 햇살이 들어오고 있었다. 키드는 창문 앞에 서 있었으며, 이제는 소멸해 버린 아돌프 쿠어스 맥주 회사와 함께 전날 밤 한바탕 지랄 발광을 떨어 놓고도 전혀 피곤한 기색이 없는 듯했다. 머릿결을 먼젓번처럼 윤기 나는 꼬불꼬불한 소용돌이 모양으로 빗질한 그는 창에 비친 자신의 외모에 감탄하는 중이었다. 가죽 재킷은 의자 등받이 위에 걸어 놓았다. 교수대에 내걸린 자그만 시체처럼 토끼 발들이 허리띠에서 덜렁거렸다.

"이봐, 고름 주머니! 널 깨우려면 네 손에다 또 기름칠을 해 줘야 하나 생각하던 참이었어. 빨랑 일어나. 우리 앞에 중차대한 날이 밝았단 말이다. 오늘은 많은 일들이 벌어질 거다. 내 말 맞지?"

"옳고말고요."

쓰레기통맨이 야릇하게 웃으며 대답했다.

8월 5일 저녁, 잠에서 헤엄쳐 나온 쓰레기통맨은 여전히 MGM 그랜드 호텔 카지노 안의 블랙잭 탁자 위에 누워 있었다. 그의 앞에 의자를 뒤로 돌리고 앉아 있는 사람은 담황색 금발 생머리에 거울같이 비치는 선글라스를 걸친 젊은 남자였다. 쓰레기가 첫 번째로 눈여겨본 것은 그 사람의 풀어헤친 브이넥 스포츠 셔츠 안으로 보이는 목에 걸린 돌이었다. 검은 돌, 중앙에 붉은 흠집이 나 있는. 밤에 출몰한 늑대의 눈동자를 닮은.

그는 목마르다고 말하려 애썼지만 간신히 "어억!" 소리만 힘없이 나왔다.

"너는 아마도 뜨거운 태양 아래서 상당히 긴 시간을 보냈던 게 분명해."

로이드 헨리드가 말했다.

"당신이 그분이신가요? 당신이……"

쓰레기통맨이 속삭였다.

"왕초냐고? 아냐, 나는 그분이 아냐. 플랙 님은 로스앤젤레스에 계셔. 그렇지만 그분은 네가 여기 있는 것을 아시지. 오늘 오후에 내가 무선 통신기로 말씀드렸어."

"그분이 오고 계시는 중입니까?"

"뭐야, 겨우 너를 만나려고? 염병할, 아냐! 그분은 편하실 때 여기 오실 거다. 이 사람아, 자네와 나, 우리는 그저 미천한 사람들일 뿐이야. 그분은 그분 편하실 때 오실 거야."

그리고 로이드는 그날 아침, 쓰레기통맨이 비틀비틀 걸어 들어오고 난 뒤 키 큰 남자한테 했던 질문을 되풀이했다.

"그분을 뵙고 싶어 안달이 났나?"

"예…… 아뇨…… 모르겠어요."

"뭐, 어떤 식으로든 기회가 올 거야."

"목이 마른데……."

"그래. 여깄다."

로이드는 체리 쿨에이드가 가득 담긴 커다란 보온병을 건넸다. 쓰레기통은 그것을 단숨에 싹 비웠고, 그러고 나서 몸을 웅크리며 배를 부여잡고 끙끙거렸다. 복통이 지나가자 그는 말없이 감사의 눈길로 로이드를 바라보았다.

"뭐 좀 먹을 수 있을 것 같나?"

"예, 그런 거 같아요."

로이드가 그들 뒤에 서 있는 남자에게 몸을 돌렸다. 그 남자는 멍하니 룰렛 바퀴를 돌려 작은 흰 공이 덜그럭 튀어오르게 하던 중이었다.

"로저, 휘트니나 스테파니앤한테 가서 이 친구한테 프라이와 햄버거를 좀 만들어 달라고 해. 아니지, 젠장, 내가 무슨 생각을 하는 거야? 사방에다 다 토해 버릴라. 수프. 이 친구한테 수프를 좀 갖다 줘. 어이, 괜찮아?"

"뭐든지 좋아요."

쓰레기가 고마워하며 말했다.

"이곳에 휘트니 호건이라는 사내가 있는데, 예전엔 정육점 주인이었어. 뚱뚱하고 시끄러운 똥자루에다 요리를 어떻게 하는지도 몰라! 맙소사! 여긴 별것이 다 있어. 우리가 들어왔을 땐 발전기도 계속 돌아가고 있었고, 냉장고도 꽉 차 있었다고. 좆같은 라스베이거스! 자네가 보기에도 여기가 제일 호들갑스러운 곳 같지?"

"맞아요."

쓰레기통맨은 이미 로이드가 맘에 들었지만 그의 이름조차 알지 못했다.

"여긴 시볼라예요."

"뭐라고 그랬어?"

"시볼라. 많은 이들이 찾아 헤매던 곳."

"그래, 수많은 사람이 전설만 믿고 오랜 세월 그곳을 찾아 헤맸지. 하지만 대다수는 실망스러운 결과만 안고 떠나갔어. 흐음, 여기를 뭐라고 부르고 싶든지 간에, 자네 여기까지 오느라 푹 삶아질 뻔한 것처럼 보이는구먼. 이름이 뭔가?"

"쓰레기통맨이오."

로이드는 전혀 이상한 이름이라고 생각하는 것 같지 않았다.

"이름을 보아하니 틀림없이 예전에는 폭주족이었겠는걸."

그가 손을 내밀었다. 손가락 끝에는 거의 굶어 죽을 뻔했던 피닉스 교도소 시절에 생긴 상처들이 아직도 희미하게 남아 있었다.

"나는 로이드 헨리드다. 만나서 반갑다, 쓰레기. 꿈과 환상의 배에 승선한 것을 환영한다."

쓰레기통맨은 로이드가 내민 손을 잡고 악수하면서 감사의 마음으로 울음이 복받쳐 오르는 것을 참느라 애써야 했다. 그가 기억하기로는, 누군가 자기에게 악수하자고 권한 것은 이번이 평생 처음이었다. 그는 이곳에 있었다. 받아들여진 것이다. 드디어 어떤 집단에 속한 사람이 되었다. 이 순간을 위해서라면 이제껏 겪은 것보다 두 배는 더 큰 사막이라도 기꺼이 걸어서 통과할 것 같았고, 나머지 팔과 두 다리에도 기꺼이 화상을 입을 것 같았다.

"고마워요. 고마워요, 헨리드 씨."

쓰레기가 중얼거렸다.

"제기랄. 형제여, 나를 로이드라고 부르지 않으면 수프를 집어 던져버리겠어."

"그럼 로이드. 고마워요, 로이드."

"거 한결 낫구먼. 식사를 마친 다음에, 위층에 있는 자네 방에 데려다 줄게. 우린 내일 자네한테 뭔가 작업을 맡길 거야. 내 생각엔 왕초가 자넬 위해 친히 준비하신 임무가 있을 테지만, 그 전까진 자네가 할 일이 무척 많다고. 우리는 이 지역의 몇몇 시설들을 다시 굴러가게 하려고 애써 왔는데 아직은 갈 길이 멀어. 볼더 댐에 한 패거리를 배치해서, 전기를 다시 끌어 오려고 노력하는 중이야. 또 다른 패거리는 수돗물 공급 작업 중이고. 정찰대도 내보냈어. 하루에 여섯에서 여덟 사람 정도가 이곳에 새로 들어오려고 하니까. 하지만 한동안은 그런 자세한 사항은 자네한테 비밀로 해두겠어. 자네 한 달치 햇볕에 한꺼번에 튀겨진 것처럼 보이는구먼."

"그런 것 같아요."

쓰레기통맨이 힘없는 미소를 지으며 말했다. 그는 이미 로이드 헨리드를 위해서라면 기꺼이 목숨이라도 바칠 태세였다. 그는 자신의 모든 용기를 끌어 모아 로이드 목의 오목한 부분에 있는 돌을 가리켰다.

"그거……"

"그래, 우리 관리자급 사람들은 모두 이런 걸 걸고 있어. 그분의 아이디어지. 흑옥이야. 보다시피 진짜 돌은 전혀 아니고 기름거품 비슷한 거야."

"제 말은…… 빨간빛. 눈동자 같아요."

"자네한테도 그렇게 보이는 거야, 응? 그것은 흠집이야. 그분이 내리신 특별한 거지. 나는 그분의 수하 중에서 가장 똑똑한 놈은 아니고, 심지어 도박으로 쪽박 차는 이 도시에서조차도 가장 똑똑한 놈은 아니야. 전혀 아니라고. 그렇지만 나는…… 젠장, 나는 그분의 마스코트인 것 같아."

로이드가 쓰레기를 주의 깊게 쳐다보았다.

"어쩌면 자네도 그럴지 누가 알겠어? 나는 모르겠어. 그건 분명해. 그분 플랙 님은 주도면밀한 분이셔. 어쨌거나 우리는 그분한테서 자네가 특별하다고 들었어. 나하고 휘트니는. 절대 그냥 하신 말씀이 아니야. 너무나 많은 사람이 여기에 모여드니까 많은 사람 중에서 특별한 사람을 주목하긴 어려운 거잖아…… 그래도 그분이라면 잘 가려내실 수 있다고 생각되긴 해. 그분은 맘만 먹으신다면 누구든 적임자를 척척 가려내실 수 있어."

쓰레기통맨이 끄덕거렸다.

"그분은 마법을 부리실 수 있어."

로이드의 목소리가 약간 허스키해졌다.

"나는 그것을 봤지. 나는 그분께 거역하는 사람들을 증오해. 자네도 알지?"

"예. 저는 키드한테 벌어진 일을 목격했어요."

"키드라니?"

"산맥에 도착할 때까지 저랑 동행했던 남자요."

그는 몸을 떨었다.

"그 일에 관해선 말하고 싶지 않아요."

"좋았어, 친구. 여기 수프가 왔어. 휘트니가 햄버거도 곁들였구먼. 제법 먹을 만할 거야. 그 녀석은 엄청난 햄버거를 만든단 말이야. 하지만 먹고 토할 생각은 하지 마, 오케이?"

"오케이."

"난 말이지, 몇 군데 둘러보고 만날 사람들이 있어. 만약 내 옛 친구 포크가 지금의 나를 본다면, 도저히 믿지 못할 거야. 나는 엉덩이 걷어차기 대회에 출전한 외다리 남자보다도 더 바쁘신 몸이라고. 나중에 또 보세."

"물론이죠."

쓰레기통이 말한 다음 수줍어하며 덧붙였다.

"고마워요. 이 모든 것이 다 고마워요."

"나한테 감사하지 마. 그분께 감사드려."

로이드가 상냥하게 말했다.

"그럴게요. 매일 밤마다."

그러나 쓰레기통맨은 혼자서 말하고 있었다. 로이드는 이미 로비 중간쯤을 지나 수프와 햄버거를 가져왔던 사람과 대화 중이었다. 쓰레기통맨은 그들이 시야에서 사라질 때까지 다정한 눈길로 지켜보고 나서 꾸역꾸역 음식을 집어넣기 시작해, 거의 모든 음식이 없어질 때까지 게걸스럽게 먹어 치웠다. 만일 수프 그릇을 내려다보지 않았다면 마냥 좋았을 것이다. 토마토 수프였는데, 피 색깔이었다.

그는 갑자기 식욕이 달아나서 그릇을 옆으로 치웠다. 키드 일은 말하고 싶지 않다고 말했던 것은 매우 잘한 일이었다. 하지만 키드한테 일어났던 일에 관해 생각하기를 그만두는 것은 전혀 별개의 일이었다.

쓰레기는 룰렛 바퀴 있는 곳으로 걸어가며, 음식과 같이 나온 우유를 조금씩 홀짝거렸다. 별생각 없이 바퀴를 돌리고 작은 흰 구슬을 바퀴 판에 떨어뜨렸다. 구슬이 바퀴 테두리를 따라 구르다가 아랫부분의 빈 구멍들과 부딪쳐 이리저리 까불거리기 시작했다. 그는 키드에 관해 생각했다. 누가 와서 어느 방이 자신의 방인지 가르쳐 줄 것인지 궁금했다. 키드에 관해 생각했다. 구슬 공이

빨간 숫자에 멈출지 까만 숫자에 멈출지 궁금했지만…… 주로 키드에 관해 생각했다. 가만히 있지 못하고 튀어 다니던 구슬 공이 빈 구멍 중 한 곳에 걸렸고, 이번에는 다시 튀어나오지 않았다. 바퀴가 움직임을 멈추었다. 공은 녹색 00번 아래에 앉아 있었다. 00번에 걸리면 돈을 건 모든 사람들이 패하는 것이다.

역시 도박으로 돈을 따는 것은 도박장뿐.

구름 한 점 없는 섭씨 27도의 날씨에, 골든에서 서쪽으로 70번 주간 고속도로를 따라 곧장 로키 산맥으로 향하는 동안, 키드는 레벨 옐 위스키 한 병을 위해 쿠어스 맥주를 버렸다. 두 사람 사이의 기어박스 위에 두 병이 더 있었는데, 각각 빈 마분지 우유 상자 속에 반듯하게 담겨 굴러다니거나 깨지는 일이 없었다. 키드는 위스키 병을 입에 물었다가, 곧장 펩시콜라를 꿀떡꿀떡 삼키고 나서, 목청이 터지도록 '화끈은 옘병!' 또는 '이야호!' 또는 '섹스 머신!'을 외쳐 댔다. 그는 할 수만 있다면 오줌도 레벨 옐 위스키로 쌀 거라고 몇 번씩이나 말했다. 이 행복한 허튼소리를 믿느냐고 쓰레기통맨한테 물었다. 두려움 때문에 그리고 전날 밤 맥주 세 캔을 마셔서 여태 숙취에 시달렸기 때문에 안색이 창백했던 쓰레기통맨은 키드의 말을 믿는다고 했다.

키드조차도 이런 도로에서는 시속 150킬로미터의 속도로 마냥 돌진할 수 없었다. 그는 시속 90킬로미터로 늦추고 옘병할 좆같은 산들에 관해 투덜거렸다. 그러고는 활기를 되찾았다.

"유타 주랑 네바다 주로 해서 건너가면 지체된 시간을 많이 만

회할 수 있을 거다, 쓰레기. 이 작은 귀염둥이는 바람 빠진 타이어로도 시속 250킬로미터로 질주할 거라고. 너 이 행복한 허튼소리 믿냐?"

"훌륭한 차니까 당연하겠죠."

쓰레기통이 병든 개처럼 웃으며 말했다.

"철석같이 믿으라고."

키드가 레벨 옐 위스키를 입에 물었다. 뒤이어 펩시를 마셨다. 목청이 터지도록 '이야호!'를 외쳤다.

쓰레기는 이제 한창 오전의 햇살을 받으며 지나쳐 가는 바깥 풍경을 암울하게 주시했다. 주간 고속도로가 산등성이로 바로 이어져서, 때때로 그들은 커다란 바위 절벽 사이를 지나고 있었다. 전날 밤 꿈속에서 목격한 절벽들. 어두워지고 나면 그 빨간 눈동자들이 또다시 열리려나?

그는 부들부들 몸을 떨었다.

잠시 후 속도가 시속 90킬로미터에서 60킬로미터로 떨어진 것을 깨달았다. 그다음엔 50킬로미터로. 키드가 단조로운 억양으로 욕지거리를 지독하게 퍼붓는 중이었다. 듀스 쿠페는 점차 빽빽해지는 차들 사이를 요리조리 누볐다. 차량 행렬은 모두 엉겨 붙었고 죽은 듯 고요했다.

"좆나 씨발 이게 뭐야?"

키드가 격분했다.

"저것들 뭐야? 모두 다 좆같은 해발 3,000미터 고지에서 죽기로 환장한 거야? 야 이 멍청한 좆밥 새끼들아, 내 앞길에서 비켜! 내 말 들리냐? 좆나 내 앞길에서 비키라고!"

쓰레기통맨은 몸을 움츠렸다.

커브 길을 돈 그들은 70번 주간 고속도로 서쪽 방면 차선들을 완전히 막아 버린 끔찍스러운 사중 충돌 현장과 마주쳤다. 오래전에 울퉁불퉁 금이 간 채로 반들반들하게 말라붙은 피딱지로 뒤범벅 된 남자 시체 하나가 큰대 자로 도로에 엎어져 있었다. 시체 가까이에 방가신 수다쟁이 캐시 인형이 있었다. 그 혼잡을 우회할 수 있는 왼쪽은 높이 2미터의 강철 가드레일 기둥들 때문에 막혀 있었다. 오른쪽은 땅이 천 길 낭떠러지로 푹 꺼졌다.

키드는 레벨 옐을 들이켜며 듀스 쿠페를 벼랑 쪽으로 돌렸다.

"꼭 잡아라, 쓰레기. 우린 옆으로 빙 돌아가는 중이니까."

그가 속삭였다.

"들어갈 틈이 없다고요."

쓰레기통맨이 기겁했다. 목구멍이 줄칼에 쓸리는 듯한 느낌이었다.

"그래, 간신히 지나갈 수 있는 정도야."

키드가 속삭였다. 두 눈이 반짝거리고 있었다. 그는 차를 도로 밖으로 조금씩 빼기 시작했다. 오른쪽 바퀴들은 이제 갓길의 흙먼지 속에서 굉음을 내고 있었다.

"나는 빠질래요."

쓰레기통이 허겁지겁 말했고, 문 손잡이를 잡았다.

"가만 앉아 있어라. 안 그랬다간 고름 주머니 시체가 될 거다."

쓰레기가 고개를 돌리자 45구경의 총구 속이 보였다. 키드는 힘이 바짝 들어간 소리로 키득거렸다.

쓰레기통은 자리에 깊숙이 앉았다. 눈을 감고 싶었지만 맘대로 되지 않았다. 그가 앉은 쪽에서는 마지막 남은 갓길 15센티미터가 시야에 들어오지 않았다. 그는 바로 아래 청회색 소나무들과 굴러내린 커다란 바윗돌들이 널린 까마득한 풍경을 내려다보고 있었다. 듀스 쿠페의 와이드 오벌 타이어가 이제는 벼랑 끝까지 10센티미터를 남겨 둔 것을 상상할 수 있었다…… 이제는 5센티미터…….

"1센티 더."

키드가 웅얼거리며 눈이 왕방울만 해지더니 크게 미소 지었다. 더할 수 없이 영롱한 땀방울들이 창백한 인형의 이마에 돋아났다.

"딱…… 1센티만…… 더."

그 일은 순식간에 끝났다. 쓰레기통맨은 차의 오른쪽 뒷부분이 갑작스럽게 바깥쪽으로 그리고 급격하게 아래쪽으로 미끄러지는 것을 느꼈다. 처음엔 자갈들, 그다음엔 더 커다란 돌덩이들이 폭포수처럼 아래로 떨어져 나가는 소리가 들렸다. 그는 비명을 질렀다. 키드가 심한 욕지거리를 하며 1단 기어로 바꾸었고, 가속 페달을 밟았다. 그들이 뒤집힌 시체처럼 드러누운 폴크스바겐 마이크로버스 옆으로 조금씩 움직이는 동안 왼편에서 차체 금속판끼리 맞부딪혀 끼긱거리는 비명이 들려왔다.

"날아라!"

키드가 날카롭게 고함쳤다.

"왕따시만 한 새처럼 훨훨! 날아라! 니미럴, 날라고!"

듀스 쿠페의 뒷바퀴들이 회전했다. 순간적으로 벼랑을 향하던 바퀴의 출력이 증가하는 듯싶었다. 그러고는 차가 앞으로 튀어 나가며 출렁거렸고, 그들은 바퀴의 방향을 잡아 연쇄 충돌한 차들 뒤편의 도로에 복귀했다.

"이 차가 해낼 거라고 내가 말했지!"

키드가 의기양양하게 고함쳤다.

"염병할! 우리가 해냈지? 해냈지? 쓰레기야, 이 조또 좀생이 빨따구야."

"우리가 해냈어요."

쓰레기통맨이 조용히 말했다. 온몸이 심한 경련으로 씰룩거렸다. 도저히 억제할 수 없을 것 같았다. 그다음 순간, 키드를 만난 이후 두 번째로 그는 부지불식간에 자신의 목숨을 구한 한마디를 내뱉었다. 그 말을 하지 않았더라면, 키드는 분명히 그를 살해했을 것이다. 살인은 기쁜 일을 축하하는 키드만의 독특한 방식이었으므로.

"멋진 운전이었어요, 챔피언."

쓰레기가 말했다. 전에는 평생 누구를 '챔피언' 이라고 불러 본 적이 한 번도 없었다.

"아아아…… 그리 대단한 것도 아닌데 뭐."

키드가 우쭐대며 말했다.

"그렇게 운전할 수 있는 사람이 전국에 적어도 두 사람은 더 있다고. 이 행복한 허튼소리 믿냐?"

"그렇게 말씀하신다면 그런 거죠, 키드."

"나한테 말 걸지 마, 자기야, 말은 내가 좆나 너한테 걸 거야. 자 자, 우리 계속 달리는 거야. 언제나 그랬듯이."

그러나 그들은 그리 오래 달리지 않았다. 키드의 듀스 쿠페가 상쾌한 15분을 보낸 후, 루이지애나 주 슈레브포트의 최초 출발

지점에서 3,000킬로미터 정도를 달린 지점에서 멈추었다.

"믿을 수가 없어. 니미 씹할…… 믿을 수 없어!"

그렇게 말하고 운전석 문을 왈칵 열고 밖으로 튀어나온 키드는 4분의 1 정도 남은 레벨 엘 위스키 병을 여전히 왼손에 꼭 쥐고 있었다.

"내 앞길에서 비켜!"

키드가 으르렁대며, 괴상망칙하게 굽이 높은 장화를 신은 채 팔딱거리며, 천성적으로 타고난 파괴적인 힘을 유리병 속의 지진처럼 앙증맞게 표출했다.

"내 앞길에서 비켜, 니미 씹할 새끼들아! 너희는 죽었잖아. 너희 모두 니미 씹할 뼈 무덤 속에나 들어가 있어야지. 너흰 내 좆같은 앞길이랑 아무 상관 없잖아!"

그가 레벨 엘 술병을 내던지자 병이 빙글빙글 날아오르며 황색 술 방울을 흩뿌렸다. 병은 낡은 포르셰 자동차 옆에 부딪혀 수백 조각이 났다. 키드는 말없이 서서 헐떡이더니 약간 비틀거렸다.

이번에는 문제가 사중 충돌 사고처럼 단순하지 않았다. 이번 문제는 다름이 아니라 차량 행렬이었다. 동쪽 방면 차선은 10미터 정도 떨어진 풀이 우거진 중앙 분리대에 의해 서쪽 방면 차선들과 분리되어 있어서 듀스 쿠페가 고속도로 반대편으로 용케 건너갈 수도 있었지만, 도로 상황이 양쪽 모두 똑같았다. 4차선 도로가 6차선을 이룬 차량 행렬로 전후좌우 꽉꽉 들어차 있었다. 비상용 응급 차선도 주행 차선들처럼 만원이었다. 일부 운전자들은 중앙 분리대 위로 주행해 보려고 시도한 것 같았으나, 그곳은 울퉁불퉁 평탄치 않았고 용의 이빨처럼 희끄무레한 흙을 뚫고 나온 돌덩이 천지였다. 어쩌면 차체가 높은 사륜 구동 차는 통과하는 데 성공했을지도 모르지만, 쓰레기통이 중앙 분리대에서 본 것은 충돌하고, 부서지고, 찌그러진 디트로이트산(産) 굴렁쇠들의 묘지였다. 마치 집단적인 광기가 모든 운전자들한테 퍼져 그들이 70번 주간 고속도로의 이 고지대에서 최후의 자동차 박살 경기나 미치광이 장애물 경주를 벌이기로 작정한 듯싶었다. '콜로라도 로키 산맥은 상쾌한데, 나는야 시보레 자동차들이 하늘에서 비 오듯 쏟아지는 것을 보았다네.' 그런 생각을 한 쓰레기통맨은 키득거릴 뻔했지만 서둘러 입을 가렸다. 만약 키드가 키득거리는 소리를 들었다가는 다시는 키득거릴 수 없는 처지가 될 가능성이 농후했다.

키높이 장화를 신은 키드가 성큼성큼 차로 돌아오며, 번들거리는 머릿결을 조심스럽게 매만졌다. 얼굴이 꼬마 바실리스크 도마뱀 얼굴 같은 꼬락서니였다. 두 눈이 분노로 불룩해져 있었다.

"나는 내 씨발 차를 버리지 않아. 너 내 말 듣냐? 천만의 말씀이지. 나는 차를 버리지 않아. 걸어가 봐라, 쓰레기. 저기로 걸어가서 이 니미 씹할 교통 체증이 얼마나 멀리까지 이어지는지 알아봐. 잘은 모르지만 어쩌면 도로에 트럭이 껴서 그럴 수도 있지. 난 좆같이 뒤돌아갈 수 없다는 걸 알아. 뒤로 돌아갈 갓길이 없어졌으니. 들이댔다간 아래로 추락해 버리고 말걸. 하지만 만약 앞에 주저앉은 트럭 같은 게 있을 뿐이라면, 꿇릴 게 없지. 한 번에 하나씩 이 잡것들을 뛰어넘어서 조또 요놈들 뚜껑 위로 쏜살같이 달려갈 테니까. 나는 그렇게 할 수 있어, 이 행복한 허튼소리를 믿어 두는 게 좋아. 빨랑 움직여, 자식아."

쓰레기는 말대꾸하지 않았다. 도로를 조심스럽게 걷기 시작하여 꽉꽉 들어찬 차량 사이를 이리저리 누비고 다녔다. 만일 키드가 총을 쏘기 시작하면 몸을 숙이고 달아날 채비를 했다. 그러나 키드는 총을 쏘지 않았다. 안전한 거리라고 판단되는 지점(즉 권총 사거리 밖)으로 걸어 나오자 쓰레기통맨은 유조차 꼭대기에 올라 뒤를 돌아보았다. 지옥에서 온 조그만 길거리 양아치 같은, 이렇게 500미터 정도 떨어진 거리에서는 진짜로 인형만 한 크기로 보이는 키드가, 듀스 쿠페 옆면에 기대어 술을 마시고 있었다. 쓰레기통맨은 손을 흔들어 볼까 하고 생각했지만 곧이어 좋지 않은 생각이라고 판단했다.

쓰레기통맨은 그날 산악 표준 시각 오전 10시 30분경에 걷기 시작했다. 걸음은 느렸다. 차량이 너무 빽빽하게 한데 몰려 있어서 종종 자가용과 트럭의 보닛이나 지붕 위로 기어 올라가야 했다. 그리고 첫 번째 '터널 폐쇄' 표지판에 당도했을 무렵엔 이미 오후 3시 15분이었다. 약 20킬로미터를 지나온 것이었다. 20킬로미터는 그리 먼 거리는 아니었다. 자전거 한 대로 전 국토의 20퍼센트를 횡단했던 어느 누구에게는. 하지만 장애물들을 따져 보니, 20킬로미터가 매우 힘겨웠다는 생각이 들었다. 오래전에 상황을 보고하러 키드한테 되돌아갈 수도 있었으나…… 그러긴 싫었다. 만약 그럴 마음이 조금이라도 있었다면 되돌아갔을 것이다. 물론 그런 마음은 없었다. 쓰레기통맨은 역사책을 그리 많이 읽진 않았지만 (전기 충격 치료를 받은 후, 독서는 그에게 힘겨운 것이 되었다.), 옛날 왕이나 황제들이 흔히 나쁜 소식을 가지고 온 심부름꾼을 그냥 홧김에 죽여 버리곤 했다는 사실을 알 필요는 없었다. 이미 아는 사실만으로도 충분했다. 그는 키드에 관해 더 이상 전혀 알고 싶지 않을 만큼 아주 많은 것을 알고 있었다.

쓰레기통맨은 오렌지색 바탕에 까만 글씨가 새겨진 다이아몬드 형태의 표지판 앞에 서서 곰곰이 생각해 보았다. 그것은 세상에서 가장 오래되어 보이는 넘어진 유고 자동차의 한쪽 바퀴 밑에 깔려 있었다. '터널 폐쇄'. 무슨 터널? 눈에 비치는 햇살을 손으로 가리고 전방을 주시하며, 무엇인가 볼 수 있겠거니 하고 생각했다. 차가 막아설 때마다 차 위로 기어오르면서 300미터를 더 걸어간 그는 충돌한 차량들과 시체들이 뒤엉켜 있는 놀라운 현장에 이르렀다. 승용차와 트럭 일부는 완전히 불에 타 있었다. 대다수는 군용차였다. 시체들 거의가 카키색 군복을 입었다. 이 전투 현장 너머로(쓰레기는 전투가 벌어졌던 거라고 굳게 확신했다.) 차량 정체가 또다시 시작되었다. 그리고 그 너머 동쪽과 서쪽으로, 자연 그대로의 암석 산에다 '아이젠하워 터널'이라고 표시된 거대한 표지판을 박아 놓은 쌍둥이 구멍 속으로 차량 행렬이 자취를 감추었다.

그는 가슴을 두근거리며 가까이 다가가면서도, 자신이 무엇을 할 작정인지 정확히 알지 못했다. 암석 산을 뚫고 지나가는 쌍둥이 구멍이 그를 위협했고, 가까이 다가설수록 위협은 적나라한 공포로 바뀌었다. 아마도 그는 링컨 터널에 대해 래리 언더우드가 느꼈던 감정을 완벽하게 이해했을 것이다. 그 순간에 그들은 자신들도 모르는 새에 영혼의 형제, 순수한 공포의 감정을 공유한 영혼의 형제가 되었다.

크게 다른 점이 있다면 링컨 터널의 보행자용 쪽길은 도로 지면에서 높은 곳에 있었던 데 반해 여기 쪽길은 상당히 낮았기 때문에, 실제로 옆으로 달려들기를 시도했던 일부 차량이 바퀴 한 쌍은 쪽길에 걸치고 나머지 한 쌍은 도로에 걸쳐 버렸다는 것이었다. 터널의 길이는 3킬로미터였다. 그곳을 빠져나가는 유일한 방법은 시커먼 어둠 속에서 자동차의 행렬을 따라 기어가는 것뿐일 터였다. 몇 시간이나 걸릴 터였다.

쓰레기통맨은 뱃속이 철렁거리는 것을 느꼈다.

그는 한참 동안 터널을 바라보며 서 있었다. 한 달도 더 전에 래리 언더우드는 두려움을 무릅쓰고 터널 안으로 들어갔다. 기나긴 숙고 끝에 발길을 돌려 키드를 향해 되돌아가기 시작한 쓰레기통맨은, 어깨가 처지고 입가가 떨렸다. 발길을 돌린 이유는 단지 걷기 편한 통로가 없다거나 터널이 길다는 것 때문만은 아니었다.(평생을 인디애나 주에서 살았던 쓰레기는 아이젠하워 터널이 얼마나 긴지도 몰랐다.) 래리 언더우드는 이기적인 잠재 성향 때문에, 살아야겠다는 단순한 논리 때문에 터널로 움직였다.(그리고 어쩌면 이끌렸을 것이다.) 뉴욕은 섬이었고, 그는 빠져나가야만 했다. 터널이 가장 신속한 방법이었다. 그래서 가능한 한 신속하게 그 속을 걸어서 통과하려 했다. 약이 쓰다는 것을 미리 알면 코를 막고 재빨리 꿀꺽 삼켜 버리는 식으로 터널을 통과해 버릴 작정이었다. 쓰레기통맨은 패배자라서 운명과 불가사의한 자신의 천성에 주먹질과 폭력이 가해져도 그냥 순응하는 것에 예사였고……그리고 그런 수모를 당하고도 굽실거릴 뿐이었다. 남자다움을 잃어버린 데다 거의 세뇌당한 지경이었다. 키드와 만나 세상이 무너지는 듯한 충격을 받았기 때문이었다. 그는 뇌에 손상을 초래할 만큼 너무나 빠른 속도로 쌩하니 날아가는 경험을 했다. 맥주 한 캔을 중간에 멈추지도 말고 나중에 토하지도 말고 한꺼번에 들이켜지 못하면 없애 버리겠다는 협박을 받기도 했다. 권총 총신으로 항문을 강간당하는 경험도 했다. 설상가상으로 고속도로 가장자리에서 1,000미터 아래로 곧장 떨어질 뻔한 경험도 했다. 이런 판국에 산기슭에 뻥 뚫린 구멍, 어둠 속에서 어떠한 공포와 맞닥뜨릴지 모르는 그 구멍 속으로 기어 들어갈 용기를 낼 수 있을까? 그럴 수 없었다. 다른 사람이라면 가능했을 수도 있겠지만, 쓰레기통맨은 불가능했다. 게다가 발걸음을 돌린다는 생각에는 일정한 논리가 있었다. 그것은 패배자와 반미치광이한테나 진실로 통하는 논리였지만, 여전히 나름대로 비뚤어진 매력을 지녔다. 그는 섬에 있는 것이 아니었던 것이다. 만약 산맥을 통과하는 대신 산맥을 우회하는 도로를 찾기 위해 오늘 남은 시간과 내일 하루 종일 그동안 왔던 길을 되돌아가야 한다면, 그렇게 했을 것이다. 키드한테서 빠져나가야 하지만, 정말 그래야 하지만 키드가 마음을 바꿔 이미 훌쩍 가 버렸을지도 모른다는 생각이 들었다. 비록 차에서 기다리겠다고 장담하긴 했지만. 어쩌면 키드는 술 먹고 뻗어 있을지도 모른다. 그냥 콱 죽었을지도 모른다.(그래도 쓰레기는 그런 뜻밖의 행운이 자신한테 정말 굴러 들어올지 의심스러웠다.) 최악의 상황이라도, 키드가 여전히 그곳에 버티고 서서 지켜보며 기다리고 있다 하더라도, 쓰레기통은 어두워질 때까지 기다렸다가 덤불 속 어떤 작은 동물

(족제비)

처럼 기어서 키드를 지나칠 수도 있었다. 그런 다음에 찾고자 하는 도로를 발견할 때까지 그저 계속 동쪽으로 움직일 터였다.

쓰레기는 복귀하는 길엔 한결 빠른 걸음으로 그가 꼭대기에 올라 마지막으로 키드와 키드의 전설적인 듀스 쿠페를 보았던 유조차로 되돌아왔다. 이번에는 저녁 하늘과 대비되어 자신의 윤곽이 똑똑히 드러나 보일 법한 차량 꼭대기에는 오르지 않고, 두 손과 양 무릎으로 차와 차 사이를 기어가면서 소리를 내지 않으려 애썼다. 키드가 경계하며 감시 중일지도 모르니까. 키드 같은 사람한테는 쉽사리 포기란 단어를 쓸 수가 없고…… 게다가 괜한 요행을 바라서 득 볼 것이 없었다. 죽은 군인들의 총을 가져왔더라면 좋았겠다는 생각이 들었다. 비록 평생 총 한 번 쏴 본 적 없는 처지였지만. 부단히 기어가던 쓰레기는 갈퀴손이 도로의 자갈들에 부딪쳐 고통스러웠다. 8시가 되자, 태양은 산맥 뒤편으로 사라졌다.

쓰레기통은 키드가 술병을 내던졌던 포르셰 자동차의 보닛 뒤에 멈추어 조심스럽게 그 위로 눈을 들었다. 그렇다. 키드의 듀스 쿠페가 있었다. 현란한 금가루 색 페인트, 볼록한 앞 유리, 군데군데 얼룩진 저녁 하늘을 가르는 상어 지느러미가 보였다. 키드는 데이글로 운전대 뒤에 푹 쓰러져 눈을 감고 입을 벌리고 있었다. 쓰레기통맨의 심장이 가슴속에서 쿵쾅거리며 승리의 노래를 울려댔다. 술 먹고 뻗었다! 그의 심장 박동이 세 마디 축사를 선포했다. 술 먹고 뻗었다! 완전히 헤벌쭉! 술 먹고 뻗었다! 쓰레기는 키드가 숙취에서 깨어나기 전에 동쪽으로 30킬로미터 떨어진 곳까지 갈 수 있겠다고 생각했다.

그렇더라도, 조심해야 했다. 잔잔한 연못 수면을 건너는 물벌레

같이 차와 차 사이로 잽싸게 나아가며 왼편으로 듀스 쿠페를 지나쳐서, 점점 벌어지는 간격을 서둘러 늘렸다. 이제 듀스 쿠페는 그의 왼편으로 9시 방향에 있었고, 또 이제는 7시 방향, 또 이제는 6시 방향 그러고는 그의 바로 뒤에 있었다. 이제는 서로 간의 거리를 늘리기만 하면 그와 저 미친……

"이 좆 빠지게 멍청한 호모 새끼야, 꼼짝 마라."

네 발로 기어가던 쓰레기는 굳어 버렸다. 바지 속에 쉬를 했고, 공황 상태에 빠져 미친 듯이 날개를 퍼덕거리는 검은 새처럼 혼비백산하고 말았다.

조금씩 조금씩 고개를 돌리자, 목의 힘줄들이 흉가 현관문에 달린 경첩처럼 삐걱거렸다. 키드가 서 있었다. 녹색과 황금색으로 너울대는 무지갯빛 셔츠와 볕에 바랜 코듀로이 바지를 입은 눈부신 모습으로. 양손에 각각 45구경 총을 들고 찌푸린 얼굴에 무시무시한 증오와 분노가 서려 있었다.

"난 그냥 요 아래를 조, 조사하던 중이었어요. 아아, 아랫길이 깨끗한지 확인하려고."

쓰레기통맨은 자기 입이 말하는 소리를 들었다.

"물론이시겠지. 두 손과 두 무릎으로 확인 중이시겠지, 좆털아. 내가 네놈의 니미 씹할 아랫길을 깨끗이 해 줄게. 이쪽으로 일어서."

어찌어찌하여 쓰레기통은 두 발을 가까스로 일으키고 오른편에 있던 차의 문 손잡이를 붙들어 다리를 지탱했다. 모양이 똑같은 키드의 쌍권총 쌍둥이 총구멍들이 아이젠하워 터널의 쌍둥이 구멍들만큼이나 아주 커 보였다. 그는 이제 죽음을 바라보고 있는 것이었다. 그는 그것을 알았다. 이번엔 상황을 돌이킬 만한 적당한 말도 떠오르지 않았다.

쓰레기는 다크맨한테 조용히 기도를 올렸다. '제발…… 만약 이것이 당신의 뜻이라면…… 내 생명을 당신을 위해!'

"저쪽 상황은 어떠냐? 충돌 사고라도 났더냐?"

"터널. 그게 꽉 막혔어요. 그래서 돌아온 거예요, 당신한테 말해 주려고. 제발……"

"터널이라. 아이고미치고환장하고지랄하고주접떠네, 맙소사!" 키드가 투덜거렸다. 찌푸린 표정이 돌아왔다.

"너 나한테 거짓말 하는 거지? 좆같은 호모 새끼야?"

"아니에요! 정말 맹세해요! 표지판에 이이젠후버 터널이라고 쓰여 있었다고요. 그렇게 쓰여 있었던 것 같아요. 하지만 제가 긴 단어를 잘 못 읽기는 해요. 저는……"

"쩝쩝거리는 구멍 다물어. 얼마나 멀더냐?"

"12킬로미터. 어쩌면 더 멀지도."

키드가 잠시 침묵하며, 고속도로를 따라 서쪽을 바라보았다. 그러고 나서 눈알을 반짝이며 쓰레기통맨을 응시했다.

"이 차량 체증이 12킬로미터나 길게 이어진다고 나한테 말하려는 거냐? 거짓말쟁이 똥자루야!"

키드가 엄지손가락으로 공이치기를 당겨 쌍권총을 반격발 상태로 놓았다. 반격발과 완전 격발이 어떻게 다른지, 완전 격발과 개구리 주머니가 어떻게 다른지 알 턱이 없는 쓰레기통맨은 여자처럼 날카롭게 소리 지르며 두 손으로 얼굴을 감쌌다.

"농담 아니에요! 농담 아니에요! 맹세해요! 맹세해!"

그가 절규했다.

키드가 그를 한참 동안 바라보았다. 마침내 총의 공이치기를 풀었다.

키드가 씩 웃으며 말했다.

"널 죽여 버릴 거다, 쓰레기 니미 씹할 목숨을 거둬 버릴 거다. 하지만 우선은 오늘 오전에 간신히 빠져나왔던 저 연쇄 충돌 차들로 다시 걸어가 본다. 네가 그 승합차를 벼랑으로 밀어 버리는 거야. 그러고 나서 후진해서 주변의 다른 길을 찾아봐야지. 좆같은 내 차를 버리고 가진 않을 거다."

그리고 거만하게 덧붙였다.

"절대로, 결단코 안 되지."

"제발 죽이지 마세요. 제발요."

쓰레기통이 속삭였다.

"네가 그 폴크스바겐 승합차를 15분 안에 길가로 밀어뜨려 치울 수 있다면, 안 죽일 수도 있어. 너 이 행복한 허튼소리 믿냐?"

"예."

쓰레기가 말했다. 그는 불가사의하게 반짝이는 저 눈 속에서 선량함을 보았지만, 절대 그것을 믿지는 않았다.

휘청휘청 흐느적거리는 다리로 쓰레기통맨이 키드보다 앞서서 연쇄 충돌 차량을 향해 걸었다. 키드는 점잔 빼며 걸었고, 그의 가죽 재킷이 은밀한 잔주름들로 부드럽게 버석거렸다. 인형 같은 그의 입술에 희미한, 거의 달콤하기까지 한 미소가 어렸다.

그들이 충돌 현장에 도달했을 무렵 황혼 빛은 거의 사라졌다. 폴크스바겐 마이크로버스는 옆으로 뒤집혀 있었는데, 팔다리가 뒤엉킨 서너 명의 승객 시신들은 고맙게도 빠르게 저무는 햇살 속에서 잘 보이지 않았다. 키드는 승합차를 지나 갓길 위에 서서 그들이 10시간쯤 전에 조금씩 조금씩 빠져나왔던 곳을 바라보았다. 듀스 쿠페의 바퀴 자국 하나가 아직도 남아 있었지만, 다른 자국은 길 가장자리 축대와 함께 무너져 내렸다.

키드가 단호하게 말했다.

"안 되지. 우선 거치적거리는 걸 좀 치워서 길을 터 놓지 않으면 여기를 또다시 빠져나가는 건 턱도 없지. 나한테 말 걸지 마, 말은 내가 너한테 걸 거야."

아주 짧은 순간, 쓰레기통맨은 키드한테 달려들어 벼랑으로 떠밀어 볼까 하는 생각을 품었다. 그러자 키드가 돌아섰다. 그의 쌍권총이 나와서 쓰레기통의 몸통을 멀뚱히 겨누고 있었다.

"어이, 쓰레기. 너 나쁜 생각 하고 있었구나. 나한테 딴소리하려 들지 마. 나는 니미 씹할 네 마음을 책처럼 읽을 수 있어."

쓰레기통이 항의의 표시로 고개를 좌우로 맹렬히 흔들었다.

"나한테 실수가 될 짓 하지 마라, 쓰레기. 이 넓은 세상에서 그런 맘을 먹으면 안 되는 거다. 이제 저 승합차를 밀어라. 딱 15분 줄게."

부서진 도로 중앙선 근처에 오스틴 자동차가 서 있었다. 키드가 조수석 문을 열어, 팅팅 부은 십대 소녀의 시체를 아무렇지도 않게 잡아 뺐다. 그의 손에 시체의 팔이 뜯겨 나왔지만 그는 뜯어 먹던 칠면조 다리를 다 해치운 사람 같은 무심한 표정으로 팔을 옆으로 내던지고, 발을 포장도로 위에 내놓은 채 조수석에 앉았다. 키드가 기운이 빠져 벌벌 떨기만 하는 쓰레기통맨을 향해 쌍권총을 명랑하게 흔들어 댔다.

"시간 자알 간다, 이 친구야."

그가 고개를 뒤로 젖히고 노래를 불렀다.

"오오 잠지를 손에 잡고 여기 자니가 납신다. 외불알 남자가 로오데오에 찾아왔다네. 옳거니, 쓰레기, 좆나 축축한 최후로구나. 빨랑 움직여라. 겨우 12분 남았네…… 흥겨운 음악에 맞춰 왼발 오른발, 어서 빨리, 좆나 멍충아, 오른발을 어서…….”

쓰레기는 마이크로버스에 몸을 갖다 댔다. 두 다리를 한데 모아 밀었다. 마이크로버스가 벼랑을 향해 아마도 5센티미터쯤 움직인 것 같았다. 그의 마음속에서 희망(인간의 마음에서 도저히 박멸할 수 없는 잡초)이 다시금 피어나기 시작했다. 키드는 비이성적이었고 충동적이었으며, 칼리 예이츠와 그의 당구장 친구들이 똥간의 쥐새끼보다도 더 미친 놈이라고 불러 댈 인간이었다. 그래도 만약에 쓰레기가 귀중한 듀스 쿠페를 위해 정말로 승합차를 옆으로 치워 길을 터 준다면, 저 정신 이상자가 살려 줄 법도 했다.

어쩌면.

그는 고개를 숙여 폴크스바겐 차체 가장자리를 움켜잡고, 온 힘을 다해 밀어붙였다. 최근에 화상 입은 팔에 아픔이 솟구쳤으며, 연약한 새 살이 곧 찢어질 것 같았다. 그러면 극심한 고통이 찾아올 것이었다.

버스가 8센티미터쯤 움직였다. 뜨뜻한 엔진 오일 같은 땀이 쓰레기통의 이마에서 떨어져 눈으로 흘러 들어가 눈이 따끔거렸다.

"오, 잠지를 손에 잡고 여기 자니가 납신다. 외불알 남자가 로오데오에 찾아왔다네! 오호라, 흥겨운 음악에 맞춰 왼발 오른……"

키드의 노래가 푸석한 나뭇가지처럼 뚝 끊어졌다. 쓰레기통맨이 걱정스럽게 위를 올려다보았다. 키드가 오스틴의 조수석 밖으로 나왔다. 그는 쓰레기한테 옆모습을 보이고 서서, 동쪽으로 가는 차선들이 있는 고속도로의 반쪽을 건너다보았다. 차선들 너머로 암석에 덤불이 우거진 경사면이 솟아올라 하늘의 절반을 덮었다.

"졸라리 저게 뭐지?"

키드가 속삭였다.

"난 못 들었는데, 아무것……"

그 순간 분명히 무슨 소리가 들렸다. 고속도로 건너편에서 자갈과 돌멩이들이 부스럭거리는 소리였다. 쓰레기는 별안간 자신이 꿨던 꿈을 다시 떠올렸고, 완전히 기억해 내자 피가 얼어붙고 입안의 침이 죄다 말라 버렸다.

"거기 누구야?"

키드가 소리쳤다.

"나한테 대답하는 게 좋아! 대답해. 이런 니미럴, 안 그러면 쏴 버릴 거다!"

그리고 그는 대답을 받았다. 그러나 인간의 목소리는 전혀 아니었다. 거친 사이렌 소리처럼 한바탕 울부짖는 소리가 밤하늘로 치솟아 올랐고, 처음엔 드높았다가 이내 목구멍을 으르렁거리는 소리로 급격히 낮아졌다.

"아이고 이런!"

키드의 목소리에 갑자기 힘이 빠졌다.

고속도로 건너편의 경사면에서 내려와 중앙 분리대를 건너오고 있는 것은 늑대들, 몹시 여윈 회색 야생 늑대들이었는데, 눈은 빨갛고 턱은 벌어져 침을 뚝뚝 흘렸다. 스무 마리도 넘었다. 극심한 공포로 정신이 혼미해진 쓰레기통은 또다시 바지에 쉬를 했다.

키드가 오스틴 자동차의 트렁크 뒤로 돌아가 45구경 쌍권총을 겨누고 사격을 시작했다. 총신에서 불꽃이 날름거렸다. 총소리가 산봉우리들 사이로 메아리쳤다가 반사되어 또다시 메아리치면서, 마치 포병대가 사격하는 것 같은 소리가 났다. 쓰레기통맨은 울부짖으며 집게손가락으로 귀를 틀어막았다. 밤바람이 갓 나온 농염하고 뜨거운 화약 연기를 풀어 헤쳤다. 코르다이트 화약 냄새가 코를 찔렀다.

늑대들이 계속 다가왔다. 더 빠르지도 않고 더 느리지도 않게 총총걸음으로. 늑대들의 눈…… 쓰레기통맨은 자신이 늑대들의 눈에서 시선을 뗄 수 없다는 것을 깨달았다. 평범한 늑대의 눈이 아니었다. 그건 확신할 수 있었다. 늑대들 우두머리의 눈이라고 쓰레기는 생각했다. 늑대들의 우두머리이자 그의 우두머리. 갑자기 자신의 기도가 기억나면서 더는 무섭지 않았다. 귀에서 손가락을 뺐다. 바짓가랑이가 축축하게 젖은 것도 개의치 않았다. 쓰레기는 웃기 시작했다.

키드는 쌍권총의 총알을 다 비우는 동안 늑대 세 마리를 쓰러뜨렸다. 총알을 재장전하려는 시도조차 하지 않고 쌍권총을 총집에 꽂은 다음 서쪽으로 돌아섰다. 열 걸음 정도 가다가 멈추었다. 더 많은 늑대들이 서쪽 방면 차선들에서 터벅터벅 내려와 갈가리 찢기며 흐르는 안개처럼 뒤엉킨 차들 사이를 요리조리 누비고 지나갔다. 그중 한 마리가 하늘을 향해 주둥이를 쳐들고 울부짖었다. 그 울부짖음 뒤로 두 번째 울부짖음이 가세했으며, 두 번째 뒤로 세 번째, 세 번째에 이어 모든 늑대들의 합창이 가세했다. 그런 다음 늑대들이 또다시 계속 다가왔다.

키드가 뒤로 물러서기 시작했다. 이제 와서 총 하나에 총알을 장전해 보겠다고 기를 썼지만, 총알들이 그의 무기력한 손가락들 사이로 쏟아져 나갔다. 갑자기 그는 포기했다. 총이 손에서 떨어져 도로 위에서 덜그럭거렸다. 그것이 신호이기라도 한 듯, 늑대들이 달려들었다.

공포에 사로잡힌 키드가 높고 날카로운 비명을 내지르며 몸을 돌려 오스틴을 향해 달렸다. 그가 달리자, 두 번째 권총이 늘어진 총집에서 굴러 떨어져 도로에 튕겼다. 가장 가까이 달려온 늑대가 째지는 소리로 으르렁거리며 펄쩍 뛰어오르자마자 키드는 오스틴 속으로 뛰쳐 들어가 문을 쾅 닫았다.

그는 간신히 성공했다. 문에서 튕겨 나간 늑대는 으르렁대며 빨간 눈을 무섭게 뒤룩거렸다. 다른 녀석들이 합세했고, 순식간에 오스틴은 늑대들한테 둘러싸였다. 차 안쪽에서 밖을 내다보는 키드의 얼굴은 작고 하얀 달덩이였다.

늑대 한 마리가 세모꼴 머리를 낮게 숙이고, 두 눈을 방풍 램프처럼 이글거리며 쓰레기통맨 쪽으로 다가왔다.

'내 생명을 당신을 위해……'

이제는 조금의 두려움도 없이, 쓰레기통맨이 척척 걸어가 늑대를 만났다. 그가 화상 입은 손을 내밀자 늑대가 그것을 핥았다. 잠시 후 늑대는 그의 발치에 앉아 덥수룩하고 풍성한 꼬리를 등허리에 둥글게 말았다.

키드는 그를 뚫어지게 쳐다보다가 입이 떡 하니 벌어졌다.

키드의 시선에 웃음 지으며 쓰레기통매이 가운뎃손가락을 그에게 날렸다.

양쪽 가운뎃손가락 모두.

그러고는 힘껏 고함쳤다.

"좆 까! 너는 결딴났어! 내 말 들리냐? 너 이 행복한 허튼소리 믿냐? 결딴났다고! 나한테 말 걸지 마. 말은 내가 너한테 걸 거야!"

늑대의 입이 쓰레기통의 화상 입지 않은 손을 부드럽게 물었다. 그가 내려다보았다. 늑대가 일어나며 그를 가볍게 끌어당겼다. 서쪽으로 끌어당기고 있었다.

"그래 그래. 알았다, 애야."

쓰레기통이 평온하게 말했다.

그가 걷기 시작하자 늑대는 바로 뒤로 물러나 잘 훈련받은 개처럼 따라 걸었다. 그들이 걸어 나가자 뒤엉킨 차들 틈에서 다른 늑대 다섯 마리가 나와 합세했다. 이제 그는 앞쪽에 늑대 한 마리, 뒤쪽에도 한 마리, 양옆으로 두 마리씩 거느리고 걸으며 마치 호위받는 고위 인사처럼 보였다.

쓰레기통이 한 차례 걸음을 멈추고 어깨 너머로 뒤돌아보았다. 결코 잊지 못할 광경이었다. 작은 오스틴 차 주위로 회색 원을 이루고 끈기 있게 앉아 있는 늑대들의 둥근 고리, 그리고 바깥을 주시하고 있는 키드 얼굴의 창백한 동그라미, 차창 뒤에서 뭐라고 들썩거리는 그의 입. 키드한테 히죽 웃어 보이기라도 하듯, 다들 주둥이 밖으로 축 늘어뜨린 늑대들의 혀. 도박으로 쪽박 차는 도시에서 다크맨의 엉덩이를 걷어차겠다더니 도대체 얼마나 오래 걸리느냐고 늑대들이 키드한테 묻는 듯한 광경이었다. 도대체 얼마나 오래 걸릴 셈이야?

쓰레기통맨은 이빨의 원으로 둘러싼 저 늑대들이 작은 오스틴 주위에 얼마나 오래 앉아 있을 것인지 궁금했다. 그 대답은 당연히, 일이 끝날 때까지였다. 이틀, 사흘 어쩌면 나흘까지도. 키드는 그 안에 들어앉아 밖을 내다볼 터였다. 아무것도 못 먹고(십대 소녀가 조수석에 없으니 먹을 게 뭐 있나), 아무것도 못 마시고, 비좁은 차 속의 오후 온도는 온실 효과의 영향으로 50도까지 상승할 터였다. 다크맨의 애완견들은 키드가 굶어 죽을 때까지, 또는 너무 미쳐서 문을 열고 줄행랑을 치려 들 때까지 기다릴 터였다. 쓰레기통맨이 어둠 속에서 키득거렸다. 키드는 그리 크지 않았다. 늑대들이 한 입씩 뜯어 먹으면 남아나는 게 없을 것이었다. 더구나 불량 식품이 틀림없으니 늑대들은 배탈이 날지도 몰랐다.

"내 말이 맞지?"

쓰레기가 부르짖으며 밝은 별들을 향해 주절거렸다.

"만약 그 행복한 허튼소리를 믿는다면 나한테 말 걸지 마! 말은 니미 씹할 내가 너한테 말 걸 거야!"

유령 같은 회색빛 동반자들은 그를 따라 근엄하게 저벅저벅 걸으며, 쓰레기통맨의 고함에 아랑곳하지 않았다. 그들이 키드의 듀스 쿠페에 도달했을 때 뒤에 있던 늑대가 차로 다가가 와이드 오벌 타이어를 코로 쿵쿵거리더니, 냉소적으로 히죽거리며 다리를 들어 올리고 타이어에 쉬를 했다.

쓰레기통맨은 웃음을 터뜨릴 수밖에 없었다. 너무 웃은 나머지 눈에서 눈물이 쏟아져 흙 지고 까칠해진 두 뺨에 흘러내렸다. 얇은 냄비 그릇 같은 그의 광기는 이제 사막의 태양이 부글부글 끓어올라 요리가 완성되기만을, 마지막 미묘한 양념을 더해 주기만을 원했다.

그들은 걸었다. 쓰레기통맨과 그의 수행원들. 차량 혼잡이 더 심해지자 늑대들은 배를 도로에 질질 끌고 차들 밑으로 꾸물꾸물 기어가거나 주위에 있는 차 보닛과 지붕 위로 터벅터벅 걸어갔다. 녀석들은 빨간 눈과 빛나는 이빨을 가진 잔인하고 은밀한 동반자들이었다. 자정이 지나 얼마 후 아이젠하워 터널에 이르렀을 때, 쓰레기통은 망설임 없이 서쪽 방면의 굴 속을 향해 척척 나아갔다. 이제 무엇을 두려워하랴? 이런 수호자들과 함께 있는데 무엇을 두려워하랴?

터널 통과는 긴 여행이었다. 쓰레기는 여행을 시작하고 얼마 지나지 않아 시간 감각을 완전히 잃었다. 이 자동차에서 다음 자동차로 앞쪽을 향해 무턱대고 손을 더듬거렸다. 한번은 손이 축축하고 역겹게 물렁거리는 물체 속으로 빠져 들면서 악취 나는 가스가 분출하는 무시무시한 쉭쉭 소리가 났다. 그런 순간조차도 쓰레기는 주춤거리지 않았다. 이따금 어둠 속에서 빨간 눈들이 보였고, 그것들이 항상 앞장서서 그를 앞으로 인도했다.

시간이 흐른 후 그는 공기 속에서 새로운 상쾌함을 느끼고 서두르기 시작했으며, 한번은 균형을 잃고 차 보닛에서 고꾸라져 다음

차의 범퍼에 고통스럽게 박치기를 하기도 했다. 잠시 후, 고개를 들어 다시 별들을 보자 이제 새벽의 공격에 밀려 별빛이 희미해지고 있었다. 그는 터널 밖으로 나왔다.

그의 수호자들이 사라져 갔다. 그래도 쓰레기통은 무릎을 꿇고 길고 두서없이 횡설수설 기도하며 감사의 뜻을 표했다. 그는 역사(役事)를 펼치는 다크맨의 손길을 목격한 것이었고, 그것도 철저히 목격한 것이었다.

전날 아침 잠에서 깨어나 키드가 골든 모텔 객실의 거울 앞에서 자기 머리 모양에 감탄하는 것을 보았던 순간부터 온갖 일을 겪기는 했지만, 쓰레기통맨은 너무 들떠서 잠을 이룰 수 없었다. 잠을 자는 대신 터널을 뒤로 한 채 계속 걸었다. 차량 혼잡이 터널의 서쪽 방면 부근도 꽉 메웠지만, 3킬로미터도 지나기 전에 편안히 걸을 수 있을 만큼 혼잡이 사라졌다. 중앙 분리대 건너편, 동쪽 방면 차선들에서는 터널을 이용하려고 대기하고 있던 차량 행렬이 끝없이 길게 이어졌다.

정오 무렵, 쓰레기통맨은 베일 진입로에서 베일 지역 안으로 내려오며 맨션아파트들과 독신자 아파트 단지를 지났다. 이젠 피로에 지칠 대로 지쳤다. 쓰레기통맨은 창을 깨고 문을 열어 침대를 찾아냈다. 그리고 그것이 다음 날 이른 아침까지 그가 기억하는 전부였다.

종교적 열광의 매력은 그것이 모든 것을 설명할 수 있는 힘을 지닌다는 것이다. 일단 하나님(또는 사탄)을 이승에서 벌어지는 모든 일의 원동력으로 인정하기만 하면, 무슨 일이든 우연히 벌어졌다고…… 또는 다른 원인 때문에 벌어졌다고 할 여지가 전혀 없다. 일단 "우리는 현재를 어두운 거울을 통해 바라본다."와 "불가사의는 그분께서 그분의 경이로운 현상들을 펼치려고 선택하시는 방식이다." 같은 주문들을 터득하기만 하면, 논리 따위는 창밖으로 행복하게 집어 던질 수 있는 것이다. 종교적 열광은 예측을 불허하는 세상의 움직임에 해답을 내려 주는 절대 확실한 몇 안 되는 방법들 중 한 가지이며, 그 이유는 그것이 순수한 우연을 완벽하게 제거하기 때문이다. 신심 깊은 종교광에게, 모든 일은 그분의 의도가 깔린 것에 다름 아니다.

바로 이러한 까닭으로 쓰레기통맨은 베일의 서쪽 도로에서 거의 20분 동안 까마귀 한 마리한테 말을 건넸으며, 그 까마귀가 다크맨의 밀사…… 또는 다크맨 본인이라고 확신했다. 까마귀는 오랫동안 높은 전신주 막대에서 그를 조용히 눈여겨보다가, 지루해졌거나 배가 고파졌거나…… 어쨌거나 간에 충성을 다하겠다는 찬양과 맹세가 넘쳐 나는 쓰레기통의 웅변이 완전히 끝날 때가 돼서야 훌쩍 날아갔다.

그랜드 정션 근처에서 새 자전거를 구한 쓰레기는 7월 25일에는 속력을 내어 4번 도로를 따라 서부 유타를 횡단했다. 4번 도로는 89번 주간 고속도로 동쪽으로 광활한 남서부 방면 15번 주간 고속도로까지 이어지며, 15번 주간 고속도로는 솔트레이크 시티 북쪽에서 캘리포니아 주 샌베르나르디노까지 쭉쭉 흘러간다. 그런데 갑작스럽게 새 자전거 앞바퀴가 본체와 결별하고 자기 혼자 사막 속으로 내빼기로 결심하는 바람에, 쓰레기통맨은 자전거 손잡이 위로 날아가 땅바닥에 다이빙하고 말았는데, 그 충돌로 두개골이 깨졌어야 마땅했다.(사고가 났을 때 그는 시속 60킬로미터로 달리던 중이었고, 헬멧을 착용하지 않았다.) 그런데도 5분도 채 안 되어 두 발로 일어설 수 있었으며, 찢어지고 뭉개진 상처 예닐곱 군데에서 나온 피가 얼굴에 철철 흐르는 상태였는데도 우거지상을 하고 발을 끌며 가벼운 춤을 출 수 있었으며, 찬양할 수 있었다.

"시이아아보올라, 내 생명을 당신을 위해, 시이아아볼라, 콰쾅, 콰쾅, 쾅!"

영혼의 패배자 또는 두개골이 깨진 자한테 '당신의 뜻대로 이루어지이다' 라는 만병통치약보다 더한 위안을 주는 것은 정말이지 아무것도 없었다.

8월 7일에, 로이드 헨리드는 탈수증에다 반쯤 미쳐 날뛰던 쓰레기통맨이 전날 묵었던 객실로 찾아왔다. MGM 그랜드 호텔 13층에 있는 최고급 객실이었다. 실크 시트가 깔린 원형 침대가 있고, 천장에는 침대와 정확히 똑같은 크기로 보이는 원형 거울이 붙어 있었다.

쓰레기통맨이 로이드를 바라보았다.

"기분이 어때, 쓰레기?"

로이드가 마주 보며 물었다.

"좋습니다. 한결 나아요."

"얼마간의 음식과 물과 휴식, 자네한테 필요한 건 그게 전부였지. 깨끗한 옷가지를 좀 가져왔어. 치수에 신경 좀 썼다고."

"몸에 딱 맞겠는걸요."

쓰레기는 사실 자기 옷 치수를 전혀 기억하지 못했다. 그는 로이드가 건네는 청바지와 셔츠를 받았다.

"옷 입고 아침 식사하러 내려오지그래."

로이드가 정중하게 말했다.

"우린 다들 간이식당에서 식사를 해."

"알았습니다. 내려갈게요."

간이식당은 대화 소리로 웅성거렸고, 쓰레기통맨은 바깥쪽 구석에 멈춰 서서 불현듯 두려움에 휩싸였다. 안으로 들어가면 사람들이 고개를 들어 자기를 쳐다볼 것 같았다. 사람들이 쳐다보고 웃어 댈 것 같았다. 실내 뒤쪽에서 누군가 키득거리기 시작할 것이고, 또 다른 누군가가 그 웃음에 동참할 것이고, 그러고 나면 식당 전체가 왁자지껄한 웃음소리와 삿대질하는 손가락들로 가득할 것 같았다.

'야, 너희 성냥 치워. 쓰레기통맨이 이리 온다!'

'야, 쓰레기! 늙은 셈플 아줌마의 연금 수표에 불 질렀을 때 그 아줌마가 뭐라고 그러디?'

'침대에 오줌 많이 쌌냐, 쓰레기?'

로이드가 나가고 나서 샤워를 했는데도 피부에 땀이 돋아나 끈적거리는 기분이었다. 욕실 거울 속의 그는 얼굴이 천천히 아물고 있는 딱지들로 덮여 있고, 몸은 너무 여위었으며 퀭한 눈구멍에 비해 눈이 너무 작아 보였다. 그렇다. 사람들이 비웃을 것이다. 그는 웅성거리는 대화 소리, 식기들이 덜컥거리는 소리를 귀 기울여 듣고 그냥 몰래 도망치는 게 좋겠다고 생각했다.

그러나 늑대가 자신의 손을 너무도 부드럽게 물고 키드의 쇳덩이 무덤으로부터 끌고 나왔던 모습을 생각하고 나서, 어깨를 펴고 식당 안으로 걸어 들어갔다.

몇몇 사람이 잠깐 고개를 들었다가 다시 식사와 대화에 열중했다. 실내 한복판의 큰 탁자에 있던 로이드가 팔을 들어 그에게 손짓했다. 쓰레기는 탁자들 사이를 누비며 까맣게 꺼진 케노 전광판 아래로 걸어 나갔다. 로이드의 탁자에는 세 사람이 더 있었다. 그들은 모두 햄과 스크램블드에그를 먹는 중이었다.

"셀프서비스야. 저기 요리 그릇들 있는 보온 탁자에서."

로이드가 말했다.

쓰레기통맨은 식판을 들고 직접 식사 준비를 했다. 건장한 몸집에 꼬질꼬질한 요리사 옷을 차려입은 계산대 뒤의 남자가 그를 지켜보았다.

"호건 씨세요?"

쓰레기통맨이 수줍게 물었다.

호건이 씩 웃으며, 듬성듬성 빠진 이를 드러냈다.

"맞아. 하지만 나를 그런 식으로 부르면 곤란해, 애송이. 휘티라고 불러 줘. 몸은 좀 괜찮아졌어? 도착했을 땐 꼭 하나님한테 천벌 받은 사람처럼 보이던데."

"한결 나아졌어요, 그럼요."

"아침 식사 푹푹 떠서 갖고 가. 원하는 만큼 양껏. 그런데 감자튀김은 데워 먹으라고. 나라면 그렇게 할 거야. 감자가 식어서 뻑뻑하거든. 만나서 반가워, 애송이."

"고맙습니다."

쓰레기는 로이드의 탁자로 돌아왔다.

"쓰레기, 여기 이 사람은 켄 디모트야. 머리가 훌렁 까진 이 친구는 헥터 드로건이지. 그리고 똥구멍에 무성하게 난 털을 얼굴에 키우려고 애쓰는 이 청년은 자기를 에이스 하이라고 부르고 다녀."

그들 모두 쓰레기에게 고개를 끄덕였다.

"이쪽은 우리의 새로운 동료. 이름은 쓰레기통맨이야."

로이드가 말하자 돌아가며 악수가 이어졌다. 쓰레기는 달걀 요리를 게걸스럽게 먹기 시작했다. 턱수염이 듬성듬성 난 젊은 남자를 쳐다보며 나지막하고 예의 바른 목소리로 말했다.

"죄송하지만 소금통 좀 건네주시겠습니까, 하이 씨?"

그들이 서로 쳐다보며 잠깐 놀라워하더니 곧 모두 웃음을 터뜨렸다. 쓰레기는 그들을 주시하며 가슴에 돌연한 공포가 치미는 걸 느꼈다. 하지만 잠시 후, 그는 귀는 물론이고 마음으로도 그 웃음소리를 있는 그대로 들었고, 야비하게 비웃는 것이 아님을 깨달았다. 여기에선 어느 누구도 왜 교회 대신 학교를 불 지르지 않았느냐고 따져 묻지 않을 것이다. 여기에선 어느 누구도 늙은 셈플 부인의 연금 수표로 그를 귀찮게 하지 않을 것이다. 그는 다른 사람들처럼 웃을 수도 있었다. 자신이 원하기만 하면. 그리고 그는 웃었다.

"하이 씨."

헥터 드로건이 키득거리고 있었다.

"야 에이스, 너 딱 걸렸다. 하이 씨, 나 그거 너무 맘에 든다. 하아아아잇 씨이이이잇. 이봐, 거 참 좆나 느끼하네."

에이스 하이가 쓰레기통한테 소금통을 건넸다.

"그냥 에이스라고 해, 이 친구야. 그런 식으로 부르면 내가 매번 곤란해질 거야. 나를 하이 씨라고 부르지 않으면 나도 자넬 맨 씨라고 부르지 않을게. 그렇게 할 거지?"

"좋아요. 그거 괜찮네요."

쓰레기통맨이 조용히 웃음 지으며 말했다.

"저, 하이이이 씨?"

헥터 드로건이 수줍은 아가씨처럼 가성으로 말했다. 그러고는 또다시 웃음을 터뜨렸다.

"에이스, 넌 절대 그 별명을 떨쳐 낼 수 없을걸. 그렇게 못할 거라고 내 장담한다."

"어쩌면 그렇겠지. 하지만 그런 소리 들어도 잘 먹고 잘 사는 덴 전혀 지장 없을 것 같은데."

에이스 하이가 달걀을 더 담아 오려고 접시를 들고 일어섰다. 그는 지나가면서 쓰레기통맨의 어깨에 잠시 손을 얹었다. 그 손은 따스하고 굳세었다. 쥐어뜯지도 꼬집지도 않는 정다운 손길이었다.

쓰레기통맨은 달걀을 맛있게 먹으면서, 마음속으로 따스하고 정겨운 기분을 느꼈다. 이런 따스함과 정겨움은 그의 천성에 너무나 이질적이라서 거의 질병처럼 느껴질 지경이었다. 식사하는 동안 그는 그 감정을 따로 떼어 내어 이해해 보려고 노력했다. 고개를 들어 주위에 있는 얼굴들을 바라보면서 그 감정의 정체를 이해할 수 있을 것 같다고 생각했다.

행복.

'좋은 사람들이 이렇게나 많다니.'

그리고 그 생각에 꼬리를 무는 또 하나의 생각. '나는 고향에 온 거야.'

그날은 다른 일 없이 맘껏 잘 수 있었지만, 다음 날은 많은 사람과 함께 버스에 태워져 볼더 댐에 갔다. 그곳에서 그들은 불타 버린 모터들의 축에 구리줄을 감으며 시간을 보냈다. 쓰레기는 미드 호숫가의 풍경이 보이는 벤치에 앉아 일했고 아무도 그를 감독하지 않았다. 쓰레기통맨은 주위에 작업반장 같은 사람이 없는 이유가 모든 사람이 자신과 마찬가지로 그들이 하고 있는 일을 사랑하기 때문이라고 짐작했다.

이튿날 그는 다른 이유가 있음을 깨달았다.

오전 10시 15분이었다. 쓰레기통맨은 벤치에 앉아 구리줄을 감았다. 손가락들이 자기들의 임무를 수행하는 동안 마음은 수백만 킬로미터나 멀리 날아가 있었다. 마음속에서 다크맨을 위한 찬양 노래를 작곡하는 중이었다. 커다란 책(진짜 '책')이 있어야 하고 그래서 그분에 대한 자신의 생각을 책에다 써 내려가야겠다는 생각이 들었다. 언젠가는 사람들이 읽고 싶어 할 만한 그런 책이 될 터였다. 쓰레기통맨만큼이나 그분을 찾아 헤맸던 사람들을 위한 책.

켄 디모트가 그의 벤치로 왔는데, 사막 열기에 그을린 피부 밑으로 창백하고 겁에 질린 기색이 역력했다.

"어서 가지. 작업 끝났어. 우린 라스베이거스로 돌아갈 거야."

모두 다. 버스가 밖에 대기 중이라고."

"응? 왜?"

쓰레기통이 그를 향해 눈을 끔뻑거렸다.

"나도 몰라. 그분의 명령이셔. 로이드가 전달해 주었어. 빨리 엉덩이 출동시켜, 쓰레기. 그 단단한 사나이가 관계된 일은 아무 것도 묻지 않는 게 상책이야."

그래서 그는 묻지 않았다. 바깥의 후버 차도에는 라스베이거스 공립학교 버스 세 대가 엔진을 덜덜거리며 서 있었다. 남자들과 여자들이 버스에 타는 중이었다. 사람들 사이에 말이 거의 없었다. 라스베이거스로 되돌아가는 길은 작업장에 통근하던 평상시 풍경과는 대조적이었다. 소란스러운 장난은 물론 대화도 거의 없었고, 20여 명의 여성과 30여 명의 남성 사이에 오가는 일상적인 가벼운 농담도 전혀 없었다. 모두가 혼자만의 생각으로 빨려 들어간 듯싶었다.

그들이 도시에 가까워졌을 때, 쓰레기통맨은 가운데 통로 건너편에 앉은 남자들 중 하나가 옆 자리 사람한테 조용히 말하는 것을 들었다.

"헥 때문이야. 헥 드로건이라고. 염병할, 어떻게 그 도깨비는 그런 것들을 잘도 찾아내는 거지?"

"입 다물어."

옆 자리 사람이 말하며 쓰레기통맨한테 수상쩍은 시선을 보냈다.

쓰레기는 시선을 피하고 창밖으로 지나가는 사막 풍경을 내다보았다. 또 한 차례 마음이 뒤숭숭해졌다.

"오 맙소사."

그들이 줄줄이 버스에서 내렸을 때 여자 한 명이 말했는데, 그녀의 말이 유일한 소감이었다.

쓰레기통이 어리둥절해하며 주위를 둘러보았다. 모든 사람들이 이곳에 있었다. 시볼라의 모든 사람들이 모인 듯싶었다. 그들 모두가 부름을 받고 돌아온 것이었다. 멕시코 반도에서 서부 텍사스까지 곳곳에 깔려 있을 소수 정찰대만 제외하고. 사람들이 분수대 주위로 느슨한 반원을 이루고 모여들었는데, 양쪽으로 6열과 7열로 늘어선 인원을 전부 합하면 400명 이상이었다. 뒷줄에 있는 사람들 일부는 호텔 의자 위에 서서 앞을 내다보고 있어서 쓰레기통은 가까이 다가가기 전까지만 해도 사람들이 분수대를 구경하는 것으로 생각했다. 목을 길게 빼니 분수대 앞 잔디에 무엇인가 놓여 있는 것이 보였지만, 정체가 무엇인지는 알 수 없었다.

누군가의 손이 그의 팔꿈치를 붙잡았다. 로이드였다. 얼굴이 허옇고 긴장한 듯 보였다.

"자네를 찾고 있었어. 그분이 나중에 자네를 만나고 싶으시대. 그 사이에 우린 이 일을 해야만 해. 젠장, 나는 이런 일이 너무 싫어. 어서 가자. 난 도움이 필요하고 자네는 도우미로 뽑힌 거야."

쓰레기통의 머리가 소용돌이치고 있었다. 그분을 만나 뵙길 원했다! 그분! 그런데 그 사이에 이 일이 일어났다…… 이 일이 무엇이든 간에.

"뭐예요? 무슨 일인데요?"

로이드는 대답하지 않았다. 줄곧 쓰레기통맨의 팔을 가볍게 붙든 채로 분수대 쪽으로 이끌었다. 그들 앞의 군중이 옆으로 물러났다. 그들을 보고 움츠러드는 듯한 모습이었다. 그들이 지나가는 좁은 통로가 고요하고 싸늘한 혐오와 공포의 막으로 둘러쳐져 있는 것 같았다.

군중 앞에 서 있는 것은 휘트니 호건이었다. 담배를 피우고 있었다. 그의 허시 퍼피 구두 한 짝이 쓰레기가 조금 전까지 전혀 정체를 알 수 없었던 물체 위에 버티고 있었다. 그것은 나무 십자가였다. 수직 기둥의 길이는 대략 4미터였다. 십자가는 조잡스러운 소문자 t처럼 보였다.

"모두 모였나?"

로이드가 물었다.

"그래, 그런 것 같아. 윙키가 인원 점검을 했어. 아홉 명이 몸 상태가 안 좋더군. 플랙 님께서는 그들은 신경 쓰지 말라고 하셨어. 어떻게 잘 버틸 수 있겠나, 로이드?"

휘티가 말했다.

"난 괜찮을 거야. 뭐…… 괜찮을 리가 없지. 하지만 너도 알다시피, 잘해 낼 거야."

휘티가 쓰레기통맨을 향해 고갯짓했다.

"쟤는 얼마나 많이 알고 있어?"

"전 아무것도 몰라요."

쓰레기통이 어느 때보다도 더 혼란스러워하며 말했다. 희망, 경외심 그리고 두려움이 한데 모여 그의 내면에서 불안한 싸움을 벌였다.

"무슨 일이죠? 누가 헥에 관해 뭐라고 하던데……."

로이드가 대답했다.

"맞아, 헥 때문이야. 정제 코카인을 흡입해 왔던 거야. 여기선 좆같은 마약 흡입은 금지 사항이고, 난 염병할 좆같은 마약 흡입 따위는 질색이야. 어서 가, 휘티. 사람들한테 헥을 끌고 나오라고 해."

휘티가 로이드와 쓰레기한테서 물러나 땅바닥의 직사각형 구덩이를 넘어갔다. 구녕이는 홈을 파서 시멘트로 굳힌 것이었다. 십자가 밑동이 들어갈 수 있게 크기와 깊이가 꼭 맞아 보였다. 휘트니 '휘티' 호건이 황금 피라미드들 사이로 난 드넓은 계단을 바삐 걸어 올라가자, 쓰레기통맨은 입 안의 침이 전부 말라 버린 것을 느꼈다. 그는 황급히 고개를 돌렸는데, 처음엔 푸른 하늘 밑에서 초승달 대형을 이루고 조용히 기다리는 군중한테로, 그다음엔 창백한 얼굴로 말없이 서서 십자가를 바라보며 턱에 난 뾰루지의 하얀 꼭지를 뜯고 있는 로이드한테로 시선을 옮겼다.

"당신이…… 우리가…… 저 사람을 못 박는 겁니까?"

쓰레기통이 마침내 간신히 말을 꺼냈다.

"이 일의 목적이 그거예요?"

로이드가 갑자기 빛바랜 셔츠의 주머니 속으로 손을 넣었다.

"저기 말이야, 자네한테 뭐 좀 줄 게 있어. 그분께서 자네한테 전해 달라고 내게 주셨어. 이걸 강제로 떠맡길 수는 없지만, 내가 이것을 받았던 때를 기억해 보자면 내가 보기엔 더럽게 좋은 물건이야. 이거 갖고 싶나?"

그가 가슴 주머니에서 끝에 검은 옥돌이 달린 순금 목걸이를 꺼냈다. 옥돌은 로이드의 것과 마찬가지로 자그마한 붉은 반점 같은 홈집이 나 있었다. 그는 최면술사의 최면 도구처럼 그것을 쓰레기통맨의 눈앞에서 흔들었다.

로이드의 눈 속에 담긴 진실은 너무나 명확해서 못 알아보려야 도저히 못 알아볼 수가 없었고, 쓰레기통맨은 자신이 결코 눈물을 흘리거나 비굴하게 굴 수 없다는 것을 알았으며(그분 앞에선 안 된다. 누구 앞에서든 안 되겠지만, 특히나 그분 앞에서는 불가능했다.) 결코 이해가 안 간다고 주장할 수 없다는 것을 알았다. '이것을 받아들여라, 그러면 너는 모든 것을 받아들이는 것이다.' 로이드의 눈이 말했다. '그리고 모든 것 가운데 일부는 어떤 것일까? 그야 헥 드로건이지, 당연히. 헥과 땅바닥에 난 시멘트 구덩이, 헥의 십자가 나무 밑동이 들어갈 정도로 상당히 커다란 그 구덩이.'

쓰레기는 천천히 그 물건을 향해 손을 뻗었다. 펼친 손가락들이 금 목걸이에 닿기 바로 직전에 손을 멈추었다.

'이것은 나의 마지막 기회야. 도널드 머윈 엘버트가 될 수 있는 마지막 기회.'

그러나 또 다른 목소리, 더 막강한 권위로 이야기하는 (그러나 어느 정도 온화함이 서려 있다. 열이 나는 이마에 얹힌 차가운 손처럼) 목소리가 선택의 시간은 이미 오래전에 지나가 버렸다고 말했다. 만약 인제 와서 도널드 머윈 엘버트를 선택한다면, 그는 죽을 것이라고. 자신의 자유 의지(만약 이 세상의 쓰레기통맨한테 그런 것이 존재한다고 치면)로 다크맨을 탐했으니, 이미 다크맨의 호의를 받아들인 것이라고. 다크맨은 키드의 손아귀에서 죽어 가던 그를 구해 주었고(다크맨은 쓰레기통맨의 지능으로는 절대 깨닫지 못할 어떤 특별한 목적을 위해 일부러 키드를 보냈던 것인지도 몰랐다.), 분명히 그것은 자신이 이제 그러한 다크맨한테…… 여기 사람들 몇몇이 걸어 다니는 멋쟁이라고 부르는 그 사람한테 목숨을 빚졌다는 것을 의미했다. 자신의 목숨을! 그래서 스스로 목숨을 계속 또 계속 바쳐 오지 않았던가?

'하지만 나의 영혼…… 목숨과 마찬가지로 나의 영혼도 바친 것이었던가?'

'한번 시작했으면 끝장을 봐야지.' 그렇게 생각한 쓰레기통맨은 한 손으로 금 목걸이를 부드럽게 감싸고 나머지 손으로 검은 돌을 감쌌다. 그 돌은 차갑고 매끄러웠다. 체온으로 돌을 따뜻하게 할 수 있는지 알아보려고 잠시 주먹으로 감싸 쥐었다. 그는 따뜻해지리라곤 생각하지 않았고, 역시나 그랬다. 그래서 목에 걸었고, 그것은 자그마한 얼음덩이처럼 그의 맨살에 놓였다.

그래도 그는 그 얼음 같은 감촉을 개의치 않았다.

그 얼음 같은 감촉이 늘 쓰레기의 마음속에 있던 불과 곧바로 균형을 이루었다.

로이드가 말했다.

"자넨 그냥 그 사람을 모른다고 스스로 다짐하면 돼. 헥 말이야, 내 말은. 나는 항상 그렇게 해. 그래야 일이 더 쉬워져. 게다가 ……."

널따란 호텔 문짝 두 개가 벌컥 열렸다. 몹시 흥분한, 겁에 질린 비명이 밀려왔다. 군중이 탄식했다.

아홉 명의 무리가 계단을 내려왔다. 헥터 드로건이 가운데에 있었다. 그는 그물에 걸린 호랑이처럼 반항하고 있었다. 양쪽 광대뼈 위로 선명하게 번진 빨간 홍조만 빼고 얼굴이 시체처럼 핏기가 없었다. 피부에서 온통 땀이 강물처럼 쏟아지고 있었다. 그는 태어날 때와 마찬가지로 알몸이었다. 남자 다섯이 꼭 움켜잡고 있었다. 그 사람들 중 하나가 에이스 하이, 헥이 이름을 가지고 놀려 댔던 그 청년이었다.

　헥터가 지껄였다.

　"에이스! 이봐, 에이스, 말 좀 해 줄래? 이 젊은 놈 좀 구해 줘, 응? 사람들한테 그만두라고 말해, 친구야. 나는 개과천선할 수 있어. 하나님께 맹세컨대 깨끗이 손 씻을 수 있다고. 말 좀 해 주겠어? 여기서 좀 구해 줘! 제발, 에이스!"

　에이스 하이는 아무 말도 안 했다. 다만 진저리치는 헥의 팔을 단단히 움켜쥘 뿐이었다. 그것으로 대답은 충분했다. 헥터 드로건이 또다시 비명을 지르기 시작했다. 그는 별채 건물을 지나 분수대 쪽으로 사정없이 끌려갔다.

　그의 뒤에서 엄숙한 장의사 일행처럼 일렬로 걷고 있는 것은 세 남자였다. 커다란 여행 가방을 들고 있는 휘트니 호건. 발판 사다리를 든 로이 후프스라는 남자. 그리고 눈을 연신 씰룩거리는 대머리 사내 윙키 윙크스. 윙키는 타자된 종이를 첨부한 서류판을 들고 가는 중이었다.

　헥이 십자가 발치로 끌려갔다. 소름 끼치는 공포의 누린내가 그에게서 분출되고 있었다. 두 눈을 이리저리 굴리며 흐릿한 흰자위를 내보였는데, 꼭 천둥 폭우 속에 내버려진 말의 눈 같았다.

　"이봐, 쓰레기, 쓰레기통맨."

　로이 후프스가 뒤편에 사다리를 세우는 동안 헥이 쉰 목소리로 불렀다.

　"사람들한테 당장 중지하라고 말해 줘. 난 개과천선할 수 있다고 말해 줘. 사람들한테 이렇게 겁주는 것만으로도 세상 어떤 좆 같은 갱생 제도보다 훨씬 효과적이라고 말해 줘. 사람들한테 말 좀 해 줘, 친구야."

쓰레기통은 발밑을 빤히 쳐다보았다. 목을 수그리자, 검은 돌이 가슴팍에서 흔들거려 시야에 들어왔다. 그 붉은 홈집, 그 눈동자가 뚫어지게 노려보는 듯했다.

"나는 당신을 모릅니다."

그가 웅얼거렸다.

입 끝에 담배를 꼬나물고 연기 때문에 왼쪽 눈을 가늘게 뜬 휘티가 한쪽 무릎을 꿇는 모습이 곁눈으로 보였다. 휘티가 여행 가방을 열고 날카로운 나무못들을 꺼내기 시작했다. 충격을 받은 쓰레기통맨의 눈에는 그것들이 거의 천막 말뚝만큼이나 커 보였다. 휘티는 못을 풀밭 위에 늘어놓더니 여행 가방에서 커다란 나무망치를 끄집어냈다.

주위를 둘러싼 온갖 웅성거리는 목소리들에도 불구하고, 쓰레기통맨의 말은 잔뜩 공포에 질린 헥터 드로건의 마음에 사무치는 듯싶었다.

"너 무슨 소리 하는 거야, 나를 모르다니?"

그가 사납게 부르짖었다.

"우린 겨우 이틀 전에 아침을 함께 먹었잖아! 네가 저기 있는 젊은 녀석한테 하이 씨라고 불렀잖아. 나를 모르다니 너 무슨 소리 하는 거야, 이 쫀쫀한 거짓말쟁이 꼬맹아!"

"나는 당신을 전혀 모릅니다."

쓰레기가 이번에는 좀 더 분명하게 되뇌었다. 그러자 다소 안심이 되는 듯싶었다. 자기가 지금 눈앞에 보고 있는 것은 그저 모르는 사람, 칼리 예이츠를 조금 닮은 생판 모르는 사람이었다. 그의 손이 올라와 돌을 감싸 쥐었다. 돌의 싸늘함이 그를 한층 더 안심시켜 주었다.

"넌 거짓말쟁이야!"

헥이 고함질렀다. 그는 또다시 몸부림치기 시작했으며, 근육이 꿈틀거리고 들썩거리면서 맨가슴과 팔에 땀이 줄줄 흘렀다.

"넌 거짓말쟁이야! 너는 나를 너무나 잘 알아! 너무나 잘 안다고, 이 거짓말쟁이야!"

"아니, 잘 모릅니다. 나는 당신을 모르고 당신을 알고 싶지도 않습니다."

헥이 또다시 고함치기 시작했다. 그를 붙들고 있던 네 사람이 죄인을 몰아세우며 숨을 헐떡거렸다.

"어서 시작해."

로이드가 말했다.

헥이 뒤편으로 끌려갔다. 그를 잡고 있던 남자 하나가 다리를 내밀어 그를 쓰러뜨렸다. 그의 몸이 반은 십자가 위에 반은 십자가 밖에 떨어졌다. 그러는 동안 윙키는 윙윙대는 전기톱 소리 같은 헥의 비명을 가르고 날카로운 목소리로 서류판 위에 첨부한 종이를 읽기 시작했다.

"주목 주목 주목! 민중과 일등 시민의 지도자, 랜들 플랙 님의 명령에 따라, 헥터 알론조 드로건이라는 이름의 이 남자를 십자가 형벌로 처단하기로 했으며, 이 처벌은 약물 사용죄에 대하여 적용하는 것이다."

"안 돼! 안 돼! 안 돼!"

헥이 격앙된 모습으로 고함질렀다. 땀으로 번들거리는 그의 왼팔이 에이스 하이의 손아귀에서 빠져나오자 쓰레기통맨은 반사적으로 무릎을 꿇어 헥의 팔이 꼼짝 못 하게 내리누르며, 십자가의 팔걸이에다 헥의 손목을 강제로 밀어붙였다. 곧이어 휘티가 나무망치와 까칠한 못 두 개를 들고 쓰레기통 옆에 무릎을 꿇었다. 담배가 여전히 휘티의 입가에 걸려 있었다. 자기 집 뒷마당에서 이제 막 간단한 목공 일을 하려는 사람처럼 보였다.

"그래, 좋았어. 그런 식으로 꽉 잡아, 쓰레기. 내가 헥을 못 박을 테니까. 1분도 안 걸릴 거야."

"약물 사용은 우리 민중 사회에서는 용납되지 않으며, 그 이유는 복용자가 민중 사회에 충실히 공헌할 수 있는 능력을 약물이 손상시키기 때문이다."

윙키가 연설하고 있었다. 그는 경매인처럼 빠른 속도로 말했고, 눈을 모아 부라리며 이리저리 굴렸다.

"특히나 이번 사건에서는, 피고 헥터 드로건이 정제 코카인 제조 설비와 막대한 양의 코카인을 은닉했던 사실이 적발되었다."

이제 헥의 비명은 주변에 크리스털 유리가 있다면 거뜬히 박살낼 수 있을 만한 고음으로 치달았다. 그의 머리가 이리저리 진저리쳤다. 입술에 거품이 일었다. 피 묻은 리본들이 그의 두 팔을 하염없이 휘감는 사이에 쓰레기통맨을 포함한 여섯 남자가 십자가를 시멘트 구덩이 속에 일으켜 세웠다. 고통스럽게 입을 벌리고 고개를 뒤로 젖힌 헥터 드로건의 모습이 하늘을 배경으로 검은 실루엣을 드리웠다.

윙키가 냉혹하게 고성을 질렀다.

"……는 우리 민중 사회의 영리를 위하여 집행된다. 이 통지문은 라스베이거스 민중에게 준엄한 경고와 함께 인사의 말을 전하며 끝을 맺는다. 이 실사 조서를 이단자의 머리 위에 못 박도록 한다. 그리고 일등 시민의 인장으로 날인하도록 한다. 명령권자 랜들 플랙."

"오 하나님 맙소사 너무 아파!"

헥터 드로건이 그들 위에서 절규했다.

"오 하나님 맙소사 하나님 맙소사 오 하나님 하나님 하나님!"

군중은 거의 1시간 동안 남아 있었으며, 모두들 현장을 제일 먼저 떠나는 사람으로 찍힐까 봐 두려워했다. 수많은 얼굴에 혐오가 서렸고, 다른 수많은 얼굴에는 나른한 흥분이 서렸다…… 그러나 양쪽을 아우르는 공통 요소가 있다면 그것은 극도의 공포였다.

하지만 쓰레기통맨은 무서워하지 않았다. 왜 무서워해야 하는가? 십자가에 걸린 남자를 모르는데.

그는 그 사람을 전혀 알지 못했다.

그날 밤 10시 15분에 로이드가 쓰레기통맨의 방으로 또 찾아왔다. 그는 쓰레기통맨을 힐끔 보고 말했다.

"아직 옷을 입고 있네. 잘됐군. 이미 잠자리에 든 줄 알았는데."

"아뇨, 아직 팔팔해요. 무슨 일로?"

로이드의 목소리가 가라앉았다.

"이제 때가 됐다, 쓰레기. 그분께서 너를 만나고 싶어 하셔. 플랙 님이."

"그분께서……?"

"그래."

쓰레기통맨은 어쩔 줄을 몰랐다.

"그분 어디 계세요? 내 생명을 그분을 위해, 오 그래요……"

"꼭대기 층. 우리가 드로건의 시체 소각을 완료한 직후에 그분이 이곳에 행차하셨어. 해안 지역에서 오신 거지. 휘티와 내가 매립지에서 돌아와 보니까 막 도착하셨더라고. 어느 누구도 그분이 오고 가는 모습을 본 적이 없어, 쓰레기. 하지만 그분이 여기를 뜨실 땐 사람들은 항상 느낌으로 그걸 알아. 돌아오실 때도 물론이고. 자 자, 어서 가 보자고."

4분 뒤 엘리베이터가 꼭대기 층에 도착하자 얼굴이 달아오르고 눈이 휘둥그레진 쓰레기통맨이 밖으로 걸어 나왔다. 로이드는 나오지 않았다.

쓰레기가 그를 향해 돌아섰다.

"당신은 안 나오세요……?"

로이드가 웃어 보였다. 겸연쩍은 웃음이었다.

"그래, 그분께서 자네를 독대하고 싶어 하시거든. 행운을 비네, 쓰레기."

그리고 말을 더 하기도 전에 엘리베이터 문이 스르르 닫혔고 로이드는 사라졌다.

쓰레기통맨이 돌아섰다. 복도는 널찍하고 호화로웠다. 문이 두 개 있었는데…… 복도 끝에 있는 문이 천천히 열리고 있었다. 그 속은 어두웠다. 그러나 쓰레기는 문간 안에 서 있는 형체를 볼 수 있었다. 그리고 눈동자들. 빨간 눈동자들.
 가슴속에서 심장이 천천히 쿵쾅거리고 입이 바짝 마른 채로, 쓰레기통맨은 그 형체를 향해 걷기 시작했다. 그가 다가가는 동안 공기가 부단히 서늘해지는 듯했다. 햇볕에 탄 두 팔에 소름이 돋아났다. 마음속 깊은 곳 어디선가, 도널드 머윈 엘버트의 시체가 무덤 속에 자빠져 절규하는 듯싶었다.
 그러자 다시 고요해졌다.
 "쓰레기통맨."
 나지막하고 매력적인 목소리였다.
 "너를 여기서 만나니 어찌나 좋은지 모르겠구나. 얼마나 좋은지."
 말들이 입에서 먼지처럼 새어 나왔다.
 "내…… 내 생명을 당신을 위해."
 "그래."
 문간 안에 있는 형상이 다독거리듯 말했다. 입술이 벌어지자 미소 속에서 하얀 이빨이 드러났다.
 "하지만 나는 일이 그렇게까지 되리라곤 생각하지 않아. 들어오너라. 네 모습을 내게 보여 줘."
 눈은 과도하게 번뜩이고 얼굴은 몽유병자처럼 헬쑥해진 쓰레기통맨이 안으로 걸음을 내디뎠다. 문이 닫혔고, 그들은 어둠 속에 있었다. 지독하게 뜨거운 손이 쓰레기통맨의 얼음 같은 손을 감쌌고…… 그러자 갑자기 평온하게 느껴졌다.
 플랙이 말했다.
 "사막에 너를 위한 임무가 있다, 쓰레기. 위대한 임무. 만일 네가 원하기만 한다면."

"무슨 일이든 다. 무슨 일이든 다."

쓰레기통맨이 속삭였다.

랜들 플랙이 쓰레기의 쇠약한 어깨에 슬그머니 팔을 둘렀다.

"네가 불을 지를 수 있도록 해 주마. 이리 오너라, 뭐 좀 마셔 가면서 그 일에 관해 이야기해 보자."

그리고 결론적으로, 그 불 지르기는 정말로 멋진 일이었다.

제49장

 루시 스완이 잠에서 깨어나 손목에 찬 숙녀용 펄사 시계를 보았을 때는 밤 11시 45분이었다. 산맥이 있는 서쪽에서 소리 없는 여름 번개가 쳤다.
 "로키 산맥."
 그녀는 다소 경외심을 품고 그 이름을 불렀다.
 이 여행 전에는 필라델피아의 서쪽에 가 본 적이 한 번도 없었는데, 그곳은 남편의 동생이 사는 곳이었다. 아니, 과거에 살았던 곳이었다.
 2인용 침낭의 나머지 절반이 비었다. 그 때문에 잠에서 깬 것이었다. 그냥 도로 누워 다시 잠이나 잘까 생각했지만(졸리면 그가 잠자리로 다시 돌아올 테니까) 곧 일어서서 그가 있을 만한 곳을 향해 조용히 걸어갔다. 야영장의 서쪽 편을 향해 다른 사람의 잠을 방해하지 않으며 유유히 나아갔다. 물론 판사는 예외였다. 그의 손목시계는 자정 10분 전을 가리켰고, 패리스 판사가 보초를 서는 동안 조의 모습을 발견하기란 절대 불가능했다. 판사는 일흔 살이었고, 졸리엣에서 그들 일행에 합류했다. 이제 그들 일행은 19명이었는데, 어른 15명에 어린이 3명과 조가 있었다.

"루시냐?"

판사가 나지막한 목소리로 말했다.

"예. 혹시 보셨나 하고……."

낮게 큭큭거리는 소리.

"물론 봤지. 그 친구는 고속도로 있는 데로 갔어. 어젯밤과 그저께 밤처럼 같은 장소."

더 가까이 다가간 그녀는 판사의 무릎에 성경책이 펼쳐진 것을 보았다.

"판사님, 어두운 데서 읽으면 눈 나빠져요."

"터무니없는 소리. 별빛은 이 책을 읽는 최고의 빛이야. 어쩌면 유일한 빛일 거야. 이건 어떤가? '인생은 땅 위에서 고역이요 그의 생애는 품팔이의 나날 같지 않은가? 해 지기를 기다리는 종과도 같고 삯을 기다리는 품팔이와도 같지 않은가? 달마다 돌아오는 것은 허무한 것일 뿐, 고통스러운 밤만이 꼬리를 문다네. 누우면 언제나 이 밤이 새려나 기다리지만 새벽은 영원히 올 것 같지 않아서 밤이 새도록 뒤척거리기만 하는도다.'"

"훌륭한데요. 정말 근사해요, 판사님."

루시가 별 관심 없이 말했다.

"근사한 정도가 아니지, 이건 구약 성서의 욥기라고. 욥기에 정말 근사하지 않은 것은 하나도 없단 말이야, 루시."

그가 성경책을 덮었다.

"'밤이 새도록 뒤척거리기만 하는도다.' 그것이 네 남자야, 루시. 정확히 래리 언더우드의 모습이라고."

"저도 알아요. 지금은 래리에게 무슨 이상이 있는지 알기라도 했으면 좋겠어요."

그녀가 한숨지었다.

의심 가는 데가 있었으나, 판사는 침묵을 지켰다.

"꿈 때문일 리는 없죠. 어느 누구도 이젠 꿈에 시달리지 않잖아요. 조만 빼고요. 조는…… 남들과는 다르니까."

"그래. 그 애는 그렇지. 불쌍한 녀석."

"그리고 모두 건강해요. 적어도 볼먼 부인이 죽은 이후론."

판사가 그들과 합류한 지 이틀 후, 스스로 딕 볼먼과 샐리 볼먼이라고 소개한 남녀 한 쌍이 래리와 그가 이끄는 생존자 일행에 합류했다. 루시는 독감이 남편과 아내 모두를 완전히 피해 갈 가능성은 지극히 적을 것이므로, 그들의 혼인이 내연 관계에서 비롯되었으며 맺어진 지도 얼마 안 됐을 거라고 짐작했다. 그들은 40대 부부였고, 분명히 깊이 사랑하는 사이였다. 그러다 일주일 전, 헤밍포드홈에 있는 그 할머니 집에서 샐리 볼먼이 병에 걸렸다. 그들은 이틀간 야영하며 속수무책으로 병이 나을는지 죽을는지 결과만 기다렸다. 샐리는 죽고 말았다. 딕 볼먼은 여전히 그들과 함께 여행 중이지만, 전혀 딴 사람이 되었다. 말수가 줄었고, 생각에 잠겼고, 낯빛이 창백했다.

"래리는 그 일로 마음 아파하는 거예요, 그렇겠죠?"

루시가 패리스 판사에게 물었다.

"래리는 비교적 뒤늦게 인생에서 자신의 본분을 깨달은 사람이야."

판사가 목을 가다듬으며 말했다.

"적어도 내가 받은 인상은 그래. 뒤늦게 자신의 본분을 깨달은 사람들은 자신감이 너무 부족해. 그런 사람들은 국민 윤리 책에서 훌륭한 시민의 조건이라 일컫는 요소를 모두 갖추고 있지. 당파적인 성향이 강하면서도 각각의 사태에 따르는 현실에 결코 광적으로 매달리거나 편파적으로 처신하지 않으며 그런 현실에 휩쓸리지도 않는데, 지도자의 위치를 불편해하면서도 일단 그런 제의를 받으면 좀처럼 책임감을 떨쳐 낼 수가 없지…… 아니면 억지로 떠맡을 수밖에 없다고나 할까. 민주주의에서는 그런 요소들이 최고의 지도자를 만들어 내지. 왜냐하면 그런 이들은 권력을 탐낼 가능성이 작으니까. 현실은 정반대였지만서도. 그리고 상황이 이상하게 돌아갈 때…… 볼먼 부인이 죽을 때…… 당뇨병이었으려나?"

판사가 대화 주제를 바꾸었다.

"그럴 가능성이 있겠단 생각이 들어. 검푸르게 변한 피부, 혼수상태로 급전직하…… 그럴듯해, 그럴듯해. 그런데 만일 그렇다면, 부인의 인슐린은 어디 있었던 거지? 스스로 죽도록 내버려 둔 것이었을까? 자살이었으려나?"

판사는 생각에 빠져 말을 멈추고, 두 손을 턱 밑에 괴고 깍지를 꼈다. 골똘히 생각에 잠긴 까만 육식조(肉食鳥)처럼 보였다.

"상황이 이상하게 돌아갈 때에 관한 이야기를 하던 중이셨어요."

루시가 부드럽게 채근했다.

"당뇨병이든 내출혈이든 뭐든 간에 샐리 볼먼이 죽을 때처럼, 상황이 이상하게 돌아갈 때, 래리 같은 사람은 자신의 탓이라 여기지. 국민 윤리 책에서 신성시하는 사람들은 좋게 끝나는 경우가 드물다네. 1930년대에 연방 수사국의 최고 수사관이었던 멜빈 퍼비스는 1959년에 자신이 수사관 시절 사용하던 총으로 자살했어. 링컨 대통령은 암살당했을 당시 신경 쇠약의 문턱에서 비틀대는, 한창 나이에 폭삭 늙어 버린 노인네였어. 우리는 전국 방송에서 매달 심지어는 매주 대통령이 스스로 무너져 가는 모습을 두 눈으로 똑똑히 지켜보는 데 익숙하잖아. 물론 예외도 있지. 닉슨은 흡혈 박쥐가 피로써 번영을 누리듯 권력으로써 번영을 누렸고, 레이건은 좀 지나치게 멍청해서 언제나 청춘인 것 같았지. 내 짐작으론 제럴드 포드 대통령도 그런 부류였어."

"내 생각엔 뭔가 다른 이유가 더 있어요."

루시가 슬프게 말했다.

판사가 궁금한 표정으로 그녀를 바라보았다.

"래리의 상태가 어떤지 아시죠? 동이 틀 때까지도 마음속엔 고민과 번뇌가 한가득이잖아요?"

그가 끄덕였다.

"사랑에 빠진 남자의 모습을 설명하는 데 딱 들어맞잖아요, 그렇죠?"

루시를 바라본 판사는 자기가 말하지 않으려 했던 사실을 그녀가 이미 꿰차고 있음에 깜짝 놀랐다. 루시가 어깨를 으쓱하며 웃음 지었다. 입술을 비틀며 씁쓸하게.

"여자들은 알아요. 여자들은 거의 다 안다고요."

판사가 뭐라고 대꾸하기도 전에 루시는 도로를 향해 훌쩍 걸어 나갔다. 래리가 있을 만한 곳으로, 앉아서 네이딘 크로스에 대해 생각하고 있는 곳으로.

"래리?"
"여기야. 왜 일어났어?"
래리가 짧게 말했다.
"추워서."
래리는 도로의 갓길에 책상다리를 하고 앉아 있던 중이었다. 사색에 잠긴 듯했다.
"내가 앉을 자리 있어?"
"물론."
래리가 옆으로 움직여 빈자리를 만들었다. 둥근 돌은 사그라져 가는 낮의 온기가 아직도 약간은 남아 있었다. 루시가 자리에 앉았다. 래리가 그녀한테 사뿐히 팔을 둘렀다. 루시의 판단으로는, 그들은 오늘 밤 볼더 동쪽 약 80킬로미터 지점에 있었다. 만약 그들이 내일 9시경 도로에 나설 수 있다면 점심 때는 볼더 자유 지대에 당도할 수 있었다.

그곳을 '볼더 자유 지대'라고 부른 이는 무선 통신 속의 남자였다. 랠프 브렌트너라는 이름의 그 남자는 볼더 자유 지대가 일반적으로 무선 호출 부호일 뿐이라고 약간 당황하며 말했지만, 루시는 어감 때문에 그 명칭 자체가 딱 마음에 들었다. 잘 어울리는 것 같았다. 상쾌한 출발을 알리는 이름 같았다. 그리고 네이딘 크로스는 그 명칭이 마치 호신부라도 되는 듯 거의 종교적인 열성으로 떠받들었다.

래리, 네이딘, 조 그리고 루시가 스토빙턴에 도착하여 폐허가 된 전염병 연구소를 발견한 지 사흘 후, 민간용 주파수 무선 통신기를 가져다가 40개 통신 채널을 접선해 보자고 네이딘이 제안했다. 래리는 충심으로 그 아이디어를 받아들였다. 네이딘의 다른 모든 아이디어를 받아들였을 때와 마찬가지로 정성스러운 태도였다고 루시는 생각했다. 루시는 네이딘 크로스를 전혀 이해하지 못했다. 래리는 그 여자한테 반했고, 그것은 분명했지만, 네이딘은 일상적인 일 외에는 래리와 별로 얽히고 싶어하지 않았다.

어쨌든 무선 통신기는 좋은 아이디어였다. 설령 그것을 떠올린 뇌가 꽉 막혀 있을지라도.(다만 조에 관한 일에는 막힘이 없었다.) 네이딘의 말대로라면 무선 통신이 다른 사람들 집단의 위치를 밝혀내고 함께 집결하기로 약속을 정할 수 있는 가장 손쉬운 수단일 터였다.

이런 생각은 그들 집단 내에서 혼란스러운 토론으로 이어졌는데, 그 당시에는 뉴욕 주 북부에서 용접공이었던 마크 젤먼과 간호사였던 스물여섯 살의 로리 컨스터블까지 더해 총원이 여섯 명에 달했다. 그리고 그 혼란스러운 토론은 꿈에 관한 또 다른 당혹스러운 논쟁으로 이어졌다.

로리는 그들이 어디로 가고 있는 것인지 이미 정확히 알고 있다고 단언함으로써 포문을 열었다. 그들이 영특한 해럴드 로더와 그의 일행이 네브래스카로 이동한 경로를 뒤따르고 있는 중이라는 말이었다. 물론 그들은 정말로 그랬고, 그렇게 한 것은 모두 같은 이유에서였다. 꿈의 힘이 몹시도 강력하여 그 뜻을 거역할 수가 없었다.

이런 주제로 얼마간 옥신각신하고 나서 네이딘은 신경질적인 반응을 보였다. 자기는 전혀 꿈을 꾸지 않았다는 것이다. "빌어먹을 꿈 따위 절대 안 꿔요."라고 되풀이했다. 만약 다른 사람들이 각자 자기 최면을 걸고 싶어한다면, 괜찮았다. 스토빙턴 시설에 그려져 있던 이정표처럼 네브래스카로 전진할 만한 합리적인 근거가 존재하는 한은 다 괜찮았다. 그러나 네이딘은 스스로 다분히 추상적인 허튼소리를 근거로 길을 떠난 것은 아니라고 여기고 싶어했다. 만약 다들 괜찮다면 네이딘은 자신의 신뢰를 무선 통신에 보내려 했다. 꿈 같은 환상에 보내는 대신.

마크가 네이딘의 긴장한 얼굴에 대고 친절하게 웃으며 말했다.

"당신이 정말로 아무 꿈도 꾸지 않았다면 말이에요, 어젯밤에 잠꼬대를 하면서 내 잠을 방해한 이유는 뭐예요?"

네이딘의 안색이 백지장처럼 하얘졌다.

"내가 거짓말쟁이라는 말인가요?"

네이딘이 거의 고함을 질렀다.

"만약 그런 뜻이라면, 우리 중 한 명은 지금 당장 떠나는 게 좋겠네요!"

조가 울먹이면서 그녀한테 바짝 웅크렸다.

래리는 논쟁을 살살 무마하면서 무선 통신 아이디어에 동의했다. 그리고 지난 주쯤 그들은 무선 신호를 잡기 시작했는데, 네브래스카에서 보낸 무선이 아니라(그곳은 그들이 도착하기도 전에 인적 없는 곳이 되었다. 꿈에서 그 사실을 알았고, 그때 이미 그들의 꿈은 긴박감을 잃고 쇠퇴하고 있었다.), 콜로라도 주 볼더, 서쪽으로 1,000킬로미터 더 떨어진 곳에서 보낸 무선이었다. 무선 신호가 랠프의 강력 송신기 때문에 증폭되었던 것이다.

랠프 브렌트너의 우물거리는 오클라호마 억양이 코맹맹이 소리로 정적을 뚫고 나왔을 때 기뻐하는, 거의 황홀경에 빠진 사람들의 얼굴을 루시는 아직도 기억할 수 있었다.

"여기는 볼더 자유 지대의 랠프 브렌트너다. 만약 내 말이 들린다면, 14번 채널로 응답 바란다. 반복한다, 14번 채널이다."

그들은 랠프의 소리를 들을 수 있었지만, 응답 신호를 보낼 만큼 송신기가 강력하지 못했다. 그땐 그랬다. 그러나 그들은 더 가까이 이동했고, 첫 번째 송신에 성공한 이래로 그 할머니 이름이 애버게일 프리맨틀이며(그러나 루시 자신은 그 할머니를 항상 마더 애버게일로 생각했다.) 할머니 일행이 볼더에 도착한 최초의 사람들이었는데, 그 후로 사람들이 두세 명씩 또는 서른 명씩이나 되는 큰 무리를 지어 모여들었다는 사실을 전해 들었다. 브렌트너가 최초로 루시 일행과 접촉했을 땐 볼더에 200명이 있었다. 오늘 저녁 그들이 주거니 받거니 하며 수다를 떨었을 때에는(이제는 그들이 가진 무선 통신기로도 쉽사리 신호가 도달하는 거리였다.) 그곳에 350명이 넘는 인원이 있었다. 그들 집단까지 가세하면 그 숫자가 거뜬히 400에 달할 것이었다.

"무슨 생각을 그리도 골똘히 하실까나."

루시가 래리에게 말하며 그의 팔을 매만졌다.

"그 손목시계와 자본주의의 파멸을 생각하는 중이었어."

래리가 루시의 펄사 시계를 가리키며 말했다.

"자본주의는 돼지가 땅을 파헤치듯 열심히 일하지 않으면 죽는다는 개념이었어. 그리고 가장 열심히 일한 돼지가 끝내는 빨강, 하양, 파랑의 캐딜락 자동차와 펄사 시계를 차지했던 거고. 이젠, 진짜 민주주의지. 미국의 어떤 숙녀도 펄사 디지털시계와 푸른빛이 감도는 밍크코트를 가질 수 있잖아."

래리가 웃었다.

"어쩌면. 하지만 중요한 것을 말해 줄게, 래리. 난 자본주의에 관해 많이 알지는 못하지만, 이 1,000달러짜리 시계에 관해선 좀 알아. 이 시계는 아무짝에도 쓸모없다는 것도 알고."

"쓸모가 없어?"

래리가 그녀를 바라보았다. 놀라워하며 미소 지으며. 아주 엷은 미소였지만 진실한 미소였다. 루시는 래리의 미소를, 자기를 향한 미소를 볼 수 있어 기뻤다.

"왜 없는데?"

"왜냐하면 아무도 지금이 몇 시인지 모르니까."

루시가 밝은 목소리로 말했다.

"나흘 전인가 닷새 전에 내가 잭슨 씨랑 마크랑 너한테 잇따라 물어봤어. 그러자 사람들은 모두 제각기 다른 시간을 말해 주면서 다들 자기 시계가 적어도 한 번은 멈춘 적이 있다고 했어…… 사람들이 세계 표준시를 맞춘다는 곳이 어딘지 알아? 언젠가 병원 대기실에서 그곳에 관한 잡지 기사를 읽었어. 그곳은 정말이지 어마어마하대. 표준시를 100만 분의 일 초 단위까지 맞춰 놨대. 시계추에 해시계에 별의별 시계 장치들을 다 갖췄다는 거야. 요즘 들어 가끔 그 장소에 관해 생각하는데, 그러면 막 미칠 것 같은 기분이 들어. 그곳에 있는 모든 시계가 틀림없이 활동을 멈췄을 테고 나한테는 보석 상점에서 낚아챈 1,000달러짜리 펄사 손목시계가 있는데, 이걸로는 태양시에 시간을 정확히 맞출 수가 없잖아. 독감 때문에. 빌어먹을 독감 같으니."

루시는 이내 침묵에 빠졌고 그들은 한동안 말없이 함께 앉아 있었다. 그러다 래리가 하늘을 가리켰다.

"저기 봐!"

"뭔데? 어딘데?"

"3시 방향 상공. 2시 방향이다, 이제는."

루시가 바라보긴 했지만 가리키는 것을 제대로 찾지 못하자, 래리는 따뜻한 두 손으로 그녀의 얼굴을 감싸고 정확한 방향을 올려다보게 했다. 그러자 루시는 똑똑히 보았고 턱 하고 숨이 막혔다. 밝은 빛, 별처럼 밝은 빛, 그러나 강렬하고 깜빡거리지 않는 빛. 그것이 동쪽에서 서쪽으로 하늘을 가로지르며 급속히 달아났다.

"아아 맙소사."

루시가 소리쳤다.

"저거 비행기잖아. 그렇지, 래리? 비행기지?"

"아니야. 인공위성이야. 아마 앞으로도 700년 동안은 저 하늘 위를 빙글빙글 계속 돌아다니겠지."

그들은 자리에 앉아 그것이 거대한 로키 산맥의 깜깜한 뒤편으로 사라질 때까지 지켜보았다.

"래리, 왜 네이딘은 인정하지 않았을까? 꿈 말이야."

루시가 부드럽게 물었다.

래리의 몸이 거의 알아차리지 못할 정도로 움찔하자, 그녀는 그 말을 꺼낸 것이 후회스러웠다. 그러나 이왕 말을 꺼냈으니 계속 밀어붙이기로 했다. 만일 래리가 자신의 말을 완전히 자르지만 않으면.

"그 여자는 자기가 아무 꿈도 꾸지 않는다고 말하잖아."

"그렇지만 그 여자도 분명히 꿈을 꾸긴 꿔. 그 점에 있어선 마크가 옳아. 그리고 잠꼬대도 해. 어느 날 밤에는 잠꼬대가 너무 요란해서 내가 다 잠을 설쳤다니까."

래리는 이제 그녀를 바라보고 있었다. 한참 뒤에 그가 물었다.

"뭐라고 잠꼬대했는데?"

루시는 생각에 잠겨 제대로 기억해 내려 노력했다.

"침낭 속에서 마구 몸부림치면서 계속해서 잠꼬대를 하고 있었어. '하지 마. 너무 차가워. 하지 마. 당신이 그러면 난 견딜 수가 없어. 너무 차가워. 너무 차가워.' 그러고 나서 자기 머리카락을 잡아당기기 시작했어. 자고 있던 여자가 자기 머리카락을 쥐어뜯기 시작했다고. 그리고 신음하는 소리. 너무 섬뜩했어."

"누구나 악몽을 꾸게 마련이야, 루시. 그렇다고 해서 악몽이 전적으로…… 그러니까 그 남자 꿈은 아닐 거야."

"날이 어두워진 후에는 그 남자 이야기를 안 하는 게 낫겠어, 안 그래?"

"그러는 게 좋지. 맞아."

"그 여잔 꼭 나사 풀린 사람처럼 행동해, 래리. 무슨 말인지 알지?"

"응."

래리는 알았다. 꿈을 전혀 꾸지 않는다는 네이딘의 주장에도 불구하고, 그들이 헤밍포드홈에 도착했을 무렵엔 그녀의 눈 밑에 검은 기미가 생겼다. 화려함을 자랑하는 짙은 머릿결이 눈에 띄게 하얘졌다. 건드리면, 움찔 놀랐다. 그녀는 움츠러들었다.

루시가 물었다.

"당신 그 여자를 사랑하지, 그렇지?"

"오, 루시."

래리가 꾸짖듯이 말했다. 루시는 그의 표정을 보고 세차게 고개를 흔들었다.

"아니, 난 그저 네가 알았으면 해. 이것만은 말해 둬야겠어. 나는 네가 어떤 눈으로 그 여자를 바라보는지 알아…… 네가 무슨 일로 바빠서 눈…… 눈치 챌 염려가 없을 때, 그 여자가 이따금 너를 어떤 눈으로 바라보는지도 알고. 그 여자는 너를 사랑해, 래리. 하지만 동시에 두려워해."

"뭐를 두려워한다는 거지? 도대체 뭐가 두려운데?"

래리는 자신이 네이딘한테 육체 관계를 시도했던 일을 기억했다. 스토빙턴 방문이 성과 없이 끝나고 사흘 뒤의 일이었다. 그 일 이후로 그녀는 말수가 적어졌다. 때때로 여전히 쾌활한 모습이었지만, 쾌활해 보이려 일부러 애쓰는 기색이 몹시도 역력했다. 조가 잠들어 있을 때였다. 래리는 네이딘 곁으로 가서 나란히 앉아 한동안 대화를 나눴는데, 지금 상황이 아니라 옛날 일들, 별반 신경 쓸 일이 없는 주제에 관한 대화였다. 래리는 그녀한테 키스를 하려고 했다. 그녀가 래리를 떠밀며 고개를 돌렸지만, 그 전에는 루시가 방금 말했던 네이딘의 두려움을 실감하지 못했다. 래리는 다시 키스를 시도하며, 거칠게 동시에 부드럽게 그녀를 몹시 간절하게 원했다. 딱 한순간 네이딘은 래리에게 굴복하여 사랑이 이루어질 듯한 모습을 드러냈는데, 마치…….

그 순간 네이딘이 래리를 뿌리치며 물러났다. 얼굴은 창백했고, 두 팔로 가슴을 감싸며 두 손으로 팔꿈치들을 떠받쳤고, 고개를 숙였다.

"다시는 그런 짓 하지 마요, 래리. 제발 그러지 마요. 자꾸 그러면 나는 조를 데리고 떠날 거니까."

"왜요? 왜 그래요, 네이딘? 왜 그렇게 펄쩍 뛰는 거죠?"

네이딘은 대답하지 않았다. 그저 고개를 숙이고 서 있기만 했으며, 이미 멍든 것처럼 검은 기미가 눈 밑에 생겨나고 있었다.

"당신한테 말할 수 있는 거였으면 벌써 말했겠죠."

마침내 대답한 그녀는 뒤도 돌아보지 않고 걸어가 버렸다.

루시가 말했다.

"옛날에 약간 그 여자처럼 행동하는 친구가 있었어. 고등학교 졸업반 때. 그 애 이름은 졸린이었어. 졸린 메이저스. 걔는 남자친구랑 결혼하려고 학교를 중퇴했지. 남자는 해군이었어. 결혼할 땐 걔가 임신 중이었지만, 나중에 아기를 유산하고 말았어. 남편은 집을 많이 비웠는데, 졸린 걔가…… 파티하고 노는 것을 좋아했어. 걔는 그런 게 좋았고, 남편은 완전히 질투 많은 곰이었던 거야. 만약 자기 몰래 이상한 짓 하다가 걸리면 두 팔을 부러뜨리고 얼굴을 망쳐 놓겠다고 했대. 그런 생활이 어떨지 상상이 가? 남편이 집에 와서 이렇게 말한단 말이야. '사랑하는 자기야, 저기 말이야, 나 이제 배 타러 나갈 거야. 키스해 줘. 그리고 나서 우리 푹신한 침대에서 좀 뒹굴어 보자. 그런데 있잖아, 만약 내가 항해에서 돌아왔는데 네가 문란한 짓 하고 돌아다녔다는 소리가 들리면, 네 두 팔을 부러뜨리고 얼굴을 망쳐 놓겠어.'"

"별로 신나는 생활은 아닐 테지."

"그러다 얼마 후에 졸린이 문제의 남자를 만났어. 벌링턴 고등학교의 체육 보조 교사였지. 둘은 은밀하게 만나면서 늘 뒤를 조심했는데, 졸린의 남편이 사람을 시켜서 그들을 감시했는지도 모르지만, 얼마 뒤엔 어쨌든 상관없게 됐어. 얼마 뒤 졸린은 그야말로 정신이 파탄 나 버렸거든. 걔는 길모퉁이에서 버스를 기다리는 남자가 남편 친구일 거라고 생각했어. 싸구려 모텔에 가서는 자기와 허브의 뒤편에서 숙박부를 적고 있는 세일즈맨도 그럴 거라고 여겼고. 심지어는 둘이 함께 나들이 나갔을 때 유원지 방향을 알려 주었던 경찰관까지도 남편 친구일 거라고 믿었단 말이야. 상태가 점점 악화된 끝에 문이 꽝 닫혀도 비명을 질러 댈 정도가 되었고, 누군가 집 앞 계단을 올라갈 때마다 펄쩍 뛰었지. 그런데 졸린은 일곱 가구가 모여 있는 아파트에 살았으니까 항상 누군가는 그 계단을 올라 다니게 마련이었어. 허브는 무서워서 걔와 헤어지고 말았다고. 졸린의 남편이 무서운 게 아니었어. 졸린이 무서워졌던 거야. 그리고 남편이 휴가를 얻어 집에 돌아오기 직전에, 졸린은 신경 쇠약에 걸렸어. 순전히 좀 지나치게 많이 사랑을 탐했던 덕분에…… 그리고 남편이 광적으로 질투가 심했던 덕분에. 네이딘을 보면 난 그 애가 떠올라, 래리. 그 여자가 안됐어. 나는 그 여자를 그다지 좋아하진 않아. 그렇지만 확실히 그 여자가 안됐어. 몹시 고통스러워 하는 것 같아."

"그 친구가 남편을 두려워하던 식으로 네이딘이 나를 두려워한 다는 소리야?"

"아마도. 너한테 이것만은 말해 주겠어. 네이딘의 남편이 어디 있든지 간에, 여기에는 없어."

래리가 약간 거북한 표정으로 웃었다.

"그만 돌아가야겠다. 내일은 고된 하루가 될 테니까."

"그래."

루시는 자신의 말을 래리가 알아듣지 못했다는 생각이 들었다. 별안간 눈물을 터뜨렸다.

"이봐, 이 보라고."

래리는 루시를 감싸 안으려 했다. 루시가 그를 뿌리쳤다.

"너는 나한테서 네가 원하는 것만 쏙 뽑아 가고 있어. 너 그러면 안 돼!"

래리의 마음속에는 루시의 목소리가 야영장까지 새어 나갈까 봐 염려하는 예전 래리의 모습이 아직도 적잖이 남아 있었다.

"루시, 나는 절대 억지로 너한테 강요한 적 없어."

래리가 무뚝뚝하게 말했다.

"오, 넌 왜 이렇게 멍청하니!"

루시가 울부짖으며 그의 다리를 때렸다.

"왜 남자들은 그렇게 멍청하니, 래리? 너희 남자들이 구별할 수 있는 것은 오로지 까만 거 아니면 하얀 거야. 그래, 넌 결코 나한테 억지로 강요한 적 없어. 나는 그 여자 같은 부류가 아냐. 네가 억지로 범하려 들면 그 여잔 네 눈에 침을 뱉고 다리를 꼭 오므리고 버틸 테지. 남자들이 나 같은 여자를 뭐라고 욕하는지 알아.

그런 욕을 화장실에 끄적거려 놓는다더라. 그렇지만 나 같은 여자는 따뜻하게 해 줄 누군가가 필요할 뿐이야. 따뜻한 애정이 필요할 뿐이야. 사랑이 필요한 거라고. 그게 그렇게 나쁜 거니?"
"아니. 아니야, 그렇지 않아. 하지만 루시……"
"넌 그렇게 생각지 않아."
루시가 경멸하듯 말했다.
"너는 계속 고귀하신 숙녀 분들만 졸졸 쫓아다니다가 해 떨어지고 나서 동침할 상대로만 날 찾는 거였어."
래리는 앉아서 말없이 고개를 끄덕였다. 그 말은 사실이었다. 그 말 한 마디 한 마디 모두가 전부. 그는 너무 지쳐서, 너무나 흠씬 두들겨 맞아서 그 말에 반박하지 못했다. 루시도 알아차린 듯했다. 표정을 누그러뜨리며 래리의 팔을 잡았다.
"래리, 만약 네가 그 여자의 마음을 사로잡으면, 내가 누구보다 먼저 너한테 축하의 말을 건네줄게. 나는 평생 원한 같은 거 품지 않을 거야. 다만…… 너무 실망하지 않으려고 애쓰겠지."
"루시……"
루시의 목소리가 갑자기 높아지며 뜻밖의 기세로 거칠어지자 래리는 잠시 팔에 소름이 돋았다.
"그냥 불현듯 사랑이 매우 중요하다는 생각이 들어. 오로지 사랑만이 우리가 이 순간을 헤쳐 나갈 수 있도록 우리 관계를 회복시켜 줄 거야. 우리를 갈라놓는 것은 증오야. 더 나쁜 것은 아무런 감정도 없는 거고."
루시의 목소리가 가라앉았다.
"네 말이 옳아. 시간이 많이 늦었어. 난 잠자리로 돌아갈 거야.

같이 갈래?"

"응."

함께 일어서면서 래리는 자기도 모르게 두 팔로 루시를 끌어안고 강하게 키스했다.

"나는 온 마음으로 너를 사랑해, 루시."

"나도 알아."

루시는 힘없이 웃어 보였다.

"나도 알아, 래리."

루시는 래리가 다시 한 번 끌어안았을 때에는 가만히 있었다. 둘은 함께 야영장으로 돌아가서 각별한 사랑을 나누었고, 잠이 들었다.

래리 언더우드와 루시 스완이 야영장으로 돌아오고 나서 20여 분 뒤, 그들이 사랑의 행위를 마치고 잠에 빠져 들고 나서 10분 뒤, 네이딘이 남몰래 고양이처럼 잠에서 깼다.

공포의 급행 열차가 핏줄 속에서 고동쳤다.

'누군가가 나를 원해.' 네이딘은 생각하면서, 천천히 느려지는 심장 박동 소리에 귀를 기울였다. 어둠이 가득 들어찬 휘둥그레진 두 눈이 느릅나무에서 돌출한 가지들의 그림자가 하늘을 얽어맨 곳을 올려다보았다. '바로 저기야. 누군가가 나를 원해. 정말이야.'

'하지만…… 너무 차가워.'

네이딘의 부모와 남동생은 그녀가 여섯 살 때 자동차 사고로 사망했다. 그녀는 그날 이모와 이모부를 만나러 간 부모를 따라가지 않았고, 대신 집에 남아 동네 친구와 놀았다. 부모는 아무래도 남동생을 제일 좋아했던 것 같았다. 생후 4개월 반이었을 때 고아원 요람에서 꼬불쳐 온 작은 난쟁이족이었던 자신에 비해 남동생은 달랐다. 남동생의 혈통은 깨끗했다. 남동생은 (이쯤에서 팡파르를 울려 주시라) 부모의 친자식이었던 것이다. 하지만 네이딘은 언제나 그리고 영원히 오로지 외톨이 네이딘으로서 동떨어져 있었다. 어디에도 속하지 않는 대지의 아이였다.

사고 후 네이딘은 이모와 이모부와 함께 살러 갔는데, 그들이 유일하게 남은 친척이기 때문이었다. 동부 뉴햄프셔 주의 화이트 산맥 지방이었다. 여덟 살 생일에 이모 부부가 워싱턴 산을 오르는 궤도차를 태워 주었는데 높은 고도 때문에 코피가 나서 그들이 화냈던 일이 기억났다. 이모와 이모부는 나이가 너무 많았다. 그들이 50대 중반일 때 열여섯 살로 접어든 네이딘은 바로 그해에 달 아래 이슬을 머금은 풀밭 속으로 황급히 뛰쳐나갔다. 포도주에 취한 듯한 밤이었으며, 환상을 머금은 밤의 우유처럼 희멀건 공기에서 꿈이 농축되어 나오는 때였다. 사랑의 밤이었다. 그리고 만약 그 소년이 그녀를 붙잡았다면 자신이 줄 수 있는 것은 무엇이든지 소년에게 상으로 주었을 터였는데, 그가 그녀를 잡았느냐 아니냐가 뭐 대단한 문제였나? 그들은 달렸고, 그것이 중요한 것 아니던가?

그런데 소년은 네이딘을 잡지 않았다. 구름이 달 위로 흘러갔다. 이슬에선 끈적하고 불쾌하고 섬뜩한 기운이 풍겨 나왔다. 입 안에 밴 포도주 맛이 불현듯 살짝 시큼한 쇠꼬챙이 씹는 맛으로 변했다. 일종의 변형 작용이 일어나 그녀가 기다려야 한다는, 반드시 기다려야 한다는 느낌이 들었다.

그리고 나서 그동안 그는, 그녀의 운명적인, 그녀의 검은 신랑은 어디에 있었던가? 실내에서는 흥청망청 대는 칵테일파티의 수다가 이러쿵저러쿵 세상사의 정의를 내리는 동안 그는 변두리 외곽의 어둠 속을 저벅저벅 걸어 다니며 어느 거리에, 어느 뒷골목에 있었던 것인가? 무슨 혹독한 바람이 그에게 불었던가? 그의 낡아 빠진 배낭 속에는 얼마나 많은 다이너마이트 폭탄이 있었던가? 네이딘이 열여섯 살 적에 그의 이름이 무엇이었는지 누가 알겠는가? 나이는 얼마였던가? 고향은 어디였던가? 그에게 젖을 물렸던 사람은 어떤 부류의 어머니였던가? 그녀는 오로지 그가 자기처럼 고아였다는 것만을, 그의 시대가 차츰 도래하리란 것만을 확신했다. 그가 아직 제대로 다듬어지지 않은 길을 주로 걷는 동안, 네이딘은 그런 길에 그저 발 하나만 걸치고 있었다. 그들이 만날 교차로는 멀리 저 앞에 있었다. 그녀가 알기에는, 그는 우유와 사과 파이를 즐기고 빨간 체크무늬 천의 소박한 아름다움을 이해할 법한 미국 남자였다. 그의 고향은 미국이었고, 그의 길은 비밀스러운 길, 은폐된 고속도로, 신비로운 고대 북유럽의 룬 문자로 위치가 기록된 지하 철로였다. 그는 다른 쪽의 남자, 다른 쪽의 얼굴, 단단한 사람, 다크맨, 걸어 다니는 멋쟁이였고, 닳아 빠진 그의 장화 뒤꿈치는 여름밤의 향취가 가득한 길을 따라 저벅저벅 걸어 나갔다.

'그 신랑이 찾아오는 때를 누가 알리오?'

네이딘은 그 사람을, 약속된 그 사람을 기다려 왔다. 열여섯 살

적에 그와 거의 마주칠 뻔했고, 대학 시절에 또다시 그럴 뻔했다. 그 두 번의 기회 모두 지금 래리가 그랬듯 화나고 당혹스러운 기분을 남기며 무산되었고, 그녀의 내면에 교차로를, 운명적으로 예정된 신비로운 교차점에 대한 의식을 일깨워 주었다.

볼더는 길이 갈라져 나뉘는 장소였다.

때가 임박했다. 그 남자가 소리쳐 그녀에게 어서 오라는 분부를 내렸다.

대학 졸업 후 네이딘은 일에 파묻혀 살았으며, 두 명의 여자 애들과 임대 주택을 함께 썼다. 어떤 여자 애들이냐고? 글쎄, 그들은 자꾸 바뀌었다. 오직 네이딘만이 그 집의 터줏대감이었고, 바뀐 룸메이트들이 집에 데려오는 젊은 남자들한테는 상냥하게 대했지만, 자기 스스로 젊은 남자를 사귄 적은 한 번도 없었다. 네이딘은 사람들이 자신을 가리켜 공주병 노처녀라고 부르거나, 어쩌면 심지어 철저하게 정체를 감춘 레즈비언일 거라 억측할지도 모른다고 생각했다. 사실은 그런 게 아닌데. 네이딘은 단지……

약속을 지키는 것뿐이었다.

기다리고 있는 것뿐이었다.

이따금 자신에게 변화의 때가 오고 있는 듯한 느낌이 들었다. 하루 일과가 끝난 조용한 교실에서 장난감들을 치우다 갑자기 움직임을 멈추고, 눈을 빛내며 경계하면서 한 손에 쥔 장난감 상자 따위는 까맣게 잊곤 했다. 그러곤 생각했다. '변화의 시간이 오고 있어…… 엄청난 바람이 불어닥칠 거야.' 이따금씩 그런 생각이 들면, 네이딘은 자신이 쫓기는 사람처럼 어깨 뒤를 돌아다보고 있음을 깨달았다. 그리고 나면 그 생각은 깨어졌고 그녀는 불안 속에서 웃음 지었다.

네이딘의 머리는 열여섯 살이 되던 해에, 그러니까 추격을 당했지만 붙잡히지 않았던 그해에 희끗해지기 시작했다. 처음엔 온통 검은 머리 속에서 그냥 몇 가닥만 유난히 눈에 띄는 정도였지, 희끗한 것은 아니었다. 그렇다. '희끗하다'는 부적절한 표현이었다. 하얀…… 백발이 생겨난 것이었다.

몇 년 뒤 네이딘은 남학생 클럽의 지하 휴게실에서 열린 파티에 참석했다. 음침한 조명 아래 시간이 지나면서 사람들이 둘씩 짝을 지어 떠나갔다. 네이딘을 포함한 여자 애들 대다수가 여학생 기숙사에서 외박 허가를 얻어 외출한 몸이었다. 그녀는 일을 저질러 버리기로 단단히 작정했으나…… 그러나 몇 달 몇 년 동안 계속 마음속에 묻혀 있던 무엇인가가 그녀를 제지했다. 그리고 다음 날 아침, 오전 7시의 서늘한 햇살 아래, 그녀는 여학생 기숙사 욕실에 길게 늘어선 거울 중 하나에서 자신의 모습을 바라보았고 흰머리가 더욱 늘어난 것을 목격했다. 밤새 그렇게 된 듯싶었다. 물론 그런 일은 불가능한 것이었지만.

세월은 그렇게 지나 메마른 시대의 계절들처럼 똑딱똑딱 흘러갔고 감정이 생겨났다. 감정. 그리고 이따금 그녀는 죽음의 무덤 같은 밤중에 뜨거우면서도 차가운 상태로 잠에서 깨어나, 땀으로 목욕한 상태로, 움푹 팬 침대 속에서 요염하게 꿈틀거리며 감각에 눈떴다. 일종의 저속한 황홀경에 빠져 기묘한 어둠의 섹스에 관해 생각한 것이다. 뜨거운 액체 속에서 뒹굴기. 오르가슴에 도달함과 동시에 힘껏 깨물기. 그리고 그런 일이 있은 다음 날 아침마다 네이딘은 거울 앞에 섰고 거울 속에서 흰머리가 더 늘어난 자신의 모습을 보리라고 생각했다.

그런 세월 속에서 그녀는, 표면상으로는 오로지 네이딘 크로스였다. 즉 아이들에게 친절하고 온화하며 자신의 일에 유능한 독신녀였다. 옛날 같으면 그런 여성은 공동체 내에서 소문과 호기심을 불러일으켰을 테지만, 시대가 변했다. 게다가 미모가 너무도 특출한 나머지 까닭이야 어떻든 그렇게 사는 모습이 네이딘에게는 완벽하게 어울려 보였다.

이제 시대가 또 한 번 변화하려 하고 있었다.

이제 변화가 도래하고 있었고, 꿈속에서 그녀는 자신의 신랑을 알기 시작했으며, 그를 조금은 이해하기 시작했다. 그의 얼굴 한 번 본 적이 없는데도. 그는 그녀가 기다리고 있었던 존재였다. 네이딘은 그에게 가기를 원했지만…… 가고 싶지 않았다. 그녀는 그를 받아들이기로 되어 있었지만, 그녀는 그가 무서웠다.

그러다 조가 왔고, 그 애 다음엔 래리였다. 그러자 상황이 몹시도 복잡하게 꼬였다. 네이딘은 자신이 줄다리기 밧줄에 걸린 우승 반지가 된 것 같다고 느꼈다. 자신의 순결, 자신의 처녀성이 다크맨한테는 무엇보다 중요하다는 것을 알았다. 그렇다는 것은 만약 래리가 자신을 가지도록 허락한다면(또는 만약 어떤 남자든 자신을 가지도록 허락한다면), 검은 마법이 끝장난다는 뜻이다. 그러나 래리한테는 마음이 끌렸다. 그녀는 준비해 왔다. 상당히 신중하게. 래리가 자신을 가지도록 일을 저질러 버리기로 작정했다. 그가 그녀를 가지도록, 상황을 끝장내도록, 모든 상황을 끝장내도록. 네이딘은 지쳤고, 래리가 적임자였다. 네이딘은 약속의 남자를 너무나 오랫동안, 너무나 지루한 세월 속에서 하염없이 기다리고만 있었던 것이다.

그런데 래리는 적임자가 아니었거나…… 처음엔 그런 것처럼 보였다. 네이딘은 래리가 보낸 최초의 애정 공세를 경멸스럽게 뿌리쳐 버렸다. 암말이 꼬리를 휘둘러 파리를 내치듯. 네이딘은 그 때 했던 생각을 기억할 수 있었다. '만약 래리가 겨우 그런 남자라면, 그의 구애를 퇴짜 놓았다고 해서 누가 나를 욕할 수 있겠어?'

그런데도 그녀는 래리를 따라다녔다. 그것은 사실이었다. 그러나 그녀가 다른 사람들을 맞아들이는 데 매우 열성적이었던 것은 단지 조 때문이 아니라, 자신이 소년을 내팽개치고 약속의 남자를 찾아 혼자서 서쪽으로 나아갈 시점이 임박했기 때문이었다. 그저 아이들을 보호하며 몸에 밴 책임감 때문에 일탈할 수가 없었고…… 그리고 혼자 내버려 두었다간 조는 죽고 말 것 같았다.

'그토록 많은 사람이 죽어 간 세상에, 또 하나의 죽음을 추가하는 것은 분명히 심각한 죄악이야.'

그래서 래리와 동행했던 것이고, 어쨌든 옆에 아무것도 또는 아무도 없는 것보다는 나았다.

그런데 래리 언더우드한테는 아무것도 또는 아무도의 대체물보다도 엄청나게 좋은 면이 더 있다는 사실이 드러났다. 보기에는 얕아 보여 겨우 3, 4센티미터 깊이인 물이라도 손을 넣어 보면 갑자기 팔이 쑥 빠져 어깨까지 젖는 것처럼, 래리는 착시를 일으키는 사람 같았다. (어쩌면 본인조차 자신에 대한 착시에 빠져 있을지 모른다.) 래리가 조를 이해하는 과정, 그것이 하나의 사례였다. 조가 래리를 받아들이는 과정이 또 다른 사례였으며, 조와 래리의 관계가 좋아질수록 나타나는 그녀의 질투 어린 반응이 세 번째 사례였다. 웰스에 있던 오토바이 대리점에서 래리는 양손의 손가락을 소년한테 걸었고, 그 내기에서 승리했다.

만약 그들이 휘발유 저장 탱크를 덮고 있는 뚜껑 판에 온 정신을 집중하고 있지 않았더라면, 그들은 네이딘이 놀라서 길게 늘어진 o자 모양으로 입을 떡 벌린 모습을 보았을 것이다. 그들을 지켜보고 선 그녀는 꼼짝하지 못한 채 시선을 눈이 부신 쇠지레의 금속 선에 집중하고, 그것이 처음엔 덜덜 떨리다 그다음엔 멀리 떨어져 나가는 모습을 예상했다. 네이딘은 자신이 일이 끝나면 그저 비명이 터져 나오기만 기다리고 있음을 깨달았다.

그때 뚜껑 판이 위로 들려 뒤집히면서 네이딘은 자신의 판단 착오와 마주쳤는데, 그것은 근본적으로 너무 뿌리 깊은 착오였다. 그 상황에서 래리는 네이딘보다도 더 조를 잘 알았다. 특수 교육을 받은 적도 없고 상대적으로 관찰 기간이 훨씬 짧았는데도 그러했다. 뒤늦게 따져 보고 나서야 기타를 둘러싼 상황이 얼마나 중요했는지, 그것이 조에 대한 래리의 관계를 얼마나 신속하고 또 근본적으로 규정지은 것이었는지 이해가 되었다. 그런 관계의 중심에는 무엇이 있었던가?

그야 뭐, 당연히 신뢰였다. 그 밖에 어떤 것이 네이딘의 전신에 급격한 질투 소동을 불러일으킬 수 있었겠는가? 만약 조가 래리를 신뢰한다면, 그것은 아무렇지도 않게 수긍할 만한 것이었다. 네이딘을 당혹스럽게 한 것은 래리도 역시 조를 신뢰했으며, 그녀와는 달리 조의 도움이 필요했다는 것이고⋯⋯ 조도 그것을 알았다.

래리의 인물 됨됨이에 대한 그녀의 판단이 틀렸던 것이었나?

이제 와서 생각해 보니 그 대답은 '그렇다.'였다. 다혈질에다 이기적인 외관은 겉치장이었고, 지나치게 사용한 탓에 닳아 없어지는 중이었다. 래리가 이 긴 여행 동안 그들 모두를 일치단결시켜 왔다는 사실이 바로 그의 결단력을 증명했다.

결론은 명확한 듯싶었다. 그녀는 래리가 자신을 사랑할 수 있게 허락하자는 결심 밑바닥으로, 마음 한쪽에서는 여전히 다른 쪽의 남자한테 헌신적이었다. 그리고 래리를 사랑한다는 것은…… 그러한 자신의 마음 한쪽을 영원히 죽이는 것과도 같은 일이었다. 자신이 그런 일을 할 수 있을지 확신이 서지 않았다.

그리고 네이딘은 이제 다크맨에 관한 꿈을 꾸는 유일한 사람이 아니었다.

그런 사실이 처음엔 그녀를 불안케 했다가, 그다음엔 섬뜩하게 했다. 단지 조와 래리하고만 의견을 교환했을 적에는 섬뜩한 느낌이 전부였다. 그러나 루시 스완을 만나 같은 종류의 꿈을 꾼다는 말을 들었을 때, 섬뜩함은 일종의 광적인 공포가 되었다. 이제는 그들의 꿈이 자신의 꿈과 약간 비슷해 보일 뿐이라고 혼잣말하기가 불가능했다. 이 세상에 살아남은 모든 이들이 같은 꿈을 꾸고 있다면 어쩌지? 다크맨의 시대가 마침내 도래한다면 어쩌지? 네이딘 혼자만을 위한 시대가 아니라, 지구 상의 모든 생존자들을 위한 시대라면?

이런 생각은 그녀의 내면에 극도의 공포와 강렬한 매혹이 상충하는 감정을 일으켰다. 네이딘은 전전긍긍하며 거의 발악하듯 스토빙턴 연구소 생각에 매달렸다. 그곳은 본연의 기능대로, 그녀 주변에서 감지되는 검은 마법의 치솟는 물결에 맞서 순리와 합리의 상징으로서 존속했다. 그러나 스토빙턴은 황폐한 곳이 되어 있었고, 마음속으로 쌓아 왔던 안전한 피난처라는 생각은 조롱거리가 되었다. 순리와 합리의 상징은 죽음의 집이 되었다.

서쪽으로 이동하며 생존자들을 그러모을수록, 어찌 됐든 아무 충돌 없이 자신을 위해 일이 잘 해결될 거란 희망은 그녀에게서 서서히 사라져 갔다. 래리를 높이 평가하고 나서부터 그 희망은 사라졌다. 래리는 루시 스완과 동침하고 있었지만, 그게 뭐 그리 중요한가? 그녀는 임자 있는 몸이었던 것이다. 다른 사람들은 두 가지 상반되는 꿈을 꾸고 있었다. 다크맨과 할머니. 할머니는 일종의 근원적인 힘을 의미하는 듯 보였다. 바로 다크맨이 그러하듯이. 할머니는 다른 사람들이 점차 믿음을 보내는 핵심이었다.

네이딘은 한 번도 할머니 꿈을 꿔 본 적이 없었다.

오로지 다크맨의 꿈만 있을 뿐. 그리고 다른 사람들의 꿈이 찾아왔을 때와 마찬가지로 불가사의하게 갑자기 사라져 버리자 그녀 자신의 꿈은 힘차게 그리고 분명하게 증대하는 듯싶었다.

네이딘은 남들이 모르는 것을 많이 알았다. 다크맨의 이름은 랜들 플랙이었다. 서쪽 지역에 있는 사람들 중 그의 일 처리 방식에 반대했거나 맞섰던 이들은 십자가에 못 박히거나 웬일인지 미쳐 버려 설설 끓는 시궁창인 죽음의 계곡으로 추방당했다. 샌프란시스코와 로스앤젤레스에 소수의 기술자 집단이 있었지만, 일시적인 상태일 뿐이었다. 이제 곧 그 사람들도 인구가 몰리고 있는 중심지인 라스베이거스로 이동할 것이었다. 그 남자는 서두를 필요가 없었다. 여름은 이제 쇠퇴 국면에 접어들었다. 머지않아 로키 산맥 통행로들이 눈으로 뒤덮일 것이고, 눈을 깨끗이 치울 수 있는 제설 장비는 있어도 제설 작업에 충분한 수의 노동자들을 할애할 여유는 없을 것이다. 세력을 강화할 수 있는 긴 겨울이 될 터였다. 그리고 내년 4월…… 또는 5월이 되면…….

네이딘은 어둠 속에 누워 하늘을 올려다보았다.

볼더가 그녀의 마지막 희망이었다. 그 할머니가 그녀의 마지막 희망이었다. 스토빙턴에서 찾기를 희망했던 순리와 합리가 볼더에서 생겨나기 시작했다. '그쪽 사람들은 선해. 좋은 사람들이야.' 네이딘은 생각했다. 그리고 서로 충돌하는 그녀의 욕망이 미칠 듯이 뒤엉킨 거미줄 속에서 일이 간단하게 풀렸으면 좋겠다고 희망했다.

주제곡처럼 끊임없이 계속 울려 퍼진 것은 이 대학살의 세상에서 살인은 아주 심각한 죄악이라는 그녀의 단호한 믿음이었고, 그녀의 마음은 단호히 그리고 한 점의 의심도 없이 죽음이야말로 랜들 플랙의 본업이라고 말했다. 그러나 네이딘은 그 남자의 차가운 키스를 얼마나 간절히 원했던가. 고등학교 남학생, 또는 대학교 남학생의 키스를 원했던 것 이상으로…… 두렵긴 하지만 래리 언더우드의 키스와 포옹을 원했던 것보다 한층 더 간절했다.

'우리는 내일 볼더에 도착할 거야. 어쩌면 그때 가서 이 여행이 끝난 것인지 알게 될 테지 그게 아니라면…….'

별똥별 하나가 하늘을 가로질러 불꼬리를 그었고, 어린아이처럼 네이딘은 별똥별에 대고 소원을 빌었다.

제50장

새벽이 밝아오며 동쪽 하늘을 고운 장밋빛으로 물들이고 있었다. 스튜 레드먼과 글렌 베이트먼은 서부 볼더의 플랙스태프 산에 이제 막 반 정도 올라섰다. 로키 산맥의 첫 번째 구릉지가 선사 시대의 장관처럼 평야에서 우뚝 솟아오른 곳이었다. 새벽빛 속에서 스튜는 거의 수직으로 일어선 암벽들 사이로 기어오른 헐벗은 소나무들이 마치 대지를 뚫고 나온 거인의 손을 휘감은 핏줄처럼 보인다고 생각했다. 동쪽 어딘가에선 네이딘 크로스가 비로소 성에 안 차는 선잠에 빠져 들고 있었다.

"오늘 오후엔 두통깨나 앓겠구먼. 대학 시절 이후로 내가 밤새워 술을 마시다니, 믿을 수가 없어."

글렌이 말했다.

"일출 광경은 그럴 만한 가치가 있어요."

"그래, 아름다워. 전에도 로키 산맥에 와 본 적 있나?"

"아뇨. 그래도 와 보니 좋네요."

스튜가 포도주 병을 들어 올려 한 모금 마셨다.

"저 많이 취했어요."

그는 잠시 침묵 속에서 경치를 둘러보고 히죽히죽 웃으며 글렌에게 시선을 돌렸다.

"이제 무슨 일이 벌어질까요?"

"벌어져?"

글렌이 눈썹을 추켜세웠다.

"그럼요. 내가 아저씨를 여기까지 모시고 올라온 이유가 그거예요. 프래니한테 말했죠. '아저씨를 엄청 취하게 한 다음에 머리를 좀 빌려야겠어.' 프래니가 멋진 생각이라고 그랬다고요."

글렌이 씩 웃었다.

"남아 있는 찻잎 모양을 보면 미래를 알 수 있다던데, 포도주병 밑바닥엔 찻잎이 하나도 없잖은가."

"없죠. 하지만 프래니가 나한테 아저씨의 전공 분야가 정확히 어떤 것인지 설명해 주었어요. 사회학. 집단 상호 작용 연구. 그러니 전문 지식에 근거한 생각을 들려주십쇼."

"먼저 내 주머니에 돈 좀 찔러 주게나, 지식의 탐구자여."

"돈은 걱정 마요, 대머리 아저씨. 내일 볼더의 퍼스트 내셔널 은행에 모시고 가서 100만 달러 드릴 테니까. 어때요?"

"농담은 그만 하세, 스튜. 자네가 알고 싶은 게 뭔가?"

"벙어리 청년 앤드로스가 알고 싶어하는 것과 똑같은 것이겠죠. 다음엔 무슨 일이 벌어질 것인가. 그보다 더 적절한 표현은 도무지 생각이 나질 않네요."

"사회 집단이 형성될 걸세."

글렌이 천천히 말했다.

"어떤 유형의 집단일까? 지금 당장은 말하기가 불가능하다네. 이젠 이곳에 거의 400명이 있지. 매일 매일 증가하는 유입 인원의 비율을 고려해 보면, 9월 1일경에는 우리 집단이 1,500명이 될 것 같군. 10월 1일경에는 4,500명 그리고 눈발이 날리고 도로가 막히는 11월이 되면 약 8,000명이 될 수도 있다고. 그것을 예언 제1호로 기록해 두게나."

글렌이 보기에는 우습게도 스튜는 정말로 청바지 뒷주머니에서 수첩을 꺼내 방금 글렌이 했던 말을 메모했다.

"저로서는 믿기 어려운 숫자예요. 우리가 국토를 횡단해서 이곳에 도착했을 땐 전부 합해 100명도 안 됐는데."

"그래, 하지만 사람들이 계속 찾아오고 있지 않은가, 그렇지?"

"그렇죠…… 닭똥처럼 찔끔찔끔."

"뭐처럼 어떻다고?"

글렌이 히죽거리며 웃었다.

"닭똥처럼 찔끔찔끔 온다고요. 우리 어머니가 그렇게 말씀하곤 하셨죠. 우리 엄마 말버릇에 똥 싸는 소리라도 하려고 그러십니까?"

"내가 일신의 안녕을 위해 텍사스 인의 어머니한테 똥이나 싸댈 정도로 변변치 못한 존경심마저 잃는 날은 절대 찾아오지 않을 걸세, 스튜어트."

"암튼 사람들이 찾아오고 있는 것은 분명해요. 랠프 아저씨가 지금 대여섯 집단과 통신 중이니까 주말쯤엔 500명까지 불어날 겁니다."

 글렌이 또다시 미소 지었다.

 "그래, 그리고 마더 애버게일 님은 랠프의 '라디오 방송국' 안에 함께 앉아 계시지만, 무선 통신기에다 한 말씀도 안 하실 거야. 할머니는 감전될까 봐 무서워하신다더군."

 "프래니는 할머니를 사랑해요. 그 이유는 할머니가 아기 분만에 대해 소상히 알고 계시기 때문이기도 하지만, 한편으로는 그냥…… 그분을 사랑하는 겁니다. 제 말뜻 아시죠?"

 "그럼. 다들 그렇게 똑같이 느끼고 있지."

 "겨울 무렵엔 8,000명이라. 맙소사, 엄청나군요."

 스튜가 원래 대화 주제로 돌아가서 말했다.

 "그건 그냥 산수일 뿐이야. 독감이 인구의 99퍼센트를 깡그리 제거했다고 치세. 아마도 그렇게까지 심한 정도는 아니었겠지만, 가혹한 경우를 가정해서 그냥 그 수치를 사용하도록 하자고. 만약 독감이 99퍼센트의 치사율을 지녔다면, 그것은 우리나라만 한정한다고 해도, 빌어먹을 거의 2억 1800만 명이 깡그리 학살당했다는 뜻이야."

 글렌이 충격을 받은 스튜의 얼굴을 바라보며 단호하게 고개를 끄덕였다.

 "어쩌면 그렇게까지 심한 정도는 아니겠지만, 우린 그 숫자가 가능하리란 것을 아주 쉽사리 짐작할 수 있지. 독일 나치가 좀스럽게 보일 정도로구먼, 안 그런가?"

 "아아, 맙소사."

 스튜가 메마른 목소리로 말했다.

"하지만 그렇더라도 여전히 200만 명 이상의 사람들이 살아남아 있을 걸세. 전염병 시대 이전 도쿄 인구의 5분의 1, 뉴욕 인구의 4분의 1이지. 그 인원이 우리나라에 덜렁 남은 거야. 한데 나는 그 200만 중 10퍼센트가 독감 직후의 시기에 살아남지 못했으리라 믿는다네. 내가 충격의 여파라고 부르는 현상에 희생자로 전락한 사람들이지. 맹장이 터졌던 불쌍한 마크 브래독 같은 사람들, 거기에다 사고, 자살, 그래, 살인 같은 것도 있었겠지. 그것이 인구를 180만 명으로 낮춘 거야. 그런데 우리한텐 적수가 존재한다는 의심이 들잖아, 그렇잖은가? 우리가 꿈꿨던 그 다크맨. 우리의 서쪽 어딘가에 있겠지. 서쪽 너머에는 그의 영토라고 부르는 게 합당할 일곱 개의 주가 있단 말이지…… 만약 다크맨이 실제로 존재한다고 치면."

"다크맨은 틀림없이 존재할걸요."

"내 느낌도 마찬가지야. 그런데 그는 아주 수월하게 저곳에 있는 사람들 모두를 지배하는 것일까? 나는 그렇게 생각하지 않아. 마더 애버게일 님께서 자동적으로 미국 본토의 나머지 41개 주 사람들을 죄다 지배하는 것이라고 여기지 않듯이 말이야. 내 생각엔 그간 사정이 얼마쯤은 유동적인 상태에 있었고 그러다가 지금은 정리되어 가는 중이야. 사람들이 뭉치고 있어. 뉴햄프셔 주에서 자네와 내가 처음으로 이런 토론을 했을 때, 나는 수십 개의 작고 보잘것없는 사회 집단들을 상상했지. 계산에 넣지 못했던 것은, 내가 미처 몰랐기 때문에 그랬던 것은 이 두 가지 대조적인 꿈들의 거의 저항할 수 없는 흡인력이었어. 그것은 아무도 예견하지 못한 새로운 사실이었다네."

"우리 쪽 최종 인원이 90만 명이 될 거고 그 남자 쪽 최종 인원도 90만 명이 될 거란 말씀이십니까?"

"아니지. 우선 다가오는 겨울이 인명 손실을 가져올 거야. 이곳에서도 인명 손실이 생길 테고. 눈이 오기 전에 여기까지 당도하지 못한 작은 집단들한테는 한층 더 가혹할 테지. 우리가 여태껏 자유 시대 안에 의사 한 명조차도 제대로 확보하지 못한 거 자네도 잘 알고 있겠지? 우리 의료진은 수의사 한 명과 마더 애버게일 님 당신으로 구성되어 있는데, 그 양반들은 자네나 내가 익혔음 직한 것보다 더 효과적인 민간요법 따위마저 까맣게 잊어버린 상태라고. 그렇긴 해도, 자네가 굴러 떨어져 뒤통수가 깨지면 어떻게든 두개골에 철판이라도 좀 박아 주려고 애쓸 사랑스러운 사람들이야, 안 그런가?"

스튜가 큭큭거리며 웃었다.

"그 정다운 롤프 단네몬트가 아마 자기 레밍턴 총을 뽑아 들고 내 머리통에 아예 햇살 구멍을 뚫어 주려고 들걸요."

"내년 봄 무렵엔 미국 전체 인구가 160만 명까지 줄어들 수도 있겠단 생각이 드는군. 그리고 그건 좀 넉넉하게 잡은 추정치야. 그 인원 중에서 100만 명이 우리 편으로 붙을 것으로 기대한다네."

"100만 명."

스튜가 위압감을 느끼며 말했다. 태양이 밋밋한 동쪽 지평선 위로 떠오르기 시작하자 그는 이제 밝아지고 있는 도시를, 넓게 펼쳐졌으나 거의 인적이 끊긴 볼더를 굽어보았다.

"그림이 전혀 안 그려져요. 이 도시가 사람들로 터져 나갈 만큼 가득 찰 거라니."

"볼더에 그들을 다 수용할 순 없지. 자네가 도시 중심가와 테이블 메사 외곽의 텅 빈 거리 주변을 거닐던 때를 떠올려 본다면 놀라서 움찔하리란 걸 나도 알지만, 볼더로도 턱없이 부족할 걸세. 우리는 주변에다 여러 공동체의 씨를 뿌려야 할걸. 자네가 속한 집단은 이곳의 초대형 공동체 하나와 현재는 완전히 텅 빈 이 동쪽 지역에 만들어질 또 다른 공동체들로 이루어지는 것이지."

"왜 우리 집단이 미국 전체 인구를 거의 다 흡수할 거라고 생각하세요?"

"매우 비과학적인 이유 때문이라네."

글렌이 한 손으로 자신의 대머리를 어루만지며 말했다.

"나는 대개의 사람이 선하다고 믿는 것을 좋아하거든. 그리고 서쪽에서 쇼를 벌이는 사람의 정체가 뭐건 간에 정말 나쁜 존재라고 믿지. 다만 안 좋은 예감이 드는 건……."

글렌이 말끝을 흐렸다.

"말씀해 주세요. 비밀을 털어놓으세요."

"취했으니까 내 말해 주겠네. 하지만 우리 둘만 알고 있어야 해, 스튜어트."

"알았습니다."

"약속?"

"약속합니다."

글렌은 그제서야 입을 열었다.

"나는 그 사람이 기술자들을 거의 독점할 거라고 생각해. 이유는 묻지 말게. 그냥 예감이니까. 다만 기술자들은 대체로 철저한 질서 체계와 일목요연한 목표가 있는 환경에서 일하기를 좋아한다는 사실만은 분명하지. 그들은 기차가 시간표에 딱딱 맞춰 달리는 것을 좋아한다는 말이네. 하지만 지금 여기 볼더의 상태는 집단 혼란이야. 모든 이들이 흥청망청하며 자기 맘에 드는 일만 하고 있잖아…… 그러니 우리는 내 학생들이 '우리의 똥을 한데 모아 보기'라고 불렀을 법한 일을 벌여야만 해. 그런데 저 반대편 사나이는…… 장담컨대 그는 기차를 시간표에 맞춰 운행하도록 시키고 자신의 모든 귀염둥이들을 한 줄로 정렬시켜 놓았을 걸세. 기술자들도 우리와 똑같은 사람이야. 가장 마음이 끌리는 곳으로 갈 거란 말이지. 우리의 적수가 가능한 한 많은 기술자를 원할 것 같은 낌새가 있어. 농부 같은 사람들이야 관심 밖일 거고. 그 친구는 머지않아 곧 저 아이다호 미사일 격납고들의 먼지를 털고 다시 작동시킬 수 있는 소수의 사람들을 얻을 걸세. 탱크와 헬리콥터와 어쩌면 B52 폭격기까지도 다룰 수 있는 사람을 구하는 건 일도 아니겠지. 그가 현재까지 그 정도로 준비하는지는 의문이라네. 사실은 그 정도는 준비할 거라는 확신이 들지만. 자연히 알 수 있겠지. 지금 당장은 아마도 전기를 다시 끌어 오고, 통신망을 재건설하는 일에 계속 집중하고 있을 것도 같다네…… 어쩌면 소심한 겁쟁이들을 숙청하는 일에 몰두하는지도 모르고. 로마는 하루아침에 이루어진 것이 아니야. 그도 알겠지. 그에겐 시간이 있어. 그런데 스튜어트, 절대 농담이 아닌데 말이야, 밤에 해가 지는 것을 지켜볼 때면 난 덜컥 겁이 나. 이제는 나쁜 꿈 속이 아니더라도 쉽게 겁을 먹는다네. 그저 로키 산맥 반대편 저 멀리 있는 사람들을 생각만 하면 돼. 작은 꿀벌들처럼 바삐 일하는 사람들 말이야."

"우린 무엇을 해야 할까요?"

"내가 자네한테 목록이라도 불러 줄까?"

글렌이 씩 웃으며 대꾸했다.

스튜어트는 자신의 닳아 빠진 수첩을 손으로 가리켰다. 수첩의 강렬한 분홍색 표지에는 실루엣으로 처리된 춤추는 사람 두 명의 그림과 함께 '어서 흔들어 봐!'라는 문구가 적혀 있었다.

"옙."

스튜가 말했다.

"자네 농담도 참."

"아니, 농담 아니에요. 방금 말씀하셨잖아요, 글렌 아저씨. 어딘가에 우리의 똥을 한데 모으기 시작해야 한다고. 나도 그럴 필요성을 느껴요. 우리는 하루하루 시간만 허비하는 중이잖아요. 그냥 이곳에 퍼질러 앉아 딸딸이나 치면서 무선 통신만 듣고 있을 순 없습니다. 어느 날 아침 잠에서 깨어나 보면 단단한 놈이 항공기의 지원을 받는 기갑부대의 선두에 서서 볼더로 공격해 오는 모습을 볼지도 모르는 판국에."

"내일 당장 그 사람을 볼 것이라고 기대하진 마."

"예. 하지만 내년 5월이라면 어떨까요?"

"가능하겠지."

글렌이 목소리를 낮춰 말했다.

"그래, 상당히 가능성이 크지."

"그렇게 되면 우리한테 무슨 일이 생길 거라 생각하십니까?"

글렌은 말로 대답하지 않았다. 대신 오른손 집게손가락으로 방아쇠를 당기는 손동작을 적나라하게 취해 보이고 나서 마지막 남은 포도주를 허겁지겁 들이켰다.

"그렇겠죠. 그러니까 똥을 한데 모아 보기 시작합시다. 말씀해 주세요."

글렌이 눈을 감았다. 밝아오는 햇살이 그의 주름 진 뺨과 이마에 닿았다.

"좋았어. 바로 이런 거야, 스튜. 우선 미국을 재창조하기. 작은 미국으로. 수단과 방법을 가리지 말고. 조직과 정부가 시급해. 만약 지금 시작한다면, 우리가 원하는 유형의 정부를 구성할 수 있을 것 같네. 만약 인구가 세 배로 늘어날 때까지 기다린다면, 심각한 문제들이 생겨날 거야. 오늘부터 일주일 뒤 회의를 소집하기로 하지. 그러니까 8월 18일에 회의가 열리겠군. 모든 주민이 참석할 것. 회의가 열리기 전에 임시 조직 위원회가 있어야만 해. 일곱 명으로 구성된 위원회라고 해 둠세. 자네, 나, 앤드로스, 프랜, 어쩌면 해럴드 로더 그리고 두 사람 더. 위원회의 임무는 8월 18일 회의를 위해 의사일정을 만드는 일이 될 것이네. 지금 당장 그 의사일정의 항목 몇 가지가 어떤 것이어야 하는지 자네한테 말해 줄 수 있어."

"쏘세요."

"첫째, 독립 선언문 낭독과 승인. 둘째, 헌법 낭독과 승인. 셋째, 권리 장전 낭독과 승인. 모든 승인은 구두 표결로 처리되게 할 것."

"맙소사, 글렌 아저씨, 우린 모두 미국 사람……"

"아니야, 자네가 잘못 인식한 걸세."

글렌이 눈을 뜨며 말했다. 눈이 움푹 꺼져 핏발이 선 것처럼 보였다.

"우리는 정부의 뒷받침이 전혀 없는 생존자들의 무리야. 온갖 연령 집단, 종교 집단, 계층 집단, 인종 집단에서 비롯된 뒤죽박죽 집합체야. 정부는 하나의 '개념'이라고, 스튜. 일단 관료주의와 쓸데없는 겉치장을 벗겨 내 보면 사실 속 알맹이는 그게 전부야. 내 터놓고 얘기함세. 정부라는 개념은 반복 학습의 결정체라고. 단지 뇌 속에 뚫린 기억의 오솔길일 뿐이야. 우리가 지금 겪고 있는 것은 문화 지체 현상이지. 이럴 때 사람들은 대개 여전히 대표자에 의한 통치, 즉 공화 정치를 자신들이 생각하는 '민주주의'로 믿는다네. 그런데 문화 지체 현상은 절대 오래 못 가. 얼마 후 사람들은 본능적인 반응을 내보이기 시작할 거야. 대통령은 죽었고, 국방성은 비었고, 아무도 무엇인가를 논하지 않는 상원과 하원 의사당은 아마도 흰개미 떼와 바퀴벌레 떼만 좋아라 하는 것이 현실이니까. 여기 있는 우리 편 사람들은 예전 방식들이 소멸해 버렸다는 사실에, 그리고 자신들이 원하는 어떠한 예전 방식으로도 사회 조직을 재구성할 수 있다는 사실에 이제 곧 눈뜰 거라네. 눈을 떠서 바보 천치 같은 짓을 하기 전에 그들의 주의를 환기시켰으면 좋겠어. 우리는 그렇게 할 필요가 있어."

글렌이 스튜를 손가락으로 가리켰다.

"만약 8월 18일 회의에서 어떤 사람이 벌떡 일어나 마더 애버게일 님을 절대 통치자 자리에 추대하고 자네와 나와 앤드로스 청년을 애버게일 님의 조언자로 두자고 제안한다면, 사람들은 대환호로 그 안건을 통과시킬 테고, 1930년 악랄한 주지사 휴이 롱 이래 처음으로 본격적인 미국의 독재 정권을 자신들의 손으로 선출해 버렸다는 사실은 행복하게도 전혀 눈치 못 채겠지."

"저는 그 말을 못 믿겠어요. 이곳엔 대학 졸업자들도 있고, 변호사들, 정치 운동가들……."

"아마도 과거에 그랬던 사람들이 있겠지. 이제 그들은 자신들한테 무슨 일이 생길지 모르는 그저 지치고 겁먹은 사람들의 무리일 뿐이라네. 어떤 사람들은 이의를 제기할지도 모르지만, 마더 애버게일 님과 조언자들이 60일 안에 전기를 복구시킬 것이라고 자네가 말하면 그들도 입을 딱 다물어 버릴걸. 그래, 스튜, 우리가 해야 할 우선 사항이 예전 사회의 시대정신에 대한 승인이라는 것은 매우 중요하네. 그것이 바로 내가 의미했던 미국을 재창조한다는 것이란 말이지. 우리가 적수라고 부르는 그 남자의 직접적인 위협하에서 활동하는 동안은 그런 식으로 처리되어야 해."

"계속 말씀하세요."

"좋아. 의사일정의 다음 항목은 뉴잉글랜드의 공동체처럼 정부를 운영한다는 것이 되겠지. 완벽한 민주주의. 우리가 비교적 작은 덩치를 유지하는 한, 훌륭하게 운영될 거야. 그저 거창한 도시 행정 위원회를 구성하는 대신 일곱 명의…… 대의원을 두는 게 좋다고 생각하네. 자유 지대 대의원들. 어떤 거 같은가?"

"멋진 것 같은데요."

"내 생각도 그래. 그리고 대의원으로 선출된 사람들이 바로 임시 위원회에서 활동했던 사람들과 똑같다는 사실을 발견할 거야. 사람들이 어떻게든 자기 친구들을 띄우려고 하기 전에 우리가 모든 사람들을 몰아쳐서 찬성표를 얻어 내야겠지. 사람들을 미리 엄선해서 우리를 후보로 추천한 다음 지지하게끔 할 수 있어. 투표는 거위 몸속을 내려오는 똥처럼 매끄럽게 완료될 걸세."

"거 참 깔끔하네요."

스튜가 감탄하며 말했다.

"당연히 그래야지. 만약 자네가 민주적 절차를 생략하고 싶다면, 다른 사회학자한테 물어보게."

글렌이 무뚝뚝하게 말했다.

"그다음엔 뭐죠?"

"이것은 무척 인기가 높을 거야. 항목이 이렇게 낭독될 테지. '결의 사항, 마더 애버게일에게는 대의원회가 제시한 어떠한 정책이라도 물리칠 수 있는 절대적 거부권을 준다.'"

"맙소사! 그분이 동의하실까요?"

"내 생각엔 그렇다네. 하지만 나는 할머니께서 자신의 거부권을 행사하시리라고는 생각하지 않아. 예측 가능한 어떠한 상황에서든 간에. 그분을 명예직 우두머리로 만들지 않고서는 이곳에서 원만한 정부가 유지되는 것을 전혀 기대할 수가 없어. 마더 애버게일 님은 우리가 모두 공통으로 품고 있는 존재란 말이지. 우린 모두 그분 주위에서 주기적으로 일어나는, 과학적으로 설명할 수 없는 체험을 겪었잖은가. 그리고 그분은 지니고 계셔…… 당신 주변에 일종의 영적인 기운을. 사람들은 다들 그분을 설명하면서 비슷비슷한 이런저런 형용사들을 사용하지. 선하다, 온화하다, 친밀하다, 현명하다, 영민하다, 근사하다. 이 사람들은 화들짝 두려움을 안겨 주는 하나의 꿈과 그들에게 안전과 무사를 느끼게 해 주는 또 하나의 꿈을 겪어 왔어. 두려움에 떨게 했던 꿈이 존재했기 때문에 그들은 그만큼 더욱더 선한 꿈의 근원을 사랑하고 신뢰하는 것이지. 그리고 우리는 그분이 명목상으로만 우리의 지도자라는 점을 그분께 분명히 밝혀 둘 수 있을 거야. 그분도 그렇게 바라실 거라고 생각하네만. 그분은 늙고, 지치고……."

스튜가 고개를 내젓고 있었다.

"할머니는 늙고 지치셨지만, 다크맨 문제는 종교적인 십자군 전쟁으로 보고 계세요. 그리고 그분 혼자만 그렇게 여기시는 것도 아니고. 아저씨도 잘 아시잖아요."

"자네 말뜻은 그분이 사납게 날뛰기로 결심하실지도 모르겠다 이건가?"

"그렇더라도 그리 나쁘지 않을지도 몰라요. 어쨌거나 우리가 꿈꿨던 것은 그분이었지, 대의원회는 아니었잖아요."

글렌이 고개를 내젓고 있었다.

"아니야. 선과 악이 충돌하는 묵시록적 대재앙 이후의 게임에서 우리 모두 장기알에 불과하다는 생각에는 수긍할 수가 없네. 꿈들이 있었건 없었건 간에. 제기랄, 불합리하잖아!"

스튜는 어깨를 으쓱했다.

"글쎄, 지금으로선 그것에 너무 집착하지 않기로 하죠. 그분께 거부권을 주자는 아저씨의 아이디어는 좋다고 생각합니다. 사실은요, 대단히 충분한 조치라고는 생각하지 않아요. 우리는 그분께 남의 의견을 처리할 권한뿐 아니라 그분 자신의 의견을 제시할 권한도 드려야 해요."

"하지만 행정 조직에서 그런 쪽으로 절대 권력이 생겨나선 안 되네."

글렌이 서둘러 말했다.

"안 되죠. 그분이 낸 아이디어들도 대의원회에서 승인을 얻어야 할 거예요."

스튜가 장난스럽게 말했다.

"그런데 그런 희망과는 달리 우린 그분의 고무 도장 역할로 전락한 자신의 모습을 발견할지도 모르죠."

긴 침묵이 흘렀다. 글렌이 한 손에 이마를 갖다 댔다. 그리고 마침내 말했다.

"그래, 자네가 옳아. 그분은 기껏 얼굴 마담 역할에만 머무실 순 없어…… 적어도 당신의 의견을 가지고 계실 가능성을 염두에 두어야 하니까. 동부 텍사스 양반, 바로 그 대목에서 나는 미래를 점쳐 보던 내 흐릿한 수정 구슬을 걷어치워야겠네. 왜냐하면 그분은 사회학 범주에서 보면 우리가 타자(他者) 지향적이라 부를 만한 분이니까."

"타자라는 게 뭔데요?"

"하나님? 천둥신 토르? 알라? 코미디언 피위 허먼? 그런 건 중요치 않아. 그분의 언행이 우리 사회가 요구하는 것을, 또는 우리 사회의 가치관이 요구하는 것을 반드시 따르지만은 않을 거란 말이지. 그분은 다른 목소리에 귀를 기울이려 할 거야. 잔 다르크처럼. 자네가 나로 하여금 앞날을 예측하게 한 결과는 여기서 우리 손으로 직접 신정(神政)을 세울 수도 있다는 거로구먼."

"신정이 뭐죠?"

"신의 뜻을 믿고 따르는 국가 통치."

글렌은 그것이 별로 기쁜 것 같지 않았다.

"자네가 어린 꼬맹이였을 때 말이야, 이다음에 커서 네브래스카 출신의 108세 된 흑인 할머니 밑에서 일곱 제사장 중 한 명으로 활약하리라고 꿈꿔 본 적 있었던가?"

스튜가 그를 응시했다. 마침내 입을 열었다.

"포도주 좀 남았나요?"

"다 마셨다네."

"이런 젠장할."

"바로 그거야."

글렌이 말했다. 그들은 침묵 속에서 서로 얼굴을 살피다가 별안간 웃음보를 터뜨리고 말았다.

그것은 마더 애버게일이 여태껏 살아 본 집 중 가장 근사한 집임이 분명했다. 그녀는 방충망을 두른 그 집 현관에 앉아, 문득 1936년이던가 1937년에 헤밍포드를 돌아다녔던 떠돌이 외판원을 떠올렸다. 애비가 평생 만나 본 사람들 중에서 가장 달콤하게 말하는 사나이였다. 사나이는 나무에서 이제 막 걸음을 뗀 작은 새들까지도 매혹시킬 수 있을 정도였다. 이름이 도널드 킹 씨였던 이 젊은 남자는 애비 프리맨틀에게 무슨 용건이 있어 왔느냐고 묻자 이렇게 대답했다.

"제 용건은 말입니다, 사모님, 즐거움입니다. '당신'의 즐거움. 사모님은 책 읽는 거 좋아하세요? 라디오 듣는 것은요? 사모님의 피곤한 두 발을 방석 위에 올려놓고 우주의 웅장한 볼링장에서 지구가 굴러 가는 소리를 듣는 것도 좋아하시나요?"

애비는 자신이 모든 것들을 즐겁게 여긴다는 점은 밝혔으나, 한 달 전에 건초 90짝 값을 치르느라 모토롤라 라디오가 팔려 나갔다는 사실은 밝히지 않았다.

달콤한 말투의 봇짐장수가 그녀한테 말했다.

"아하, 그런 것들이 바로 제가 팔고 있는 것이랍니다. 요 녀석은 부속품 장착을 완료한 일렉트로룩스 진공청소기라고 부르는 물건이지만, 요 녀석의 진짜 정체는 여가입니다요. 요 녀석의 플러그를 전기 콘센트에 꽂았다 하면 사모님께선 사모님을 위한 휴식의 완전히 새로운 경지를 활짝 여시는 겁니다. 그리고 집안일의 부담에서 벗어나는 것에 비하자면요, 녀석의 가격쯤이야 거의 껌값이지요."

경제 대공황이 심각했던 당시에 애비는 손녀들 생일 선물로 머리 묶는 리본을 살 20센트조차 마련할 수 없었고, 그 일렉트로룩스를 구입할 여유도 없었다. 그렇지만 인디애나 주 페루에서 온 도널드 킹 씨는 말을 어찌나 달콤하게 하던지. 우와! 애비는 두 번 다시 그를 보지 못했지만, 그의 이름까지 까맣게 잊어버리지는 않았다. 그가 계속 말솜씨를 뽐내고 돌아다니다 어느 백인 숙녀의 마음을 사랑의 열병으로 애달프게 했을 것이라고 장담할 수 있었다. 그녀는 나치 전쟁이 끝나고 나서야 진공청소기 한 대를 장만했다. 그때가 되고 보니 갑작스럽게 누구나 무엇이든 장만할 수 있는 시대가 된 듯싶었는데, 심지어 가난한 백인 건달조차 뒷마당 차고에 번듯한 머큐리 승용차를 감춰 둔 듯싶었다.

볼더의 메이플턴 힐 지역에 있다고 닉이 말해 준 이 집은 그녀가 말로만 들어 봤던 온갖 가재도구를 갖추었고 일부는 듣도 보도 못한 것들이었다.(마더 애버게일은 살인 전염병이 돌기 전엔 이 동네에 흑인이 많이 살고 있지 않았으리라 장담할 수 있었다.) 식기 세

척기. 두 대의 진공청소기, 한 대는 순전히 위층 전용. 싱크대에 있는 음식물 찌꺼기 처리기. 전자레인지. 세탁 및 건조기. 부엌에는 그냥 철 상자로만 보이는 도구가 있었는데, 닉의 좋은 친구인 랠프 브렌트너가 그것은 '쓰레기 분쇄기'라고 말해 주었고, 약 50킬로그램의 음식 찌꺼기를 그 속에 넣으면 발판 크기만 한 작은 덩어리로 압축시킬 수 있었다. 놀라움은 결코 끊이질 않았다.

그러나 잘 생각해 보니, 그것들 중 일부는 이젠 별로 놀랍지 않았다.

현관 흔들의자에 앉아 몸을 흔들고 있으려니 우연히도 시선이 벽 아랫부분의 판자에 설치된 전기 콘센트로 내려갔다. 사람들은 아마도 저걸 이용하여 여름에는 이곳에 나와 라디오를 듣거나 깜찍하기 이를 데 없는 작고 둥그스름한 텔레비전으로 야구 경기를 시청했을 것이다. 온 세상에서 속에 돼지코 구멍이 난 저 작은 벽 콘센트보다 더 흔해 빠진 것은 없었다. 헤밍포드에 있던 애비의 재래식 변소에도 그것들이 있었다. 저 판때기들을 그냥 무심히 지나칠 순 없었다…… 그것들이 작동하지 않는 지금은 말이다. 그러고 보니 사람의 생활 중 매우 많은 부분이 그것들에서 비롯되었음을 실감할 수 있었다. 그 옛날의 도널드 킹이 격찬했던 모든 여가와 즐거움이 벽에 설치된 저 스위치 판때기들에서 비롯되었다. 그것들의 효용성이 없어져 버렸다면, 전자레인지와 '쓰레기 분쇄기' 같은 모든 전기 도구들은 모자와 코트를 걸어 놓는 용도로 쓰는 편이 나았다.

저런! 이 집보다는 전에 살았던 작은 집이 저 작은 스위치 판때기들이 작동하지 않아도 생활을 꾸리기가 한결 편했다. 여기서는 물도 다른 사람이 볼더 개천에서 길어 먼 길을 날라다 주어야 했고, 안전을 위해서 마시기 전에 반드시 끓여야 했다. 고향 집에는 그녀가 쓰던 수동 펌프가 있었건만. 여기서는 닉과 랠프가 이동식 간이 화장실이라는 흉측스러운 장치를 트럭으로 날라다 뒷마당에 설치해 놓았다. 고향 집에는 그녀만의 옥외 변소도 있었건만. 그녀가 쓰던 빨래통 같은 것만 있었으면 새 집의 메이텍 세탁 건조 겸용기하고 금세 바꿔 버렸을 테지만 닉한테 새 빨래통을 구해 달라고 부탁해야 했고, 브래드 키치너가 어디선가 빨래판과 오랫동안 손에 익은 잿물 비누를 구해다 주었다. 사람들은 아마도 그녀가 직접 빨래하고 싶어 무척 안달이 났다고 생각할 터였고, 어느 정도 그런 면도 있었지만, 깨끗하게 하는 것이야말로 하나님에 대한 믿음 다음으로 중요한 일이었다. 애비는 평생 자신의 빨랫감을 밖으로 내보낸 적이 한 번도 없었고 이제 와서 그런 짓을 시작할 생각도 없었다. 노인들이 으레 그러듯 그녀 역시도 이따금 작은 사고에 시달렸지만, 스스로 빨래할 힘이 남아 있는 한은 그런 사고들쯤이야 남이 관여하지 않더라도 혼자서도 거뜬히 이겨 낼 수 있는 일이었다.

사람들이 다시 전기를 복구시킬 것이다. 그것은 꿈속에서 하나님이 그녀에게 보여 주셨던 일들 중 하나였다. 애비는 이곳에서 장래에 벌어질 일에 관하여 꽤 많이 알았다. 일부는 꿈을 통해 알았으며, 일부는 자신의 상식으로 알았다. 그 두 가지는 너무 얽혀 있어 따로 떼 놓고 말하기가 어려웠다.

조만간 이곳의 모든 사람들이 대가리 잘린 닭처럼 정신없이 뛰어다니는 것을 멈추고 함께 힘을 모으기 시작할 것이다. 애비는 글렌 베이트먼 같은(그는 10달러 위조지폐를 쳐다보는 경마장 직원처럼 늘 그녀를 훑어보았다.) 사회학자는 아니었지만, 사람들이 늘 시간이 어느 정도 지나면 힘을 한데 모은다는 사실은 알았다. 인간이라는 종족의 저주이자 축복은 그들의 사교성이었다. 만약 사람들 여섯 명이 홍수가 나서 미시시피 강을 떠내려가다 교회 지붕에 모인다면, 지붕이 모래톱에 닿자마자 빙고 게임 판부터 벌일 것이다.

우선 사람들은 정부를 구성하고 싶어 할 터였다. 아마도 애비를 중심으로 운영하고 싶어 할 것이다. 물론 맘에 들긴 했지만 그것을 허락할 수는 없다. 하나님의 뜻이 아닐 터였다. 사람들이 이 지구와 관련된 모든 것을 스스로 관리하도록 하라. 전기를 복구하겠다? 좋지. 애비가 제일 먼저 할 일은 저 '쓰레기 분쇄기'를 시험해 보는 것이었다. 가스가 공급되면 올겨울에 사람들 등짝이 동상에 걸리지는 않을 것이었다. 사람들이 스스로 자신들의 해결책을 결정하고 스스로 계획을 짜도록 하라. 그것이 좋았다. 그 부분에서 그녀는 코빼기도 비치지 않을 것이다. 정부를 운영하는 데 있어 닉이, 그리고 어쩌면 랠프도 일익을 담당해야 한다는 점만 고집할 것이다. 그 텍사스 남자도 더할 나위 없이 좋아 보였는데, 자기 뇌가 움직이지 않을 땐 입을 다물 줄도 아는 사람이었다. 애비는 사람들이 그 뚱뚱한 소년, 해럴드가 정부에 참여하기를 바랄지도 모른다고 짐작했고, 그들의 뜻을 말리지는 않을 것이지만, 애비는 해럴드가 마음에 들지 않았다. 해럴드는 그녀를 불안하게 했다. 그는 줄곧 미소 짓고 있지만 그의 눈은 결코 미소를 띠지 않았다. 쾌활했고 옳은 말을 많이 했지만, 해럴드의 두 눈은 땅을 뚫고 나온 두 개의 차가운 부싯돌 같았다.
애비는 해럴드가 비밀을 품고 있다고 생각했다. 그의 심장 한가운데 악취를 풍기는 찜질 천 속에 꽁꽁 감싸인 고약한 냄새가 나는 역겨운 비밀. 그것이 무엇인지 아는 바가 없었다. 애비가 그것을 아는 것은 하나님의 뜻이 아니었고, 그러므로 그것은 이 공동체를 위한 그분의 계획에 문제가 되지 않는 것임이 분명했다. 그렇다 하더라도, 그 뚱뚱한 소년이 그들의 최고 평의회에 참여할지도 모른다고 생각하니 마음이 심란했으나…… 그러나 애비는 아무 말도 하지 않을 것이었다.
흔들의자에 앉아 다소 자조적으로 생각해 보니, 그들의 평의회와 안건 심의에서 그녀 자신의 일과 위치는 오로지 다크맨에 관련된 일이면 족했다.
그는 이름이 없었다. 비록 자신을 플랙이라고 부르는 것을 즐거워했지만…… 적어도 당분간만이었다. 산맥 저편에서 그의 작업은 이미 착착 시작되었다. 애비는 그의 계획들을 알지 못했다. 그것들은 뚱뚱한 소년 해럴드의 심장 속에 숨은 뭔지 모를 비밀만큼이나 애비의 눈을 베일로 가렸다. 그러나 상세한 것까지 꼭 알 필요는 없었다. 그의 목표는 분명하고 단순했다. 그들 모두를 파멸시키는 것.
그 남자에 대한 애비의 이해는 놀라우리만큼 정교했다. 자유 지대로 모여들었던 사람들은 모두 이 장소로 그녀를 만나러 왔고, 그녀는 그들을 접견했다. 그들이 때로는 그녀를 피곤하게 하기도 했지만…… 그들 모두 애비와 그 남자에 관한 꿈을 꿔 왔노라 말하고 싶어 했다. 그 남자한테 겁에 질린 그들을 위해 그녀는 온 정성을 쏟아 고개를 끄덕이고 위로하고 달래 주었으나, 개인적으로는 그들 대부분이 거리에서 플랙이란 남자를 만나더라도 알아보지 못할 것이라 생각했다…… 만약 그가 정체를 드러내고 싶어 하지 않는다면. 그를 느낄 수는 있을지도 모른다. 차가운 냉기, 닭이 자신의 무덤 위로 걸어갈 때 느낄 것 같은 닭살이 돋는 오싹한 냉기, 열이 번쩍하는 듯 갑작스럽게 뜨거워지는 느낌, 또는 귀나 관자놀이 속에 순간적으로 날카롭게 파고드는 고통. 하지만 이 사람들은 그 남자가 머리가 두 개라느니, 눈이 여섯 개 붙었다느니, 양쪽 관자놀이에 커다란 말뚝처럼 뿔이 달렸다느니 하는 잘못된 생각을 했다. 그는 아마도 우유나 우편물을 배달하는 평범한 사람과 별반 다르게 보이지 않을 것이다.

마더 애버게일은 의식적인 악의 뒤편엔 무의식적인 암흑이 존재하리라 추측했다. 그런 것이 지구 상에 존재하는 어둠의 자식들의 두드러진 점이었다. 그들은 뭔가 만들 줄은 모른 채 오로지 뭔가를 깨부술 줄만 알았다. 창조자 하나님께서는 당신의 형상을 따라 인간을 만드셨고, 그것은 하나님의 영광 아래 머무르는 모든 남자와 여자가 본디 창조자이며, 손을 뻗어 세상을 어떠한 이성적인 형태로 구체화하고픈 충동을 지닌 개체임을 의미했다. 그 검은 남자는 오로지 백지화시키는 것만을 원했다. 그럴 능력밖에 없었다. 적그리스도? 아예 적하나님이라고 부르는 것이 더 어울리겠다.

그 남자는 자기의 추종자들을 거느릴 것이다. 당연히. 새로울 것도 없는 사실이었다. 그는 거짓말쟁이였고, 그의 아버지는 거짓의 아버지였다. 추종자들한테 그는 하늘 위로 높이 세워져 치지직거리는 불빛 장난으로 시야를 현혹하는 거대한 네온 간판과도 같은 존재일 터였다. 그들은, 이 초보 백지화론자들은 네온 간판 같은 그가 계속 또 계속해서 그저 똑같이 단순한 형태들만 만들어 낸다는 사실을 쉽사리 눈치 채지 못할 것이다. 만약 간판의 복잡 다단한 유리관에서 예쁘장한 형태를 만들어 내는 네온 가스를 방출시킨다면, 그 가스가 조용히 떠올라 흩어지면서 뒷맛이라든가 희미한 냄새 따위는 전혀 남기지 않는다는 사실을 그들은 쉽사리 인식하지 못할 것이다.

어떤 추종자는 때가 되면 자신의 힘으로 판단할 수 있을 것이다. 그 남자의 왕국이 결코 평화의 왕국이 아닐 거라는 사실을. 그가 점령한 영토의 국경 지대에 설치된 감시 초소와 가시 철조망은 침략자를 못 들어오게 막을 뿐만 아니라 배신자를 밖으로 못 나가게 막는 용도로 그곳에 존재할 것이다.

그가 승리할 것인가?

애버게일은 그가 승리하지 못하리란 확신은 없었다. 그녀가 그의 존재를 인식하는 것만큼이나 그도 그녀의 존재를 인식하고 있을 게 분명했고, 그녀의 앙상한 검은 육신이 까마귀들의 먹잇감으로 전신주 십자가에 하늘 높이 매달린 것을 지켜보는 것보다 그를 더 즐겁게 할 것은 아무것도 없을 것이다. 그녀는 자신 외에도 소수의 사람이 십자가에 못 박히는 꿈을 꾸었다는 것을 알았지만, 기껏 소수일 뿐이었다. 그런 꿈을 꿨던 사람들은 그녀한테만 고백하고 그 밖에 다른 사람들한텐 알리지 않았을 것으로 짐작되었다. 그리고 그런 사실이 다음과 같은 질문에 대답이 된 것은 전혀 아니었다.

그가 승리할 것인가?

그것은 그녀 역시 알지 못했다. 하나님은 사려 깊게 일하셨고, 그분께서 마음에 들어 하시는 방식으로 일하셨다. 이스라엘의 자식들이 여러 세대에 걸쳐 이집트 인의 핍박 아래서 땀 흘리며 혹사당해야만 했던 것은 그분께서 마음에 들어하셨기 때문이다. 야곱의 아들 요셉을 노예로 보내 다채로운 빛깔의 멋진 외투 등짝을 거칠게 찢은 것도 그분께서 마음에 들어하셨기 때문이었다. 백 가지 전염병이 불운한 욥에게 찾아오도록 묵인한 것도 그분께서 마음에 들어하셨기 때문이고, 그분의 독생자가 머리 위로 부정한 조롱이 적힌 나무에 내걸리도록 묵인한 것도 그분께서 마음에 들어하셨기 때문이다.

하나님은 게임에 능수능란한 분이었다. 만약 인간 세상에 사셨다면, 헤밍포드홈 마을에 있던 팝만의 잡화점 현관에 놓인 장기판 위로 몸을 구부리고 편안히 앉아 있었을 것이다. 그분은 체커 장기에서는 검정에 맞서는 빨강으로, 체스 장기에서는 검정에 맞서는 하양으로 게임을 하셨다. 애비가 생각하기에 그분에게 게임은 하찮은 양초 취급을 받아서는 안 되는 일이었으며, 게임이야말로 불을 밝힐 수 있는 귀한 양초였다. 그분은 스스로 흡족해하실 때에 게임의 판세를 뒤집으실 것이다. 그러나 그때가 반드시 올해, 또는 다가오는 새천년이라는 것은 아니었다…… 그리고 애버게일은 다크맨의 잔꾀와 술책을 과대평가하지 않을 터였다. 만약 그가 네온 가스였다면, 그렇다면 자신은 바짝 마른 땅 위에서 웅장한 비구름을 형성하는 자그마한 검은 먼지 입자였다. 주님께 충성을 다하는 그저 또 하나의 병졸이었다(제대할 나이를 훌쩍 넘긴 것은 사실이었다!).

"당신의 뜻대로 이루어지이다."

애버게일은 플랜터스 소금 땅콩 한 봉지를 꺼내려고 앞치마 속으로 손을 넣었다. 그녀의 마지막 주치의였던 스톤턴 박사는 소금기 있는 음식을 피하라고 말했지만, 그 사람이 뭘 알겠는가? 애비는 자신의 여든여섯 번째 생일 이래로 건강에 관해 조언해 준답시고 참견했던 두 명의 의사들보다 더 오래 살아남았다. 먹고 싶을 땐 흔쾌히 땅콩을 집어 먹을 것이다. 땅콩이 잇몸을 끔찍이도 아프게 했지만, 허 참! 고것들이 얼마나 맛있는데?

애버게일이 우적우적 땅콩을 씹어 먹고 있을 때 랠프 브렌트너가 걸어왔다. 깃털 하나를 뒤쪽으로 비스듬히 기울여 멋들어지게 끈에 꽂은 모자를 쓰고 있었다. 랠프가 현관문을 톡톡 두드리며 모자를 벗었다.

"일어나 계셨네요, 마더?"

"그러믄요."

애비가 입 안 가득 땅콩을 우물거리며 말했다.

"들어와요, 랠프. 나는 땅콩을 깨물어 먹는 게 아니에요. 이 녀석들이 죽을 때까지 잇몸으로 살살 녹이는 중이라오."

랠프가 파안대소를 하며 안으로 들어왔다.

"정문 밖에 찾아온 사람들이 인사를 여쭙고 싶어합니다. 마더께서 너무 피곤해하지 않으신다면요. 그들은 1시간 전쯤에 막 도착했어요. 제가 보기엔 매우 좋은 사람들이었습니다. 일행을 인솔하는 사내는 장발족이던데, 괜찮은 사람 같습니다. 이름은 언더우드랍니다."

"흐음, 그들을 데리고 와요, 랠프. 잘됐군요."

"참 좋은 사람들입니다."

랠프가 가려고 몸을 돌렸다.

"닉은 어딨어요? 오늘도 어제도 통 못 봤는데. 주민들을 위한 일은 잘 진행하고 있나요?"

"닉은 저수지에 나가 있습니다. 전기 기술자 브래드 키치너와 함께 발전소를 살펴보는 중이에요."

그가 콧잔등을 문질렀다.

"저도 오늘 아침에 거기 나가 있었습죠. 모든 인디언 추장들은 마구 부려 먹을 인디언 머슴이 적어도 하나는 필요하다는 명언에 따라 머슴으로 이용당하고 왔습니다."

마더 애버게일이 쿡쿡대며 웃었다. 그녀는 랠프가 무척 좋았다. 그는 순진한 사람이었으나 영특했다. 일이 돌아가는 이치를 깨닫는 감각이 있었다. 이제는 모든 이들이 자유 지대 라디오라고 부르는 통신망 운영을 랠프가 도맡아 한다는 것이 하등 놀랍지 않았다. 그는 트랙터 배터리에 금이 가기 시작하면 두려워하지 않고 서슴없이 에폭시 수지로 접착시켜 볼 사람이었고, 만약 그 에폭시 수지가 사태를 진정시키면 엉망이 된 모자를 벗고 대머리를 긁적거리며 허허 하고 예의 순진무구한 미소로 히죽거릴 사람이었다. 마치 허드렛일을 다 끝내고 낚싯대를 어깨에 척 걸친 열 살 꼬마라도 되는 양. 랠프는 일이 제대로 올바르게 돌아가지 않을 때면 어느 틈엔가 나타나는 성격 좋은 사람이었고, 다른 모든 사람이 얼굴 붉히는 상황이 오더라도 어떻게 해서든 늘 다행스럽게 끝을 맺는 타입이었다. 자전거 펌프가 규격보다 더 커서 바퀴에 들어맞지 않을 때 그 펌프에 적합한 종류의 밸브를 찾아 끼울 수 있었고, 한 번 쓱 훑어보는 것만으로도 오븐 속에서 괴상하게 웅웅거리는 잡음이 나는 원인을 알아낼 수 있었다. 하지만 회사의 출퇴근 시간 기록기를 다뤄야 할 때가 오면 어쩐 일인지 늘 출근 시간을 늦게 찍고 퇴근 시간을 일찍 찍어서 그 때문에 금방 해고당하고 말 것이다. 랠프는 돼지 똥을 잘 배합해서 거름으로 주면 옥수수를 무럭무럭 키울 수 있다는 것을 알았고, 오이로 피클 만드는 방법도 알았지만, 자동차 구입비 대출 계약을 이해한다든가 자동차 판매원이 매번 바가지 씌우려 드는 수법은 절대 눈치 채지 못할 것이다. 랠프 브렌트너가 작성한 취업 신청서는 마치 해밀턴 비치 믹서기 속에서 돌아가다 나온 것처럼 보일 것이다. 맞춤법 엉망, 여기저기 구겨진 데다 잉크 얼룩과 지문의 기름때로 범벅. 취업 경력은 떠돌이 증기선에 실려 세상을 돌아다녔던 장기판 신세처럼 너저분하게 보일 것이다. 그러나 바로 그 세상의 체제가 분열되기 시작했을 때, "그 속에다 에폭시 수지를 좀 때려 박아서 잘 지탱할지 알아보도록 합시다."라고 말하기를 두려워하지 않았던 사람은 바로 랠프 브렌트너였다. 그리고 그런 언행은 자주 효과를 나타냈다.

"당신은 참 좋은 사내예요, 랠프. 알죠? 당신은 대단한 사람이라오."

"뭘요, 할머님도 마찬가지이십니다. 애버게일 님은 사내가 아니지만, 제 말뜻 아시겠지요. 여하튼 레드먼 그 친구가 우리가 일하던 곳에 찾아왔어요. 일종의 위원회를 만드는 일에 관해 닉한테 말하고 싶어 하더라고요."

"그래서 닉이 뭐라 했나요?"

"아유, 닉은 두 쪽이나 글을 적었답니다. 그런데 그 글의 결론은 마더 애버게일 님께서 괜찮다고 하신다면 자기도 괜찮다였어요. 그렇게 하는 것이 맞죠?"

"글쎄 뭐, 나 같은 늙은 여자가 그런 일에 관해 무슨 할 말이 있겠어요?"

"아주 많지요."

랠프가 심각한, 거의 충격을 받은 듯한 표정으로 말했다.

"마더는 저희가 여기로 결집한 원인이십니다. 마더께서 원하시는 것은 무엇이든 저희가 다 해 드릴 것입니다."

"내가 원하는 것은 계속 자유롭게 사는 것입니다. 늘 그랬던 것처럼, 미국 사람처럼요. 내 의사를 표명할 시기가 닥치면 강하게 발언권을 요구할 거예요. 미국 사람처럼요."

"어휴, 당연히 그러셔야죠."

"다른 사람들도 그렇게 느낄까요, 랠프?"

"틀림없이 다 한마음입니다."

애비가 평온하게 흔들의자를 움직였다.

"그렇다면 위원회 일도 괜찮은 생각이로군요. 모든 사람이 움직여야 할 시기니까. 빈둥거리고 다니는 사람들이 있어요. 대개는 그저 누군가가 자신들한테 어디다 몸을 쭈그리고 기대야 하는지 말해 주기만을 기다리는 판국이랍니다."

"그렇다면 제가 일을 추진해도 되겠습니까?"

"어떤 식으로?"

"혹시 인쇄기를 찾아내서 작동시킬 수 있겠느냐고 닉과 스튜가 물어보더군요. 그 기계를 움직일 전력이 공급된다면 말이죠. 저는 전기가 전혀 필요치 않다고 말했습죠. 그저 고등학교에 가서 손에 잡히는 가장 큰 수동 크랭크 등사기를 찾아내기만 하면 될 거라고요. 그들은 전단을 좀 만들고 싶어 했습니다."

그러면서 고개를 절레절레 흔들었다.

"그 사람들 참! 700부나 필요하다니. 허허, 여기 우리 인구가 겨우 400명 정도밖에 안 되는데."

"그런데 19명을 정문 앞에다 세워 뒀으니, 당신과 수다 떠는 동안 그 사람들 어쩌면 일사병 걸리겠네요. 그들을 이리로 데려오세요."

"그러죠."

랠프가 걸어 나가기 시작했다.

"그리고 랠프?"

그가 뒤돌아섰다.

"1,000부 인쇄하세요."

마더 애버게일이 말했다.

랠프가 열어 준 정문을 통해 사람들이 줄지어 들어오자 애비는 자신의 죄악을 느꼈다. 자신이 죄악의 어머니라고 생각했던 것이다. 죄악의 아버지는 절도였다. 십계명의 모든 계명들은 "그대는 도둑질하지 말지어다."라는 말로 요약되었다. 살인은 생명의 절도였고, 간음은 아내의 절도였으며, 탐욕은 마음의 심연에서 벌어지는 비밀스럽고 은밀한 절도였다. 하나님에 대한 불경죄는 하나님 이름의 절도였으며, 주님의 집에서 그분의 존함을 날치기하여 마치 헛바람 든 창녀처럼 거리를 싸돌아다니도록 내보내는 짓이었다. 애비는 결코 지독한 상습 절도범은 아니었고, 최악의 경우에만 이따금 소심한 좀도둑이었을 뿐이었다.

죄악의 어머니는 교만이었다.

교만은 인류에게 내재하는 사탄의 여성적인 면이었고, 죄악을 담은 은밀한 알이었으며 늘 번식력이 뛰어났다. 포도가 너무 커서 사람들이 어깨에 짊어지고 다녀야 했을 정도로 비옥했던 가나안 땅에 모세가 들어가지 못하게 했던 것이 바로 교만이었다.

"우리가 목말랐을 때 바위에서 물을 이끌어 낸 분은 누구셨습니까?"

이스라엘의 자식들이 묻자 모세가 대답했다.

"내가 그랬도다."

애비는 항상 자부심 강한 여자였다. 자신이 두 손과 두 무릎으로 기어 다니며 뽀득뽀득 닦아 낸 마룻바닥을 자랑스러워했고(하지만 두 손, 두 무릎, 걸레질에 사용했던 바로 그 물까지도 내려 주셨던 분은 누구실까나?), 자신의 모든 자식들이 반듯하게 자라난 것을 자랑스러워했다.(자식들 중 아무도 감옥에 간 사람이 없었고, 아무도 약물이나 술에 중독된 사람이 없었고, 아무도 침대 속에서 게으름 피우는 사람이 없었다.) 하지만 자식들의 어머니는 결국 하나님의 딸일 뿐이었다. 애비는 자신의 인생을 자랑스러워했지만, 스스로 자신의 인생을 탄생시킨 것은 아니었다. 교만은 의지력에 대한 저주였고, 여자처럼 별의별 농간을 다 부렸다. 어마어마한 나이가 돼서도 그녀는 아직 그것의 환영을 완전히 깨우치지 못했고, 그것의 매력을 떨치지도 못했다.

그래서 사람들이 정문을 통해 줄지어 들어왔을 때 그녀는 생각했다. '그들이 만나려고 찾아온 사람은 바로 나야.' 그런 죄악에 바로 뒤이어 일련의 불경스러운 은유적 암시들이 마음속에서 제멋대로 치밀어 올랐다. 성찬을 받으러 오는 신도들처럼 그들이 한 명씩 한 명씩 줄지어 들어오는 모습과, 시선을 거의 아래로 내리깐 젊은 통솔자, 그의 옆에 있는 밝은 머리칼의 여자, 바로 뒤에 있는 어린 소년과 동행하는 까만 머리에 흰 머리가 마구 뒤섞인 검은 눈의 여자를 지켜보고 있노라니 자꾸만 오만한 생각이 들었다. 나머지 사람들이 그들 뒤로 줄지어 서 있었다.

젊은 남자가 현관 계단을 올랐지만, 그의 여자는 계단 발치에 멈추었다. 랠프가 말했던 것처럼 청년의 머리는 길었지만 깨끗했다. 불그스름한 황금빛 턱수염이 상당히 무성했다. 입 주변과 이마에 선명하게 새겨진 주름들은 강인한 인상을 풍겼다.

"할머님께서는 정말로 존재하셨군요."

그가 부드럽게 말했다.

"아, 나도 늘 그렇게 생각했소만. 나는 애버게일 프리맨틀이라오. 하지만 주변 사람들은 그냥 마더 애버게일로 불러요. 우리 지역에 오신 것을 환영해요."

"감사합니다."

그가 탁한 목소리로 말했고, 애비는 그가 눈물을 참으려 애쓰는 중임을 알았다.

"저는…… 저희는 이곳에 와서 기쁩니다. 제 이름은 래리 언더우드입니다."

애비가 손을 내밀었고, 래리가 외경하는 몸짓으로 그 손을 가볍게 맞잡자 애비는 또다시 목이 뻣뻣해지는 것을 느끼며 다시금 교만에 대한 양심의 가책을 느꼈다. 래리의 태도는 마치 애비가 불을 품고 있어서 자기를 불살라 버릴 거라 생각하는 듯했다.

"저는…… 할머님이 나오는 꿈을 꾸었습니다."

래리가 어려워하며 말했다.

애비가 웃음 지으며 고개를 끄덕이자 그는 기의 님어실 늣 뻣뻣하게 돌아섰다. 그가 계단을 도로 내려가며 어깨를 웅크렸다. '저 친구 마침내 긴장이 좀 풀리겠구먼.' 애비는 생각했다. 이제 그는 이곳에 왔고, 그것을 실감하는 순간 혼자서 양 어깨에 세상의 모든 걱정 근심을 짊어지고 있어야 할 필요가 없어졌으므로. 자기 자신을 불신하는 사람은 너무 오랫동안 열심히 자신을 혹사하면 안 된다. 경험을 쌓기 전에는 그러면 안 되는 법이다. 그런데 이 남자 래리 언더우드는 아직 어린 풋내기였고 세파에 꺾이기 쉬웠다. 하지만 애비는 그가 맘에 들었다.

래리의 여자, 제비꽃 같은 눈망울을 가진 예쁘장하고 아담한 여자가 그다음에 올라왔다. 마더 애버게일의 눈에 그녀는 대담한 듯 보였지만, 버릇없지는 않았다.

"저는 루시 스완이에요. 할머님을 뵈어서 기쁩니다."

그러고는 바지를 입고 있었는데도 치마 차림으로 절하는 시늉을 했다.

"찾아와 줘서 반가워요, 루시."

"여쭤 보면 실례가 될지 모르겠는데요…… 저기……."

루시는 시선을 아래로 떨어뜨리고 얼굴을 몹시 붉히기 시작했다.

애비가 다정하게 말했다.

"지난번에 계산해 봤을 땐 108살이었다오. 어떤 때는 216살이라도 되는 것처럼 느껴지기도 한답니다."

"저도 할머님이 나오는 꿈을 꿨어요."

루시가 말한 다음 어쩔 줄 몰라 하며 물러갔다.

다음엔 검은 눈의 여자와 소년이 왔다. 그 여자는 진지한 눈길로 거리낌 없이 애버게일을 바라보았다. 소년의 얼굴에 숨김없는 경탄의 표정이 나타났다. 소년은 아주 좋았다. 그러나 그 여자의 무엇인가가 애버게일의 감정을 죽음처럼 싸늘하게 만들었다. '그가 여기에 있어. 이 여자의 모습으로 와 있어…… 그가 자기 자신의 모습보다 더 많은 형상을 이용해 찾아온다는 사실을 유념해야 해…… 늑대…… 까마귀…… 뱀.'

애비는 무엇보다도 자신의 안전에 공포를 느꼈고, 어느 한순간 머리칼 속이 하얀 이 낯선 여자가 거의 아무렇지도 않게 손을 뻗어 자신의 목을 뚝 꺾어 버릴 것이라 느꼈다. 그런 느낌에 사로잡힌 순간 애비는 낯선 여자의 얼굴이 사라진 시공간에 생겨난 구멍 속을 들여다보고 있는 환상에 빠졌으며, 그 구멍은 그녀를 빤히 노려보는 까맣고 저주받은 저 두 눈동자, 길을 잃고 초췌해져 절망에 빠진 저 두 눈동자로부터 비롯된 것이었다.

그러나 앞에 있는 대상은 그저 여자였지 '그 남자'가 아니었다. 다크맨은 절대 감히 여기로 그녀를 찾아오지 않을 것이다. 본인의 모습이 아닌 다른 형상으로도. 이 사람은 그냥 여자, 매우 예쁘장한 여자였고, 감정이 풍부하고 예민해 보이는 얼굴로 옆에 있는 어린 소년의 어깨에 팔을 두르고 있었다. 애비는 잠시 단지 공상에 빠져 있던 것뿐이었다. 틀림없이 그랬을 뿐이었다.

　네이딘 크로스에겐 그 순간이 혼돈이었다. 사람들이 정문으로 들어갈 때만 해도 괜찮았다. 래리가 그 늙은 할머니한테 말하기 시작할 때까진 괜찮았다. 곧이어 혐오와 공포로 거의 기절할 듯한 느낌이 그녀를 엄습했다. 그 할머니는 할 수 있었다…… 무엇을 할 수 있다?

　볼 수 있었다.

　그렇다. 네이딘은 그 할머니가 자신의 내면을, 어둠이 이미 씨뿌려져서 무럭무럭 자라나고 있는 그곳을 들여다볼까 봐 두려웠다. 할머니가 현관 의자에서 일어나 자신을 꾸짖으며, 조를 내버려 두고 운명 지어진 그 사람들한테로(그 사람한테로) 떠나가라고 할까 봐 두려웠다.

　두 사람이 각자 자신만의 암울한 공포에 빠진 채, 서로 바라보았다. 그들은 서로 저울질했다. 그 순간은 짧았지만, 두 사람에게는 너무도 길게 느껴졌다.

　'그가 그녀 속에 있다, 악마의 자손이.' 애비 프리맨틀은 생각했다.

　이번에는 네이딘이 생각했다. '그들이 가진 힘의 모든 것이 바로 여기에 있어. 이 할머니야말로 그들이 지닌 모든 것이야. 그들은 다르게 생각할지 모르지만.'

　조가 네이딘 곁에서 점차 안절부절못하며 손을 잡아당기고 있었다.

　그녀가 풀 죽은 목소리로 힘없이 말했다.

　"안녕하세요. 저는 네이딘 크로스예요."

할머니가 말했다.
"나는 당신이 누구인지 알지."
그 말이 허공에 떠오르자 다른 사람들의 잡담이 별안간 끊겨 버렸다. 사람들은 당황하여 무슨 일이라도 났나 싶어 고개를 돌렸다.
"그러세요?"
네이딘이 부드럽게 말했다. 갑자기 조가 자신의 유일한 방패막이인 듯싶었다.
그녀는 자기 앞으로 천천히 소년을 움직여 놓았다. 인질로 삼듯이. 조의 기묘한 바닷물 빛깔의 눈이 마더 애버게일을 올려다보았다.
"애는 조예요. 할머님은 애도 잘 아시겠네요?"
마더 애버게일의 눈이 네이딘 크로스라고 자신을 소개한 여자의 눈에 굳게 고정되었다. 목덜미에 촉촉이 땀이 배어 나왔다.
"내 이름이 카산드라가 아닌 것처럼 이제는 그 아이의 이름도 조가 아닐 텐데. 그리고 당신은 아이의 엄마가 아닐 테고요."
애비는 안도감 비슷한 감정을 느끼며 소년한테로 시선을 떨어뜨렸지만 어쨌거나 그 여자가 승리했다는 언짢은 감정을 가라앉힐 수가 없었다. 그녀는 그들 사이에 어린 꼬맹이를 놔두고, 뭔진 몰라도 자신이 마땅히 해야 했던 의무를 회피하려고 그 애를 이용하고 만 것이었다…… 아, 하지만 너무도 급작스럽게 벌어진 일이기에 능숙하게 대처할 준비가 안 된 걸 어쩌란 말인가!
"네 이름이 뭐니, 꼬맹아?"
애비가 소년에게 물었다.
목에 가시가 걸리기라도 한 듯 소년이 몸부림쳤다.

"얘는 할머니한테 말 안 할걸요."

네이딘이 말하며 한 손을 소년의 어깨에 얹었다.

"얘는 할머니한테 말할 수가 없어요. 얘가 기억해 낼 거라고는 전혀"

"레오!"

조가 크게 소리를 내질렀다. 벽놀이라도 깨부술 기세였다.

아이는 갑자기 힘차게 그리고 몹시도 또렷하게 말했다.

"레오 록웨이, 그게 나다! 나는 레오!"

그러곤 웃으며 마더 애버게일의 품 안으로 뛰어들었다. 그러자 모인 사람들의 웃음과 박수가 일었다. 네이딘은 사실상 사람들의 눈길을 딴 곳으로 돌리는 데 성공했고, 애비는 고조됐던 집중력과 위기감이 쇠퇴하는 것을 또다시 느꼈다.

"조."

네이딘이 불렀다. 그녀의 얼굴은 냉담했으며, 다시금 표정 관리가 이루어졌다.

소년이 마더 애버게일한테서 약간 떨어져서 네이딘을 쳐다보았다.

"물러나 있어."

네이딘이 말했다. 이제 애비한테 움츠러드는 기색 없이 소년이 아니라 애비한테 직접 명령하는 듯 보였다.

"할머니는 나이가 많으셔. 너 때문에 아프실지도 몰라. 할머닌 몹시 늙으셨고…… 별로 튼튼하지 않으시단다."

"아니, 나는 이 애 같은 꼬맹이를 사랑해 줄 만큼은 튼튼하다고 생각하는데."

마더 애버게일이 말했지만, 목소리는 자신의 귀에도 낯설 정도로 어색하게 들렸다.

"이 앤 힘든 길을 거쳐 온 것처럼 보이는구먼."

"저기, 얘는 지금 피곤해요. 그리고 보아하니 할머니께서도 마찬가지시네요. 이리 와라, 조."

"나는 할머니를 사랑해."

소년이 꼼짝 않고서 말했다.

네이딘이 그 말에 움찔하는 듯했다. 목소리가 날카로워졌다.

"물러나 있어, 조!"

"그건 내 이름 아냐! 레오! 레오! 그게 내 이름이라고!"

새로 온 순례자들의 작은 무리가 또다시 조용해지며 뭔가 예기치 못했던 일이 벌어졌고 여전히 진행 중인 것 같다는 사실은 알아차렸지만, 무슨 일인지는 모르겠다는 표정을 지었다.

두 여자의 시선이 또다시 칼날처럼 맞부딪쳤다.

'나는 당신이 누구인지 알아.' 애비의 눈이 말했다.

네이딘의 눈이 대답했다. '그래. 그리고 나도 당신을 알아.'

그러나 이번에 시선을 먼저 내린 사람은 네이딘이었다.

"알았어, 레오. 네가 무슨 이름을 좋아하든지 간에 그분을 더 피곤하게 하지 말고 어서 물러나기나 해."

소년이 마더 애버게일의 품을 떠났다. 하지만 마지못해서였다.

"오고 싶으면 언제든 찾아오렴."

애비는 네이딘한테까지 눈길을 주지는 않았다.

"알았어요."

소년이 말하며 애비한테 손으로 키스를 날렸다. 네이딘은 아무 말도 없이 얼굴이 돌처럼 굳었다. 그들이 현관 계단을 내려가는 동안 소년의 어깨에 두른 네이딘의 팔은 다정한 느낌보다는 쇠사슬이 옭아맨 듯한 분위기를 풍겼다. 마더 애버게일은 그들이 가는 것을 지켜보며, 또다시 자신의 집중력이 흐려지고 있음을 인식했다. 시야에서 그 여자의 얼굴이 사라지자 집요하게 탐색하는 감각이 무뎌지기 시작했다. 자신이 이제껏 느꼈던 것의 실체를 확신하지 못했다. '저 여자는 그저 평범한 여자일 뿐이었어, 분명히…… 안 그래?'

언더우드 청년이 계단 바닥에 서 있었는데 얼굴이 천둥 구름처럼 어두웠다.

"왜 그러고 있었어요?"

래리가 그 여자한테 물었고, 목소리가 낮았지만 마더 애버게일은 완벽하게 잘 들을 수 있었다.

그 여자는 전혀 신경 쓰지 않았다. 한마디 말도 없이 래리의 곁을 지나쳤다. 소년이 애원하는 태도로 언더우드를 바라보았지만, 당분간은 그 여자가 아이의 보호자였다. 소년은 그 여자가 자기를 곁에 두도록, 자기를 데려가도록 놔두었다.

모두 아무 말도 안 하는 순간이 찾아오자 애비는 공허한 침묵을 어떻게든 메워 보려다 불현듯 당혹감을 느꼈다. 그 공허한 침묵을 반드시 메울 필요가 있기는 했는데…….

……아닌가?

공허한 침묵을 메우는 것이 그녀의 사명 아니었던가?

뒤이어 누군가의 목소리가 부드럽게 물었다. '정말 그래요? 그것이 당신의 사명이에요? 그것이 하나님께서 당신을 여기로 데려

오신 이유란 말이에요, 부인? 자유 지대의 관문에서 공식 접대원 노릇이나 하라고?'

'나는 생각에 골몰할 처지가 아니야.' 애비가 항의했다. '그 여자 말이 옳았어. 나는 지금 피곤하다고.'

내면의 자그마한 목소리가 주장했다. '그는 자기 자신의 모습보다 더 많은 형상을 이용해 찾아오지. 늑대, 까마귀, 뱀…… 또는 여자.'

그것이 무슨 뜻이던가? 이곳에서 무슨 일이 벌어졌던가? 뭐지? 하나님께 맹세코 도대체 뭐지?

'나는 혼자 우쭐해하며 여기에 앉아, 사람들한테 절을 받으려고 기다리고 있었어. 그래, 그것이 내가 한 행동이었고, 부인해 봤자 소용없지. 그때 저 여자가 다가와 무슨 일이 벌어졌는데 나는 그 일의 실체를 놓치고 있어. 하지만 저 여자와 관련된 어떤 일이 있었어…… 그렇지? 확실하지? 확실한 걸까?'

침묵의 순간이 있었고, 그 속에서 모든 사람들이 애비를 바라보며, 애비가 자신의 능력을 입증해 보이기를 기대하는 듯했다. 그러나 그녀는 그렇게 하지 않았다. 여자와 소년은 시야에서 사라졌다. 마치 그들은 진정한 신앙인이고 그들이 당장에 파악하기에는 애비가 겉만 번지르르하고 미소만 남발하는 고대 이스라엘의 산헤드린 평의회 사람에 지나지 않는다는 사실을 웅변하듯 그들은 떠나갔다.

'하지만 나는 늙었잖아! 이건 공정하지 않아!'

그리고 그런 생각에 뒤이어 또 다른 목소리가 찾아왔다. 자신의 목소리가 아닌, 작고 나지막하고 분별 있는 목소리. '그 여자를 알

아보기에 너무 늙은 나이는 아닌데…….'

이제 또 다른 남자가 머뭇머뭇하며 공손한 모습으로 애비에게 다가섰다.

"안녕하십니까, 마더 애버게일 님. 제 이름은 젤먼입니다. 마크 젤먼. 뉴욕 로빌 출신이고요. 저도 할머님의 꿈을 꿨어요."

그리고 애비는 헤매고 있던 마음속에서 어느 한순간 갑작스레 선명해진 선택에 직면했다. 이 남자의 인사에 답하고, 그의 마음을 편안하게 해 주려 서로 가벼운 농담을 잠시 나누고(그러나 너무 많이 편안하게는 아니었다. 그것은 정확히 그녀가 원하던 바는 아니었다.), 그리고 나서는 계속 다음 사람 그다음 사람 또 그다음 사람을 계속 만나면서, 종려나무 새잎처럼 풋풋한 그들의 존경심을 받아들일 수도 있었다. 아니면 그와 나머지 사람들을 상대하지 않을 수도 있었다. 애비는 자신의 내면 깊은 곳으로 빠져 들어가는 생각의 줄기를 따라가면서, 그것이 무엇이든 간에 주님이 자기한테 알리고자 하는 바를 탐색할 수 있었다.

'그 여자는…….'

'……뭐?'

그것이 그렇게 대단한 사안이었나? 그 여자는 가 버렸는데.

"내 종손자가 한때 뉴욕 주에 살았답니다."

애비는 마크 젤먼에게 부드럽게 말했다.

"로우지스 포인트라는 동네였어요. 그곳은 챔플레인 호수를 사이에 두고 버몬트 주와 맞닿아 있죠. 아마도 그곳에 관해 전혀 들어 본 적이 없겠지요, 그렇지요?"

마크 젤먼이 분명히 그곳에 관해 들은 적이 있다고 말했다. 뉴욕 주에 사는 사람들은 모두 다 그 동네를 잘 안다고.

"그곳에 가 본 적 있으신가?"

젤먼의 얼굴이 애처롭게 일그러졌다.

"아니오, 한 번도 가 보진 못했습니다. 늘 가 보고는 싶었는데."

"로니가 편지에 써 보냈던 내용으로 짐작해 보건대, 안 가 보길 잘했수."

애비의 말에 젤먼은 희색이 가득한 얼굴로 물러갔다.

그들 전에 왔던 다른 일행들도 그랬듯이 나머지 사람들이 인사를 드리러 차례로 올라왔다. 며칠 후 몇 주 후에 도착할 다른 일행들도 똑같이 행동했다. 토니 도나휴라는 십 대 소년. 자동차 정비사였던 잭 잭슨이라는 사내. 로리 컨스터블이라는 젊은 간호사.(그녀는 이곳 의료 시설에서 솜씨를 발휘할 터였다.) 이름은 리처드 패리스인데 모든 이들이 판사라고 부르는 노인.(그는 애비를 예리하게 바라보았고 애비는 또다시 불편한 기분이 들 뻔했다.) 딕 볼먼. 샌디 뒤셍(예쁜 프랑스식 이름). 석 달 전만 해도 생계를 위해 안경을 팔았던 사내 해리 던바튼. 안드레아 터미넬로. 스미스. 레닛. 그리고 수많은 다른 사람들. 애비는 그 사람들 모두에게 말하고, 고개를 끄덕이고, 웃음 짓고, 여유 있게 위로해 주었지만, 그녀가 평소에 느꼈던 즐거움이 이날은 사라져 버렸다. 그저 손목과 손가락과 무릎이 욱신거리기만 했고, 게다가 반드시 이동식 간이 화장실을 사용하러 가야 안 그랬다간 옷을 이내 더럽히고 말 것 같다는 생각이 떠나지 않았다.

그런 사실과 그런 감정 모두가 마침내 희미해졌고(그리고 해 질 무렵엔 완전히 없어졌다.), 애비는 의미심장한 상황의 일면을 놓쳐 버렸다. 나중에 가서 매우 아쉬워할지도 모르는 일이었다.

 글로 적을 때 생각이 더 잘 정리되었던 그는 대략 중요하다 싶은 것은 모조리 간단히 메모해 두었으며, 두 가지 사인펜을 사용했다. 파란색과 검은색. 닉 앤드로스는 랠프 브렌트너와 랠프의 여인 엘리스와 함께 쓰는 베이스라인 차도에 있는 집의 서재에 앉아 있었다. 날은 거의 어두워졌다. 아름다운 그 집은 위용이 넘치는 플랙스태프 산 밑에 자리했지만 볼더 시에서 상당히 높은 곳이어서, 널찍한 거실 창으로 공동체의 거리와 도로들이 광대한 게임판처럼 활짝 펼쳐져 보였다. 창의 바깥 면은 은색 반사 물질로 코팅이 되어 있어서 저택의 주인은 밖을 내다볼 수 있으나 지나가는 사람은 안을 들여다볼 수 없었다. 닉은 그 집이 45만에서 50만 달러는 나갈 것이라 생각했고…… 집주인과 가족이 불가사의하게 집을 비웠다고 생각했다.
 소요에서 볼더까지 이르는 긴 여정 동안 닉은 처음엔 혼자서, 그다음엔 톰 컬런을 비롯한 다른 사람들과 함께하면서 수십 군데가 넘는 마을과 도시를 지나쳐 왔는데, 그곳들은 모두 악취 풍기는 납골당이나 다름없었다. 볼더가 그런 곳과 달라야 할 이유는 없었다. 그런데 달랐다. 이곳에도 시체는 있었다. 그렇다. 수천 구에 달하는 시체. 뜨겁고 건조한 날들이 끝나고 가을비가 내리기 시작하여 급속한 부패와 질병 발생을 초래하기 전에 시체를 처리할 대책을 세워야 했는데…… 그런데 생각만큼 시체가 많은 것은 아니었다. 닉은 자신과 스튜 레드먼 외에 다른 사람도 그 점을 눈치 챘는지 궁금했다. 로더, 어쩌면. 로더는 거의 모든 것을 알아차렸으니까.

모든 주택 또는 공공건물이 시체들로 어질러진 와중에도 완벽하게 텅텅 빈 건물이 십여 군데나 존재했다. 전염병이 마지막으로 발악하던 어느 순간에 볼더 시민 대개가, 아픈 사람이건 건강한 사람이건 모두 마을에서 허겁지겁 떠나갔다. 왜? 글쎄, 닉은 그것이 사실은 중요치 않다고, 어쩌면 그들은 그 이유를 절대 알지 못하리라고 추측했다. 경악할 만한 사실은 목적지를 직접 본 적도 없던 마더 애버게일이 용케도 전염병 희생자들이 일부러 치워져 있는 것 같은 미국의 한 작은 도시로 그들을 안내했다는 것이었다. 닉 같은 불가지론자조차 애버게일이 어디서 정보를 얻은 것인지 궁금증을 가질 만했다.

닉은 그 집의 지하층에 있는 방 세 개를 사용했는데, 옹이 박힌 소나무 가구가 딸린 근사한 방들이었다. 랠프가 차지한 공간에 자극받아 자신도 더 넓은 생활공간으로 이사해야겠다고 마음먹은 적은 없었다. 닉은 이전에는 불법 침입자가 된 것 같은 기분을 느꼈으나, 그들 부부가 좋았다. 그리고 소요에서 헤밍포드홈에 이르는 여행이 끝나 갈 때까지, 자신이 다른 사람들의 얼굴을 얼마나 많이 그리워했는지 미처 실감하지 못했다. 그는 아직 자신의 욕구를 다 충족시키지 못했다.

그리고 그 장소는 그가 여태껏 살아 본 곳 중에서 가장 훌륭한 곳이었다. 정말로 그랬다. 눈에 띄지 않고 혼자서만 쓸 수 있는 입구가 있었으며, 여러 세대에 걸쳐 향긋하게 썩어 가는 미루나무 낙엽들 속에 뿌리박고 서 있는 출입문의 낮게 걸린 처마 밑에다

10단 변속 자전거를 세워 둘 수도 있었다. 닉은 수년간 떠돌이 생활을 하며 항상 바랐으면서도 결코 하지 못했던 책 수집을 시작했다. 예전에 그는 엄청난 독서가였고(새로운 인생을 시작한 요즘엔 앉아서 책과 훌륭한 대화를 길게 나눌 시간이 좀처럼 나지 않는 듯싶었다.) 책장에 있는 책들 일부는(아직도 책장이 많이 비어 있는 중) 오래된 친구들이었으니, 내부분은 하루에 2센트씩 수고 대출 도서관에서 빌린 책들이었다. 지난 몇 년간은 정식 도서관 대출 카드를 발급받을 만큼 한 마을에 오래 머무른 적이 없었다. 나머지 책들은 여태 안 읽은 책, 대출 도서관 문고에서 점찍어 두었던 책이었다. 사인펜과 종이를 갖고 책상 앞에 앉아 있는 닉의 오른손 옆에 책장 속의 책 한 권이 놓여 있었다. 윌리엄 스타이런이 저술한 『이 집에 불을 질러라』. 그는 거리에서 주운 10달러 지폐를 읽다 만 쪽에 꽂아 표시해 두었다. 거리마다 돈이 수없이 뒹굴며 바람을 타고 배수로 도랑을 따라 휘날렸고, 아직도 얼마나 많은 사람들이(그중에 그도 포함) 돈을 주우려고 걸음을 멈추는지 생각하면 여전히 놀랍고 재밌었다. '그런데 왜 돈을 주웠지? 이제 책은 다 공짠데.' 책 속에 담긴 사상들도 공짜였다. 이따금 그런 생각이 기분을 들뜨게 했다. 이따금 그런 생각이 기분을 섬뜩하게 했다.

  닉이 글을 적고 있는 종이는 그가 자신의 모든 생각을 기록해 두는 필기장에서 빼낸 것이었다. 그 필기장 속 내용은 절반이 일기였고, 절반이 쇼핑 목록이었다. 닉은 자신에게 목록 만들기를 깊이 즐기는 취미가 있음을 깨달았다. 자신의 조상 중 한 분은 틀림없이 회계사일 것이란 생각마저 들었다. 종종 마음이 심란할 때 목록을 작성하다 보면 편안해진다는 사실을 발견했던 것이다.

닉은 앞에 있는 금방 빼낸 종이에 다시 시선을 돌리고 여백에 아무렇게나 낙서를 했다.

그가 보기엔 그들이 예전 생활에서 원했거나 필요로 했던 모든 것이 정적이 감도는 동부 볼더 발전소 안에 쌓여 있는 듯싶었다. 컴컴한 벽장 안의 먼지투성이 보물처럼. 불유쾌한 감정이 볼더로 모여든 사람들 사이를 흘러 다니는 듯 보였는데, 그 감정은 수면 밑에 잠복해 있을 뿐이었다. 사람들은 어두워진 후 동네 흉가를 노크하고 돌아다니는 겁먹은 어린애들 무리와도 같았다. 여러 가지 면에서, 그 지역은 썩은 내 나는 귀신 마을과도 같았다. 여기에 머무는 것은 엄밀히 말해 일시적일 뿐이라는 감정이 존재했다. 임페닝이라는 이름의 남자가 있었는데 그는 한때 볼더에 살면서 볼더와 롱몬트 횡단 지대에 있는 IBM 공장에서 관리 요원으로 일했다. 임페닝은 불안감을 야기하려고 작정한 듯싶었다. 1984년 9월 14일에 볼더에 눈이 4센티미터나 쌓였으니, 11월이 되면 원숭이 동상의 불알마저 얼어 버릴 정도로 추워질 것이라고 떠벌리며 돌아다녔던 것이다. 그야말로 닉이 재빨리 막아 버리고 싶은 종류의 말이었다. 만약 임페닝이 군인이었다면 그런 말을 했다는 이유로 면직당했을 것이 뻔했다. 설혹 그 말에 조금이라도 논리적인 부분이 있다 하더라도 공허한 논리였으므로. 중요한 것은 만약 사람들이 손가락으로 버튼만 누르면 전기가 작동하고 난방 장치가 배출구로 뜨거운 열기를 뿜어내는 집 안으로 들어갈 수 있으면 임페닝의 말은 전혀 효력이 없을 것이란 점이었다. 그러나 첫 번째 기습 한파가 들이닥칠 때까지 그런 준비가 갖춰지지 않는다면 사람들이 훌쩍 떠나 버리지 않을까 걱정되었고, 그렇게 되면 세상의 온갖 회의와 대의원과 법안 승인이 제아무리 유난을 떨어도 그 사태를 막지 못할 것이었다.

랠프의 말에 따르면 발전소는 적어도 외관상으로는 그다지 크게 고장 난 곳이 없었다. 그곳을 운영하던 직원들이 기계 장치 일부를 차단했던 것이다. 그 영향으로 나머지 기계 장치도 자동으로 차단되었다. 거나란 터빈 엔진 두어 개가 터졌는데 아마도 마지막에 전압이 급격하게 변동된 탓인 것 같았다. 랠프는 그 배선 부위의 일부를 교체해야 할 것이라고 말하면서 자신과 브래드 키치너와 단순 노무자 열 명 정도만 있으면 작업을 해낼 수 있을 거랬다. 폭발한 터빈 발전기들에 눌어붙어 시커멓게 탄 구리선을 제거한 다음 새 구리선을 꼼꼼하게 설치하는 일에는 더 많은 일꾼이 필요했다. 덴버 건축 자재상에 맘껏 가져다 쓸 만큼 풍부한 양의 구리 줄이 있었다. 랠프와 브래드가 지난주 하루 날을 잡아서 그 물건들을 살펴보러 갔다. 그들은 노동력만 받쳐 주면 9월의 첫 월요일인 노동절까지는 다시 전깃불을 켤 수 있겠다고 예상했다.

"그러고 나서 우리가 이 도시 역사상 가장 성대한 파티를 벌여 보는 거야."

브래드가 말했다.

치안 유지. 그것이 닉을 심란하게 하는 또 하나의 문젯거리였다. 스튜 레드먼이 그 까다로운 짐을 건네받을 수 있을까? 스튜는 그 일을 원치 않을 테지만, 닉은 그 일을 맡도록 스튜를 설득할 수 있으리라 생각했고⋯⋯ 만약 추천에 힘을 실어야 할 상황이 되면 스튜와 친한 글렌 교수에게 스튜를 차근차근 설득하도록 종용할 수도 있었다. 정말로 닉을 괴롭혔던 것은 짧고도 끔찍했던 소요

유치장 간수 시절에 관한 기억이었다. 잠깐 떠올리는 것조차 부담스러울 만큼 여전히 너무나 생생하고 고통스러웠다. 빈스와 빌리가 죽어 가고, 마이크 칠드레스는 저녁밥 식판을 껑충껑충 짓밟고 비참하게 반항하며 부르짖는다.

"단식 투쟁이다! 나는 조또 단식 투쟁 중이다!"

법원과 교도소…… 어쩌면 사형 집행인까지도 필요할 거란 생각 때문에 골치가 쑤셨다. 맙소사, 이곳 사람들은 마더 애버게일의 사람들이지, 다크맨의 사람들이 아니었다! 그러나 닉은 다크맨이라면 법원과 교도소 같은 하찮은 것들로 걱정하진 않을 것이라 생각했다. 그 사람의 처벌은 신속하고 확실하고 가혹할 터였다. 시체들을 15번 주간 고속도로를 따라 전신주 십자가 위에 걸어 놓아 새가 쪼아 먹게 할 것이니 교도소에 집어넣겠다는 으름장 따위는 늘어놓을 필요조차 없을 것이다.

닉은 질서 위반 행위가 대체로 사소한 것들이기를 바랐다. 벌써 음주와 풍기 문란으로 몇 건의 사고가 일어났다. 너무 어려서 운전할 줄도 모르는 어린애가 커다란 견인 트럭을 몰고 브로드웨이 이곳저곳을 돌아다닌 바람에 사람들이 거리에서 대피하는 소동이 있었다. 그 애는 결국 버려진 빵 배달 트럭을 향해 돌진했고 이마가 깨졌다. 그 정도의 값싼 대가를 치르고 차에서 내렸다니 그나마 행운이라는 것이 닉의 견해였다. 사전에 목격했던 사람들은 그 애가 너무 어리다는 것을 알았지만, 자신들한테 그 애의 행동을 제지할 만한 권한이 있다고 느낀 사람은 아무도 없었다.

권한. 조직화. 닉은 메모장에 두 단어를 적고 나서 둘레에 동그라미 두 개를 겹쳐 그렸다. 마더 애버게일의 사람들이 되었다고 해서 나약함, 어리석음 또는 나쁜 동료에 대한 면역성이 생겨서는 곤란했다. 닉은 그들이 하나님의 자식들인지 아닌지는 몰랐지만, 모세가 하나님을 영접하고 산에서 내려왔을 때 황금 송아지 우상을 숭배하는 일에 열광적이지 않았던 사람들마저 주사위 노름에 열광했다는 사실은 잘 알았다. 그리고 이곳 사람들이 카드 게임 때문에 칼부림을 한다든가 여자 문제로 다른 사람을 쏴 숙이려고 할지도 모를 가능성이 농후해진 것은 틀림없는 사실이었다.

권한. 조직화. 또다시 그 단어들에 동그라미를 쳤고, 이제 단어들은 삼중 철책 속에 갇힌 죄수 같았다. 그것들이 한데 뭉쳐 있으니 몹시 든든했고…… 동시에 몹시 딱해 보이기도 했다.

얼마 뒤 랠프가 들어왔다.
"내일이면 우릴 찾아오는 사람들이 더 많을 거야, 닉키. 그리고 모레에는 완전 시가지 행진하듯 많은 이들이 몰려올 거고. 모레 인원은 서른 명도 넘어."
닉이 적었다.
'굉장하군요. 머지않아 의사도 생기겠어요. 장담해요. 평균의 법칙이 들어맞는 거라고요.'
"그래. 하나님께 맹세코 균형 잡힌 도시로 변모하고 있어."
랠프의 말에 닉이 고개를 끄덕거렸다.
"오늘 들어온 일행을 이끌던 친구랑 이야기를 나눠 봤어. 이름은 래리 언더우드야. 영리한 친구더라고, 닉. 압정처럼 날카로운 사람이야."

닉이 눈썹을 치켜들며 허공에 ?를 그렸다.

"그러니까, 어디 보자."

랠프는 그 물음표가 의미하는 것을 알았다. '좀 더 많은 정보를 주세요, 괜찮으시다면.'

"자네보다 예닐곱 살 정도 나이가 많은 것 같더군. 어쩌면 레드먼보다는 여덟 살이나 아홉 살 정도 어릴 것 같고. 자네가 보면 우리가 눈여겨 봐야 한다고 말할 법한 사람이야. 그 친구는 아주 적절한 질문들을 하더군."

'?'

"먼저 누가 책임자인가. 다음은 앞으로 어떤 조치를 취할 것인가. 세 번째 질문은 그런 조치를 누가 실행할 것인가."

랠프가 말하자 닉이 끄덕였다. 그렇다. 적절한 질문들이었다. 그러나 그가 적합한 사람일까? 랠프가 옳을지도 몰랐다. 또한 옳지 않을지도 몰랐다.

'제가 내일 만나서 인사를 나눠 봐야겠어요.'

닉이 새 종이에다 적었다.

"그래, 그래야지. 썩 괜찮은 사람이야."

랠프가 발을 꼼지락거렸다.

"언더우드와 그의 일행이 인사드리러 올라오기 전에 내가 마더님과 잠시 얘기를 했어. 자네가 나한테 부탁했던 대로 말씀드렸다고."

'?'

"그분은 우리가 계획을 진척해야 한다고 말씀하시더군. 계속 추진하라고. 빈둥거리는 사람들한테는 책임을 맡은 사람들이 어다 몸을 쭈그리고 기대야 하는지 말해 줄 필요가 있다고도 하셨어."

닉이 의자 뒤로 몸을 기대고 조용히 웃었다. 그러고 나서 글을 적었다.

'저는 할머니께서 그렇게 느끼실 거라고 확신했어요. 내일 스튜 씨와 글렌 교수님께 말해야겠네요. 전단은 인쇄하셨어요?'

"오! 그거! 아 참, 그렇고말고. 그거 하느라 오후 내내 엄청 애썼다고."

랠프가 닉에게 포스터 견본을 보여 주었다. 아직도 등사 잉크 냄새가 진하게 나는 그 인쇄물은 큼지막한 것이 사람들의 눈길을 끌 만했다. 랠프가 직접 도안 작업을 한 것이었다.

대중 집회!!!

후보 지명 및 의원 선출을 통해

대의원회 구성!

1990년 8월 18일 오후 8시 30분

장소: 날씨가 좋을 시 캐니언 대로 공원과 음악당
우천 시 셔토쿠어 공원 내 셔토쿠어 홀

집회가 끝나고 나서
간단한 다과 제공 예정

이 문구 밑에는 새로 온 사람들과 볼더를 많이 돌아다녀 보지 못한 사람들을 위해 간략한 길거리 약도 두 가지가 있었다. 그 밑에 약간 작은 활자로, 닉과 스튜와 글렌이 그날 일찍 토의를 거쳐 합의했던 이름들이 나열되었다.

임시 위원회 명단

닉 앤드로스

글렌 베이트먼

랠프 브렌트너

리처드 엘리스

프랜 골드스미스

스튜어트 레드먼

수전 스턴

닉이 간단한 다과를 언급한 줄을 가리키며 눈썹을 치켰다.
"어 그래, 그게 말이야, 프래니가 찾아와서 만약 우리가 뭔가 준비해 두면 사람들을 모두 참석시키기가 더 수월해질 거라고 했어. 프랜과 그녀 친구 패티 크로거 말이야, 그 여자들이 준비해 주기로 했어. 과자와 자렉스 음료수를."
랠프가 얼굴을 찡그렸다.
"만약 준비된 음료수가 자렉스와 황소 오줌 두 가지뿐이어서 다른 선택의 여지가 없다면, 나는 주저앉아서 프랜의 안목을 의심하고 말 거야. 자네가 내 거 다 마셔도 상관 안 해, 닉키."
닉이 씩 웃었다.

"이 전단에서 유일한 문제는 자네들이 나를 이 위원회에 포함시킨 거야."

랠프가 더욱 심각한 표정으로 말을 이었다.

"난 저 문구들이 뭘 의미하는지 알아. 이런 거지. '축하합니다, 당신은 온갖 힘든 일을 도맡아 해야 합니다.' 뭐, 난 사실 그런 건 신경 안 써. 평생 힘들게 일해 왔으니까. 하지만 위원회 사람이라면 여러 가지 아이디어가 많아야 하잖아. 그런데 난 그다지 아이디어가 번뜩이는 사람이 못 돼."

닉이 재빨리 메모장에 커다란 무선 통신기를 스케치하고 배경에는 꼭대기에서 전기 번갯불이 나오는 무선 통신탑을 그렸다.

"그래, 하지만 그것은 전혀 다른 문제야."

랠프가 시무룩하게 말했다.

'아저씬 잘해 낼 겁니다. 그렇게 믿으세요.'

"닉키, 자네가 그렇게까지 말한다면야, 열심히 노력해 볼게. 그래도 난 여전히 자네들이 이 언더우드란 사내와 일하는 게 더 나을 거란 생각이 들어."

닉이 고개를 흔들며 랠프의 어깨를 토닥거렸다. 랠프는 잘 자라는 인사를 하고 위층으로 올라갔다. 랠프가 떠나고 나자, 닉은 오랫동안 전단을 골똘히 바라보았다. 만약 스튜와 글렌이 이 전단 견본을 보았다면(아마도 그들이 지금쯤은 다 봤으리라 확신했다.), 자신이 임시 위원회 명단에서 해럴드 로더의 이름을 일방적으로 삭제해 버린 사실을 알 것이다. 그들이 그 사실을 어떻게 받아들일지는 몰라도 여태껏 그의 집에 모습을 나타내지 않았다는 것은 좋은 신호임이 분명했다. 그들은 닉이 직접 어떤 정략적 행위를 해 주기를 원하는지도 몰랐다. 만약 반드시 해야 한다면, 그는 결행할 것이다. 높은 자리에서 해럴드를 제외하는 일 말이다. 만약 반드시 해야 한다면, 닉은 위원회에 랠프를 끼워 넣을 것이다. 랠프는 어쨌든 진정으로 그런 자리를 원치 않았지만, 젠장, 랠프는 선천적으로 재치가 탁월한 데다 문제를 색다른 관점에서 생각할 수 있는 정말로 귀중한 재능을 겸비한 인물이었다. 랠프는 상설 위원회를 꾸려 나가는 데 없어서는 안 될 사람이었는데, 닉은 스튜와 글렌이 이미 자기들의 친구로 위원회를 구성해 버렸다는 것을 알아차렸다. 만약 닉이 로더를 빼기를 원한다면, 그들은 그대로 따라야 했다. 이 통치권 기습 작전을 부드럽게 성공시키려면 그들 사이에 어떠한 의견 충돌도 없어야 했으므로. 엄마, 저 아저씨가 어떻게 했기에 저 모자에서 토끼가 나오는 거야? 글쎄다, 아들아, 나도 확실치는 않아. 하지만 그 아저씨가 케케묵은 '쿠키와 자렉스를 미끼로 사람들 현혹하기' 수법을 쓰는 것일지도 모른다는 생각이 드는구나. 그 수법은 거의 매번 효력을 발휘한단다.

 닉은 랠프가 찾아왔을 때 낙서하고 있던 종이로 다시 돌아갔다. 한 번도 아니고 세 번씩이나 동그라미를 친 단어들을 주시했다. 마치 단어들을 동그라미 안에 가둬 놓은 것 같았다. 권한. 조직화. 갑자기 그것들 밑에 또 한 단어를 적었다. 동그라미 안에 딱 그 단어가 들어갈 만큼의 여백이 있었다. 이제 삼중 동그라미 속의 단어들은 다음과 같았다.

 권한. 조직화. 정치.

 하지만 단지 스튜 레이먼과 글렌 베이트먼이 판을 독차지하려 한다는 사실을 눈치 챘다는 이유만으로 로더를 정치판에서 강제로 내쫓은 것은 아니었다. 닉은 스튜와 글렌 쪽이 주도적으로 나서는 것에 대해 어느 정도 언짢은 기분을 분명히 느꼈다. 안 느꼈다면 그게 더 이상한 일이었을 것이다. 보기에 따라서는, 그와 랠프와 마더 애버게일이 볼더 자유 지대를 설립했으므로.

'지금은 여기에 수백 명이 있고 베이트먼 교수의 예상이 옳다면 수천 명 이상이 몰려오고 있는 중이야.' 닉은 생각하며, 동그라미 친 단어들을 연필로 툭툭 쳤다. 그 단어들은 오랫동안 바라볼수록 더욱더 추악하게 보였다. '그런데 말이지 랠프 아저씨와 나와 마더와 톰 컬런과 우리 일행이 이곳에 도착했을 땐, 볼더에서 유일한 생명체라고는 고양이들하고, 주립 자연공원에서 먹이를 찾아 사람들의 정원으로…… 그리고 심지어 가게 안까지 진출해 내려온 사슴들뿐이었어. 어찌어찌해서 테이블 메사 슈퍼마켓 안으로 들어갔다가 밖으로 빠져나올 수가 없었던 그 사슴 기억하지? 녀석은 미쳤는지 슈퍼 통로 사이로 길길이 날뛰며 물건들을 쓰러뜨리고, 자빠졌다가 다시 일어나 또 길길이 날뛰었지.

우리 일행은 온 지 얼마 안 됐어. 물론이지, 여기에 온 지 여태 한 달도 안 됐잖아. 하지만 우리가 제일 먼저 들어왔다고! 그러니 기분이 조금은 언짢기는 했지만, 그것이 해럴드를 제외했던 이유는 아니야. 내가 제외하고 싶었던 이유는 해럴드를 신뢰하지 못하기 때문이라고. 해럴드는 만날 미소 짓지만, 입과 눈 사이에는 물막이(미소 막이?) 구역이 있단 말이야. 한때 해럴드와 스튜 사이에 마찰이 있었대. 프래니를 가운데 두고서. 그리고 그들 세 사람 모두 그것이 다 끝난 일이라고 말하지만, 나는 정말로 끝난 것인지 의심스러워. 이따금 프래니가 해럴드를 바라보는 모습을 볼 수 있는데 프래니가 불안해 보여. 마치 이 끝난 일이 정말로 얼마나 '끝'인지 헤아려 보려고 애쓰는 것처럼 보이더라니까. 헤럴드는 상당히 총명하지만, 왠지 불안정하다는 인상을 줘.'

닉은 고개를 저었다. 그것이 전부가 아니었다. 한두 번도 아니고 여러 차례, 그는 헤럴드 로더가 미치지 않았는지 의심스러웠다.

'무엇보다 그 히죽거리는 미소 때문이야. 그런 식으로 미소 짓는 사람과는 비밀 사항을 공유하고 싶지가 않아. 로더는 밤에 잠을 잘 못 자는 사람처럼 보여. 로더는 안 돼. 그 사람들은 내 조치에 따라야 해.'

닉은 필기장을 덮어 책상 맨 아래 서랍에 넣어 두었다. 그런 다음 일어나 옷을 벗기 시작했다. 샤워하고 싶었다. 막연하게 더러워진 기분이 들었다.

닉이 생각하기에, 세상은 존 어빙의 소설 『가아프가 본 세상』의 주인공 '가아프' 혼자의 뜻에 따라 움직이는 것이 아니라 슈퍼 독감의 뜻에 따라 움직였다. 이 멋진 신세계. 그러나 자신에게는 특별히 멋져 보이거나 특별히 새로워 보이지도 않았다. 마치 누군가가 커다란 빨강 폭죽 공을 애들 장난감 상자 속에 던져 버린 것 같은 모습이었다. 커다란 폭발이 일어났고 모든 것이 모든 곳으로 날아가 버렸다. 장난감들이 놀이방 이쪽 끝에서 저쪽 끝까지 뿔뿔이 흩어졌다. 어떤 것들은 수리할 수 없을 정도로 부서졌고 어떤 것들은 고쳐 쓸 만했지만, 대개는 그냥 튕겨 나가기만 했다. 그런 것들은 여전히 너무 뜨거워 손댈 수 없는 측면이 좀 있었지만, 일단 열이 식기만 하면 멋지게 활용할 수 있을 것이었다.

그러는 사이에 해야 할 일은 물건들을 추려 내는 것이었다. 이미 상태가 좋지 않은 것들을 내버리기. 고칠 수 있는 장난감들은 따로 모아 두기. 아직 상태가 멀쩡한 것들을 모두 목록에 기록해 두기. 물건들을 담아 둘 새 장난감 상자, 근사한 새 장난감 상자 마련하기. '튼튼한' 상자로. 폭발로 인해 물건들이 터져 나가는 광경에는 두렵고 병적인 안락함(그리고 시선을 끌어당기는 분명한 매력)이 있다. 힘든 일은 물건늘을 또다시 한데 그러모으는 것이었다. 추려 내기. 수리하기. 목록 작성하기. 그리고 물론 상태가 안 좋은 물건들 폐기하기.

다만…… 상태가 안 좋은 물건들을 '흔쾌히' 직접 팔을 걷어붙이고 내버릴 수 있을까?

닉은 양팔에 옷가지들을 끼고 벌거벗은 채 욕실로 가다 중간에 멈춰 섰다.

밤이 너무나 고요했다. 그러나 그의 모든 밤은 언제나 고요의 교향곡이 아니던가? 왜 몸에 불현듯 소름이 돋아났던 것인가?

그야 물론 자유 지대 위원회가 책임지고 치워 버릴 것은 장난감이 아니라는, 절대 장난감이 아니라는 사실을 문득 떠올렸기 때문이었다. 문득 자신이 인간의 영혼을 다루는 이상야릇한 바느질 봉사단에 참가했다는 느낌이 들었다. 자신과 레드먼과 베이트먼과 마더 애버게일. 그렇다. 자유 지대 전파 신호를 죽음의 대륙에 널리 두루 날려 보내는 무선 통신기와 출력 장비를 가진 랠프조차도 동참한 것이었다. 어쩌면 그들은 저마다 바늘을 하나씩 가지고 겨울 추위를 막아 줄 따뜻한 담요를 만들려고 한데 모여 일하는 중인지도 몰랐고, 아니면 짧은 휴식 시간이 끝난 후 다시 한 번 인류를 위한 거대한 죽음의 수의를 만들기 시작한 것뿐, 자신들의 발

끝에서부터 바느질을 시작해 열심히 진도를 나가고 있는 것 뿐인지도 몰랐다.

사랑을 나눈 뒤 스튜는 잠에 빠졌다. 최근에는 수면량이 적었다. 전날 밤엔 글렌 베이트먼과 밤을 새워 술을 마시며 미래에 대한 계획을 세웠다. 프래니는 덧옷을 입고 발코니에 나와 있었다.

그들이 사는 건물은 펄 스트리트와 브로드웨이의 모퉁이에 위치한 도심지에 있었다. 아파트는 3층이어서 프래니가 서 있는 밑으로 동서 방향의 펄 스트리트와 남북 방향의 브로드웨이가 만나는 교차로가 있었다. 그녀는 발코니에서 교차로 내려다보기를 좋아했다. 그들은 거대한 나침반을 가진 셈이었다. 밤은 따스하고 바람 한 점 없었으며, 하늘을 이루는 검은 돌은 수백만 개의 별들로 흠집이 나 있었다. 서리가 내린 듯 희미한 별들의 광채 속에서 서쪽에 솟은 플랫아이언 구릉지의 널빤지 같은 윤곽이 보였다.

프래니는 한 손으로 목에서 허벅지까지 쓸어내렸다. 그녀가 걸친 실내복 가운은 실크였고, 그 속은 알몸이었다. 손이 양쪽 유방 위를 부드럽게 훑고 곧장 음부의 완만한 둔덕으로 계속 내려가는 대신, 2주 전만 해도 이렇게까지 눈에 띄게 두드러지진 않았던 곡선을 따라 둥글게 부푼 배를 더듬었다.

배는 아직 그리 크지 않았지만 완연히 부풀어 오르기 시작했는데, 스튜도 이날 저녁 그 사실을 언급했다. 스튜의 질문은 상당히 태평했으며, 심지어 우습기까지 했다.

"우리가 언제까지 섹스할 수 있을까? 내가, 음, 녀석을 압박하는 일 없이 말이야."

"또는 공주님을 압박하는 일 없이. 4개월 정도면 어때요, 왕초님?"

프랜이 즐거워하며 대답했다.

"잘됐네."

스튜는 유쾌하게 프랜의 품속으로 파고들었다.

예전에 했던 대화는 훨씬 더 신가했다. 그들이 볼더에 도착하고 얼마 지나지 않아 스튜가 아기 문제를 글렌과 상의할 때, 글렌은 슈퍼 독감 세균 또는 바이러스가 아직도 돌아다니고 있을지 모른다는 의견을 매우 조심스럽게 내놓았다. 만약 그렇다면, 아기가 죽을 수도 있었다. 몹시 뒤숭숭한 생각이었다('뒤숭숭한 생각을 한두 가지 얻고 싶거들랑 글렌 베이트먼 교수님을 찾아가면 항상 백발백중이야.'). 그런데 만약 어머니가 면역성을 가진 것이 분명하다면, 아기는……?

그래도 이곳에는 그 전염병에 자식들을 잃은 사람이 수없이 많았다.

'그래, 하지만 그것이 의미하는 바는…….'

무엇이려나?

우선은 그것이 여기 있는 모든 사람들이 그저 인류의 끝물, 덧없는 종결부일 수도 있다는 뜻이었다. 프랜은 이를 믿고 싶지 않았고 믿을 수도 없었다. 만일 사실이라면…….

누군가 거리로 걸어 나와 바퀴가 두 개만 남은 채 포장도로 위에 주저앉은 덤프트럭과 펄 스트리트 키친 식당의 벽 사이로 지나가려고 골목길을 돌았다. 그는 한쪽 어깨에 가벼운 재킷을 걸쳤고 유리병 또는 총신이 긴 총으로 보이는 물건을 한 손에 들고 있었다. 다른 손에는 종이 한 장이 들려 있었는데, 거리 번지수를 살피는 모습으로 보아 아마 주소가 적힌 종이인 듯했다. 프래니와 스튜가 사는 건물 앞에 멈춰 섰다. 다음에는 어떻게 할까 망설이는 듯 현관문을 바라보고 있었다. 프래니는 그가 옛날 텔레비전 연속극에 나왔던 사설탐정과 약간 비슷해 보인다고 생각했다. 그의 머리 위로 채 5미터도 안 되는 높이에 서 있던 프래니는 자신이 여러 상황 중 하나에 처했음을 깨달았다. 만약 자신이 그를 부른다면, 그가 놀랄지도 몰랐다. 만약 부르지 않는다면, 그가 문을 두드려 스튜어트의 잠을 깨울지도 몰랐다. 그리고 손에 든 총으로는 무엇을 할 것인가…… 만약 정말 총이라면?

사내가 갑자기 목을 길게 빼고 위를 올려다보았다. 아마도 건물 안에 불 켜진 곳이 있나 알아보려는 의도였을 것이다. 프래니는 여전히 아래를 내려다보던 중이었다. 그들이 상대방의 시선과 정통으로 마주쳤다.

"원, 세상에!"

인도에 섰던 남자가 소리쳤다. 그는 무의식중에 한 걸음 뒤로 물러났다가, 인도를 벗어나 배수로에 빠져 세게 엉덩방아를 찧었다.

"앗!"

바로 그 순간, 프래니가 소리 내며 발코니에서 뒷걸음질쳤다. 그녀 뒤편의 받침대 위에 놓인 커다란 도자기 꽃병 속엔 접난이 꽂혀 있었다. 프래니의 등이 꽃병을 쳤다. 꽃병이 비틀거리며 조금이라도 더 살아 보겠다고 발악을 하더니만, 깨지는 소리를 요란하게 내며 발코니의 슬레이트 바닥으로 몸을 내던졌다.

침실에서 스튜가 툴툴대며 몸을 뒤척이다가 다시 조용해졌다.

프래니는, 아마 자신도 예상했겠지만, 키득거리는 웃음보가 터졌다. 두 손으로 입을 막고 모질게 입술을 꼬집었지만, 어쨌거나 키득키득 웃음은 쉬어 터진 작은 속삭임으로 연방 새어 나왔다. '또다시 하나님께서 은총을 내리셨구나.' 프래니는 오므린 두 손 안에다 미친 듯이 속삭이며 키득기렸다. '저 남자가 기타를 사서 와서 사랑의 노래를 불렀다면 머리에다 빌어먹을 꽃병을 떨어뜨릴 수도 있었을 텐데. 오 솔레 미오…… 와장창!' 키득거림을 참으려 애쓰느라 배가 아팠다.

함께 음모를 꾸미는 듯한 속삭임이 아래로부터 둥실 떠올랐다.
"이봐요, 당신…… 발코니에 있는 당신…… 요리요리!"
"요리요리라고. 요리요리, 좋았어."
프래니는 혼자서 속삭였다.

프래니는 당나귀처럼 허허헝 웃어 버리기 전에 나가 봐야만 했다. 일단 웃음이 그녀를 휘어잡아 버리면 그녀는 절대로 웃음을 휘어잡을 수가 없었다. 컴컴한 침실을 가로질러 욕실 문 뒤쪽에서 좀 더 실용적인(그리고 얌전한) 실내복을 낚아채 신속히 달려간 그녀는 옷을 입느라 버둥거리며 홀을 내려갔는데, 얼굴이 고무 가면처럼 들썩거렸다. 웃음이 탈출해서 자유롭게 날아다니기 전에 프래니는 층계참으로 몸을 날려 계단 한 줄을 내려왔다. 더 낮은 곳에 있는 계단 두 줄은 거칠게 꺽꺽거리며 내려왔다.

남자(인제 보니 청년이었다.)가 몸을 일으켜 옷에 묻은 먼지를 털고 있었다. 호리호리하고 건장했으며, 대낮에 봤으면 황금색 또는 적갈색이었을 법한 수염으로 얼굴이 거의 뒤덮였다. 눈 밑에는 시커먼 그림자가 졌고 어딘가 안쓰러워 보이는 미소를 짓고 있었다.
"뭘 넘어뜨렸어요? 피아노 소리 같은 게 나던데."
그가 물었다.
"꽃병이었어요. 그게…… 그러니까……"
그러나 말하는 순간 키득거리는 웃음이 또다시 사로잡는 바람에 그녀는 다만 손가락으로 그를 가리키며 조용히 웃고 머리를 흔들고 그러고 나선 아픈 배를 재차 움켜쥘 수밖에 없었다. 눈물이 양볼을 타고 흘렀다.
"당신 정말 웃겨 보였어요…… 방금 만난 사람한테 이런 말 하는 게 예의가 아니라는 건 나도 알아요. 그렇지만…… 아 맙소사! 정말로 웃겼어요!"
"만약 예전 시대였다면 내 다음 행동은 적어도 25만 달러의 위자료를 걸고 당신을 고소하는 것이었을 겁니다."
그가 씩 웃고 나서 말했다.
"목뼈 골절. 판사님, 제가 위를 쳐다보았더니 이 젊은 여성이 저를 내려다보고 있었습니다. 예, 이 여자는 분명 얼굴을 찡그리고 있었습니다. 좌우간 얼굴을 들이댔다고요. 우리는 원고인 이 불쌍한 청년이 옳다고 평결을 내립니다. 보너스로 법원 직원 청년한테도 인심 한번 팍팍 써 줍시다. 10분간 휴정하도록 하겠습니다요."
둘은 잠깐 동안 함께 웃었다. 청년은 깨끗한 빛바랜 청바지와 암청색 셔츠를 입고 있었다. 여름밤은 따스하고 온화했고, 프래니는 바깥에 나오길 잘했다고 생각했다.

"당신 이름이 혹시 프랜 골드스미스 아닙니까, 맞죠?"

"맞아요. 그런데 난 당신이 누군지 몰라요."

"래리 언더우드예요. 우리 일행은 오늘 막 도착했죠. 사실 난 해럴드 로더라는 남자를 찾던 중이었습니다. 그가 스튜 레드먼 씨와 프래니 골드스미스 양을 비롯한 몇몇 사람들과 함께 펄 가 261번지에 살고 있다고 사람들이 그러더군요."

그 말에 프랜의 키득거림이 멎었다.

"볼더에 막 도착했을 땐 해럴드도 이 건물에 있었지만, 얼마 전에 독립해 나갔어요. 이제는 마을 서쪽 아라파호에 있죠. 원하시면 해럴드의 주소를 알려 드릴게요, 찾아가는 방향도."

"그래 주시겠다니 고맙습니다. 그런데 찾아가는 건 내일로 미룰까 싶어요. 또다시 이런 봉변을 무릅쓰진 않을래요."

"해럴드를 잘 아세요?"

"알기도 하고 모르기도 합니다. 내가 당신을 알기도 하고 모르기도 하는 것과 마찬가지로. 솔직히 말하면 당신은 내가 속으로 그려 봤던 모습과는 달라 보여요. 내 마음속에선 당신이 프랭크 프라제타의 그림 속에서 막 빠져나온 북유럽 신화의 발키리 여신을 닮은 금발이었거든요. 아마도 엉덩이 양쪽에 45구경 쌍권총을 걸친 모습으로요. 그래도 어쨌든 만나서 반갑습니다."

래리가 손을 내밀었고 프래니는 약간 얼떨떨한 미소를 지으며 악수했다.

"무슨 얘기를 하시는 건지 하나도 못 알아들어서 유감이네요."

"1분만 경계석에 앉아 주시면 말씀드리죠."

프래니는 보도 경계석에 앉았다. 은은한 산들바람이 거리를 일

렁이게 하면서, 종이 쪼가리들을 이리저리 몰아치고, 세 블록 떨어진 법원 잔디밭에 있는 늙은 느릅나무들을 흔들어 놓았다.

"해럴드 로더를 위해 선물을 좀 준비했어요. 그런데 깜짝 선물이 되어야 하니까요, 그러니까 만약 저보다 먼저 해럴드를 만나더라도 잠자코 있어 주세요, 꼭이오."

"알았어요. 물론이죠."

프래니는 그 어느 때보다도 어리둥절한 기분이었다.

래리가 총신이 긴 총을 치켜들었는데 자세히 보니 총이 아니었다. 그것은 목이 긴 포도주 병이었다. 프래니는 병에 붙은 상표를 별빛에 비쳐 보았지만 큰 글씨만 겨우 읽을 수 있었다. 위에는 보르도라는 이름, 밑에는 연도. 1947.

"20세기의 가장 우수한 보르산 포도주랍니다. 내 옛 친구가 말해 준 바로는 그래요. 그 친구의 이름이 루디였어요. 하나님, 그의 영혼을 사랑하사 고이 잠들게 하소서."

"그런데 1947년이면…… 43년 전인네요. 술이…… 좋지 않을 것 같은데, 상하기라도 했으면?"

"좋은 보르도는 결코 상하는 법이 없다고 루디가 말했죠. 어쨌든 오하이오에서부터 줄곧 가지고 왔어요. 그러니 나쁜 포도주라고 해도 여행 경험이 풍부한 나쁜 포도주가 되는 거겠죠."

"그게 해럴드를 위한 선물이라고요?"

"이거랑 이거 한 뭉치."

래리가 재킷 주머니에서 무언가를 꺼내 프래니한테 건넸다. 이것의 이름을 읽느라 별빛에 비춰 볼 필요도 없었다. 프래니는 웃음을 터뜨리며 외쳤다.

"페이데이 초코바잖아! 해럴드가 아주 좋아하는…… 그런데 당신이 그걸 어떻게 알았어요?"

"그럴 만한 사연이 있죠."

"그럼 말해 줘요!"

"원하신다면. 옛날 옛날 한 옛날에 사랑하는 늙으신 어머니를 보려고 캘리포니아에서 뉴욕까지 온 래리 언더우드라는 사내가 있었답니다. 어머니 상봉이 뉴욕을 찾아온 유일한 이유는 아니고 다른 덜 유쾌한 이유들도 있는데, 멋지고 남자다운 이유만 기억해 두도록 합시다. 그래도 되겠죠?"

"안 될 게 뭐 있겠어요?"

프랜이 동의했다.

"잘 들어 봐요. 서쪽 나라의 사악한 마녀, 또는 국방성의 머저리들이 엄청난 전염병으로 전국을 덮쳤고, '캡틴 트립스가 오네.' 하고 말을 꺼내기도 전에 뉴욕의 거의 모든 사람이 다 죽었답니다. 래리의 어머니도 포함해서."

"안됐네요. 우리 엄마랑 아빠도 그랬는데."

"그렇죠. 모두의 엄마랑 아빠가 그렇게 됐죠. 만약 우리 모두 서로 조문 카드를 주고받았다면 남아나는 카드가 없었을 겁니다. 그렇지만 래리는 행운아였어요. 그 친구는 이미 벌어진 사태에 대처할 준비가 제대로 안 된 리타라는 이름의 숙녀와 함께 도시를 빠져나가는 데 성공했습니다. 그리고 불행하게도 래리는 그 숙녀가 사태에 대처하도록 도와줄 준비가 제대로 안 됐더랍니다."

"준비된 사람은 아무도 없었어요."

"그렇지만 어떤 이들은 다른 이들보다 더 신속하게 상황을 유리하게 이끌어 갔죠. 어쨌든, 래리와 리타는 메인 주 해안을 향해 갔답니다. 버몬트까지는 제대로 갔는데, 그곳에서 그 숙녀는 수면제 과다 복용으로 저세상으로 갔어요."

"어쩜, 래리, 너무 딱하네요."

"래리한테는 매우 커다란 충격이었죠. 사실상 자신의 강한 성격에 가해진 신성한 심판 같은 것으로 받아들였답니다. 더 솔직하게 밝히자면, 래리는 자신의 가장 요지부동한 성격적 특징이 다름 아닌 이기심의 화려한 향연이라는 사실을 친분이 있던 한두 사람한테서 직접 들은 적도 있었습니다. 그놈의 이기심이 1959년형 캐딜락의 계기판 위에 앉아 있는 야광 성모 마리아 상처럼 환히 빛났더랍니다."

프래니가 인도 경계석 위에서 몸을 약간 뒤척였다.

"당신이 불편해하지 않았으면 좋겠어요. 그렇지만 전부 다 오랫동안 내 마음속에서 출렁거리던 얘기였고, 개중에는 해럴드와 어느 정도 관련이 있는 부분도 있으니까요. 괜찮죠?"

"괜찮아요."

"감사합니다. 난 왠지 여기 도착해서 그 할머님을 만나고부터 줄곧 이 사연을 밝힐 만한 정다운 얼굴을 찾아다니고 있었다는 생각이 들어요. 그 상대가 해럴드일 거라고만 생각했죠. 어쨌거나, 래리는 계속 메인 주로 이동했는데 그 밖에 달리 갈 곳이 없는 것 같아서였습니다. 그때까지 몹시도 나쁜 꿈을 꾸고 있었지만, 혼자 몸이 되었으니 다른 사람들도 그런 꿈을 꾸는 줄을 알 방법이 없었지요. 그는 단순히 악몽이 끊임없이 계속되는 정신 분열의 증상이라고만 추측했습니다. 그러나 마침내 웰스라는 작은 해안 마을에 이르렀고, 그곳에서 네이딘 크로스라는 여자와 나중에 이름이 레오 록웨이로 밝혀지는 이상한 어린 소년을 만났죠."

"웰스."

프랜이 부드럽게 감탄사를 내뱉었다.

"어쨌거나 그 세 명의 여행자는 1번 고속도로의 어느 방향으로 나아가야 할지 알아보려고 동전 던지기 같은 방법을 썼고, 동전 뒷면이 나왔으므로 남쪽으로 향했다가 마침내 그들이 도착한 곳은……."

"오군큇!"

프래니가 무척 반가워하며 말했다.

"바로 그렇습니다. 그리고 그곳의 어느 헛간에서, 거대한 페인트 글씨들 속에서, 나는 해럴드 로더와 프랜시스 골드스미스와 처음으로 아는 사이가 되었습니다."

"해럴드의 이정표! 오, 래리. 해럴드가 기뻐할 거예요!"

"우리는 그 헛간에서 스토빙턴 방향으로 갔다가 스토빙턴에서 네브래스카 방향으로, 다시 마더 애버게일 님의 집에서 볼더까지 뒤따라왔던 거예요. 그 길을 이동하는 동안 사람들을 만났죠. 그중 한 명이 루시 스완이라는 아가씨인데, 제 여자가 되었답니다. 언젠가 당신이 스완을 만났으면 좋겠어요. 당신도 맘에 들어 할 겁니다.

그때, 래리가 진정 원치 않았던 일이 생겼습니다. 아담한 4인 집단이 6명으로 불어난 거였어요. 그 6인 집단이 뉴욕 북부에서 4명을 더 만났고, 우리 집단이 그들 집단을 흡수했죠. 우리가 마더 애버게일의 현관 앞마당에 있는 해럴드의 이정표에 이르렀을 무렵엔 16명이나 되었고, 그곳을 막 떠나려 했을 때 3명이 더 들어왔지 뭡니까. 래리는 이 거창한 무리의 인솔자가 되었습니다. 투표 같은 임명 절차는 전혀 없었어요. 그냥 그렇게 돼 버린 거예요. 그런데 래리는 진정으로 책임을 지고 싶지 않았습니다. 부담스러웠으니까. 그 때문에 밤마다 잠을 못 이루었지요. 위장약 텀스와 롤래이즈를 입에 달고 살기 시작했어요. 그런데 자기 마음한테도 담을 쌓는 사람의 꼬락서니란 게, 참 우스워요. 난 책임감을 떨칠 수 없었어요. 자존심이 걸린 문제였으니까요. 그리고 나는, 래리는 자신이 일을 엉망으로 그르칠까 싶어 항상 두려웠습니다. 어느 날 아침 일어나 보면 예전에 리타가 버몬트에서 그랬듯이 누군가 침낭 속에 죽어 있을 것이고 모두들 둘러서서 손가락질하며 비난할 것만 같았어요. '당신 잘못이야. 당신이 제대로 통솔하지 못했으니 당신 잘못이야.' 다른 사람한테는 털어놓을 수도 없는 고민이었죠. 심지어 판사님한테조차도……."

"판사님이 누군데요?"

"패리스 판사님. 피오리아에서 온 나이 지긋한 분이시죠. 난 그분이 1950년대 초 한때는 정말로 판사였다고 생각해요. 순회 재판소 판사 같은 직책으로요. 하지만 독감이 휘몰아치기 오래전에 은퇴하신 몸이었죠. 그래도 무척 예리하세요. 그분이 당신을 바라본다면, 당신은 그분이 엑스레이 눈을 지녔다고 단언할 수 있을 겁니다. 여하튼 간에, 해럴드는 나에게 중요한 사람이었습니다. 무리에 더 많은 사람이 모일수록 해럴드가 더욱더 중요해졌어요. 중요성이 머릿수에 정비례했다고 말할 수도 있겠네요."

래리가 약간 낄낄거렸다.

"그 헛간. 우와! 그 이정표의 마지막 줄, 당신 이름이 적혔던 그 줄이 너무 낮아서 나는 해럴드가 그걸 쓸 때 엉덩이가 틀림없이 바람 부는 허공에 내걸려 있었을 거라고 생각했어요."

"그래요. 해럴드가 페인트칠할 때 난 자고 있었어요. 안 그랬다면 말렸을 거예요."

"난 해럴드를 의식하기 시작했어요. 오군큇에 있는 그 헛간의 둥근 지붕에서 페이데이 포장지를 발견했고, 그다음에는 들보에 서서 칼로 조각한 글씨를……."

"무슨 조각이오?"

프래니는 어둠 속에서 래리가 자신을 찬찬히 뜯어보는 것을 느끼며 덧옷을 몸에 좀 더 바짝 끌어당겼다…… 이 남자한테서 위협을 느낀 것은 결코 아니었기 때문에 조심하려는 몸짓이 아니라 신경과민으로 말미암은 몸짓이었다.

"그냥 해럴드의 이름이오."

래리는 아무렇지도 않게 말했다.

"만약 그걸로 끝이었다면, 나는 지금 여기에 있지 않을 거예요. 하지만 그다음에 웰스에 있는 오토바이 대리점에서……"

"우리도 그곳에 있었어요!"

"그랬다는 거 나도 압니다. 오토바이 두 대가 사라진 걸 발견했어요. 해럴드가 지하 저장 탱크에서 휘발유를 빨아올렸다는 사실에 더 깊은 인상을 받았지만요. 틀림없이 당신이 도와주었겠지요. 젠장 나는 손가락이 결딴날 뻔했다니까요."

"아뇨, 그럴 필요가 없었어요. 해럴드가 뒤지고 다니다가 기름 주입구 마개라는 것을 찾아냈는데……."

래리가 탄식하며 이마를 쳤다.
"주입구 마개! 맙소사! 나는 저장 탱크의 기름 주입구를 찾아볼 생각조차 못했는데! 당신 말은 그러니까 해럴드가 마구 뒤지고 다니다가…… 주입구 마개를 뽑았고…… 그러고는 고무호스를 집어넣었다 이건가요?"
"음…… 그래요."
"오, 해럴드."
래리가 프랜이 예전엔 결코 들어 본 적 없는 경탄하는 어조로 말했다. 적어도 해럴드 로더의 이름과는 관련된 적이 없었던 어조였다.
"흐음, 내가 놓쳐 버린 해럴드의 기교 중 하나로군요. 어쨌든 우리는 스토빙턴까지 도달했습니다. 그리고 네이딘 양은 너무 망연자실한 나머지 실신해 버렸습니다."
"나는 울어 버렸는데. 절대 멈추지 않을 것처럼 엉엉 울었어요. 그 전까지 난 마음속으로 상상하기를, 그곳에 도착하면 누군가가 나와서 우리를 환영하며 이렇게 말할 줄 알았죠. '안녕! 어서 안으로 들어오시구려. 오른쪽은 이 잡는 방이고, 구내식당은 여러분 왼쪽에 있다오.'"
프랜이 말하며 고개를 흔들었다.
"지금 와서 생각하니 너무 유치하네요."
"나는 당황하지 않았어요. 불굴의 해럴드가 나보다 앞서 그곳에 있다가 이정표를 남겨 놓고 계속 이동했으니까. 난 영화「패스파인더」에서 인디언을 뒤쫓던 풋내기 동부 사람이 된 것 같은 기분이었답니다."

해럴드를 바라보는 래리의 관점을 프랜을 매혹시키면서 동시에 몹시 놀라게 했다. 프랜 일행이 버몬트를 떠나 네브래스카를 향해 전진할 무렵엔 사실상 스튜가 무리를 이끌고 있지 않았던가? 솔직히 말하면 기억할 수 없었다. 그 당시엔 그들 모두 꿈에 정신이 팔려 있었으니. 래리는 프랜이 잊고 지냈던 것들…… 또는 너 나쁘게 표현하면, 그녀가 당연한 것으로만 치부해 왔던 것들을 상기시켰다. 목숨을 걸고 헛간에다 이정표를 만들었던 해럴드. 그녀는 그런 행동을 바보 같은 도박이라고 여겼지만, 결국엔 어느 정도 좋은 결과를 이루어 냈던 것이다. 그리고 지하 저장 탱크로부터 휘발유 뽑아내기…… 그것은 명백히 래리한테는 위험한 작업이었지만, 해럴드는 지극히 당연한 일로 받아들인 듯했다. 프랜은 부끄러워졌고 죄책감을 느꼈다. 사람들은 대체로 해럴드를 그저 히죽거리기만 하는 엑스트라 정도로만 여겼다. 그러나 해럴드는 지난 6주 동안 상당히 많은 중요한 일을 성공시켰던 것이다. 생전 처음 보는 이 사람이 해럴드에 관한 명명백백한 진실들을 지적해 줘야 깨달을 정도로 그녀는 스튜와의 사랑에 푹 빠져 있었던 것인가? 그런 감정을 한층 더 불편하게 만든 것은, 예전에 해럴드가 사랑 문제를 정리하기로 다부지게 마음먹었을 때 그녀와 스튜어트를 대하는 그의 태도가 무척 어른스러웠다는 사실이었다.

"그래서 스토빙턴에도 도로 번호들이 완벽하게 정리된 깔끔한 이정표가 서 있는 거지요, 그렇죠? 그리고 그 옆 풀밭에서 펄럭거리던 것은 페이데이 초코바 포장지였어요. 난 부러진 나뭇가지와 풀이 밟힌 자국을 뒤쫓는 대신 해럴드의 페이데이 초콜릿 흔적을 뒤쫓아 가는 기분이 들었답니다. 그런데 우리는 당신들의 경로를 완벽하게 따라가진 않았어요. 인디애나 주 개리 인근에서 북쪽으로 우회했는데, 엄청난 화재가 발생해서 여러 곳이 그때까지도 불타고 있었기 때문이에요. 도시의 빌어먹을 석유 탱크들이 모조리 폭발한 것처럼 보이더라고요. 좌우간에 우리는 그 우회로에서 판사님을 끌어들였고, 헤밍포드홈에 도착했죠. 그때쯤엔 우리도 할머니께서 떠나가셨다는 것을 알았어요. 당신도 알다시피 꿈에서 알려 줬으니까. 하지만 어쨌든 우리 모두 그 장소를 두 눈으로 직접 보고 싶었어요. 그 옥수수밭…… 타이어 그네…… 무슨 말인지 아시죠?"

"예, 알아요."

프래니가 조용히 말했다.

"나는 줄곧 무슨 일이 생길까 봐, 예를 들면 오토바이 갱단 같은 것들한테 공격받거나, 식수가 바닥나거나, 나도 모르는 별별 일들이 생길까 봐 걱정이 되어 미칠 지경이었답니다. 우리 엄마가 지녔던 책이 한 권 있었는데, 엄마 할머닌가 하는 어르신한테서 얻었다나 봐요. 『예수라면 어떻게 할 것인가』. 책 제목이 그랬죠. 그 책에는 무시무시한 문제들에 봉착한 사람들에 관한 짧은 이야기들이 잔뜩 있었어요. 윤리적인 문제들, 대개는 그런 거였죠. 그리고 그 책을 집필한 사람은 그런 문제들을 해결하려면 반드시 이렇게 질문을 던져야 한다고 말했답니다. '예수였다면 어떻게 행동했을까?' 그러면 항상 골칫거리가 말끔히 해결됐죠. 내가 무슨 생각 하는지 알아요? 그 책이 묻는 질문은 불교의 선문답인데, 사실은 질문이 아니라 사람의 마음을 맑게 하는 한 가지 방법인 거예요. 명상하는 사람들이 코끝을 쳐다보며 '옴.'이라고 주문을 외우는 것처럼."

프랜이 웃었다. 이런 주제는 그녀의 어머니가 말했음 직한 것이었다.

"그래서 내가 정말로 고뇌하기 시작할 때면, 루시가, 내 여자 이름인데 당신한테 밀했던가요? 루시가 이렇게 말하는 거예요. '서둘러, 래리, 그 질문을 해 봐.'"

"예수였다면 어떻게 행동했을까?"

프랜이 즐겁게 말했다.

"아니오, 해럴드였다면 어떻게 행동했을까?"

래리가 진지하게 대답했다. 프랜은 말문이 막힐 정도로 깜짝 놀랐다. 래리가 실제로 해럴드를 만날 때 자신도 그 현장에 꼭 있고 싶었다. 도대체 해럴드가 어떤 반응을 보일까?

"어느 날 밤 농장 마당에서 야영을 했는데 정말이지 식수가 거의 바닥났어요. 우물이 있었지만, 당연히 물을 끌어올릴 방도가 없었죠. 왜냐하면 전기가 나가서 펌프가 작동 안 할 테니까. 그리고 조가, 레오가, 아 죄송, 그 아이의 진짜 이름은 레오에요, 레오가 자꾸 돌아다니면서 그러는 거예요. '목맬라, 래리 아빠, 지금 너무 목맬라.' 나를 돌아 버리게 하고 있었던 거죠. 난 바짝 긴장되는 것을 느낄 수 있었고, 다음번에 그 애가 옆에 오면 후려칠 것만 같았답니다. 참 좋은 남자죠, 안 그래요? 불안에 떠는 어린애를 때리려고나 하다니. 그런데 사람은요, 갑자기 천성이 확 바뀔 수는 없는 거예요. 난 그 위기를 혼자서 해결하려고 무던히도 낑낑댔어요."

"당신은 메인 주에서부터 사람들을 전부 무사히 데리고 왔잖아요. 우리 일행은 한 명이 죽었다고요. 맹장이 터져서. 스튜가 수술을 시도해 보았지만, 결과는 좋지 않았어요. 따져 보면요, 래리, 당신은 매우 잘했다고 말해도 되겠어요."

"해럴드와 내가 함께 잘해 낸 것이죠."

래리가 프랜의 말을 정정했다.

"어쨌든 루시가 말했습니다. '서둘러, 래리, 그 질문을 해 봐.' 그래서 난 질문했죠. 그 농장에는 헛간까지 물을 끌어올리는 풍차가 있었어요. 풍차는 잘 돌아가고 있었지만, 헛간 수도꼭지에서는 물이 전혀 나오지 않았어요. 그래서 풍차 밑부분에 있는 큰 덮개를 열었더니 그 안에 온갖 기계 장치가 있었고, 중앙 구동축이 홈에서 빠져나와 있는 것을 발견했죠. 그것을 도로 집어넣었더니 예상 적중! 물이 원하는 만큼 콸콸. 시원하고 맛있었죠. 해럴드한테 감사합니다."

"당신한테 감사할 일이죠. 해럴드가 진짜로 그곳에 있던 것도 아닌데요, 래리."

"글쎄, 해럴드는 내 머릿속에 있었어요. 그리고 지금 나는 여기에 있고 해럴드에게 포도주와 초코바를 가져왔습니다."

그가 그녀를 곁눈질했다.

"뭐랄까, 나는 해럴드가 당신의 남자일 거란 생각을 하곤 했는데."

프랜이 고개를 젓고 깍지 낀 손을 내려다보았다.

"아니에요. 걔는…… 해럴드는 아니에요."

래리는 한참 동안 아무 말도 하지 않았지만, 프랜은 그가 자신을 바라보고 있음을 느꼈다. 마침내 래리가 말했다.

"알았어요. 내가 어쩌다 잘못 알았을까? 해럴드의 일인데?"

프랜이 일어섰다.

"이제 들어가 봐야겠어요. 만나서 반가웠어요, 래리. 내일 찾아와서 스튜를 만나 봐요. 루시도 데려오고요. 그 아가씨가 바쁘지만 않다면."

"해럴드랑 무슨 사정이라도 있는 거예요?"

래리가 따라 일어서며 대답을 촉구했다.

"아니, 모르겠어요."

프래니가 탁한 목소리로 말했다. 별안간 눈물이 쏟아질 것만 같았다.

"당신 때문에 꼭…… 꼭 내가 해럴드를 아주 비열하게 대해 온 듯한 느낌이 들어요. 난 모르겠어요…… 왜, 어떻게 내가 그랬는지…… 내가 스튜를 사랑하는 것처럼 걔를 사랑하지 않는다고 해서 욕을 먹어야 할까요? 그렇게 된 것이 내 잘못인가요?"

"아뇨, 물론 아니죠."

도리어 래리가 쩔쩔맸다.

"저기, 미안합니다. 제가 쓸데없는 참견을 했어요. 이만 가 봐야겠습니다."

"그 아이는 변해 버렸다고요!"

프래니가 갑자기 소리쳤다.

"어떻게 그랬는지, 왜 그런지는 모르겠어요. 가끔은 모르는 게 더 낫겠다는 생각을 하기도 해요…… 그런데 모른다고요…… 정말 모르겠어요. 가끔 난 무서워요."

"해럴드가 무서워요?"

프래니는 대답하지 않았다. 그저 발 아래만 내려다보았다. 자신이 이미 너무 많은 것을 말했다고 생각했다.

"해럴드의 집을 알려 주겠다고 했죠?"

래리가 부드럽게 물었다.

"찾기 쉬워요. 그냥 아라파호로 쭉 나가다 보면 작은 공원이 나와요…… 에벤 G. 파인 공원, 그런 이름일 거예요. 그 공원이 오른쪽에 있어요. 해럴드의 아담한 집은 왼쪽에 있고요. 공원 바로 건너편이죠."

"잘 알았습니다. 고마워요. 만나서 영광입니다, 프랜. 꽃병도 깨뜨려 주시고 좋은 말씀도 해 주시고."

프래니가 웃음 지었지만, 겉치레였다. 아찔할 만큼 좋았던 흥거운 밤의 분위기는 모조리 사라졌다.

래리가 포도주 병을 들어 올리고 한쪽 입가를 올리며 가벼운 미소를 보냈다.

"그리고 당신이 나보다 먼저 해럴드를 만나더라도…… 비밀 지켜 줘요, 예?"

"물론이에요."

"잘 자요, 프래니."

래리는 왔던 길로 되돌아갔다. 프래니는 그가 시야에서 사라지는 것을 지켜본 다음 위층으로 올라가 침대 속 스튜 옆자리로 스르륵 들어갔는데, 스튜는 여전히 정신없이 쿨쿨하는 중이었다.

'해럴드.' 턱까지 침대보를 끌어올리며 프래니는 생각했다. 낯선 곳에서 길을 잃고 헤매는 모습이 아주 볼만했던(그런데 사람들은 이젠 모두 길 잃은 처지가 아니었던가?) 이 래리라는 사람한테 어떻게 말해야 했을까? 해럴드 로더는 뚱뚱하고 어린애고 길을 잃고 갈팡질팡했다는 것을. 래리한테 말해야 했을까? 그리 오래 전이 아닌 어느 날 현명한 해럴드, 재주 많은 해럴드, 도대체 한계가 어디인지 헤아릴 수조차 없는 해럴드가 수영복만 입고 뒷마당 잔디를 깎다가 엉엉 우는 모습을 우연히 목격했다는 것을. 래리한테 말해야 했을까? 오군큇에서 볼더로 와서는 이따금 토라지고 겁에 질리기 일쑤였던 해럴드가 풍채 당당한 행정가로, 아무나 친한 척하는 사람으로, 지나치리만큼 붙임성 있게 굴면서도 독도마뱀의 쌀쌀맞고 웃음기 없는 눈길로 사람을 바라보는 사내로 변모해 버렸다는 것을?

프래니는 오늘 밤은 매우 오래도록 잠들 수 없을 거라고 생각했다. 해럴드는 자기한테 절망적으로 사랑에 빠졌고 자기는 스튜 레드먼한테 절망적으로 사랑에 빠졌는데, 그것은 명백히 불행했던 옛날 일이었다. '이제 난 해럴드를 볼 때마다 섬뜩함을 느껴. 비록 해럴드가 5킬로그램 정도 살이 빠지고 여드름도 예전보다 많이 줄어든 것처럼 보이지만, 내가 받은 인상은……'

호흡이 목구멍에 턱 막히는 소리가 들리는 것 같아서 프래니는 팔꿈치로 몸을 일으켜 세우고 앉아, 어둠 속에서 눈을 크게 떴다.

무엇인가가 프래니의 안에서 움직였다.

프래니의 두 손이 몸통의 살짝 부푼 곳으로 향했다. 너무 이른 것임이 틀림없었다. 그저 자신의 상상이었을 것이다. 다만……

다만 그것은 상상이 아니었다.

프래니는 천천히 다시 드러누웠다. 심장이 세차게 두근거렸다.

스튜를 깨우려고도 했지만 이내 관두었다. 제스가 아니라 스튜가 자신의 몸속에 아기를 생겨나게 했더라면 얼마나 좋았을까. 만약 그랬다면, 프래니는 스튜를 깨웠을 테고 함께 그 순간의 기쁨을 나누었을 것이다. 다음번 아기 때는 그렇게 할 것이다. 물론 다음 번 아기가 정말로 생긴다면.

그때 움직임이 또 찾아왔는데, 너무 가냘픈 나머지 그냥 뱃속의 가스로 치부할 수도 있었다. 다만 프래니만이 그 움직임을 잘 알아보았다. 아기였다. 아기는 살아 있었다.

"놀라워라."

혼자서 중얼거리며 드러누웠다. 래리 언더우드와 해럴드 로더는 싹 잊혔다. 어머니가 병에 걸렸던 이후로 자신한테 일어났던 모든 일들이 싹 잊혔다. 프래니는 아기가 또다시 움직이기를 기다리며 자기 몸속의 존재가 내는 소리에 귀를 기울였고, 그 소리를 들으며 잠에 빠져 들었다. 프래니의 아기는 살아 있었다.

해럴드는 자신의 거처로 택한 작은 집의 잔디밭에서 의자에 앉아 하늘을 올려다보며 옛 로큰롤 노래를 생각하고 있었다. 그는 록 음악을 증오했지만, 이 노래는 가사를 거의 줄줄이 뗄 뿐만 아니라 노래를 부른 밴드의 이름까지도 기억하고 있었다. 캐시 영과 이노센츠라는 그룹. 리드 싱어든 여성 가수든 뭐라 부르든 간에 그 여자는 해럴드의 시선을 완전히 사로잡고 고음으로 날카롭게 내지르는 열정적인 목소리를 지녔다. 황금빛 탐스러운 열매, 디제이들은 그렇게 불렀다. 과거에서 온 돌풍. 대단한 음반. 노래를 전담해 부르는 그 여자 애는 창백한 금발에 외모가 평범한 열여섯 살 소녀의 심정을 노래했다. 거의 언제나 옷장 서랍 속에 파묻혀 있는 사진, 다른 식구들이 모두 잠든 후에야 꺼내어 보는 사진을 노래하는 것 같았다. 절망적인 심정이 담긴 노래였다. 그녀가 노래했던 사진은 큰 언니의 졸업 앨범에서 잘라 냈던 것이었으며, 풋볼 팀 주장이자 학생회장이었던 그 동네 최고 인기 남학생의 사진이었다. 그 최고 인기 남학생이 어느 인적 없는 연인들의 오솔길에서 치어리더 단장한테 달려들고 있을 동안 멀리 떨어진 교외에서 가슴은 절벽에다 입가엔 여드름을 달고 살았던 이 평범한 소녀는 노래했다.

"하늘에는 천 개의 별들…… 나를 일깨워 주네…… 그대는 내가 흠모하며 간직할 단 하나의 사랑…… 나를 사랑한다고 말해 줘요…… 그대는 내 것이라고, 오로지 내 것이라고 나에게 말해 줘요……."

오늘 밤 해럴드의 하늘엔 무수히 많은 별이 천 개도 넘게 있었지만, 사랑하는 자들의 별은 아니었다. 여기엔 은하수의 부드러운 그물망도 없었다. 이곳 해발 1,000미터 상공에서 보면 하나님의 얼음 송곳이 찔러 대서 까만 벨벳에 10억 개의 구멍이 뚫린 듯 별빛들이 날카롭고 잔혹했다. 그것은 증오하는 자들의 별이었고, 그런 별들이 떠 있었기 때문에 해럴드는 소원을 빌 자격이 충분하다고 느꼈다. '내가 바라는 소원을 빌자. 내가 바라고 싶은 소원을 빌자. 나는 오늘 밤 빌고픈 소원이 있다. 다 뒈져 버려라, 인간들아.'

해럴드는 고개를 뒤로 젖히고 사색에 잠긴 천문학자처럼 말없이 앉아 있었다. 머리칼이 예전보다 더 길었지만 이제는 지저분하고 떡이 지고 뒤엉킨 모습이 아니었다. 다시는 건초 더미에서 총싸움한 것 같은 분위기를 풍기지 않았다. 게다가 여러가지 결점을 고쳐 가는 중이었다. 이제 초코바 먹는 습관도 끊었다. 고된 노동을 하고 많이 걷기 때문에 체중도 어느 정도 줄고 있었다. 해럴드는 차츰 아주 근사해 보였다. 지난 몇 주 동안은 자신의 모습이 비치는 곳을 성큼성큼 지나가다가 등 뒤를 힐끗 쳐다보고 화들짝 놀라는 때도 있었다. 마치 완전히 낯선 사람의 모습을 마주하는 것 같았다.

해럴드는 자세를 고쳐 앉았다. 무릎에 책 한 권이 있었는데, 대리석 무늬의 파란 장정에 표지는 인조 가죽이고 세로로 길쭉한 모양이었다. 외출할 때면 그 책을 집 안에 있는 벽난로의 헐거운 장식 돌 밑에 숨겨 두었다. 만약 누구든지 그 책을 발견하면, 그것으로 볼더에서 그의 인생은 끝장일 것이다. 책 표지에는 금박으로 한 단어가 찍혀 있었다. '장부'였다. 그 책은 해럴드가 프랜의 일기를 읽은 다음부터 쓰기 시작한 일지였다. 빽빽하게 줄을 붙여 쓴 필체로 벌써 앞부분 60쪽을 채웠다. 문단 나누기는 전혀 없었고 오로지 꽉 들어찬 글 뭉텅이, 종기에서 나온 고름 같은 증오의 배설물만이 있었다. 해럴드는 자신의 내면에 그토록 많은 증오가 있으리라고는 생각지도 못했다. 지금쯤이면 샘솟는 증오가 바닥났어야 마땅한 듯싶었으나, 이제 겨우 시작인 것 같았다. 해묵은 농담과 비슷한 형국이었다. 커스터 부대의 인디언 토벌 전투 후에 왜 그 땅이 온통 백인 시체들로 뒤덮였던가? 왜냐하면 인디언들이 끊임없이 오고 또 오고 또……

그런데 왜 해럴드는 증오했던 것인가?

그는 몸을 똑바로 세우고 앉았다. 마치 그 질문이 외부에서 들려오기라도 한 듯. 답하기 힘든 질문이었다. 어쩌면 선택받은 소수의 사람들은 예외겠지만 말이다. 이 세상에는 $E=mc^2$의 참뜻을 완전히 이해하는 사람이 겨우 여섯 명밖에 없다고 아인슈타인이 말하지 않았던가? 해럴드의 해골 속에 든 방정식이라면 어떨까? 해럴드의 상대성 이론. 인간이 망가지는 빛의 속도. 그는 그것에 관해 이미 끼적거린 수많은 쪽의 두 배 분량을 더 채울 수 있었다. 더욱 모호하고 더욱 난해한 심정으로 빠져 들면서, 마침내는 그 스스로 자신의 태엽 장치 속에서 길을 잃을 때까지, 그러고도 여전히 중심 태엽 근처에는 전혀 다가가지 못하고 좌절할 때까지. 해럴드는 어쩌면…… 자기 자신을 강간하고 있는 것이었다. 정말 그랬던가? 아무래도 아주 흡사했다. 음탕하게 계속되는 항문 쑤시기. 인디언들은 마냥 끊임없이 오고 또 왔다.

해럴드는 조만간 볼더를 떠날 생각이었다. 한두 달 후, 그보다 더 지체하진 않을 터였다. 그가 비로소 자신의 빚을 정리할 방식을 정리할 때가 오면. 그런 다음 서쪽으로 향할 작정이었다. 그리고 그곳에 도착하면 입을 열고 이곳에 대해 아는 것을 모조리 털어놓을 작정이었다. 공공 집회에서 어떤 결정이 났는지, 훨씬 더 중요한 사항으로 비공개회의에서 어떤 결정이 났는지 서쪽 사람들한테 폭로할 생각이었다. 해럴드는 자유 지대 위원회에 뽑힐 것이라고 확신했다. 그는 서쪽에서 환대받을 것이고, 그곳을 지배하는 사내한테 충분히 보상받을 것이다…… 증오의 포기를 통해서가 아니라 증오를 위한 완벽한 차량, 증오 캐딜락 공포 터보 모델처럼 길고 암울하게 빛나는 차량으로서. 해럴드는 그것에 올라탈

것이고 그것은 그와 그의 증오를 품고 사람들을 굴복시킬 것이다. 그와 플랙이 이 괘씸한 촌락을 개미집처럼 산산이 걷어찰 것이다. 하지만 우선 해럴드는 레드먼을 해결할 것이다. 그 자식은 그에게 거짓말하고 그의 여자를 훔쳐 갔으니까.

'그래, 해럴드, 그런데 너는 왜 증오하는 거니?'

없었다. 그 질문에 만족스러운 대답은 없었다. 오로지 일종의…… 일종의 증오 그 자체에 대한 시인만이 있을 뿐. 그것이 타당한 질문이기는 했던가? 해럴드는 아니라고 생각했다. 여자한테 왜 하필 장애아를 출산했느냐고 묻는 것이나 마찬가지였다.

그가 증오를 폐기해 버릴까 심사숙고했던 때도 한 시간, 아니면 한순간쯤은 있었다. 프랜의 일기장을 다 읽고 나서 그녀가 돌이킬 수 없을 만큼 스튜 레드먼한테 마음을 뺏겼다는 사실을 알아낸 뒤의 일이었다. 그 갑작스러운 깨달음은 차가운 물벼락이 민달팽이한테 작용해서 녀석을 활짝 펴진 물렁한 느림보 유기체 대신 탄탄한 작은 공 모양으로 수축시키는 것과 마찬가지로 해럴드에게 작용했다. 한 시간 또는 한순간쯤 그는 자신이 쉽사리 '현실을 받아들일 수 있다'는 것을 자각했고, 그러한 깨달음이 그를 들뜨게 만듦과 동시에 두렵게 했다. 그런 시간 사이에 자신이 새사람으로 탈바꿈할 수 있다는 것을, 슈퍼 독감 유행이라는 날카로운 단절의 칼 덕분에 옛날의 해럴드 로더에서 복제되어 나온 신선한 해럴드 로더로 탈바꿈할 수 있다는 것을 알았다. 그가 느꼈던 것, 다른 어떤 사람보다도 더 명확하게 느꼈던 것은 그런 탈바꿈이 전적으로 볼더 자유 지대와 관련된 것이라는 사실이었다. 사람들은 그들의 과거 모습과 똑같지가 않았다. 이 소도시 사회는 전염병 이전 미국 사회의 어떤 면과도 닮지 않았다. 사람들이 몰랐던 이유는 해럴드가 그랬던 것처럼 외부인의 시선으로 바라보지 않아서였다. 남자들과 여자들이 결혼식 절차를 다시 밟아야겠다는 뚜렷한 의지도 없이 그냥 함께 살고 있었다. 집단의 모든 사람들이 코뮌과도 같은 작은 하위 공동체를 이루고 함께 살고 있었다. 싸움도 별로 일어나지 않았다. 잘 어울려 지내는 듯싶었다. 그리고 무엇보다 가장 이상했던 것은, 그들 중 아무도 꿈에 관한…… 그리고 전염병 자체에 관한 심오한 신학적 관련성에 궁금증을 갖고 있지 않은 듯했다. 볼더 자체가 복제된 사회이자 심각한 백치 상태였으므로 사회 본연의 참신한 아름다움을 감지할 수 없었다.

해럴드는 그것을 감지했고, 그것을 증오했다.

산맥 너머 저 멀리에 또 하나의 복제된 산물이 있었다. 까만 악성 종양에서 잘려 나온 것, 옛 통일 국가의 죽어 가는 송장에서 떼어 낸 난폭한 단세포, 옛 사회를 산 채로 잡아먹고 있었던 암 종양의 유일한 후계자. 하나의 단세포. 그러나 그것은 이미 자기 자신을 복제하여 또 다른 난폭한 세포들을 산란하기 시작했다. 집단의 관점에서 보면 오래된 저항 방식일 터였다. 해로운 침입을 거부하려는 건강한 조직의 노력 말이다. 그러나 개별 독립 세포들의 문제로 들어가 보면 오래된, 아주 오래된 질문이 있었으니, 에덴동산 시절까지 거슬러 올라가는 질문이었다. 당신은 금단의 사과를 먹었는가 아니면 그냥 놔두었는가? 저 너머 서쪽 지대에서는 사람들이 이미 사과 파이와 사과 칵테일을 잔뜩 먹어치운 후였다. 에덴동산의 훼손자들, 어둠의 소총수들이 그곳에 있었다.

그리고 자신이 '현실을 받아들이는 데' 자유롭다는 깨달음에 직면한 바로 그때에 해럴드는 새로운 기회를 거부했다. 기회를 붙잡는 것은 이제까지의 자신을 살해하는 것일 터였다. 이제껏 시달려 왔던 모든 굴욕의 유령이 새로운 기회를 반대하라고 소리 높여 외쳤다. 죽음을 당했던 자신의 꿈과 야망들이 소름 끼치는 생명력으로 다시 소생해서는 자기들을 그렇게 쉽사리 잊을 수 있겠느냐고 물었다. 새 자유 지대 사회에서 그는 그저 해럴드 로더일 터였다. 저 너머로 가면 왕자가 될 수 있었다.

악성 종양이 해럴드를 끌어당겼다. 그것은 어둠의 카니발이었다. 암흑의 풍경 위에서 반짝이 조명을 달고 물레방아처럼 돌아가는 회전 관람차, 자신과 같은 기형 인간들로 우글거리는 영원히 끝나지 않을 서커스 쇼, 그리고 대형 천막 안에서는 사자들이 관람객을 잡아먹었다. 해럴드를 일깨웠던 것은 이 불협화음으로 충만한 혼돈의 음악이었다.

해럴드는 자신의 일지를 펼치고 별빛을 받으며 단호히 글을 적었다.

1990년 8월 12일(이른 새벽)

인간의 가장 큰 2대 죄악은 교만과 증오라는 말이 있다. 그것들이 죄라고? 나는 그것들을 가장 중요한 2대 덕목으로 생각하기로 정한다. 교만과 증오를 떨쳐 버리는 것은 세상을 위하여 네가 변할 것임을 의미한다. 그것들을 끌어안는 것, 그것들이 숨 쉴 배출구를 내주는 것은 더욱 숭고한 일이다. 즉 그런 행동은 너를 위해 세상이 반드시 변해야만 함을 의미한다. 나는 위대한 모험의 길 위에 서 있다.

해럴드 에머리 로더

해럴드는 책을 덮었다. 집 안으로 들어가, 그 책을 벽난로 속 구멍에 넣고 조심스럽게 벽난로 장식 돌을 끼워 놓았다. 욕실로 들어가서 세면대 위의 콜맨 램프가 거울을 비추도록 해 놓고, 15분 동안 웃음 짓는 연습을 했다. 해럴드는 웃는 연기에 매우 능숙해지고 있었다.

제51장

  8월 18일 집회를 알리는 랠프의 포스터들이 볼더 곳곳에 모습을 드러냈다. 열띤 대화가 상당히 많이 벌어졌는데 대개는 7인 임시 위원회의 좋고 나쁜 인물평에 관한 것이었다.
  빛이 하늘에서 사라지기도 전에 마더 애버게일은 피곤해서 잠자리에 들었다. 그날은 끊임없이 밀려드는 방문객들로 붐볐고, 그들은 모두 애버게일의 고견을 듣고 싶어했다. 그래서 위원회의 모든 구성원을 매우 흡족하게 생각하노라고 밝혔다. 사람들은 혹시 애비가 더 항구적인 위원회에서 활동할 것인지, 혹시 그녀 자신이 대중 집회에서 그렇게 추대되어야 하는지 알고 싶어 안달했다. 애비는 그런 직책이 너무나 힘든 일이지만, 선출된 대의원들의 위원회한테는 어떠한 도움이든 자신이 할 수 있는 것이면 확실히 밀어줄 것이라고, 위원회가 도움을 원하면 도와주겠노라고 답했다. 어떠한 상설 위원회든 결국은 함께 가야 할 터인데 자신의 도움을 거부한다고 해서 그대로 방치하는 것은 시기상조라는 점을 거듭 거듭 강조했다. 마더 애버게일은 몹시 지쳤지만 흡족한 기분으로 잠자리에 들었다.

그런 기분은 그날 밤 닉 앤드로스도 마찬가지였다. 수동 크랭크 등사기로 만든 한 장의 포스터 덕분에, 하루 만에 자유 지대는 피난민들의 느슨한 집단에서 잠재적인 투표자들 집단으로 변모했다. 사람들은 좋아했다. 그들에게 급속 추락의 긴 시기를 거치고 났더니 정착할 곳이 생겼다는 인식을 심어 주었던 것이다.

그날 오후 랠프가 닉을 발전소까지 태워다 주었다. 닉, 랠프 그리고 스튜는 모레 스튜와 프래니의 거처에서 예비 회의를 열기로 합의했다. 임시 위원 일곱 명 모두가 사람들이 무슨 말을 하고 있는지 귀담아들을 이틀간의 여유를 얻은 셈이었다.

닉이 웃으며, 자신의 쓸모없는 귀에 손을 대고 귀담아듣는 시늉을 했다.

스튜가 말했다.

"입술 모양을 읽는 쪽이 훨씬 낫겠네. 저기 말이지, 닉, 우리가 터진 모터들을 정말로 살려 낼 수 있을 거란 생각이 들었어. 저기 있는 브래드 키치너는 일하는 데 도가 튼 사람이야. 만약 저런 사람이 열 명만 있으면, 9월 1일까지는 이 도시 전체에 완벽하게 전기가 흐르게 할 수 있을 거라고."

닉은 엄지와 검지로 원을 만들어 보였고 그들은 함께 발전소 안으로 걸어갔다.

그날 오후 래리 언더우드와 레오 록웨이는 해럴드의 집을 향해 아라파호 거리 서쪽으로 걸어갔다. 래리는 국토를 횡단하던 내내 걸쳤던 배낭을 메고 있었는데, 이제 그 속에 남은 내용물은 포도주 한 병과 페이데이 초코바 몇 개가 전부였다.

루시는 견인 트럭 두 대를 끌고 주저앉은 차량으로 뒤엉킨 볼더 주변의 거리와 도로를 청소하기 시작한 예닐곱 사람과 함께 나갔다. 문제점은 그들이 그저 독자적으로만 일한다는 것이었다. 소수 사람들이 한데 모여 청소하고 싶은 기분이 내킬 때만 시작하는 우발적인 작업일 뿐이었다. 누비이불 만드는 꿀벌들의 모임 대신 차량 잔해 처리하는 꿀벌들의 모임이라고 래리는 생각했다. 그의 시선이 전신주에 못 박힌 대중 집회 예고 포스터에 꽂혔다. 어쩌면 저것이 해답이 될 것이었다. 여기 주민들은 너무나도 일하고 싶어 했다. 그들에게 필요했던 것은 현황을 통합 조정하여 무엇을 해야 하는지 일러 줄 누군가였다. 칠판에 낙서 된 욕설들을 칠판지우개로 싹 지워 버리듯 무엇보다도 그들이 이번 초여름에('그러고 보니 벌써 늦여름으로 접어들겠네?') 이곳에서 벌어졌던 일의 흔적을 싹 지워 버리고 싶어한다고 래리는 생각했다. '어쩌면 미국의 한쪽 끝에서 반대쪽 끝까지 전부 다 지울 수는 없을 거야. 하지만 눈이 날리기 전에 여기 볼더에서는 싹 지워 낼 수 있어야 해. 만약 대자연의 힘이 협조해 준다면 잘 되겠지.'

유리 깨지는 소리에 래리가 돌아섰다. 레오가 누군가의 암석정원에서 빼낸 커다란 돌멩이를 낡은 포드 자동차 뒷문에다가 천천히 집어 던졌던 것이다. 포드의 트렁크 뚜껑에 붙은 범퍼 스티커의 글씨. '고갯길은 빨리빨리. 콜드 크릭 캐니언.'

"그러지 마, 조."

"나는 레오."

"레오."

래리가 정정했다.

"그러지 마라."

"왜 안 돼?"

레오는 아무렇지도 않게 물었지만, 한참 동안 래리는 만족할 만한 대답을 생각해 낼 수가 없었다.

"왜냐하면 그런 짓 하면 불쾌한 소리가 나니까."

래리가 비로소 말했다.

"오. 알았어."

그들은 계속 걸었다. 래리는 두 손을 주머니에 찔러 넣었다. 레오도 똑같이 했다. 래리가 맥주 캔을 걷어찼다. 레오가 가던 방향에서 벗어나 돌멩이를 걷어찼다. 래리가 휘파람으로 노랫가락을 흥얼거리기 시작했다. 레오도 따라서 속삭이는 흥얼거림 소리를 냈다. 래리가 아이의 머리털을 헝클어뜨리자 레오는 중국인 같은 기묘한 눈으로 올려다보고는 씩 웃었다. 그러자 래리는 생각했다. '이런 이런, 거 참, 내가 이 아이랑 사랑에 빠져 들고 있나 봐. 그것도 깊숙이.'

프래니가 말했던 공원에 다다르자 건너편에 흰 셔터가 달린 녹색 집이 있었다. 앞문까지 이어지는 시멘트 길 위에 벽돌이 가득 찬 외바퀴 수레가 있었고, 옆엔 물만 섞으면 되는 초간편 회반죽으로 채워진 쓰레기통 뚜껑이 있었다. 그 곁에 누군가가 거리 쪽으로 등을 돌리고 쪼그려 앉아 있었다. 셔츠를 안 입어서 볕에 심하게 그을린 살갗이 군데군데 벗겨지고 어깨가 떡 벌어진 사내였다. 한 손에 흙손을 들었다. 그는 화단을 빙 둘러서 낮고 굴곡진 벽돌담을 쌓는 중이었다.

래리는 프랜이 했던 말을 생각했다. '그 아이는 변해 버렸어요…… 어떻게 그랬는지, 왜 그런지도 모르겠고 모르는 게 약인지도 모르겠어요…… 가끔 난 무서워요.'

이윽고 래리가 앞으로 나서서 국토를 횡단하던 오랜 나날 동안 준비해 왔던 그대로 인사말을 건넸다.

"해럴드 로더 씨, 맞으십니까?"

해럴드가 놀라서 경기를 일으키더니 한 손엔 벽돌을 들고 다른 손엔 회반죽이 뚝뚝 떨어지는 흙손을 무기처럼 확 쳐들며 돌아다보았다. 곁눈질을 통해서, 래리는 레오가 뒤쪽으로 움츠러드는 모습을 본 것 같았다. 래리에게 첫 번째로 분명히 든 생각은, 해럴드의 모습이 상상했던 것과 전혀 딴판이라는 것이었다. 두 번째로 든 생각은 흙손과 관련이 있었다. '아 아 맙소사, 저 연장으로 나를 공격하려는 거야?' 해럴드의 얼굴은 험악하게 굳어 있었고, 눈은 가늘고 흉악스러웠다. 머리칼이 땀투성이 이마 위로 길게 굽이쳐 내려왔다. 입술은 꼭 다문 채, 거의 하얘졌다.

그때, 해럴드의 얼굴에 너무나 재빠르게 완벽한 변형이 일어났다. 화단에 정원 담을 만들기보다는 누군가를 지하실 벽 속에 가두는 데 흙손을 사용하는 것이 더 어울릴 법한 얼굴이었던, 딱딱하고 웃음기 없는 해럴드를 두 눈으로 직접 목격한 뒤라 더욱더 믿을 수 없는 변형이었다.

해럴드가 미소를 머금은 것이다. 입가에 깊은 보조개를 만들며 천진한 미소가 활짝 피어났다. 두 눈이 위협적인 기세를 잃었다 (암녹색에다 그토록 맑고 연약한 눈이 어찌하여 위협적으로, 또는 심지어 흉악스럽게까지 보일 수 있었던 것일까?). 해럴드는 흙손의 날을 아래로 해서 회반죽 속에 철푸덕! 꽂았으며, 두 손을 청바지 엉덩이에 대고 닦았고, 손을 내밀며 앞으로 나왔다. 래리는 생각했다. '이이구 맙소사, 그냥 어린애삲아. 나보다도 어리네. 만약 이 아이가 최소한 열여덟 살만 된다고 해도 이 아이의 마지막 생일 케이크에 꽂혔던 양초들을 전부 다 먹어 주겠어.'

"제가 모르는 분 같은데요."

해럴드가 히죽거리며 말하는 동안 그들은 악수했다. 그는 손아귀 힘이 억셌다. 래리의 손이 위아래로 정확히 세 번 펌프질 당하다 풀려났다. 그 바람에 래리는 조지 부시가 대통령 선거 운동을 하고 있던 시절에 그 늙은 부시깽이와 악수했던 때가 생각났다. 선거 유세장에서의 일이었으며, 자신은 아주 오래전에 들었던 어머니의 충고에 따라 그곳에 참석한 것이었다. 만약 극장에 갈 형편이 안 된다면 동물원에 가라. 동물원에 갈 형편도 안 된다면, 정치인을 보러 가라.

그런데 해럴드의 웃음은 전염성이 있어서 래리는 마주 보고 웃었다. 어린애건 아니건 간에, 정치인의 악수건 아니건 간에, 그 웃음은 철저히 진실하다는 인상을 주었고 결국 인제 와서야, 결국 수많은 초코바 포장지를 거치고 나서야, 이 자리에 해럴드 로더가 있었다. 실제 본인이.

"응, 너는 나를 모르지. 그렇지만 나는 너를 익히 알아."

래리가 말했다.

"정말 그렇습니까!"

해럴드가 소리치자 그의 웃음이 차츰 더 넓게 퍼졌다. 래리는 만약 웃음이 더 넓어졌다간 입 양쪽 끝이 그의 해골 뒤통수에서 만나서 위쪽 머리통의 3분의 2가 댕강 떨어져 나갈 것 같다는 우스운 생각을 했다.

"난 메인 주에서부터 국토를 횡단해 너를 따라왔어."

"장난치지 마세요! 정말 따라오셨단 말입니까? 진짜로?"

"정말로 그랬다니까."

래리가 배낭을 풀었다.

"이거 받아. 너를 위해 준비한 선물이야."

보르도 술병을 꺼내 해럴드의 손안에 들이밀었다.

"아유, 뭘 이런 걸 다."

해럴드가 말하며, 다소 놀란 표정으로 술병을 바라보았다.

"1947?"

"술 맛이 좋은 연도래. 그리고 이것도."

래리가 해럴드의 다른 손에 페이데이 초코바 예닐곱 개 정도를 쏟아 놓았다. 그중 하나가 손가락 사이로 빠져나가 풀밭 위에 떨어졌다. 해럴드가 그것을 주우려고 허리를 굽혔고, 그러는 동안 래리는 해럴드한테서 맨 처음 표정을 힐끗 엿보았다.

곧 해럴드가 다시 몸을 벌떡 일으켰다. 웃으면서.

"어떻게 아셨어요?"

"난 네 이정표를 따라왔어…… 그리고 초코바 포장지들도."

"이거 원 정신을 못 차리겠네. 집 안으로 들어오세요. 우리 턱 좀 놀려 봐야겠네요. 우리 아빠가 대화를 권할 때 즐겨 쓰시던 표현이에요. 형님이 데리고 온 아이는 코카콜라를 마실까요?"
"물론이지. 그렇지, 레……"
래리가 둘러보았지만, 레오는 이미 곁에 없었다. 그 아이는 인도로 멀리 나가 마치 큰 흥밋거리를 발견한 양 포장도로의 갈라진 금들을 내려다보고 있었다.
"이봐, 레오! 코카콜라 마실래?"
레오는 래리가 들을 수 없을 정도로 중얼거렸다.
"크게 말해!"
래리가 짜증을 내며 말했다.
"하나님이 너한테 뭐 하는 데 쓰라고 목소리를 내려 주셨겠냐? 코카콜라 먹고 싶으냐고 물었잖아."
간신히 들릴 정도로, 레오가 말했다.
"나, 네이딘 엄마가 돌아왔는지 알아보러 갈래."
"대체 뭔 소리야? 우린 여기 금방 도착했잖아!"
"돌아가고 싶어!"
레오가 시멘트 길에서 고개를 쳐들며 말했다. 아이의 눈에서 햇빛이 아주 강하게 반짝거리자 래리는 생각했다. '도대체 이건 또 뭐지? 애가 거의 울음을 터뜨릴 지경이잖아.'
"잠깐만. 기다려 줘."
래리가 해럴드한테 말했다.
"물론이죠. 이따금 애들은 부끄럼을 타죠. 저도 그랬다고요."
해럴드가 히죽거리면서 말했다.
래리가 레오한테 걸어가 몸을 웅크리고 앉아서, 눈높이를 맞추었다.

"뭐가 문제니, 애야?"
"그냥 돌아가고 싶어."
레오가 시선을 마주치지 않은 채 말했다.
"나, 네이딘 엄마 보고파."
"저기, 너 말이야……"
속수무책으로 말이 끊겼다.
"돌아가고 싶어."
레오가 잠시 래리를 올려다보았다. 그의 시선이 래리의 어깨 너머 해럴드가 서 있는 잔디밭 한복판을 향해 번뜩였다. 그러고는 또다시 시멘트 바닥으로 내려갔다.
"제발. 해럴드가 싫으니?"
"모르겠어…… 해럴드는 괜찮아…… 그냥 돌아가고 싶어."
래리가 한숨지었다.
"길 찾아갈 수 있겠어?"
"그럼."
"알았어. 그렇지만 난 네가 저 집에 들어가서 우리와 함께 코카콜라를 마셨으면 정말 좋겠다. 나는 아주 오랫동안 해럴드를 만나길 고대해 왔거든. 너도 그거 알잖아, 그렇지?"
"그으래……."
"그럼 우리 함께 저 집으로 들어가 보자."
"나는 저 집 안에 들어가지 않을 거야."
레오가 으르렁거리더니 한동안 다시 조가 되어 두 눈이 공허하고 포악해졌다.
"알았어."

래리가 허둥지둥 말하며 일어섰다.

"집에 곧장 돌아가. 곧장 갔는지 내가 나중에 확인해 볼 거야. 길거리에서 노닥거리지 말고."

"그럴게."

그러고 나서 갑자기 레오가 작고 쉰 듯한 목소리로 불쑥 속삭였다.

"나랑 함께 돌아가지 않을래? 지금 당장. 우리 같이 가자, 제발? 알았지?"

"어휴, 레오, 무슨……"

"신경 쓰지 마."

그러고는 래리가 무슨 말을 꺼내기도 전에, 레오는 황급히 떠나가 버렸다. 래리는 그 아이가 시야에서 사라질 때까지 지켜보고 서 있었다. 이윽고 난처한 표정을 지으며 해럴드한테 돌아갔다.

"뭐, 괜찮아요. 어린애들은 엉뚱하잖아요."

해럴드가 말했다.

"글쎄, 그렇긴 한데, 그럴 수밖에 없는 것 같아. 쟤는 너무나 많은 일을 겪어 왔으니."

"분명히 그랬을 겁니다."

해럴드가 대답하자 극히 짧은 순간 래리는 불신을 느꼈다. 전에 한 번도 만나 보지 못했던 소년에 대한 해럴드의 성급한 동정심이 계란 분말만큼이나 빈약한 모조품이라고 생각되었다.

"저기요, 들어오세요. 그런데 말이죠, 형님이 진짜 진짜 우리 집 첫 번째 손님입니다. 프래니와 스튜 아저씨가 몇 차례 집 밖에까지 왔다간 적은 있지만, 그런 경우를 빼면요."

해럴드의 히죽거리는 웃음이 미소로, 살짝 구슬픈 미소로 변하자 래리는 이 소년에게 갑자기 연민을 느꼈다. 왜냐하면 외로운 소년이야말로 전적으로 래리의 기질이었기 때문이었다. 그는 고독했고 여기에 서 있는 래리는, 예전과 똑같은 래리는 자신을 하찮게 여기는 어느 누구한테서도 절대 좋은 소리를 들어 본 적이 없었다. 공평하지 못했다. 이제는 자신이 너무나 지랄 맞게 불신하는 태도를 중단할 때였다.

"영광인데."

거실은 작지만 아늑했다.

"밖에 돌아다니면서 새 가구를 가져다 들여놓을 작정이에요. 현대적인 가구. 크롬 처리한 가죽 제품. 광고에서 나왔던 말대로 하는 거죠. '예산 걱정 집어치워라. 나에겐 마스터 카드가 있다.'"

래리가 배꼽을 잡고 웃었다.

"지하에 좋은 유리잔이 있으니까, 금방 가져올게요. 형님이 양해해 주신다면 초코바는 손대지 말아야겠단 생각이 드네요. 제가 살 빼려고 단것을 멀리하고 있거든요. 그렇지만 포도주는 마셔야 해요. 이건 특별한 기회니까. 형님이 우리 일행 뒤를 따라 메인 주에서부터 줄곧 국토를 횡단해 오셨다니, 캬, 게다가 나의, 우리의 이정표를 따라오셨다니. 정말 대단한 일이에요. 하나도 빠짐없이 저한테 말해 주세요. 준비하는 동안 저 녹색 의자에 앉아 계시고요. 꾀죄죄한 집구석에서 제일 좋은 자리예요."

이렇게 말이 쏟아지는 동안 래리는 마지막으로 한 가지 미심쩍은 생각이 들었다. '얘는 꼭 정치인처럼 말하는군. 매끄럽고 빠르고 청산유수네.'

해럴드가 자리를 떴고, 래리는 녹색 의자에 앉았다. 문이 열리고 해럴드의 무거운 발걸음이 계단을 내려가는 소리를 들었다. 래리는 주변을 두리번거렸다. 아니었다. 세상에서 가장 훌륭한 거실은 아니었다. 하지만 북실북실한 바닥 깔개와 몇 가지 근사한 현대적 가구가 갖춰져 있어서 그런대로 멋있었다. 제일 멋진 볼거리는 돌로 만든 벽난로와 굴뚝이었다. 사랑스러운 작품, 손으로 정성 들여 만든 것이었다. 그런데 벽난로에 헐렁하게 삐져나온 돌이 하나 있었다. 래리가 보기엔 밖으로 빠져나왔던 돌이 약간 불완전하게 끼워진 것 같았다. 그것을 그 상태로 놔두는 것은 조각 퍼즐 전체에서 조각 한 개가 빠진 것을 그냥 놔둔다든가 벽에 비뚤게 걸린 그림을 그냥 내버려 두는 것이나 마찬가지일 터였다.

  래리는 일어나서 벽난로에서 그 돌을 집었다. 해럴드는 여전히 아래층에서 물건을 뒤지는 중이었다. 돌을 다시 끼우려는 찰나에 래리는 구멍 속에 책 하나가 있는 것을 목격했다. 책 표지에 돌가루가 살짝 묻어 있었으나, 거기에 금박으로 찍혀 있는 단어를 가릴 정도는 아니었다. '장부'.

  슬쩍 부끄러워지면서, 마치 자신이 일부러 훔쳐보는 듯한 기분이 들어서 돌을 제자리에 꽂아 넣자마자 해럴드의 발소리가 다시 계단을 올라오기 시작했다. 시간이 절묘하게 맞아떨어져서, 해럴드가 양손에 하나씩 둥근 포도주 잔을 들고 거실 안으로 돌아왔을 때 래리는 다시 녹색 의자에 앉아 있었다.

  "아래층 싱크대에서 잔을 씻느라 시간이 좀 걸렸습니다. 잔에 약간 먼지가 껴서요."

  래리가 말했다.

"잔이 멋진걸. 잘 살펴봐. 저 보르도가 상하지 않았다고 장담할 순 없어. 우리가 스스로 식초를 들이켜는 꼴이 될지도 몰라."

"아무런 위험도 무릅쓰지 않으면, 아무것도 얻을 수가 없지요."

해럴드가 싱긋거리면서 말했다.

그 싱긋 웃음이 편안함을 느끼게 했고, 래리는 문득 자신이 그 장부를 생각하고 있음을 알았다. '해럴드의 것일까, 아니면 이 집 옛 주인의 소유물이었나? 만약 해럴드의 것이라면, 도대체 무슨 내용이 적혀 있을까?'

그들은 보르도 병을 따서 마셨고 서로 만족할 만큼 술 맛이 매우 좋다는 사실을 알았다. 30분 뒤 그 둘 다 기분 좋게 얼큰하게 취했으며, 래리보다는 해럴드가 조금 더 취했다. 그런 상황에서도 해럴드의 싱긋 웃음은 그대로였다. 사실은 더욱 커졌다.

포도주 때문에 혀가 약간 꼬부라진 래리가 말했다.

"저기 포스터들 말이야, 18일에 큰 집회 연다는 거. 어쩌다 네가 그 위원회에 포함되지 않았지? 나라면 너 같은 사람이 위원회에 들어가는 게 당연하다고 생각했을 텐데."

해럴드가 기쁨에 넘쳐 미소가 더욱 커졌다.

"글쎄, 저는 아직 어리잖아요. 사람들은 제가 경험이 풍부하지 못하다고 생각했던 거겠죠."

"나는 너무한 처사라고 생각해."

그러나 래리가 정말 그렇게 생각했던가? 싱긋 웃음. 어렴풋이 드러나는 어두운 의혹의 표정. 자신이 정말 그랬던가? 래리는 알지 못했다.

"글쎄요, 미래에는 어떻게 될지 누가 알겠어요?"

해럴드가 활짝 싱긋거리면서 말했다.

"모든 개들한텐 다 자기만의 특별한 날이 찾아오게 마련이니까요."

래리는 5시경에 떠났다. 해럴드와의 작별은 정겨웠다. 해럴드가 래리의 손을 잡으며 악수하고, 싱긋 웃고, 종종 놀러 오라고 말했다. 그러나 어쩐 일인지 래리는 자신이 다시는 찾아가지 않더라도 해럴드가 전혀 상관하지 않을 거라는 느낌이 들었다.

그가 인도로 통하는 시멘트 통행로에 천천히 걸어 내려와 손을 흔들려 돌아다보았지만, 해럴드는 이미 안으로 들어가 버리고 없었다. 문이 닫혔다. 집 내부는 매우 시원했는데 그 이유는 창에 블라인드가 드리워져 있기 때문이었고, 안에서는 괜찮은 듯싶었지만, 바깥에 나와 서서 보니 저 집은 자신이 볼더에서 들어가 본 집들 중에서 유일하게 블라인드와 커튼이 쳐진 집이었다는 생각이 불현듯 떠올랐다. 그러나 생각해 보니 물론 볼더에는 차양이 쳐진 집들이 아직 많이 있었다. 죽은 자들의 집이었다. 어떤 사람들이 병에 걸리자 거부하며 커튼을 내렸다. 커튼을 내리고 남의 눈을 피해 죽어 갔다. 마지막 최후의 순간을 감추고 싶어하는 어떤 동물처럼. 어쩌면 그러한 죽음의 실상을 어렴풋이 인식했을 살아 있는 자들은 셔터와 커튼을 활짝 열어젖혔다.

래리는 포도주 때문에 약간 머리가 아팠고, 자신이 느꼈던 냉기가 포도주에서 비롯된 것이라고, 고급 포도주를 마치 싸구려 백포도주라도 되는 양 게걸스럽게 들이켜서 내려진 합당한 처벌이며, 숙취에서 비롯된 사소한 것이라고 자신에게 말하려 애썼다. 그러나 쉽사리 이해가 가지는 않을 것이었다. 그렇다. 이해가 가지 않을 것이었다. 거리를 위아래로 멀뚱멀뚱 쳐다보며 생각했다. '자신의 앞쪽 외에는 아무것도 안 보이는 터널 시야를 내려 주셔서 하나님께 감사드립니다. 편향된 인지 능력을 내려 주셔서 하나님께 감사드립니다. 안 그랬다면, 우린 모두 러브크래프트의 공포 소설에 나오는 처참한 신세가 되는 편이 차라리 나았을 테니.'

머릿속의 생각들이 혼란스러웠다. 불현듯 해럴드가 창문 블라인드 틈새로 자신을 훔쳐보고 있으며, 해럴드의 손이 블라인드 줄 손잡이를 쥐었다 폈다 하고 있으며, 해럴드의 싱긋 웃음이 증오의 눈초리로 돌변했다는 확신이 들었다.

"모든 개들한텐 다 자기만의 특별한 날이 찾아오게 마련이니까요."

그와 동시에 래리는 음악당 무대 위에서 잠자던 베닝턴의 밤을 떠올리고 있었으며, 그 당시에 누군가 그 현장에 있다는 무시무시한 느낌 때문에 잠에서 깨어나…… 그런 다음 서쪽으로 움직이는 장화 뒤꿈치가 흙먼지 일으키는 발소리를 들은 적이 있었다.(아니면 그저 꿈이었나?)

'그만 해라. 너 자신을 농락하는 짓 그만 해.'

'장화 뒷동산.' 래리의 생각이 머릿속을 자유롭게 휘저었다. '제발 부탁인데 그런 짓 좀 그만 해라. 절대 죽은 사람들에 관해 생각하지 마. 닫힌 블라인드와 드리워진 차양과 막힌 커튼 뒤편에서, 터널, 링컨 터널 같은 어둠 속에서, 죽은 사람들, 맙소사, 만약 그것들이 모조리 움직이기 시작하면, 살아나서 활보하기 시작하면 어쩌지. 하나님 아이고, 당장 집어치워……'

그리고 갑자기, 어렸을 때 어머니와 함께 브롱크스 동물원에 나들이 갔던 일을 생각하고 있음을 깨달았다. 그들은 원숭이 우리 안으로 들어갔는데, 그곳 냄새가 눈에 보이는 물질처럼, 그냥 코에 닿는 것이 아니라 아예 콧속으로 뚫고 들어오는 주먹처럼 래리를 후려쳤다. 그곳에서 뛰쳐나가려 몸을 돌렸지만, 어머니가 그를 막았다.

"그냥 평상시대로 숨 쉬어라, 래리. 5분 안에 너는 그 역겨운 냄새를 조금도 의식하지 못할 거야."

그래서 가만히 있었다. 어머니를 믿지 못하겠으면서도 그저 토하지 않으려 기를 썼고(일곱 살 나이였지만 래리는 무엇보다 토하는 것을 끔찍이 증오했다.), 결과적으로 어머니가 옳았음이 판명되었다. 그다음에 손목시계를 내려다보고 원숭이 우리에 30분 동안 있었다는 사실을 알았고, 원숭이 우리에 들어온 숙녀들이 왜 갑자기 두 손으로 코를 가리고 정나미가 떨어진 듯한 얼굴을 하고 있는지 이해할 수가 없었다. 래리가 어머니한테 그대로 말했고, 앨리스 언더우드가 웃어 댔다.

"오, 아직도 나쁜 냄새가 나는 거란다, 틀림없이. 오로지 너한테만 안 나고."

"어떻게 그런 거예요, 엄마?"

"모르겠다. 모든 사람들이 그렇게 할 수 있단다. 이제 너 자신한테 꼭 다짐해 봐. '나는 원숭이 우리의 진짜 냄새를 다시 한 번

맡을 것이다.' 그러고 나서 숨을 깊이 들이마셔 보렴."

 그래서 그렇게 하자 악취가 그곳에 있었으며, 그 악취는 그들이 처음에 안으로 들어왔을 때보다 훨씬 더 강하고 지독했고, 래리가 먹었던 핫도그와 체리 파이가 메스꺼운 하나의 커다란 거품 덩어리를 이루어 또다시 속에서 올라오기 시작했다. 그는 바깥의 신선한 공기를 찾아 원숭이 우리 문으로 돌진해 나가서 겨우 겨우 사태를 진정시켰다.

 '그것이 편향된 인지 능력이란 거야. 그리고 어머니는 비록 그것이 뭐라 불리는지 알지 못했어도 어떤 것인지는 알고 계셨어.' 이런 생각이 마음속에서 겨우 저절로 끝을 맺자 어머니의 목소리가 말하는 것이 들렸다. '너 자신한테 꼭 다짐해 봐. 나는 볼더의 진짜 냄새를 다시 한 번 맡을 것이다.' 그리고 래리는 그것의 냄새를 맡고 있었다. 바로 그 말대로, 그것의 냄새를 맡고 있었다. 닫힌 문과 드리워진 차양과 끌어 내려진 블라인드 뒤편의 냄새를 모조리 맡고 있었으며, 거의 텅텅 비어 죽은 듯한 이런 지역에서조차 천천히 진행 중인 부패의 냄새를 맡고 있었다.

 래리는 달리지는 않았지만 달리기에 가까울 만큼 점점 더 빠르게 걸으며 그 도발적인 악취를 진하게 맡았다. 래리가, 그리고 그 밖에 모든 이들이 악취 맡기를 의식적으로 중단했다. 악취는 모든 곳에 있었고, 악취가 모든 것이었으며, 악취가 그들의 생각을 물들이고 있었기 때문이다. 성관계를 가질 때조차 차양을 끌어내리지 않았던 것은 죽은 사람은 가려진 차양 뒤편에 드러눕는 법이고 산 사람은 여전히 세상을 내다보길 원하는 법이기 때문이었다.

 구토가 속에서 치밀어 올라오고 싶어했다. 이제는 핫도그와 체리 파이가 아니라 포도주와 페이데이 초코바의 구토 신청이었다. 왜냐하면 아무도 거주한 적 없는 무인도로 이사 간다면 또 모를까 이곳은 절대 빠져나갈 수 없는 하나의 원숭이 우리였고, 비록 자신이 여전히 무엇보다 토하는 것을 더 끔찍이 증오하긴 했어도, 래리는 이제 서서히……

"래리 아빠, 괜찮아?"

래리는 너무 화들짝 놀라 목에서 작게 "이크!" 소리를 내뱉으며 움찔했다. 놀라게 한 것은 레오였으며, 해럴드 집에서 세 블록 정도 떨어진 인도 경계석 위에 앉아 탁구공을 포장도로에 위아래로 튀기고 있었다.

"너 여기서 뭐 하고 있는 거냐?"

래리가 물었다. 심장 박동이 천천히 정상으로 돌아오는 중이었다.

"나 래리 아빠랑 같이 집으로 걸어가고 싶었어. 그렇지만 그 남자의 집 안으로는 가고 싶지 않았어."

레오가 수줍게 말했다.

"왜 그랬는데?"

래리가 물으며 레오 곁의 경계석에 앉았다.

레오가 어깨를 으쓱하더니 눈길을 다시 탁구공에 돌렸다. 공이 포장도로에 부딪혀 아이의 손으로 튀어 오를 때마다 조그맣게 톡! 톡! 소리를 냈다.

"이건 나한테 매우 중요한 문제야. 왜냐하면 나는 해럴드를 좋아하고…… 또 싫어하기도 하니까. 난 개한테 두 가지 감정을 느낀다고. 너도 한 사람한테 두 가지 감정 느껴 본 적 있어?"

"나는 그 사람에 대해 딱 한 가지 감정만 느껴."

톡! 톡!

"어떤?"

"겁나."

레오가 간단히 말했다.

"우리, 집에 가서 네이딘 엄마랑 루시 엄마 돌아왔는지 볼까?"

"그럼."

그들은 한동안 아무 말 없이 계속 아라파호 거리를 지나갔다. 레오는 여전히 탁구공을 튀겼다가 척척 손으로 잡았다.

"너무 오래 기다리게 해서 미안하다."

"어우, 괜찮아."

"아냐, 정말 미안해. 네가 기다리는 줄 알았으면 서둘러 왔을 텐데."

"나 할 일 있었어. 어떤 사람 집 잔디밭에서 이거 발견했거든. 구탁공이야."

"탁구공."

래리가 무심코 말을 바로잡았다.

"해럴드가 자기 집 차양을 꼭꼭 내린 이유가 뭐라고 생각하니?"

레오가 말했다.

"그래야 아무도 안을 볼 수 없으니까. 그냥 내 짐작이야. 그래야 비밀스러운 일들을 할 수 있으니까. 그 사람은 꼭 죽은 사람 같아, 그렇지?"

톡! 톡!

그들은 계속 걸어 나가, 브로드웨이 모퉁이에 이르러서 남쪽으로 향했다. 이제 거리에 사람들이 나와 있는 게 보였다. 진열창 속의 옷을 들여다보는 여자들, 어딘가에서 가져온 곡괭이를 든 남자, 스포츠용품점의 깨진 진열창 속에서 태평스럽게 낚시 도구를 추려 내는 또 다른 남자. 래리는 그의 일행이었던 딕 볼먼이 맞은편에서 자전거를 타고 오는 것을 보았다. 그가 래리와 레오를 향해 손을 흔들었다. 그들도 손을 마주 흔들었다.

"비밀스러운 일이라."

래리가 크게 소리 내며 생각에 잠겼는데, 사실은 더 이상 소년의 의견을 끌어내려고 노력하지 않았다.

"어쩌면 그 사람은 다크맨한테 기도하는 중일 거야."

레오가 문득 말하자 래리는 마치 고압선에 닿은 것처럼 경련을 일으켰다. 레오는 눈치 채지 못했다. 그는 탁구공 두 번씩 튕겨 잡기를 하고 있던 중이어서, 처음엔 인도에 튕겼다가 그들이 지나는 벽돌 벽에서 다시 튕겨 나온 공을 낚아채고 있었다…… 톡탁!

"정말 그렇게 생각해?"

래리가 태연해 보이려 애를 쓰면서 물었다.

"모르겠어. 그런데 그 사람은 우리랑 달라. 많이 웃어. 하지만 머릿속에 벌레들이 들어 있어서, 해럴드를 웃게 하는 거란 생각이 들어. 뇌를 먹어 치우는 크고 하얀 벌레들. 구더기 같은 거."

"조…… 레오, 내 말뜻은……."

레오의 눈, 검고 냉담하고 중국인 같던 눈이 갑자기 맑아졌. 그가 미소 지었다.

"저기 봐, 데이나 누나다. 난 저 누나가 좋아. 헤이, 데이나 누나!"

레오가 손을 흔들며 고함쳤다.

"껌 가진 거 있어?"

거미발처럼 가느다란 10단 변속 자전거의 톱니바퀴에 기름을 치고 있던 데이나가 고개를 돌리고 미소 지었다. 셔츠 주머니에 손을 넣더니 포커 카드 다루듯 주시 프루트 껌 다섯 개를 활짝 펼쳐 냈다. 한 손에 탁구공을 움켜쥔 레오가 행복한 웃음을 지으며 긴 머리를 휘날리고 데이나를 향해 달려갔는데, 레오의 뒤만 멀뚱하니 쳐다보는 래리는 아랑곳하지 않았다. 해럴드의 미소 뒤에 하얀 벌레들이 있다는 그 생각…… 어디서 조는(아니야, 레오, 저 아이는 레오야. 적어도 나는 저 아이가 레오라고 생각해.) 그토록 복잡하고 무시무시한 생각을 얻은 것일까? 그 아이는 얼마간 무아지경에 빠졌던 것이다. 그리고 그 아이 혼자만 그런 게 아니었다. 이 지역에 들어와 있던 며칠 동안 래리는 어떤 사람이 거리에서 죽은 듯이 꼼짝 않고 멈춰 서서, 잠시 우두커니 아무것도 없는 허공을 쳐다보다가 다시 가던 길을 걸어가는 광경을 얼마나 많이 목격했던가? 상황이 바뀌었다. 인간이 지닌 인지 능력의 전체 범위가 한 단계 상승한 듯싶었다.

끔찍하게 무서운 일이었다.

래리는 발을 움직여 레오와 데이나가 껌을 나누고 있는 곳으로 걸어갔다.

그날 오후 스튜는 살고 있는 건물 뒤편에 있는 작은 마당에서 프래니가 옷가지들을 빨고 있는 것을 발견했다. 프래니는 물을 채워 넣은 키 낮은 빨래통에 타이드 세제 한 통의 거의 절반을 털어 넣고, 우글우글 거품이 올라올 때까지 대걸레 손잡이로 모두 휘저었다. 이렇게 하는 것이 제대로 된 방식인지 아닌지 의구심이 들었지만, 마더 애버게일한테 찾아가서 자신의 무지를 드러내는 것은 정말 못 할 짓이었다. 몹시 차가운 물속에 빨랫감을 쏟은 다음 그 속으로 힘차게 뛰어들어 여기저기 짓밟고 돌아다니기 시작했다. 시칠리아 사람들이 술 만들 포도알들을 발로 짓이기는 것처럼. '당신의 신형 모델 메이텍 5000 세탁기.' 프래니는 생각했다. '이중 발바닥 다지기 방식, 모든 흰 빨래, 연약한 속옷 빨래에도 완벽, 그리고……'

프래니가 몸을 돌리자 뒷마당 출입문 안에 우두커니 서서 즐거운 표정으로 구경하고 있던 자신의 남자와 눈이 마주쳤다. 그녀는 살짝 숨을 헐떡거리며 빨래를 중단했다.

"하하, 우습기도 하겠네. 얼마나 오랫동안 거기서 있었어, 잘나가는 아저씨?"

"일이 분 정도. 그건 그렇고, 그런 걸 뭐라고 불러? 야생 오리의 짝짓기 춤?"

그녀가 스튜를 서늘하게 바라보았다.

"한 번만 더 그런 식으로 비꼬았다간 오빠는 밤에 소파에서 지내야 할 거야. 아니면 오빠 친구 베이트먼 교수님과 플랙스태프 산으로 등산이나 가든가."

"아니, 그러니까 내 말은……"

"저 속에는 댁의 빨랫감도 있어요, 스튜어트 레드먼 씨. 댁이 볼더 공동체의 위대한 설립자이신지는 몰라도, 당신은 아직도 팬티 속에다 이따금 쭉쭉 얼룩을 남기는 건 분명해요."

스튜가 씩 미소 지었다. 그 미소가 활짝 펴지면서 끝내는 웃음을 터뜨려야 했다.

"거 참 노골적이십니다, 마님."

"지금 당장은 딱히 우아한 척하고 싶은 기분이 아닌걸."

"저기, 잠깐 나와 봐. 말할 게 있어."

프래니는 기꺼이 그렇게 했다. 나중에 다시 빨래통에 들어가려면 발을 닦아야 했지만. 프래니의 마음이 자꾸만 급히 서두르고 있었다. 행복하다기보다는 왠지 서글프게, 너무나 분별없는 누군가에 의해 잘못 사용되고 있는 부지런한 기계의 부품처럼. '만약 이것이 우리 고고조 할머니가 영위해야만 했던 생활 방식이라면, 어쩌면 그분도 결국에는 우리 어머니의 귀중한 응접실처럼 지친 몸을 의탁할 특별한 방을 당연히 차지할 권리를 가지셨겠지.' 어쩌면 그 권리는 위험수당 비슷한 것이라는 생각이 들었다.

프래니는 다소 낙심하여 자신의 종아리와 발을 내려다보았다. 거기엔 아직도 희뿌연 세제 거품의 얇은 막이 붙어 있었다. 불쾌한 표정으로 거품을 털어 냈다.

"내 아내가 손빨래할 때 사용하던 게…… 그걸 뭐라고 부르더라? 빨래판이라고 하겠지. 내 기억에 우리 어머니는 한 세 개 정도 가지고 계셨어."

"나도 그건 알아."

프래니가 짜증 내며 말했다.

"준 브링크마이어랑 둘이서 그걸 찾아보려고 볼더를 절반쯤은 뒤지고 다녔단 말이야. 그런데 단 한 개도 발견할 수 없었어. 과학 기술의 폐해가 또다시 뒤통수를 후려친 거지."

스튜가 또 웃고 있었다.

프래니는 두 손을 허리에 짚었다.

"나를 열 받게 하려고 일부러 그러는 거야, 스튜어트 레드먼?"

"아닙니다요. 빨래판 하나 구해다 쓸 만한 곳을 알거든. 원한다면 준에게도 하나 갖다 줘야겠군."

"어딘데?"

"우선 가서 확인해 볼 여유를 줘."

스튜의 웃음이 사라졌다. 그는 두 팔로 프래니를 감싸고 자신의 이마를 그녀의 이마에 갖다 댔다.

"있잖아, 내 빨래를 세탁해 줘서 고마워. 그런데 내 생각에 임신한 여자는 스스로 자기가 해야 할 일과 하지 말아야 할 일을 남편보다 더 잘 구별할 것 같아. 그래서 말인데 프래니, 왜 빨래에 그렇게 신경을 쓰는 거야?"

"왜냐니?"

프래니가 당황한 듯 쳐다보았다.

"나 원 참, 그럼 뭘 입고 다닐 건데? 더러워진 옷을 그냥 입고 돌아다니고 싶어?"

"프래니, 가게마다 옷이 가득해. 나한테 맞는 옷을 구하기도 쉽고."

"뭐야, 입었던 옷이 더러워졌으니까 그냥 내버리겠다고?"

스튜가 조금 불안한 표정을 지으며 어깨를 으쓱했다.

"천만의 말씀, 안 돼, 안 돼. 일회용품 사용은 옛날 버릇이야,

스튜. 빅맥 햄버거를 넣어 주던 종이상자나 병 값을 안 쳐주니까 마시고 그냥 버리던 음료수 병처럼. 그런 짓을 또 되풀이해선 안 돼."

스튜가 프래니에게 가볍게 키스했다.

"지당하신 말씀. 다만 다음번 빨래하는 날엔 내가 당번할게, 알았지?"

"당연하지."

프래니가 짐짓 음흉스럽게 웃었다.

"그런데 그런 선행이 얼마나 오래갈까? 내가 아기를 낳을 때까지?"

"전기가 복구될 때까지. 그러면 내가 이제껏 본 적 없는 가장 크고 가장 으리으리한 세탁기를 가져와서 직접 설치해 주겠어."

"제안 접수 완료."

프래니는 스튜에게 힘껏 키스했고, 그도 키스로 화답하며 억센 양손을 그녀의 머리칼 속에서 쉴 새 없이 움직였다. 그 결과 은은한 온기가 피어나('뜨거워, 하지만 부끄러워할 필요 없어. 나는 뜨거워 스튜가 억센 키스를 할 때면 항상 뜨거워져.') 처음에는 프래니의 젖꼭지를 우뚝 솟게 했고, 그러고는 아랫배로 퍼져 나갔다.

"그만 하는 게 좋겠어. 대화보다 더한 것을 할 계획이 있는 게 아니라면."

프래니가 헐떡이며 말했다.

"대화는 나중에 하는 게 좋겠어."

"빨래는……"

"저렇게 때에 찌든 빨랫감은 물에 푹 담가 놓는 게 좋아."

스튜는 진지하게 말했다. 프래니가 웃어 대자 그는 키스로 그녀의 입을 막았다. 스튜가 그녀를 번쩍 들었다가 다시 내려놓고 건물 안으로 이끌었을 때, 프래니는 어깨에 태양의 온기를 받으며 궁금해했다. '볕이 전에도 이토록 뜨거웠던 적이 있었나? 이토록 강렬했던 적이? 욱신거리던 등의 통증이 모조리 나아 버릴 정도야…… 자외선 작용 때문인지 궁금한걸. 아니면 고도가 높아서 그런가? 햇볕이 매년 여름마다 이랬던가? 이렇게 뜨거웠나?'
 그러는 동안 스튜가 그녀한테 솜씨를 발휘하며, 계단에 있었는데도 솜씨를 발휘하며, 벌거숭이로 만들며, 뜨겁게 만들며, 프래니로 하여금 그를 사랑하게 했다.

"아냐, 넌 앉아 있어."
"하지만……."
"내 말대로 해, 프래니."
"빨랫감이 굳어 버리던가 이상하게 될 거야. 타이드 세제를 반 통이나 넣었는데……."
"걱정하지 마."
 그래서 프래니는 건물의 그늘진 처마 밑에 있는 접이식 의자에 앉았다. 그들이 뒷마당으로 돌아온 다음 스튜가 의자 두 개를 펴 놓은 것이다. 스튜는 구두와 양말을 벗고 바짓단을 무릎 위까지 말아 올렸다. 그가 빨래통 속으로 걸음을 내디딘 다음 진지하게 옷가지들을 첨벙첨벙 짓밟기 시작하자, 프래니는 웃음을 참지 못해 키득거리기 시작했다.

스튜가 둘러보더니 말했다.

"너 같으면 밤에 소파에서 지내고 싶겠어?"

"물론 아니죠, 스튜어트 씨."

프래니가 엄숙하게 가책을 느낀다는 표정으로 말하더니 또다시 키득거리기 시작했다. 눈물이 뺨 위로 흘러내리고 뱃속 작은 근육들이 물렁물렁 늘어진 기분이 들 때까지. 다소 진정되자 그녀가 말했다.

"세 번째이자 마지막으로 물어보건대, 오빠 무슨 얘기하러 집에 들렀던 거야?"

"아, 맞아."

이리저리 발을 놀리던 스튜는 이제 상당히 무성해진 거품 늪 속에서 행진하고 있었다. 청바지가 수면으로 떠오르자 다시 짓밟다 크림색 세제 거품 물벼락을 잔디밭 위로 내보냈다. 프래니는 생각했다. '저 모습은 꼭…… 안 돼, 그런 상상은 관둬. 너무 웃어서 유산하고 싶지 않거들랑 그런 상상은 관둬.'

"우리 오늘 밤에 첫 번째 임시 회의 있잖아."

스튜가 말했다.

"맥주 두 상자, 치즈 크래커, 빵에 발라먹는 치즈는 준비됐고, 페페로니 소시지 몇 개는 아직……"

"그것 때문이 아냐, 프래니. 딕 엘리스 씨가 오늘 찾아와서 위원회에서 빠지고 싶다고 했어."

"그랬어?"

프래니는 깜짝 놀랐다. 딕은 부담감을 느끼고 꽁무니를 뺄 사람으로는 보이지 않았다.

"그 사람은 우리가 진짜 의사를 갖추고 나면 어떤 자리든 기꺼이 봉사하겠지만, 지금 당장은 그럴 여건이 안 된다고 했어. 오늘 방문객이 스물다섯 명 더 들어왔는데, 그중 한 명은 한쪽 다리가 썩어 들어갔어. 겉으로 봐선 녹슨 가시 철책 밑으로 기어가다가 생긴 찰과상이 원인 같대."

"서넌, 너무 박하다."

"딕 씨가 그 여자 생명을 구했지…… 딕 씨와 언더우드 일행에 끼어 왔던 그 간호사가. 키 크고 예쁜 아가씨 있잖아. 이름이 로리 컨스터블이라지. 그 아가씨가 없었더라면 자기 혼자서는 구하지 못했을 거라고 딕 씨가 말하더군. 어쨌든 환자의 다리를 무릎에서 절단하느라 두 사람 다 완전히 지친 상태야. 그 수술을 하는 데 3시간이나 걸렸거든. 게다가 자꾸 발작을 일으키는 어린 소년 환자도 있는데 딕 씨는 발작이 간질인지 일종의 뇌압인지 아니면 당뇨병인지 밝혀내려고 혼자서 애쓰느라 돌아 버릴 지경이야. 상한 음식 때문에 식중독 환자도 여러 명 생겼대. 딕 씨 말로는, 사람들한테 식품 고르는 법을 알리는 전단을 조속히 배포하지 않는다면 정말로 많은 사람이 식중독으로 죽어 갈 거래. 어디 보자, 어디까지 말했더라? 두 명은 팔 골절, 한 명은 독감……"

"맙소사! 방금 독감이라고 했어요?"

"진정해. 그냥 보통 독감이야. 아스피린을 먹으면 가뿐하게 열이 떨어져. 다시 열이 오르지도 않아. 목에 검은 반점도 없어. 그런데 딕 씨는 독감에 어떤 항생제를 써야 할지 확신하지 못해. 특효약이 있다고 해도 말이야. 그것을 찾아내려고 밤늦게까지 열심히 매달리는 중이래. 게다가 독감이 퍼져서 사람들이 공황 상태에 빠질까 봐 걱정이 태산이야."

"독감 환자는 누군데?"

"로나 휴이트라는 여성. 와이오밍 주 라라미에서부터 여기로 오는 길 동안 거의 걸어서 왔는데, 딕 씨 말로는 그 여자는 벌레들의 좋은 먹잇감이었대."

프랜이 끄덕거렸다.

"우리한텐 잘된 일이지 싶은 건, 로리 컨스터블이 딕 씨한테 홀딱 반한 것 같아. 로리보다 두 배 정도 나이가 많긴 하지만. 내 생각엔 괜찮은 일인 듯싶어."

"그들한테 사랑을 허하는 옥새를 찍어 주시다니 정말 훌륭하십니다요, 스튜어트 님."

스튜가 씩 웃었다.

"여하간에, 딕 씨는 마흔여덟 살이고 심장이 조금 안 좋아. 지금 당장 한꺼번에 이것저것 손댈 순 없어. 그 양반은 사실 진정한 의사가 되려고 열심히 공부하는 중이야. 한눈팔 겨를도 없이."

스튜는 프랜을 진지하게 바라보았다.

"난 왜 로리 간호사가 그 양반에게 홀딱 반했는지 이해할 수 있어. 그 양반은 이 근방에서 우리의 영웅상에 가장 부합하는 사람이거든. 그저 시골 수의사였던지라 치료하다가 누군가를 죽일까 봐 똥줄이 타 들어갈 정도로 겁을 내. 게다가 매일 매일 더 많은 사람들이 이 지역으로 모여드는데, 그중 일부는 몸에 탈이 난 상태라는 사실도 알고."

"그러니까 위원회에 새로 한 사람이 더 필요하단 얘기로군."

"맞아. 랠프 브렌트너 씨도 이 래리 언더우드란 사내를 열렬히 추천하고, 당신 말을 들어 봐도 그 사내가 매우 능력 있는 사람인 것 같긴 해."

"맞아, 나도 래리가 적임자일 거라고 생각해. 그리고 오늘 도심지에서 래리의 부인을 만났어. 이름은 루시 스완이야. 끔찍하게 상냥하고 래리를 세상의 중심인 양 생각해."

"착한 여성들은 다 그런 법이지. 그런데 프래니, 솔직히 말할게. 래리가 방금 처음 만난 낯선 사람한테 자기 인생 이야기를 다 털어놓았다는 사실이 맘에 들지 않아."

"그건 그냥 내가 처음부터 해럴드와 함께 있었기 때문인 것 같아. 왜 내가 해럴드 대신 오빠랑 함께 있는지 래리가 이해한 것 같진 않지만."

"래리가 해럴드를 어떻게 생각하고 있었는지 궁금한데?"

"당사자에게 직접 물어보고 확인하시지."

"그래야겠어."

"래리를 위원회로 들어오게 할 거야?"

"그럴 가능성이 크지."

스튜가 몸을 폈다.

"나는 사람들이 판사라고 부르는 그 노인을 위원으로 모셨으면 좋겠어. 그렇지만 일흔 살이라니 나이가 너무 많으셔."

"판사님한테 래리 얘기를 했어?"

"아니, 하지만 닉이 말해 봤어. 닉 앤드로스는 예리한 친구야, 프랜. 닉은 글렌 아저씨와 내가 설왕설래하던 몇 가지 일들을 바꿔 놓았어. 글렌 아저씨는 그 결과에 조금 성을 내긴 했지만, 아저씨조차도 닉의 아이디어들이 훌륭하다는 점만은 인정했어. 어쨌든 판사님은 닉한테 래리야말로 우리가 찾던 사람이라고 하셨대. 래리는 무언가 자신이 도움이 될 만한 일을 찾으려고 열심히 돌아다니고 있고, 이것저것 개선할 수 있을 거라고 하셨다더군."

"그건 꽤 강력한 추천사잖아."

"응. 그렇지만 래리에게 위원회 참여를 권유하기 전에 해럴드를 어떻게 생각하는지 확인해 봐야겠어."

"해럴드에 대한 의견이 왜 필요한데?"

프랜이 안절부절못하며 물었다.

"너에 대한 의견을 묻는 편이 더 재밌을지도 모르지, 프랜. 넌 아직도 해럴드한테 책임감을 느끼는 거야."

"그래? 난 잘 모르겠는데. 하지만 걔를 생각할 때면 아직도 조금 죄의식을 느껴. 그건 분명해."

"왜? 내가 그 아이의 사랑을 가로챘기 때문에? 프랜, 넌 진심으로 해럴드의 사랑을 원했어?"

"아니야. 전혀 아니야."

프랜은 몸서리칠 지경이었다.

"난 걔한테 한 번 거짓말을 했어. 음…… 사실 거짓말은 아니었어. 우리 셋이 처음 만난 날이었지. 7월 4일. 어쩌면 그 당시에 이미 그 아이는 다음에 어떤 일이 벌어질지 충분히 감지했을 거라는 생각이 들어. 나는 그 아이에게 너를 원치 않는다고 말했거든. 그때 내가 널 원하는지 원하지 않는지 알 도리가 있었겠어? 책에서는 첫눈에 사랑에 빠지는 일이 있을지 모르겠지만, 실생활에서는……."

스튜가 말을 멈추었고, 얼굴에 느릿느릿 미소가 퍼졌다.

"왜 히죽거리는 거야, 스튜어트 레드먼?"

"그냥 생각 좀 하느라고. 실생활에서는 나 같으면 사랑에 빠지기까지 적어도……."

스튜가 골똘히 생각하며 턱을 문질렀다.

"4시간 정도 걸린다고 말할 수 있겠군."

프랜이 그의 뺨에 키스했다.

"거 참 몹시 낭만적이시네요."

"그게 사실인걸. 어쨌든 갠 아직도 내가 한 말 때문에 나를 원망한다는 생각이 들어."

"해럴드는 절대로 오빠를 원망하는 나쁜 말을 하지 않아……누구에게든."

스튜가 동의했다.

"그렇지. 그 아이는 웃기만 하지. 그 점이 맘에 안 들어."

"해럴드가 설마…… 복수라던가 이상한 음모를 꾸미는 중이라고 생각하는 건 아니지?"

스튜가 웃으며 몸을 폈다.

"아니, 해럴드 개인 차원의 일이 아니야. 글렌 아저씨는 반대파가 결국 해럴드를 중심으로 한데 뭉칠지도 모른다고 생각하거든. 그런 건 괜찮아. 난 그저 우리가 지금 하고 있는 일을 그 아이가 망치려 들지 말았으면 하고 바랄 뿐이야."

"해럴드는 겁에 질려 있고 고독하다는 것만은 기억해 둬."

"그리고 시기심에 불타지."

"시기심?"

프랜이 그 말을 곰곰이 따져 보더니 고개를 저었다.

"내 생각은 달라. 난 정말로 그렇게 생각 안 해. 난 해럴드와 대화를 나눠 보았고, 그래서 잘 안다고 생각해. 어쩌면 자기가 거부당했다고 느낄 수는 있겠지. 임시 위원회에 포함될 거라 기대했을 텐데……"

"그게 바로 우리 모두 그대로 따랐던 닉의 독선적인(이런 표현이 맞으려나?) 결정들 중 한 가지야. 그 결정에서 드러난 결론은 우리 중 누구도 해럴드를 그다지 신뢰하지 않았다는 것이지."

"오군큇에서 그 아이는, 오빠가 상상할 수 없을 만큼 밉살스러웠어. 상당 부분이 가족 관계에서 비롯되었을 거야…… 가족들은 해럴드가 찌르레기 새알 같은 데서 태어난 것처럼 업신여겼던 것이 분명하니까. 그런데 독감이 기승을 부린 후에 걔는 변한 듯 보였어. 적어도 나한테는 그랬어. 노력하고 있는 것 같았어. 뭐랄까…… 진정한 남자가 되려고. 그러고 나서 또 한 번 변했지. 순식간에. 그때부터 줄곧 웃기 시작했어. 오빠는 사실 더 이상 해럴드에게 말을 건넬 수 없었던 거야. 해럴드는…… 자기만의 세계에 빠졌으니까. 종교나 독서로 마음이 돌변한 사람들이 그러는 것처럼."

프랜이 갑자기 말을 멈추었고, 두 눈이 지독한 공포에 질린 듯 순간적으로 화들짝 놀란 기색을 나타냈다.

"대체 뭘 읽었기에?"

스튜가 물었다.

"사람의 인생을 바꿀 만한 어떤 글. 마르크스의 『자본론』. 히틀러의 『나의 투쟁』. 또는 어쩌면 그저 훔쳐본 연애편지들."

"무슨 소릴 하는 거야?"

"응?"

횡설수설하던 프래니가 스튜를 바라보았다. 마치 깊은 백일몽에서 깨어나 깜짝 놀란 듯. 그러고 나서 웃었다.

"아무것도 아니야. 오빠는 래리 언더우드를 만나러 가는 거 아니었어?"

"물론 가 봐야지…… 너만 괜찮다면."

"나야 괜찮고말고. 그러니까 난 좋다 이 얘기야. 어서 가시구려, 훠이 훠이. 회의는 7시야. 어서 서둘러야 다시 돌아와서 회의 전에 저녁 식사할 시간이 겨우 날 거야."

"알았어."

스튜가 뒷마당과 앞마당을 가르는 출입문 앞에 왔을 때 따라온 프래니가 불렀다.

"잊지 말고 해럴드에 대한 생각을 물어봐."

"걱정하지 마. 잊지 않을게."

"그리고 래리가 대답할 때 그 사람 눈을 잘 살펴봐, 오빠."

스튜가 해럴드한테서 받았던 인상에 관해 슬쩍 묻자(이 시점에서 스튜는 임시 위원회의 공석에 관해 전혀 언급하지 않았다.), 래리 언더우드의 눈이 조심스러운 빛을 띠고 혼란에 빠졌다.

"해럴드에 대한 제 집착에 관해 프랜이 말했을 텐데요?"

"그랬지."

래리와 스튜는 주택 단지의 작은 집 거실에 있었다. 바깥의 부엌에서는 루시가 저녁 식사거리를 한데 부스럭거리면서 래리가 설치해 준 요리용 화로 석쇠에다 깡통 식품을 데우고 있었다. 화로는 프로판 가스통과 연결되어 있었다. 루시는 요리하는 동안 「홍청망청 술집 여자들」이란 노래를 불렀는데, 매우 행복해 보였다.

스튜가 담배에 불을 붙였다. 그는 하루에 딱 다섯 또는 여섯 개비로 흡연량을 줄였다. 폐암에 걸려 딕 엘리스에게 수술을 부탁하는 것은 상상조차 하기 싫었다.

"글쎄요, 전 그동안 줄곧 해럴드가 아마도 제가 마음속으로 그려 왔던 모습과는 같지 않을 거라고 스스로 부단히 타이르면서 그의 뒤를 쫓아왔습니다. 그리고 해럴드는 정말로 상상과 달랐지만, 저는 여전히 그의 진면목을 이해해 보려 애쓰는 중입니다. 그는 몹시 쾌활했어요. 손님을 대접하는 멋진 집주인이었죠. 제가 가져간 포도주 병을 해럴드가 땄고 우리는 서로의 건강을 위해 건배했답니다. 아주 좋은 시간을 보냈어요. 하지만……."

"하지만?"

"우리는 해럴드의 등 뒤로 걸어갔어요. 레오와 제가요. 그는 꽃밭 둘레에 벽돌담을 쌓고 있다가 몸을 빙글 돌렸는데…… 제 짐작으론 제가 큰 소리로 말하기 전까지 우리가 다가가는 소리를 못 들었나 봐요. 그 순간 그 자리에서 저는 속으로 생각했어요. '아이고, 이 사람이 나를 죽이겠구나.'"

루시가 문간 안으로 들어왔다.

"스튜 씨, 저녁 드시고 가실래요? 음식 넉넉하게 했는데."

"고마워요. 하지만 프래니가 기다린답니다. 딱 15분쯤 있다가 일어날 겁니다."

"정말요?"

"다음 기회를 기약하죠, 루시. 고마워요."

"그래요."

루시가 부엌으로 돌아갔다.

"그냥 해럴드에 관해 물어보려고 들르신 겁니까?"

"아니."

스튜가 결심을 굳히고 말했다.

"자네가 우리 대단치 않은 임시 위원회에서 일할 생각이 있는지 물어보려고 찾아왔어. 위원들 중 한 사람인 딕 엘리스 씨가 활동을 못 할 사정이 생겼거든."

"그랬군요."

래리가 창가로 가서 조용한 거리를 내다보았다.

"저는 다시 평범한 개인으로 돌아갈 수 있으리라 생각했어요."

"물론 결정은 자네 몫이지. 우리는 한 사람이 더 필요해. 자네가 추천을 받은 것이고."

"추천인이 누구인지 혹시 괜찮으시다면……"

"두루두루 물어보고 다녔네. 프래니는 자네가 딱 적임자라고 생각하는 것 같더군. 그리고 닉 앤드로스가 이야기를 나눠 봤어 (아, 그 친구는 실제론 말을 못해, 자네도 알겠지만), 자네랑 함께 온 일행 중 한 분이랑. 패리스 판사님이란 분."

래리는 기쁜 듯 보였다.

"판사님이 저를 추천했군요, 그쵸? 거 참 굉장하네요. 저기 말이죠, 실은 그분을 위원으로 모셔야 합니다. 그분은 악마랑 맞먹을 정도로 영특하신 분이라고요."

"닉도 그렇게 말하더군. 하지만 일흔 살이시잖나. 게다가 이곳의 의료 시설은 매우 원시적인 수준이고."

래리가 스튜를 돌아보며 반쪽 웃음 지었다.

"이 임시 위원회는 겉모습과 달리 일시적인 단체가 전혀 아니로군요. 그런 거죠?"

스튜는 웃으며 조금 긴장을 풀었다. 여전히 래리 언더우드에 대해 어떻게 생각해야 할지 확실히 결정하진 않았지만, 이 남자가 어제 건초 더미에서 떨어져 바보 천치가 된 사람은 아니라는 사실은 아주 명백했다.

"뭐, 이런 쪽으로 받아들여 보세. 우리는 임시 위원회가 임기를 끝내고 정식 위원회 선거에 후보로 나서는 모습을 보고 싶은 것이라고."

"반대할 사람이 아무도 없겠는걸요."

래리가 말했다. 스튜를 향한 그의 눈은 다정했지만 날카로웠다. 매우 날카로웠다.

"맥주 좀 드릴까요?"

"참는 게 좋겠어. 이틀 전 밤에 글렌 베이트먼 아저씨랑 좀 과음했거든. 프랜은 인내심 있는 마누라지만, 그 여자의 인내심은 딱 그 정도까지라네. 자네 의중은 어떤가, 래리? 위원회에 참여하고 싶은가?"

"제 생각은…… 아 제길, 참여하겠습니다. 전 일단 여기 도착해서 제가 통솔했던 사람들을 풀어 놓고 다른 누군가가 새롭게 그들을 떠맡도록 넘기기만 하면 더할 나위 없이 행복할 거라고 생각했죠. 하지만 그러기는커녕 찌찌가 늘어질 만큼 지루하더라고요.

불손한 표현을 써서 죄송합니다."

"18일 대중 집회에 관한 건으로 오늘 밤 내 집에서 잠깐 회의를 할 거야. 참석할 생각 있어?"

"물론이죠. 루시를 데려가도 되겠습니까?"

스튜가 천천히 고개를 저었다.

"그것에 관해선 루시한테 아무 말도 하지 마. 한동안 비공개로 했으면 해."

래리의 웃음이 사라졌다.

"저는 비밀 스파이 활동에 소질이 없어요, 스튜 씨. 일을 숨김없이 공개하는 쪽이 더 맘에 들어요. 그래야 나중에 혼란이 생기는 것을 막을 수 있을 테니까. 제 생각에 6월에 터졌던 일은 너무 많은 사람들이 너무 폐쇄적으로 행동했기 때문에 발생한 사건이에요. 그 일은 절대 천재지변이 아니었어요. 순전히 인간의 추잡스러운 행동이 빚어낸 소행이었다고요."

"그건 자네뿐 아니라 마더께서도 말려들고 싶어하지 않는 일이지."

스튜는 웃음을 유지한 채 긴장을 풀고 말했다.

"공교롭게도 나도 자네 생각에 동의하네. 하지만 만약 전쟁 중이라도 똑같은 식으로 생각할 건가?"

"무슨 말씀인지 잘 못 알아듣겠습니다."

"우리 꿈에 나왔던 그 남자. 나는 그 남자가 완전히 사라진 것인지 의심스러운걸."

래리가 깜짝 놀란 기색을 보이곤 생각에 잠겼다.

"글렌 교수님은 이해할 수 있다고 하시더군. 우리 모두가 경고를 받은 상황인데도 왜 아무도 말하지 않는 것인지."
 스튜가 말을 계속했다.
 "여기 사람들은 여전히 전란의 충격에 빠져 있어. 자신들이 여기로 오려고 지옥 속을 헤쳐 나온 것처럼 느끼거든. 오로지 그들이 하고 싶은 일은 자신들의 상처를 핥고 고인들을 묻는 거야. 그런데 만약 마더 애버게일 님이 여기에 존재한다면, 그렇다면 그 남자도 저기에 존재하는 거야."
 스튜가 창문 쪽으로 고개를 휙 돌리자 뿌연 여름 아지랑이 속에 솟아오른 플랫아이언 구릉의 풍경이 창문에 비쳐 들었다.
 "그리고 여기 있는 사람들은 대개 그 남자에 대해 생각을 안 할지도 모르지만, 난 그 남자가 우리 생각을 한다는 데 전 재산을 걸겠어."
 래리가 부엌 쪽 출입구를 힐끔거렸다. 루시는 옆집 제인 호빙턴과 담소를 나누려고 밖에 나가고 없었다.
 래리가 낮은 목소리로 말했다.
 "그가 우리 뒤를 노린다고 생각하시는군요. 저녁 먹기 직전에 듣기엔 참 근사한 생각이네요. 식욕이 솟구쳐요."
 "래리, 나는 어떤 것도 확신하진 않아, 나 혼자서는. 그런데 마더 애버게일 님께서 말씀하시기를, 위기는 어떤 식으로도 끝나지 않을 거래. 그 남자가 우리를 해치우든가 우리가 그 남자를 해치울 때까진."
 "마더께서 그 말을 여기저기 퍼뜨리지 않으셨으면 좋겠어요. 이곳 사람들이 좆같은 호주로 피난 가려고 들 테니까."
 "그런데도 자네는 비밀을 지킬 맘이 별로 없다고 생각했구먼."

"맞아요. 하지만 이건……."

래리가 말을 멈추었다. 스튜는 상냥하게 웃고 있었고, 래리도 마주 보며 씁쓸하게 웃었다.

"그렇게 할게요. 스튜 씨 의견대로요. 논의는 하되 외부에는 입을 꼭 다물기로 한다."

"훌륭해. 7시에 보자고."

"그렇게 하고말고요."

그들은 함께 문까지 걸어 갔다.

"루시가 저녁 식사에 초대해 줘서 참 고마웠어. 조만간 프래니와 내가 루시한테 연락해서 저녁 약속을 잡을게."

"알았습니다."

스튜가 문 손잡이를 잡자 래리가 말했다.

"저기요."

스튜가 돌아서며 의문을 표했다. 래리가 천천히 말했다.

"한 소년이 있습니다. 메인 주에서부터 우리랑 같이 여행했죠. 이름은 레오 록웨이에요. 시련을 많이 겪은 아이죠. 루시와 제가 네이딘 크로스라는 여자와 함께 공동으로 양육하다시피 해요. 네이딘은 약간 별난 여잔데, 아십니까?"

스튜가 고개를 끄덕였다. 래리가 일행을 데리고 들어왔을 때 마더 애버게일과 크로스라는 여인 사이에 짧게 연출됐던 특이한 장면에 대한 소문이 돌았다.

"네이딘이 레오를 돌본 것은 제가 그들을 만나기 전부터였어요. 레오는 사람들의 속성을 잘 꿰뚫어 보는 편이에요. 그 애만 그런 능력이 있는 건 아니죠. 어쩌면 늘 그런 사람들이 존재했겠지만, 독감 사태가 터진 이후로 그런 경향이 좀 더 강해진 듯싶어요. 그런데 레오…… 그 애가 해럴드의 집 안으로 들어가지 않으려 했습니다. 심지어 그 집 잔디밭에조차 머물지 않으려 했어요…… 좀 우습죠, 그렇죠?"

"그렇군."

스튜가 동의했다.

그들은 잠시 생각에 잠겨 서로 얼굴을 마주 보았고 그러고 나서 스튜는 집으로 돌아가 저녁을 먹었다. 식사하는 동안 프랜은 혼자서 무언가에 정신이 팔린 듯 별로 말을 하지 않았다. 그리고 프랜이 온수가 가득 찬 플라스틱 양동이에서 마지막 식기의 설거지를 마치자 자유 지대 임시 위원회의 첫 번째 회의를 위해 사람들이 도착하기 시작했다.

스튜가 래리의 집으로 찾아가고 나서, 프래니는 서둘러 위층 침실로 달려갔다. 국토를 횡단하는 동안 오토바이 뒤에 매달고 다녔던 침낭이 벽장 구석에 있었다. 프래니는 개인 소지품들을 작은 지퍼 가방 속에 보관했다. 소지품들은 대개 스튜와 함께 기거하는 이 아파트 곳곳으로 흩어졌지만, 몇 개는 갈 곳을 찾지 못해 여전히 침낭 아래 놓여 있었다. 그곳에 있는 것은 클렌징크림 몇 병(어머니와 아버지가 돌아가신 후 프래니는 갑작스럽게 피부 발진이 빈발하는 증상에 시달렸지만 이제는 진정되었다.), 분비물을 흘리기 시작할 경우를 대비한 스테이프리 미니 생리대 한 상자(프래니는 임신부들이 이따금 그런 상황에 부닥친다는 소리를 들은 바 있다.),

한쪽 상자엔 '멋진 소년이여!' 라고 인쇄되어 있고 다른 상자엔 '멋진 소녀여!' 라고 인쇄된 싸구려 시가 두 상자. 마지막 물품은 자신의 일기장.

프랜은 그것을 끌어내 곰곰이 살펴보았다. 볼더에 도착한 이래로 프랜은 겨우 여덟 번 또는 아홉 번만 일기를 적었고, 대체로 짧고 누서없는 글이었다. 그들이 여행하는 동안에는 엄청나게 많은 양의 글이 분출되었다가 사라졌다. 마치…… 아기를 낳고 나면 탯줄이 주르륵 딸려 나오는 것처럼. 프랜은 조금 침울해졌다. 지난 나흘 동안은 전혀 일기를 적지 않았고, 일기가 마침내 그녀 마음에서 완전히 떠난 것은 아닌지 미심쩍었다. 비록 상황이 좀 안정되면 일기를 더욱 충실하게 기록하겠다고 굳게 다짐했지만. 그 다짐은 아기를 위한 것이었다. 그런데 이제 일기가 한층 더 무겁게 마음에 걸렸다.

사람들이 종교 때문에 마음이 돌변했을 때 보이는 모습처럼…… 또는 그들의 인생을 바꿀 만한 어떤 글을 읽었기 때문인 것처럼…… 훔쳐본 연애편지들 같은…….

별안간 일기장의 무게가 늘어난 듯싶었고, 두꺼운 종이 표지를 넘기는 것만으로도 이마에 땀방울이 돋아날 듯싶었고…… 그리고…….

프랜은 문득 등 뒤를 돌아보았다. 심장이 거칠게 요동쳤다. 이 방 안에서 무언가 움직였나?

어쩌면 벽 뒤에서 후다닥 뛰어다니는 생쥐 한 마리. 분명히 생쥐일 뿐이었다. 그저 상상력으로 인한 착각이었을 가능성이 더 컸다. 이유는 없었다. 뜬금없이 검은 덧옷을 입은 남자를, 옷걸이를 손에 든 그 남자를 생각할 이유가 조금도 없었다. 그녀의 아기는 살아 있고 안전했고, 이것은 단지 일기책일 뿐이었으며, 어떻게든 남이 일기를 훔쳐 읽을 방법은 전혀 없었으며, 설령 훔쳐볼 방법이 있었다 한들 일기를 읽은 사람이 해럴드 로더였다고 할 만한 근거는 없었다.

그래도 일기장을 열고 페이지를 천천히 넘기기 시작하면서, 아마추어가 찍은 흑백 사진 같은 최근의 과거사에 기억의 셔터를 눌러 댔다. 마음의 비디오.

'오늘 밤 우리는 그것들에 대해 감탄했고 해럴드는 빛깔과 짜임새와 색조에 관해 주절거렸고 스튜가 나에게 매우 얌전한 윙크를 보냈어. 난감해진 나도 윙크로 복수를……'

'해럴드는 당연히 총론에 반대하려 들겠지. 빌어먹을 자식, 해럴드, 좀 어른스럽게 굴어 봐!'

'……그리고 나는 해럴드가 자신만의 독특한 해럴드 로더식 건방 떨기 논평 중 한 대목을 읊어 댈 준비를 하고 있음을 알 수 있었는데……'

(아아 맙소사, 프랜, 왜 너는 해럴드의 모든 것을 다 까발려 놓았니? 무슨 목적으로?)

'흐음, 너도 해럴드를 알잖니…… 허세…… 거드름 피우는 주장…… 불안정한 어린애…….'

일기의 날짜는 7월 12일이었다. 질겁하며 그 장을 재빨리 넘기고 책장을 펄럭거리면서 끝까지 다 넘기려 서둘렀다. 계속 튀어나오는 글귀들이 그녀를 찰싹 때리는 듯싶었다. '해럴드가 옷을 갈아입으니 매우 청결한 냄새가 풍겼어…… 해럴드의 입 냄새는 오늘 밤 용이라도 몰아낼 기세더구먼…….' 그리고 거의 예언처럼 보이는 글귀. '해럴드는 해적들이 보물을 쌓아 놓듯 좌절을 높이 쌓아 두기만 해.' 하지만 무슨 목적으로? 비밀스러운 우월감과 자학으로 자신의 감정에 불을 지피려고? 또는 앙갚음의 문제였던가?

'해럴드는 목록을 만들고 있는 거야…… 그리고 그것을 두 번씩이나 거듭해서 검토하고 있어…… 그런 다음 골라내겠지…… 누가 버릇없는 사람인지 누가 점잖은 사람인지…….'

그다음 일기는 8월 1일, 겨우 2주 전. 이 글은 페이지의 맨 아래에서 시작했다. '어젯밤엔 글을 하나도 안 썼어. 너무 행복했거든. 내가 이토록 행복했던 적이 있던가? 스튜와 나는 서로 하나야. 우리는'

페이지 끝. 다음 페이지로 넘겼다. 그 페이지 맨 위에 있는 첫 글귀는 '두 번 사랑을 나누었어.'였다. 그러나 그 글귀가 눈길을 간신히 잡아끌자마자 프랜의 시선은 페이지 중간쯤으로 떨어졌다. 그곳에는, 모성 본능에 관한 실없는 잡담 옆에, 그녀의 눈길을 잡아끌어 완전히 얼어붙게 한 것이 있었다.

검게 얼룩진 엄지손가락 지문이었다.

프랜은 생각했다. '나는 매일같이 온종일 오토바이를 타고 다녔어. 분명해. 기회 있을 때마다 몸을 깨끗이 하려고 신경 썼지만, 손이 더러워지면 그럴 수도…….'

그녀는 손을 내밀었다. 그것이 심하게 떨리는 것을 보고도 조금도 놀랍지가 않았다. 엄지를 그 얼룩에 갖다 댔다. 얼룩이 훨씬 더 컸다.

'뭐, 당연한 거야. 무언가를 손가락으로 쓱 문지르면 자연히 손가락보다 큰 자국이 남게 마련이잖아.' 그것이 이유고, 그것이 전부고, 그것은……

그러나 이 엄지 지문은 그런 식으로 얼룩이 번지지 않았다. 작은 주름과 고리와 소용돌이 무늬가 대체로 아직 선명했다.

게다가 지방질이나 기름으로 인한 얼룩이 아니었다. 그녀가 자신을 아무리 속여 봐야 소용없었다.

그것은 말라붙은 초콜릿이었다.

'페이데이, 초콜릿으로 범벅이 된 페이데이 초코바.' 프랜은 속이 메스꺼워졌다.

한순간 뒤돌아보는 것조차 무서웠다. 『이상한 나라의 앨리스』에 나오는 체셔 고양이의 히죽거리는 웃음처럼 자신의 어깨 위로 해럴드의 히죽대는 웃음이 허공에 떠 있는 것을 볼까 봐 무서웠다. 두툼한 입술을 움직이면서 해럴드가 근엄하게 말할 것 같았다.

"모든 개들한텐 다 자기만의 특별한 날이 찾아오게 마련이야, 프래니. 모든 개들한텐 다 자기만의 특별한 날이 찾아오게 마련이라고."

그러나 설령 해럴드가 프랜의 일기장을 한번 힐끗 훔쳐봤다 한들, 그것이 반드시 해럴드가 그녀나 스튜나 어떤 누군가한테 비밀스러운 피의 복수를 기도하고 있다는 의미여야 하는가? 물론 반드시 그런 건 아니었다.

'하지만 해럴드는 변해 버렸잖아.' 내면의 목소리가 속삭였다.

"염병할, 걘 그리 많이 변하진 않았어!"

텅 빈 실내에 대고 고함쳤다. 프랜은 자신이 뿜어낸 음성에 약간 움찔했다가, 몸까지 떨어가며 폭소했다. 프랜은 아래층으로 내려가서 저녁 식사를 차리기 시작했다. 회의 때문에 저녁을 일찍 먹어야 했는데…… 그런데 갑자기 회의가 예전만큼 중요하게 여겨지지가 않았다.

임시 위원회 회의 의사록에서 발췌
1990년 8월 13일

회의가 스튜 레드먼과 프랜시스 골드스미스의 아파트에서 열렸다. 임시 위원회의 모든 위원이 참석했으며, 명단은 다음과 같다. 스튜어트 레드먼, 프랜시스 골드스미스, 닉 앤드로스, 글렌 베이트먼, 랠프 브렌트너, 수전 스턴, 그리고 래리 언더우드.

스튜 레드먼이 회의 진행자로 선출되었다. 프랜시스 골드스미스는 서기로 선출되었다.

이 기록 문서들(트림, 목 꿀꺽거리는 소리, 혼잣말까지 모두 완벽하게 포착하여 그런 것들을 듣고 싶어할 만큼 정신 나간 사람을 위해 모조리 메모렉스 카세트에 녹음까지 해 놓았음)은 볼더 퍼스트 은행의 안전 금고에 보관될 것이다.

스튜 레드먼이 딕 엘리스와 로리 컨스터블이 작성한 식중독에 관한 인쇄물('만약 당신이 먹어야 산다면 반드시 이것을 읽어 보시오!' 라는 제목이 눈길을 끌었음)을 내놓았다. 스튜가 말하기를 딕은 8월 18일 대중 집회가 열리기 전에 그 인쇄물이 인쇄되어 볼더 전역에 내걸리길 희망했다. 그 이유는 볼더엔 이미 식중독 환자가 15명이나 생겼으며, 그중 둘은 상태가 몹시 심각했기 때문이었다. 위원회는 랠프가 딕의 포스터를 1,000부 복사하여 봉사자 10명의 도움을 받아 도시 곳곳에 게시하기로 하는 방안을 투표에 부쳐 7 대 0으로 가결했다.

이어서 수전 스턴이 딕과 로리가 회의에 선보이기를 바라는 또 다른 안건을 내놓았다.(우리는 모두 그 두 사람 중 한 명이라도 이 자리에 있었으면 좋았겠다고 생각했다.) 그 두 사람 모두 반드시 매장 위원회가 있어야 한다고 생각했다. 딕의 아이디어는 매장 위원회를 공공 집회에서 협의 사항으로 다루되, 건강을 위협하는 요소로 공표하지 말고(집단 공포 상태를 초래할 가능성이 있기 때문에) '죽은 자에 대한 예의'로 공표해야 한다는 것이었다. 우리는 모두 시체들이 전염병 이전의 볼더의 인구수에 비하면 놀라울 만치 조금밖에 없다는 것을 알았지만, 이유는 알지 못한다. 이제는 그런 이유가 그리 중요하지도 않다. 그러나 여전히 수천 구의 시신들이 있고, 만약 우리가 여기에 정착할 작정이라면 그 시신들은 반드시 처리되어야만 한다.

스튜는 그 문제가 현재 얼마나 심각한지 물었고 수전은 통상적으로 건조하고 뜨거운 날씨가 축축하게 변하는 가을까지는 그렇게까지 심각한 상태가 되지는 않을 거라고 말했다.

래리는 매장 위원회를 8월 18일 집회에서 협의 사항으로 올리자는 딕의 제안을 받아들이자고 발의했다. 그 발의는 통과되었다. 7 대 0.

그러고 나자 닉 앤드로스가 발언권을 인정받아 미리 준비한 의견서를 랠프 브렌트너가 읽었는데, 여기에는 축약하여 인용해 둔다.

"이 위원회가 반드시 다루어야 하는 극히 중요한 문제 중 한 가지는, 위원회가 마더 애버게일 님께 위원회의 결정을 완전히 그대로 알리는 것에 동의할 것인지, 또 그분이 공개 및 비공개로 열리는 우리 회의에서 결정 난 모든 사항을 전해 들으실 수 있는지입니다. 그 문제는 또한 반대의 의미로도 따져 볼 수 있습니다. '마더 애버게일 님께서는 이 위원회(그리고 잇따라 구성될 상설 위원회)에 그분의 결정을 완전히 그대로 알리는 것에 동의하실 것인가? 또 위원회는 그분께서 하나님 또는 어떤 존재와 벌이는 회의들…… 특히나 비공개회의에서 결정 난 모든 사항을 전해 들을 수 있을 것인가?'

　제 말이 횡설수설로 들릴지도 모르지만, 설명할 기회를 주십시오. 왜냐하면 그것은 정말로 실질적인 문제니까요. 우리는 지체 없이 공동체 내에서 마더 애버게일 님의 신분을 확고히 해야만 하는데, 왜냐하면 우리가 해결할 문제가 단지 '우리를 다시 한 번 자립시키는' 차원의 문제만이 아니기 때문입니다. 만약 그게 다라면, 사실 애당초 그분이 필요하지도 않았을 것입니다. 모두 아는 바대로 또 다른 문제가 있습니다. 우리가 이따금 다크맨이라고 부르는, 또는 글렌 교수님의 표현으로는 적수라고 부르는 남자에 관한 문제인 것입니다. 그 남자의 실존에 관한 저의 증거는 매우 단순하므로 볼더에 있는 사람들 대부분이 제 추론에 동의할 것이라 생각합니다. 만약 그들이 조금이라도 그것에 관해 생각해 보고자 한다면 말이지요. 제 추론은 바로 이렇습니다. '나는 마더 애버게일 님의 꿈을 꿨고 그분은 실존했다. 나는 다크맨의 꿈도 꿨고 따라서 그 남자도 실존하고 있을 것이 분명하다. 비록 실제로는 그 남자를 본 적이 한 번도 없긴 하지만.' 이곳 사람들은 마더 애버게일 님을 사랑하고, 저도 그분을 지극히 사랑합니다. 그러나 우리는 멀리 나아가지 못할 것입니다. 사실은 우린 어디로도 나아가지 못할 것입니다. 만약 우리가 우리 자신이 하고 있는 일에 대해 애버게일 님의 승인을 얻는 것부터 시작하지 않는다면 말이죠.

그래서 오늘 이른 오후에 저는 그분을 뵈러 갔고 그분께 직접적으로 질문을 던졌습니다. 아주 노골적으로요. '마더께서 협조해 주시렵니까?' 그분은 협조할 것이라고 말씀하셨습니다. 그러나 필요조건들을 충족시키지 않으면 불가하다고 하셨죠. 그분은 더할 나위 없이 무뚝뚝하셨습니다. 그분의 어법대로, 모든 '세속적인 문제들'에 관해서는 우리가 공동체를 이끌어 나감에 있어 완전히 자유로워야 마땅하다고 말씀하셨습니다. 거리 청소, 주택 분배, 전기 복구.

그러나 그분은 또한 다크맨과 관련된 '모든' 문제들을 당신과 의논하길 바라신다는 점 역시 매우 분명히 피력하셨습니다. 그분은 우리 모두가 하나님과 사탄 사이에 벌어진 장기 시합의 장기짝이라고 믿으십니다. 이 시합에서 저 사탄의 최고 대리인이 바로 적수이며, 그분 말씀에 따르면 이름은 랜들 플랙입니다.('그가 이번에 사용 중인 이름이지.'라는 것이 그분의 표현이십니다.) 한편 가장 최선이라 여겨지는 몇 가지 이유로 인해 하나님께서는 이번 일에서 당신의 대리인으로 애버게일 님을 선택하셨습니다. 그분께서 믿으시는 바로는, 그리고 저 역시도 동의하는 바지만, 투쟁의 시기가 다가오고 있으며 승자는 우리 아니면 그 남자가 될 것입니다. 그분은 이 투쟁이야말로 가장 중요한 문제라 생각하시고, 우리의 토의가 그 투쟁에 관련될 때…… 그리고 '그 남자'에 관련될 때는 당신과 의논해야 한다고 단호히 주장하십니다.

지금 저는 이 모든 사실의 종교적인 연관성을 따지고 든다거나, 그분이 옳으냐 그르냐를 논하고 싶지는 않습니다. 그러나 연관성은 일단 모두 제쳐 두더라도, 우리가 반드시 극복해야만 하는 사태에 직면했다는 점은 명확히 해 두어야 할 것입니다. 따라서 발의할 사항들이 여러 가지 있습니다."

닉의 발언에 관해 얼마간의 토론이 있었다.

닉이 이런 발의를 했다. 위원회로서 우리는 회의 시간 동안 적수에 관한 신학적, 종교적 또는 초자연적 연관성을 토론하지 말자는 데 동의할 수 있는가? 7 대 0의 표결로, 위원회는 그 문제에 관한 토론을 금지하는 데 동의했다. 적어도 '회기 중'에는 그러기로.

그러고 나서 또 이런 발의를 했다. 우리는 위원회의 비밀스러운 비공개 직무를 주로 다크맨, 적수 또는 랜들 플랙으로 알려진 이 세력에 대한 대처법을 논하는 의제에 한정한다는 데 동의할 수 있는가? 글렌 베이트먼이 그 발의에 지지하면서, 불필요한 오해를 일으키는 걸 피해야 하는 그 밖의 직무(매장 위원회 구성의 진짜 이유처럼)가 때때로 있을 수도 있다는 점을 덧붙였다. 그 발의는 통과되었다. 7 대 0.

그러고 나서 닉이 최초에 언급했던 사항을 발의했다. 우리는 위원회를 통해 처리된 모든 공개 및 비공개 직무를 계속 마더 애버게일 님께 알린다.

그 발의는 가결되었다. 7 대 0.

한동안 마더 애버게일 님 관련 안건을 처리하고 나서 위원회는 닉의 요청에 따라 다크맨에 관한 문제로 나아갔다. 닉은 저 너머에서 실제로 무슨 일이 벌어지고 있는지 알 수 있도록, 다크맨의 사람들 속에 들어갈 세 명의 지원자를 서쪽으로 보내자고 제안했다.

수전 스턴이 즉각 지원했다. 얼마간 뜨거운 토론을 거친 후, 글렌 베이트먼이 진행자 스튜에게서 발언권을 허락받아 이런 발의를 했다. '결단코, 우리 임시 위원회 또는 상설 위원회의 어느 누구도 이 정찰대에 지원할 자격이 없다.' 수전 스턴은 이유를 알고 싶어 했다.

글렌: "위원회 전원은 도움이 되고자 하는 당신의 진실한 열망을 존경합니다, 수전. 하지만 사실 우리가 보내는 사람들이 확실히 돌아올 것인지, 또는 그 시기가 언제일지, 또는 어떤 모습이 되어 있을지 전혀 모릅니다. 한편으로 우리는 채산제에 입각하여 볼 더 내부의 상황을 돌보는 그리 사소하지만은 않은 직무를 맡는 것입니다. 얼핏 전문 용어를 쓴 점 이해해 주십시오. 만약 당신이 떠나간다면, 새로운 인물을 데려다 우리가 이미 터득한 기초 사항들부터 다시 가르쳐서 당신의 빈자리를 채워야 할 테죠. 나는 우리에게 그 잃어버린 시간을 온전히 감당할 여유가 있다고는 절대 생각하지 않습니다."

수전: "저는 글렌 교수님의 말이 옳다고 여깁니다. 적어도 이치에는 맞는 것 같습니다…… 그러나 그 두 가지 표현이 항상 똑같은 것인지 가끔씩 정말 의심스럽습니다. 또는 '일반적으로라도' 똑같은 건지 말이에요. 글렌 교수께서 말씀하고 계신 것은 우리가 위원회 소속 인원을 어느 누구도 보낼 수가 없는데 그 이유는 우린 아주 좆같은 소모품이 아니기 때문이라는 거죠. 그러니까 우린

오로지…… 오로지…… 뭐랄까……"

스튜: "팔자 좋게 메밀밭에 드러누워 있다?"

수전: "맞아요. 가르쳐 줘서 고마워요. 그게 바로 제 말뜻입니다. 우리는 팔자 좋게 메밀밭에 드러누워 있고 저쪽 편으로 다른 사람을 보내는데, 그 사람은 어쩌면 전신주 십자가에 못 박히거나 더욱 끔찍한 일을 당할 수도 있습니다."

랠프: "도대체 더욱 끔찍한 일이란 뭘까?"

수전: "저도 모르죠. 하지만 누군가 소상히 알고 있다면, 그것은 플래그이겠죠. 저는 그게 너무 싫어요."

글렌: "당신 자신은 싫어할지도 모르지만, 당신은 방금 우리의 위치를 매우 핵심적으로 진술했습니다. 여기 모인 우리는 정치인이에요. 새로운 시대의 첫 번째 정치인들. 우리는 그저 예전의 정치인들이 사람들을 죽느냐 사느냐 하는 상황 속으로 보냈던 이유보다 우리의 이유가 더욱 정당한 것이기만을 바랄 수 있을 뿐입니다."

수전: "난 내가 정치인이라고 생각한 적은 한 번도 없는데."

래리: "피차일반입니다."

임시 위원회 사람은 아무도 정찰병이 되어서는 안 된다는 글렌의 발의가 울적한 분위기 속에서 7 대 0으로 통과되었다. 그러고 나서 프랜 골드스미스는 가능성 있는 비밀 첩보원 후보들 속에서 우리가 어떤 자격 요건을 살펴야 하는지, 또 그들이 무엇을 발견해 내리라 기대해야 하는지 닉한테 물었다.

닉: "우리는 그들이 돌아온 다음에야 어떤 정보를 얻을지 알 수 있을 것입니다. 만일 그들이 살아서 돌아와 준다면요. 요점은 그

남자가 저쪽 편에서 무슨 일을 획책하는지 우리는 아는 바가 전혀 없다는 것입니다. 사람 미끼를 사용하는 낚시꾼과 별반 다를 바 없죠."

스튜는 위원회가 임무를 맡기고 싶은 사람들을 대상자로 선발해야 한다는 생각을 밝혔고, 다들 대체로 동의했다. 위원회 투표에 의해, 이 시점부터 대부분의 토론은 녹음테이프에서 이 축약 발췌록으로 문서화시켰다. 정찰대(또는 스파이) 문제를 다루는 우리의 토의를 영구적인 기록으로 남기는 것이 중요할 듯싶었는데, 그 주제가 민감하고 매우 걱정스러운 것임이 드러났기 때문이었다.

래리: "제가 추천하고 싶은 이름이 하나 있습니다. 그래도 된다면요. 그분을 모르시는 분들한테는 정신 나간 소리로 들릴 테지만, 정말 좋은 아이디어일지도 모릅니다. 패리스 판사님을 보내면 좋을 것 같습니다."

수전: "아니, 그 노인 분을요? 래리, 당신 정말 머리가 돌았군요!"

래리: "그분은 제가 이제껏 만나 본 사람 중 가장 예리한 노인이십니다. 공식적으론 70세밖에 안 된 분이에요. 로널드 레이건은 그보다 더 많은 연세에 대통령직을 수행했잖습니까."

프랜: "그다지 강력하게 추천할 만한 의견이 아니네요."

래리: "그러나 그분은 정정하시고 원기 왕성하십니다. 그리고 제 생각엔 우리가 다크맨을 염탐하라고 판사님같이 늙은 양반을 보냈으리라곤 다크맨이 의심하지 못할 겁니다...... 다크맨이 의심할 경우도 고려해야 하는 것 아닌가요? 그는 이 같은 움직임을 충분히 예상하고 있을 것이고, 잠재적인 '스파이형 얼굴'을 걸러

내려고 국경 수비대를 배치해 놓고 저 너머로 찾아가는 사람들을 조사한다고 해도 저는 그리 놀라지 않을 것입니다. 그리고 이런 말이 잔인하게 들릴 거라는 건, 특히나 프랜한테는 더욱 그러하리라는 건 저도 알지만, 만약 그분을 잃는다 해도, 우리는 그분을 앞세운 덕에 50세의 누군가를 잃지 않아도 되는 것입니다."

프랜: "당신 말이 맞아요. 참 잔인한 소리로군요."

래리: "제가 간절히 덧붙이고 싶은 말은 판사님이 임무 제의에 흔쾌히 승낙하실 거라는 것입니다. 그분은 정말로 돕고 싶어 하신다고요. 그리고 저는 정말로 그분이 힘든 임무를 잘 수행하실 수 있다고 생각합니다."

글렌: "멋지게 득점을 올렸구먼. 다른 분들은 어떻게들 생각하시는지?"

랠프: "난 어느 쪽이든 괜찮아요. 그 신사 분을 잘 모르니까. 하지만 단지 나이가 많다는 이유만 가지고 그 노인을 제외해야 한다고는 생각하지 않아요. 어쨌거나 이 지역을 책임지고 있는 사람이 누군지 보라고요. 100세를 거뜬히 넘기신 할머니잖습니까."

글렌: "멋지게 또 한 점 올렸어."

스튜: "테니스 경기 심판 같은 소릴 하시네요, 대머리 아저씨."

수전: "내 말 들어 봐요, 래리. 만약 그분이 다크맨을 잘 속이고 나서 여기로 돌아오려고 서두르는 와중에 심장 마비로 덜컥 돌아가시면 어쩌죠?"

스튜: "그런 일은 누구한테나 일어날 수 있어요. 아니면 사고를 당한다거나."

수전: "동의해요…… 그러나 노인 분의 경우엔 가능성이 훨씬

커진다고요."

래리: "그건 사실입니다. 하지만 당신은 판사님을 모르잖아요, 수전. 만약 알았다면, 유리한 점이 불리한 점보다 훨씬 많다는 것을 이해하실 겁니다. 그분은 정말 현명하세요. 변론은 이 정도로 충분할 것 같군요."

스튜: "나는 래리의 의견이 옳다고 생각합니다. 플랙이 미처 예상 못할 방법이에요. 나는 그 제안을 지지합니다. 또 동의하시는 분들?"

위원회가 찬성으로 표결했다. 7 대 0.

수전: "흐음, 나는 당신 의견에 따랐어요, 래리. 그러니 어쩌면 당신도 내 의견에 따라 줄 것 같군요."

래리: "그럼요, 이런 게 바로 정치지, 아무렴. (일동 폭소) 추천할 사람은 누군데요?"

수전: "데이나."

랠프: "데이나 누구?"

수전: "데이나 저겐스. 데이나는 내가 이제껏 알고 지낸 어떤 여성보다 배짱이 두둑하답니다. 물론 나는 데이나가 70세는 아니란 걸 알지만, 임무를 맡으면 잘해 낼 거라고 생각합니다."

프랜: "그래요. 만약 우리가 정말로 이 일을 해야만 한다면, 저도 데이나가 잘할 거라고 생각해요. 추천에 동의합니다."

스튜: "좋습니다. 우리가 데이나 저겐스 양한테 참여 의사를 묻자는 제안이 나왔고 동의를 받았습니다. 또 동의하시는 분들?"

위원회가 찬성으로 투표했다. 7-0.

글렌: "좋았어. 세 번째 주인공은 누구지?"

닉(랠프가 대신 읽음): "만약 프랜 양이 래리의 의견을 싫어했다면, 제 의견도 정말로 싫어할 것이라고 염려됩니다. 제가 추천하는 사람은……."

랠프: "닉, 자네 미쳤나! 정말 그럴 작정은 아니겠지!"

스튜: "진정하세요, 랠프 형님. 마저 읽어 주세요."

랠프: "글쎄…… 여기 적힌 글에 따르면 닉이 추천하고 싶어 하는 사람은…… 톰 컬런."

위원회에서 소란이 일어남.

스튜: "알았습니다. 닉이 발언권을 가지고 있습니다. 닉도 힘들어하면서 쓰고 있던데, 그 글을 읽어 주시는 게 좋겠어요, 랠프 형님."

닉: "무엇보다도, 래리가 판사님을 아는 것만큼이나 저도 톰 아저씨를 잘 압니다. 어쩌면 더 잘 알 거예요. 그분은 마더 애버게일 님을 사랑해요. 할머니를 위해선 무슨 일이든 할 겁니다. 은은한 불길 위에서 몸이 구워지는 일이라도 마다하지 않을 거예요. 정말 그렇다는 겁니다. 뻥이 아니에요. 아저씨는 할머니를 위해선 자기 몸에 불이라도 지를 것입니다. 만약 할머니가 아저씨에게 요구한다면."

프랜: "닉, 아무도 그 점은 반박하지 않아요. 그러나 톰 아저씨는……."

스튜: "말을 막지 마, 프랜. 닉에게 발언권이 있어."

닉: "제 두 번째 요점은 래리가 판사님에 관해 주장했던 것과 똑같은 사항입니다. 적수는 우리가 정신 지체자를 스파이로 보낼 거라곤 예상하지 못할 거예요. 그 아이디어에 여러분이 만장일치

로 보여 주신 반응 자체가 어쩌면 그 아이디어의 효용성을 입증하는 가장 좋은 증거가 되겠죠. 세 번째이자 마지막 요점은 톰 아저씨가 정신 지체인 반면에 백치는 아니라는 것입니다. 예전에 토네이도 폭풍이 왔을 때 아저씨는 제 생명을 구했고, 제가 아는 어떤 사람보다도 훨씬 더 신속하게 반응했습니다. 톰 아저씨는 어린애 같지만, 어린애일지라도 연습하고 배우고 나서 좀 더 연습을 하면 특정한 일을 수행하는 법을 익힐 수 있습니다. 저는 톰 아저씨에게 암기해야 할 매우 간단한 거짓 사연을 알려 주는 데는 아무런 문제가 없다는 것을 잘 압니다. 결국 저쪽 편 사람들은 우리가 아저씨를 추방한 이유를 이렇게 추측할 테죠. 그러니까……"

수전: "우리의 유전자 집단을 오염시키길 원치 않았기 때문에? 흠, 그거 참 훌륭한데요."

닉: "……아저씨가 정신 지체를 겪고 있는 처지이기 때문이라고요. 아저씨는 자신을 추방한 사람들한테 몹시 분노했고 보복하고 싶다는 말을 흘릴 수도 있어요. 아저씨의 머릿속에 철저히 주입시켜야 할 한 가지 철칙은 결코 자기의 추방 사연을 바꿔 말해서는 안 된다는 점입니다. 무슨 일이 있어도."

프랜: "맙소사, 안 돼. 난 믿을 수가……"

스튜: "진정해, 닉한테 발언권이 있어. 회의 규칙에 따르자고."

프랜: "예, 죄송합니다."

닉: "여러분 중 일부는 유감스럽게 느끼실 수도 있겠죠. 왜냐하면 톰 아저씨는 정신 지체니까 더 폭넓은 지능을 가진 다른 사람보다는 추방 사연을 진술하는 것에서부터 더 쉽사리 동요를 일으킬 것이다 하고요. 하지만……"

래리: "그래요."

닉: "……하지만 실제로는, 정반대인 것이 사실입니다. 만약 제가 톰 아저씨한테 제가 알려 주는 거짓 추방 사연을 고지식하게 반드시 고수해야만 한다고, 무슨 일이 있어도 고수하라고 말한다면, 아저씨는 그대로 따를 것입니다. 이른바 보통 사람은 몇 시간의 물고문이나 수차례의 전기 충격이나 손톱 밑에 침 놓기 심문에 겨우 겨우 허덕이다가……"

프랜: "그렇게 되지는 않을 거예요, 그렇죠? 그렇겠죠? 제 말은, 그렇게 되리라고는 정말 어느 누구도 생각하지 않는다는 거죠, 그렇잖아요?"

닉: "……결국 실토하겠죠. '알았소, 내가 졌소. 내가 아는 것을 당신들한테 다 불겠소.' 톰 아저씨는 쉽사리 그런 행동을 하지 않을 겁니다. 만약 아저씨가 자신의 거짓 사연을 여러 번 반복해서 암기한다면, 그것을 단순히 암기한 지식으로만 받아들이지 않을 거예요. 정말 진실이라고 철석같이 믿을 것입니다. 아무도 아저씨를 동요시킬 수 없을 거예요. 제 생각엔 여러 가지 면에서 톰 아저씨의 정신 지체가 실제로는 이런 특수 작전엔 이득이 된다는 점을 분명히 밝혀 두고 싶습니다. 거창하게 들리겠지만, '특수 작전'이 딱 맞는 말입니다."

스튜: "그게 다입니까, 랠프 형님?"

랠프: "조금 더 있어."

수전: "만약 톰 컬런 씨가 실제로 꾸며 낸 사연에 흠뻑 빠져 살기 시작한다면요, 닉. 도대체 어떻게 자신이 여기로 돌아와야 할 때를 알까요?"

랠프: "실례지만, 아가씨. 그 점은 이 글의 나머지에 나와 있는 것 같구려."

수전: "아."

닉(랠프가 대신 읽음): "아저씨를 내보내기 전에 후최면 효과를 위한 암시를 심어 줄 수 있을 겁니다. 다시 한 번 말하건대, 그냥 뜬구름 잡는 소리가 아니에요. 전 이 아이디어를 떠올렸을 때 톰 아저씨한테 최면을 걸어 봐 달라고 스탠 노고트니 씨한테 부탁했어요. 스탠 씨가 가끔 파티장에서 장기 자랑으로 최면술을 하곤 했다고 말하는 것을 들었거든요. 뭐, 스탠 씨는 최면이 잘되리라곤 생각하지 않았죠…… 하지만 톰 아저씨는 약 6초 만에 최면 상태에 빠졌다고요."

스튜: "나라도 그렇게 됐을걸. 멋쟁이 스탠은 최면 거는 법에 통달했으니까, 그렇지?"

닉: "톰 아저씨가 최면에 극히 민감하게 반응할 거라고 생각했던 이유는 제가 오클라호마에서 아저씨를 만났던 때로 거슬러 올라갑니다. 그분은 분명히 아주 오랜 세월에 걸쳐 어느 정도 자신한테 스스로 최면을 거는 기술을 발전시킨 것입니다. 자기 최면은 그분이 여러 생각들을 연결하는 데 도움을 주는 것이죠. 제가 아저씨를 만났던 날에 그분은 제 상태를 도통 이해할 수 없었습니다. 왜 제가 말을 전혀 안 했는지 또 왜 그분의 질문들에 하나도 대답하지 않았는지. 저는 부단히 제 손을 입에 갖다 대고 목에다 갖다 대는 것으로 제가 벙어리라는 것을 표시했지만, 아저씨는 전혀 알아듣지 못했어요. 그리고 나서 순식간에, 아저씨는 몸에서 전기가 다 꺼졌죠. 그 모습을 더 잘 설명하진 못하겠어요. 완벽하

게 움직임을 멈춘 상태가 되었습니다. 시선은 어디론가 먼 곳을 향했고요. 곧이어 아저씨가 그 상태에서 벗어났는데, 최면술사가 최면에서 깨어날 때라고 일러 주는 순간 최면 걸렸던 사람이 깨어나는 모습하고 정확히 일치하더라고요. 그리고 아저씨는 알아차렸어요. 바로 그런 절차를 거쳐서 말이죠. 아저씨는 자신의 내면으로 들어가서 해답을 가지고 다시 밖으로 나왔던 것입니다."

글렌: "그거 정말 굉장한데."

스튜: "확실히 그렇군요."

닉: "우리가 톰 아저씨한테 최면을 시도했을 때, 그러니까 닷새쯤 전에, 저는 스탠 씨가 톰 아저씨한테 후최면 효과를 나타내는 암시를 심어 놓도록 했습니다. 그 암시는 '나는 몹시도 코끼리가 보고 싶다.'라고 스탠 씨가 말하는 순간 아저씨는 구석으로 가서 물구나무서고 싶은 충동을 강하게 느끼게 하는 것이었죠. 아저씨를 최면에서 깨우고 약 30분 뒤 스탠 씨가 암시를 던졌고, 톰 아저씨는 즉시 부리나케 구석으로 달려가 물구나무를 섰습니다. 장난감과 구슬이 모조리 아저씨의 바지 주머니에서 쏟아졌습니다. 그러고 나자 아저씨가 주저앉아 우리를 향해 씩 웃더니 이렇게 말했죠. '근데 왜 톰 컬런이 달려가서 거꾸로 섰는지 나도 참 이상한데?'"

글렌: "그런 소리가 나올 만도 하겠군."

닉: "어쨌든, 이 모든 수고스러운 최면 활동이 두 가지 매우 단순한 사항을 명확히 일러 줍니다. 하나, 톰 아저씨가 일정한 시기에 복귀하도록 우리는 후최면 효과를 나타내는 암시를 심어 놓을 수 있습니다. 확실한 방법은 달 모양에 맞춰 복귀 시점을 잡는 것

일 겁니다. 보름달이 좋겠죠. 둘, 아저씨가 돌아오면 깊은 최면에 빠뜨려서 아저씨가 목격했던 모든 것을 거의 완벽하게 불러낼 수 있습니다."

랠프: "이상이 닉이 적어 놓은 글입니다. 와우."

래리: "옛날 영화 「맨추리안 캔디데이트」의 내용과 비슷한 것 같은데."

스튜: "뭐라고?"

래리: "아무것도 아니에요."

수전: "질문 있어요, 닉. 우리가 하고 있는 일에 관해 어떠한 정보도 누설하지 말라는 것까지도 톰한테 프로그래밍(그것이 적절한 표현 같군요.) 할 건가요?"

글렌: "닉, 그것에 관해선 내게 대답할 기회를 주게. 그리고 만약 자네 논리와 다르다면, 그저 고개를 흔들기만 하면 돼. 나로서는 톰이 조금도 프로그래밍될 필요가 없다고 말하고 싶습니다. 우리에 관해 아는 어떤 것이든 모든 것을 발설하게 그냥 놔두는 것입니다. 어쨌든 우리는 플랙에 관련된 일은 계속 밀실에서 은밀히 진행 중이고, 그 밖에 크게 벌이는 일도 없으니 톰이 혼자서 짐작하긴 불가능하니까요. 설령 톰의 점치는 수정 구슬이 번뜩거린다 해도 별 소용이 없지."

닉: "바로 그렇습니다."

글렌: "좋았어. 나는 닉의 동의를 지금 당장 재청하겠습니다. 우리한테 이득이 되지 잃을 건 아무것도 없다고 생각해요. 기막히게 참신하고 독창적인 아이디어니까."

스튜: "동의가 나왔고 재청을 받았습니다. 여러분이 원한다면

좀 더 토론을 할 수 있지만, 조금만입니다. 효율적으로 진행하지 않으면 여기서 날밤을 새워야 할 거예요. 더 토론할 게 남았습니까?"

프랜: "당연히 있지요. 우리한테 이득이 되지 잃을 건 아무것도 없다는 말씀을 하셨죠, 글렌 교수님. 그럼 톰 컬런 씨는 어떡하죠? 우리 자신의 빌어먹을 영혼은 어떡하고요? 어쩐지 여러분은 저쪽 사람들이…… 침을…… 컬런 씨의 손톱 밑에 찔러 넣고 전기 충격을 가한다고 생각해도 전혀 괴롭지 않은가 봐요. 하지만 저는 그런 생각을 하면 괴로워요. 여러분은 어쩜 그리도 냉정할 수 있죠? 그리고 닉, 아저씨한테 최면을 걸면…… 자루 속에 머리가 틀어박힌 닭처럼 행동할 거라뇨! 부끄러운 줄 아세요! 난 그분이 당신 '친구'라고 생각했는데!"

스튜: "프랜……."

프랜: "안 돼요. 난 할 말은 다 해야겠어요. 내 의견이 투표에서 부결된다 해도 위원회 일에서 손 씻지도 않을 거고 발끈해서 퇴장하는 일도 없을 테지만, 할 말은 다 해야겠어요. 여러분은 정말로 저 천진난만하고 정신이 온전치 못한 아이 같은 사람을 데려다가 인간 첩보 정찰기로 만들고 싶어요? 여러분 중 어느 누구도 그런 짓이 예전의 악습을 또다시 되풀이하는 것과 똑같다는 사실을 이해 못 하겠어요? 그걸 깨닫지 못하겠어요? 만일 그쪽 사람들이 그분을 살해하면 우리는 어떻게 해요, 닉? 만일 그들이 우리가 보낸 사람들을 모두 살해하면 우리는 어떻게 해요? 새로운 세균을 더 키워 낸다? 캡틴 트립스의 개량판인가요?"

여기서 잠시 휴식 시간을 갖는 동안 닉이 답변을 적었다.

닉(랠프가 대신 읽음): "프랜 양이 꺼내 놓은 의견들이 제게 매우 큰 영향을 끼쳤지만, 저는 저의 제안을 고수합니다. 아니, 저는 톰 아저씨를 물구나무서게 했을 때 마음이 편치 않았고 고문당하다 살해당할지도 모르는 상황 속으로 보내는 일은 더욱 마음이 편치 않습니다. 다만 아저씨는 마더 애버게일 님을 위해, 그리고 할머니의 신념과 할머니의 하나님을 위해 그 일을 수행할 것이지, 우리를 위해 수행하는 것은 아니라는 점을 또 한 번 지적하겠습니다. 저는 또한 저쪽 편의 존재가 야기하는 위협을 끝내려면 우리 임의대로 어떠한 수단이든 사용해야 한다고 진정으로 믿습니다. 그 남자는 저 너머에서 사람들을 십자가에 못 박고 있습니다. 저는 꿈을 통해 그 광경을 확인했고, 여러분 중 몇 분도 그런 꿈을 꿨으리란 것을 압니다. 마더 애버게일 님께서도 몸소 그 꿈을 꾸셨습니다. 그리고 저는 플랙이 사악하다는 것을 압니다. 만약 어느 누가 캡틴 트립스의 새로운 변종을 개발해 낸다면요, 프래니 양, 바로 그 남자일 것입니다. 우리한테 사용할 목적으로요. 저는 우리가 아직 여력이 있을 때 그 남자를 저지하고 싶습니다."

프랜: "그 얘기들은 모두 사실이에요, 닉. 그것들에 관해 왈가왈부할 순 없죠. 저도 그 남자가 나쁘다는 것은 알아요. 오로지 제가 아는 것은, 사탄의 자손일지도 모른다는 거예요. 마더 애버게일 님께서 말씀하신 것처럼. 하지만 그를 저지하려는 목적으로 우리는 그 사람과 똑같은 스위치에 손을 대고 있는 거라고요. 『동물농장』이란 소설 기억해요? '그들은 돼지들과 사람들을 번갈아 바라보았고, 차이점을 말할 수가 없었다.' 제가 진정으로 당신한테서 듣고 싶은 말은, 비록 랠프 아저씨가 읽어 주는 거지만, 이것입

니다. 만일 우리가 그 남자를 저지하려는 목적으로 그 스위치를 정말로 당겨야만 한다면…… 만일 우리가 정말 그래야 한다면…… 일단 스위치 작동이 끝나자마자 우리는 손을 뗄 수 있을 것이다. 당신은 그렇게 말할 수 있어요?"

닉: "장담은 못 할 거 같아요. 장담 못 해요."

프랜: "그럼 저는 반대에 투표합니다. 만약 서부 지역으로 사람들을 보내야 한다면, 적어도 자신이 어떤 일에 말려들었는지 이해할 수 있는 사람들을 보냅시다."

스튜: "또 다른 분은?"

수전: "나도 반대합니다. 하지만 좀 더 실질적인 이유 때문이에요. 만약 우리가 앞서 의견대로 진행시킨다면, 결국엔 노인과 저능아가 스파이가 될 것입니다. 안 좋은 표현을 써서 죄송합니다. 저도 그분을 좋아해요. 그러나 그분의 상태는 그 표현대로잖아요. 난 반대합니다. 그리고 이젠 입 다물고 있을래요."

글렌: "의견을 물어서 결론을 내지, 스튜."

스튜: "좋습니다. 탁자에 둘러앉은 순서대로 합니다. 나는 찬성에 투표합니다. 프래니?"

프랜: "반대."

스튜: "글렌 아저씨?"

글렌: "찬성."

스튜: "수전?"

수전: "반대."

스튜: "닉?"

닉: "찬성."

스튜: "랠프 형님?"

랠프: "글쎄. 나도 그다지 맘에 들진 않지만, 닉이 지지한다면, 따르겠어. 찬성."

스튜: "래리?"

래리: "솔직한 답변을 원하십니까? 저는 그 아이디어가 끔찍하게도 역겹다고 생각하고, 꼭 더러운 공중변소에 와 있는 것 같은 기분이 듭니다. 이런 게 바로 높은 자리에 있으면 감당해야 하는 종류의 고민인 것 같군요. 높은 자리란 지독하게도 산뜻한 곳이네요. 저는 찬성에 투표합니다."

스튜: "발의가 통과되었습니다. 5 대 2."

프랜: "스튜?"

스튜: "응?"

프랜: "제 투표 결과를 바꾸고 싶어요. 만약 우리가 정말로 톰 컬런 씨를 그곳으로 보낼 거라면, 뜻을 한데 모으는 편이 낫겠습니다. 제가 너무 설쳐서 미안해요, 닉. 당신의 감정을 상하게 한 거 알아요. 당신 얼굴 표정으로 알 수 있어요. 정말 미치겠어요! 왜 이런 의견이 나와야 하는 걸까요? 여학생 클럽의 댄스파티 위원회처럼 편한 자리는 분명 아니로군요. 그건 확실하네요. 프래니는 찬성에 투표합니다."

수전: "그렇다면 나도 동감. 공동 전선을 이뤄야지. 닉슨 대통령이나 혼자서 독불장군 행세를 하는 법이니까. 자기는 나쁜 놈이 아니라고 말하면서. 찬성합니다."

스튜: "수정 투표로 7 대 0이 됐습니다. 손수건 여기 있어, 프랜. 그리고 내가 당신을 사랑한다는 말을 의사록에 남기고 싶소."

래리: "그런 눈꼴사나운 기록을 남기려 하다니, 회의를 폐회해야 한다고 생각합니다."

수전: "나도 그 심정에 동의합니다."

스튜: "폐회해야 한다고 투덜이와 투덜이 엄마가 발의를 하고 동의했습니다. 찬성하시는 분들, 손 드세요. 반대하시는 분들, 캔 맥주가 머리로 날아가는 거 각오하시고."

폐회 투표는 7 대 0으로 찬성.

"잠자리에 들어야지, 스튜?"

"그래. 늦었지?"

"자정이 다 됐어. 많이 늦은 거지."

발코니에 있던 스튜가 안으로 들어왔다. 삼각팬티만 빼고 아무것도 입은 것이 없었다. 팬티의 순백색이 볕에 그을린 피부와 대비되어 눈부실 정도였다. 옆에 있는 침대 탁자 위에 콜맨 기름 램프를 켜고 침대에서 몸을 일으켜 세운 프래니는 스튜를 향한 자신의 사랑이 뿌듯하리만큼 깊다는 데 다시금 놀라워했다.

"회의 생각을 하고 있었어?"

"응. 그랬어."

스튜는 침대 탁자에 놓은 주전자에서 물 한 잔을 따라 마시고 끓인 물의 밍밍한 맛에 얼굴을 찡그렸다.

"내가 보기에 오빠는 훌륭한 진행자였어. 대중 집회에서도 진행을 맡겠느냐고 글렌 교수님이 물었지, 그렇지? 그것 때문에 고민하는 거야? 사절했어?"

"아니, 맡겠다고 했어. 그건 할 수 있을 것 같아. 나는 그 세 사람을 산맥 너머로 보내는 일을 생각하고 있었어. 더러운 계획이지. 스파이를 보내는 일 말이야. 네 말이 옳았어, 프래니. 다만 걱정되는 것은 닉의 말도 역시 옳다는 거지. 이런 경우에 너라면 어떻게 하겠어?"

"양심껏 투표하고 그런 다음 가능한 한 최고의 밤잠을 자는 거죠."

프래니가 손을 뻗어 램프 스위치에 갖다 댔다.

"불 꺼도 돼?"

"그래."

프래니가 불을 끄자 스튜는 침대 속 그녀 옆자리로 들어갔다.

"잘 자, 프래니. 사랑해."

프래니는 천장을 바라보고 누웠다. 톰 컬런의 일은 마음속에서 이미 결론을 냈다. 그러나…… 그 얼룩진 초콜릿 지문이 계속 마음에 걸렸다.

"모든 개들한텐 다 자기만의 특별한 날이 찾아오기 마련이야, 프랜."

'어쩌면 지금 당장 스튜한테 말해야 할지도 몰라.' 프래니는 생각했다. 그러나 만약 문제가 있는 거라면, 그것은 자신의 문제였다. 그저 기다리고…… 주시하고…… 무슨 일이 생기는지 지켜봐야 할 것이다.

프래니가 잠들기까지는 오랜 시간이 걸렸다.

제52장

이른 새벽, 마더 애버게일은 잠을 못 이룬 채 침대에 누워 있었다. 기도하려 애쓰던 중이었다.

불도 켜지 않은 채 몸을 일으켜 하얀 면 잠옷 차림으로 무릎을 꿇었다. 이마에 꼭 댄 성서는 사도행전이 펼쳐져 있었다. 다메섹 길에서 옹고집 늙은이 사울이 기독교로 개종하다. 사울은 빛에 눈이 멀었고, 다메섹 길에서 그의 눈을 가로막던 비늘이 떨어졌다. 사도행전은 기적이 교리를 뒷받침하는 성서의 마지막 권이었는데, 지상에 작용하는 하나님의 신성한 손길이 아니라면 도대체 무엇이 기적이겠는가?

그리고 오, 그녀의 두 눈에 비늘이 끼어 있었다. 그것들이 완전히 떨어져 나갈 것인가?

방 안의 소리라고는 기름 램프의 연기가 타는 희미한 소리, 웨스트클록스 태엽 시계의 똑딱 소리, 낮게 읊조리는 애버게일의 목소리뿐이었다.

"제게 저의 죄를 보여 주소서, 주여. 저는 모르옵나이다. 주께서 보이고자 하셨던 어떤 것을 제가 지나쳐서 놓쳤다는 사실만 아나이다. 저는 잠들 수가 없고, 배설할 수가 없으며, 주님을 느끼지 못하나이다. 고장 난 전화기에다 대고 기도하고 있는 것 같으며, 그런 일이 벌어지기엔 지금은 좋지 않은 시기옵나이다. 제가 당신께 무슨 죄를 범했나이까? 대답을 주시리라 저는 귀를 기울이고 있나이다, 주여. 제 마음속의 고요한 작은 목소리에 귀를 기울이고 있나이다."

그리고 애버게일은 확실하게 귀를 기울였다. 관절염투성이 손가락들을 눈에다 덮고 더한층 앞으로 몸을 기울이며 정신을 맑게 하려고 노력했다. 그러나 앞은 온통 까맸고, 자신의 피부처럼 까맸고, 좋은 씨가 뿌려지길 기다리는 묵힌 땅처럼 까맸다.

'제발 나의 주여, 나의 주여, 제발 나의 주여……'

그러나 떠오른 이미지는 옥수수의 바다 속에 쓸쓸히 뻗은 흙 길이었다. 방금 도살한 닭을 가득 담은 삼베 자루를 가진 여인이 있었다. 그리고 족제비 떼가 왔다. 그것들이 앞으로 달려들어 자루를 잡아채려고 했다. 그것들은 피 냄새를 맡을 수 있었다. 죄악의 해묵은 피 냄새와 제물의 신선한 피 냄새. 늙은 여자가 하나님께 목소리를 드높였지만, 나약하고 칭얼거리는 어조였다. 초조한 목소리는 주의 의지가 작용하는 사물의 섭리 속에서 자신의 위치가 어떻든 간에 하나님의 뜻대로 이루어질 것이라 겸손하게 간청하는 것이 아니라, 하나님이 자신을 구해 줘야 일을…… 자신의 일을 완수할 수 있는 거라고 오히려 다그치고 있었다…… 마치 하나님의 의도를 잘 알아서 하나님의 의지를 자신의 의지대로 매수할 수 있다는 듯이. 족제비 떼가 한층 대담해졌다. 족제비들이 자루를 잡아채고 끌어당기는 바람에 삼베 자루가 너덜너덜해지기 시작했다. 애버게일의 손가락은 너무 늙었고, 너무 나약했다. 그리고 닭이 다 없어져도 족제비들은 여전히 굶주려 있을 터였고 마침내는 그녀를 덮치려 할 터였다. 그랬다. 그것들은……

한순간 족제비들이 뿔뿔이 흩어졌고, 찍찍거리며 어둠 속으로 뛰어가면서 반쯤 먹어 치운 자루 속 내용물을 남겨 두었고, 애버게일은 환희에 가득 차 생각했다. '결국 하나님이 나를 구하셨구나! 그분의 이름을 찬양하라! 하나님께서 당신의 선하고 충실한 하인을 구하셨도다!'

"하나님이 아니다, 늙은 여인아. 나다."

환몽에 사로잡힌 애비가 돌아서자 극도의 공포가 선명한 구리 맛과 함께 목구멍 속으로 맹렬하게 뛰어들었다. 그 자리에서 덥수룩한 은빛 유령처럼 옥수수밭을 헤치고 나온 것은 거대한 로키 산맥 야생 늑대 한 마리였다. 차가운 미소를 흘리느라 턱이 벌어져 있고, 두 눈은 이글거리고 있었다. 두꺼운 목 둘레엔 은박을 두른 듯한 목털이, 매력적이고 야성적인 아름다움을 간직한 목털이 나 있었고, 새까맣고 자그마한 옥석이 매달려 있었다. 돌 한가운데에는 작고 붉은 흠집이 있었다. 눈동자를 닮은. 또는 열쇠를 닮은.

애버게일은 성호를 긋고 이 무시무시한 망령이 앞세운 사악한 눈동자 표식을 물리치려고 주먹에서 검지와 새끼손가락을 치켜세우는 손동작을 취했지만, 늑대의 턱은 오히려 더 활짝 히죽거리며 턱 사이로 분홍색 혓바닥을 축 늘어뜨렸다.

"내가 너를 덮치러 갈 것이다, 마더. 지금은 아니다. 하지만 머지않았다. 개 떼가 사슴한테 달려들듯 우리가 너한테 달려들 것이다. 나는 네가 생각하는 온갖 존재일 터이지만, 그보다 더한 존재이기도 하다. 나는 마법을 부리는 사람이니라. 나는 임종의 시기를 대변하는 사람이니라. 네 편에 선 사람들이 나를 제일 잘 안다, 마더. 그들은 나를 정복자 존이라 부르노니.(정복자 존John The Conqueror은 미국 흑인 설화 속에 나오는 아프리카 왕자. 미국에 노예로 팔려 왔으나 막강한 마법을 행사하여 억압을 물리치고 수많은 모험을 겪는 신화적인 인물이다. 마법의 힘을 지녔다고 여겨지는 식물 뿌리의 이름도 그의 이름을 따서 정복자 존이라고 불렀다.—옮긴이)"

"꺼져라! 전능하신 주 하나님의 이름으로 나를 내버려 두어라!"

그러나 애버게일은 너무도 겁에 질렸다! 자기가 꾸는 꿈속에서 자루 속에 든 닭들로 상징되는 주변 사람들을 염려해서가 아니라, 자기 자신을 염려해서였다. 애버게일은 마음속 깊이 걱정했으며, 자신의 영혼을 걱정했다.

"너의 하나님은 나에게 전혀 힘을 행사하지 못한다, 마더. 그의 그릇은 약하다."

"아니다! 사실이 아니다! 나의 힘은 열 사람의 힘이며, 나는 날개를 달고 날아올라 독수리처럼……"

그러나 늑대는 오히려 히죽거리며 더 가까이 다가왔다. 애버게일은 거칠고 야만적인 늑대의 숨결에 움츠러들었다. 이것은 정오의 공포이자 자정에 휘날리는 공포였으며, 몹시도 무서웠다. 그녀는 극도의 두려움에 빠졌다. 늑대는 여전히 히죽거리면서 두 가지 음성으로 말하며, 질문을 던진 다음 자신이 직접 대답을 내놓기 시작했다.

"우리가 목 말랐을 때 바위에서 물을 이끌어 낸 분은 누구셨습니까?"

"내가 그랬도다."

늑대가 칭얼거리는, 반쯤 뽐내는, 반쯤 움츠러드는 목소리로 대답했다.

"우리가 실신했을 때 우리를 구하신 분은 누구셨습니까?"

히죽거리는 늑대가 물었다. 그것의 주둥이는 이제 그녀로부터 겨우 몇 센티미터밖에 떨어져 있지 않았으며, 활기찬 도살장의 숨결을 내뿜고 있었다.

"내가 그랬도다."

늑대가 끙끙거리며 계속 가까이 다가왔고, 히죽거리는 주둥이는 잔인한 살육으로 가득했으며, 붉은 두 눈은 도도했다.

"다들 엎드려 나의 이름을 찬양하라. 나는 사막에서 물을 가져다주는 자니라. 나의 이름을 찬양하라. 나는 사막에서 물을 가져다주는 선하고 충실한 하인이니라. 그리고 나의 이름은 또한 내 주인의 이름이니……"

늑대의 아가리가 넓게 벌어져 애버게일을 삼켰다.

"……나의 이름."

애버게일이 중얼거렸다.

"나의 이름을 찬양하라. 모든 은총의 근원이신 하나님을 찬양하라. 그분을 찬양하라, 여기 지상의 너희 창조물들이여……."

머리를 들고 망연자실하여 실내를 두리번거렸다. 성서가 바닥에 떨어져 있었다. 동쪽으로 난 창문에 새벽빛이 어렸다.

"오 나의 주여!"

애버게일이 떨리는 목소리로 우렁차게 부르짖었다.

'우리가 목 말랐을 때 바위로부터 물을 이끌어 낸 분은 누구셨습니까?'

바로 그것이었나요? 사랑하는 하나님, 바로 그것 때문이었나요? 그것이 바로 비늘이 자신의 눈을 덮어 마땅히 알아야만 했던 것들 앞에서 자신을 장님으로 만들었던 이유인가요?

비통한 눈물이 애버게일의 눈에서 떨어지기 시작했고 그녀는 천천히 고통스럽게 일어나 창가로 걸어갔다. 관절염이 엉덩이와 무릎 관절 속으로 굵은 감침질 바늘을 마구 찔러 댔다.

그녀는 바깥을 내다보고 이제 자신이 해야 할 일을 알았다.

벽장으로 돌아가 하얀 면 잠옷을 머리 위로 끌어 올려 벗었다. 그리고 바닥에 떨어뜨렸다. 벌거숭이로 서서 주름살들로 어지럽게 휘감긴 맨몸을 드러냈는데, 그 몸은 시간이라는 웅대한 강의 바닥 구실을 했을지도 몰랐다.

"당신의 뜻대로 이루어지이다."

애버게일은 옷을 갈아입기 시작했다.

1시간 뒤 그녀는 메이플턴 대로 서쪽을 천천히 걸으며 마을 너머 우거진 숲과 험하고 좁은 골짜기를 향해 가고 있었다.

스튜가 닉과 함께 발전소에 있을 때 글렌이 불쑥 들이닥치더니 거두절미하고 말했다.

"마더 애버게일 님. 그분이 없어졌네."

닉이 날카롭게 쳐다보았다.

"무슨 소리 하시는 거예요?"

스튜는 질문과 동시에 글렌을 망가진 발전기 터빈에 구리줄을 감고 있는 일꾼들한테서 떨어진 곳으로 끌고 갔다.

글렌이 고개를 끄덕였다. 이곳까지 8킬로미터를 자전거로 달려온 그는 계속 숨을 진정시키려 애쓰고 있었다.

"어젯밤 회의에 관해 말씀드리려고 그분을 찾아갔네. 듣고 싶어 하신다면 녹음테이프도 틀어 드리려고 말이지. 나는 톰의 일을 그분께 알리고 싶었다네. 왜냐하면 그 아이디어를 받아들이기가 거북했거든…… 밤새도록 프래니가 말했던 것과 같은 염려의 소리가 나를 괴롭히더구먼. 일찍 회의 보고를 하고 싶었어. 랠프가 오늘은 두 무리가 찾아올 거라고 말했고, 자네도 알다시피 그분은 그런 사람들과 인사하는 것을 좋아하시잖나. 난 8시 30분경에 찾아갔어. 노크를 했는데 응답을 안 하셔서, 안으로 들어가 봤지. 만약 취침 중이시면 그냥 돌아가야겠다고 생각했지. 하지만 확인해 보고 싶더란 말이지, 괜찮으신지…… 돌아가시거나 무슨 일이 생긴 건 아닌지…… 많이 늙으셨잖은가."

닉의 시선은 글렌의 입술을 결코 떠나지 않았다.

"그런데 그분은 그곳에 계시지 않았어. 그리고 베개 위에서 이걸 발견했어."

글렌이 그들에게 키친타월 한 장을 건넸다. 큼직큼직한 글씨에

부들부들 떨리는 필치로 적힌 메시지는 다음과 같았다.

　　나는 지금 잠시 떠나 있어야겠습니다. 나는 하나님의 의도를 잘 안다고 우쭐거리는 죄를 저질렀습니다. 나의 죄악은 교만이었고, 하나님께서는 내가 다시금 그분의 과업 속에서 제자리를 찾아가길 바라십니다.
　　만약 하나님의 의지가 통한다면 나는 조만간 다시 여러분과 함께 있을 것입니다.
애비 프리맨틀

"정말 미치고 환장하겠군."
스튜가 말했다.
"이제 우리 어떡하지? 자네 생각은 어때, 닉?"
닉이 그 메모를 가져다 다시 읽었다. 그러고는 도로 글렌한테 돌려주었다. 닉의 얼굴은 격렬하던 기색이 시들자 그저 슬프게만 보였다.
"대중 집회를 오늘 밤으로 앞당겨야 할 것 같네."
글렌이 말했다.
닉이 고개를 저었다. 메모장을 꺼내 글을 적고, 종이를 뜯어 글렌에게 건넸다. 스튜도 글렌의 어깨 너머로 그 글을 읽었다.
'인간은 일을 계획하지만, 하나님은 성패를 가르신다. 마더 애버게일 님께선 그 말을 좋아하셔서, 자주 인용해서 사용하곤 하셨어요. 그분은 타자 지향적이라고 교수님이 직접 언급하신 적이 있죠. 하나님 또는 그분 자신의 마음 또는 그분의 망상 또는 무엇을

대상으로 했든지 간에요. 어떡하느냐고요? 그분은 떠나가 버렸습니다. 우리가 그것을 바꿀 순 없어요.'

"그렇지만 소란이……"

스튜가 말을 꺼냈다.

"확실히, 소란이 일어날 걸세. 닉, 하다못해 위원회 회의라도 열어서 그 일을 토의해 봐야 하시 않겠어?"

글렌이 말했다.

닉이 간단히 적었다.

'무슨 목적으로요? 아무것도 얻을 수 없는 회의를 왜 열죠?'

"수색대를 조직할 수도 있잖아. 멀리는 못 가셨을 테니까."

닉이 '인간은 일을 계획하지만, 하나님은 성패를 가르신다.' 라는 글귀에 두 번 동그라미를 쳤다. 그 밑으로 글을 적었다.

'만약 그분을 찾아내면, 어떻게 도로 데려올 겁니까? 쇠사슬로 칭칭 감아서?'

"맙소사, 그건 아니지!"

스튜가 소리 질렀다.

"하지만 그분께서 정처 없이 방황하도록 그냥 놔둘 순 없잖아, 닉! 그분은 당신이 하나님께 죄를 범했다는 터무니없는 생각에 빠지셨어. 혹시라도 빌어먹을 황야 속으로 사라져 버려야겠다고 결심하시면 어떡해. 구약 성서에 나오는 어떤 사람처럼?"

닉이 적었다.

'저는 바로 그것이 지금 그분께서 벌인 일이라고 거의 확신합니다.'

"뭐가 어째!"

글렌이 스튜의 팔을 잡았다.

"잠시 진정하게, 동부 텍사스 양반. 이 일의 속뜻을 헤아려 보자고."

"속뜻 따위 집어치워요! 할머니가 밤이고 낮이고 헤매 다니다 허허벌판에서 죽겠다고 떠났는데 속뜻은 무슨 얼어 죽을 놈의 속뜻이에요!"

"그분은 그냥 평범한 할머니가 아니시잖은가. 그분은 마더 애버게일 님이고 이 근방에서는 교황과도 같은 존재일세. 만약 교황이 예루살렘까지 걸어가야겠다고 결심했는데 자네가 독실한 천주교 신자라면, 자네는 교황한테 왈가왈부할 텐가?"

"염병할, 그건 지금 이거랑 같은 경우가 아니잖아요. 그리고 아저씨도 그건 잘 아시잖아요!"

"아니, 같은 경우라네. 똑같아. 적어도 말이야, 그것이 자유 지대 사람들이 이 일을 이해할 방식이라고. 스튜, 그분에게 덤불 속으로 떠나라고 말한 것이 하나님은 '아니다'라고 확신을 갖고 말할 각오가 돼 있나?"

"아아니오…… 하지만……."

글을 적고 있던 닉이 종이를 스튜한테 보였는데, 스튜는 몇몇 글자 때문에 머리를 굴려야 했다. 닉의 필적은 대체로 깔끔해서 알아보기 쉬웠지만, 이번 것은 아마도 조급한 마음에 서둘러 쓴 듯했다.

'스튜 씨, 그래 봤자 아무것도 바뀌지 않아요. 자유 지대의 사기만 꺾일 뿐이죠. 심지어 사기에 영향을 끼칠지 어떨지도 확실하지 않습니다. 단지 그분께서 사라졌다는 이유로 사람들이 뿔뿔이 흩어지진 않을 겁니다. 분명한 건 지금 당장은 우리 계획을 그분의 허락을 받아 가며 결정할 필요가 없어졌다는 겁니다. 어쩌면 그것이 최선이겠죠.'

"나 돌아 버리겠네."

스튜가 말했다.

"이따금 우리는 그분을 넘어야 할 장애물이라고 말하죠. 그분이 도로의 바리케이드라도 되는 양. 이따금 여러분은 그분이 교황님이라도 되는 듯이 말하고, 그분이 원하는 게 무엇이든 잘못된 일을 하실 리가 없다고 말해요. 그리고 어쩌다 보니 내가 유난히 그분을 좋아한 것이로구먼. 자네가 바라는 건 뭐야, 닉키? 올가을에 마을 서쪽의 절벽 협곡 중 한 곳에서 누군가가 그분 시신에 걸려 넘어지는 거? 그분을 그곳에 내버려 둬서 그분이…… 까마귀 떼를 위한 성스러운 반찬이 되시는 것을 원해?"

"스튜, 떠나기로 한 것은 그분의 결정이었잖아."

글렌이 점잖게 말했다.

"오, 하나님 젠장할 맙소사, 완전히 엉망진창이야."

정오 무렵, 마더 애버게일의 실종 소식이 공동체를 휩쓸었다. 닉이 예견한 대로 전반적인 정서는 경악보다는 울적한 체념에 더 가까웠다. 공동체의 여론은 마더가 '앞날을 내다볼 수 있도록 기원하려고' 떠난 것이 틀림없고, 따라서 마더 애버게일이 18일의 대중 집회에서 그들이 옳은 길을 선택하도록 도와줄 수 있을 것이라고 했다.

"난 그분을 하나님이라 부름으로써 신성 모독죄를 저지르고 싶지는 않다네."

글렌이 공원에서 대충 마련한 간단한 점심을 앞에 놓고 말했다.

"그러나 그분은 하나님의 대리인 같은 존재일세. 그 경험적인 대상이 제거되었을 때 믿음이 얼마나 많이 약해지는지를 관찰함으로써 한 사회가 지닌 믿음의 힘을 가늠해 볼 수 있지."

"더 자세히 설명해 주세요."

"모세가 금송아지 우상을 때려 부수자 이스라엘 인들은 그것을 숭배하기를 중단했어. 홍수가 바알 신의 신전에 범람하자, 말라크 인들은 바알이 그리 대단한 신은 아니라고 결론 내렸지. 그러나 예수는 2,000년 동안이나 점심을 먹으러 외출 중인데도 사람들은 여전히 예수의 가르침을 따를 뿐만 아니라 결국엔 돌아올 것이고, 돌아오면 여느 때처럼 활발히 활동할 것이라 믿으며 살다가 죽어 가지. 그게 바로 자유 지대가 마더 애버게일 님한테서 느끼는 감정이라고. 이 사람들은 그분이 돌아오리라고 완전히 확신해. 자네 그들하고 말해 보았나?"

"그럼요. 믿을 수가 없더군요. 나이 드신 할머니가 저 바깥에서 헤매고 다니시는데 모두 태평하게 하아아 하품이나 해 대다니. 저는 그분이 집회 시기에 맞춰 석판에 새겨진 십계명이라도 갖고 돌아오실지 궁금하군요."

"어쩌면 갖고 오시겠지."

글렌이 침울하게 말했다.

"어쨌든 모두가 하품만 해 대는 것은 아니라네. 랠프 브렌트너는 너무 괴로워 머리를 쥐어뜯다 실제로 머리칼이 뽑히기까지 했다는군."

"멋지군요."

스튜가 글렌을 찬찬히 바라보았다.

"앞에 계신 대머리 아저씨는 어때요? 이런 상황에서 어떤 견해이신가요?"

"나를 그런 별명으로 부르지 말았으면 좋겠네. 조금도 고상하지가 않아. 그래도 내 견해를 밝히면…… 좀 우습구먼. 불가지론을 주장하는 늙다리 사회학자보다 씩씩한 동부 텍사스 양반이 그분께서 이 공동체 전반에 걸어 놓은 하나님의 주문에 대해 면역이 훨씬 더 강한 것으로 드러나다니. 나는 그분이 돌아올 것이라고 생각해. 아무튼 난 그냥 그렇다네. 프래니는 어떤가?"

"모르겠어요. 오늘 오전 내내 프랜을 보지 못했어요. 제가 아는 거라곤 프랜이라면 흔쾌히 저 바깥으로 나가 마더 애버게일 님과 함께 메뚜기와 야생 벌꿀로 연명하는 고행을 감수하고 싶어했을 거라는 것이 전부죠."

스튜는 이른 오후의 푸른 아지랑이 속에서 드높이 솟은 플랫아이언 구릉지를 응시했다.

"맙소사, 글렌 아저씨, 그 늙으신 숙녀 분이 제발 무사했으면 좋겠어요."

프랜은 마더 애버게일이 사라진 것조차 까맣게 몰랐다. 그녀는 도서관에서 오전을 보내며 정원 손질에 관한 책을 읽었다. 프랜만이 유일한 도서관 학생은 아니었다. 농사 관련 서적을 들추는 두

세 명의 사람들, 『당신의 가정을 위한 7가지 독자적인 힘의 원천』 이라는 책을 탐독하는 스물다섯 살 정도의 안경 쓴 청년, 『600가지 초간단 요리법』이란 제목의 낡은 문고본을 읽는 열네 살 정도의 예쁜 금발 소녀가 보였다.

프랜은 정오쯤에 도서관을 떠나 월넛 스트리트를 한가로이 거닐었다. 집까지 반쯤 왔을 때 데이나, 수전, 패티 크로거와 함께 여행을 했던 나이 많은 여자 셜리 해밋을 만났다. 셜리는 그때 이후로 건강이 눈에 띄게 호전되었다. 이제는 활기차고 어여쁜 바람난 주부처럼 보였다.

그녀가 멈춰 서서 프랜을 반겼다.

"그분이 언제쯤 돌아오실 것 같아? 나는 보는 사람마다 묻고 다니는 중이야. 이 마을에 신문이 있었다면 여론 조사란에다 내 조사 결과를 기고했을 텐데. '상원의원 통 구멍 씨가 석유 고갈의 위험성을 주장하는 것에 대해 당신은 어떻게 생각하십니까?' 이런 식의 여론 조사 말이야."

"누가 돌아오는데요?"

"마더 애버게일 님 말이야. 당연한 걸 가지고. 그동안 어디 있었어, 아가씨. 냉동 창고에?"

"그게 무슨 소리예요? 무슨 일이 일어난 거죠?"

프래니가 놀라서 물었다.

"바로 그게 문제야. 사실은 아무도 자세한 건 몰라."

셜리는 프랜이 도서관에 있는 동안 무슨 일이 벌어졌는지 말해 주었다.

"그분께서 훌쩍…… 떠나셨다고요?"

프래니가 찌푸린 얼굴로 물었다.

"그래. 물론 돌아오실 거야."

셜리가 자신 있게 덧붙였다.

"그 메모에 그렇게 적혀 있었어."

"'만약 하나님의 의지가 통하면'?"

"그게 그 소리지 뭐겠어. 나는 장담해."

셜리 태연하게 프랜을 바라보았다.

"글쎄…… 저도 그러면 좋겠어요. 말해 줘서 고마워요, 셜리 아줌마. 아직도 두통에 시달리세요?"

"오, 아니야. 이젠 다 사라졌어. 난 프랜한테 투표할 거야."

"흐음?"

프랜의 마음이 아득히 멀어지며 이 새로운 정보를 뒤쫓았고, 잠시 셜리가 무엇에 관해 이야기하는지 전혀 깨닫지 못했다.

"상설 위원회 선거 말이야!"

"아. 음, 감사합니다. 그런데 제가 그 일을 바라는지 저조차도 확신이 안 서네요."

"프랜은 훌륭히 해낼 거야. 프랜과 수전 두 사람 다. 가 봐야겠어. 다음에 또 만나."

그들은 헤어졌다. 프랜은 서둘러 아파트로 돌아가면서 스튜가 더 자세한 내용을 아는지 무척 궁금해했다. 어젯밤 회의가 있고 나서 얼마 지나지도 않았는데 할머니가 실종되다니, 일종의 미신 같은 두려운 마음이 생겨났다. 사람들을 서쪽으로 정찰 보내기 등의 주요 결의 사항을 최종적으로 결정하기 위해 마더 애버게일한테 넘길 수가 없다니, 달갑지 않았다. 마더가 떠나 버린 상황에서 프랜은 자신의 어깨에 너무도 막중한 책임이 지워진 것을 느꼈다.

아파트는 비어 있었다. 약 15분 차이로 스튜를 놓친 것이다. 설탕 그릇 밑에 놓인 메모는 간단했다.

'9시 30분까지 돌아오겠음. 랠프 형님과 해럴드와 함께 있음. 너무 걱정 마. 스튜.'

랠프와 해럴드? 프래니는 자기 마더 애버게일과 하등 상관없는 두려움이 찔러 들어오는 것을 느꼈다. '그런데 내가 왜 스튜를 걱정해야 하지? 맙소사, 만약 해럴드가 해코지하려 들면…… 흠, 우습군…… 스튜가 해럴드를 산산조각 내겠지. 혹시나…… 혹시나 해럴드가 스튜의 뒤로 몰래 다가서거나 뭔가 다른 짓을 하는 것만 아니라면…….'

한기를 느껴 양쪽 팔꿈치를 움켜잡은 프랜은 스튜가 랠프와 해럴드와 함께 무엇을 한다는 것인지 궁금했다.

'9시 30분까지 돌아오겠음.'

맙소사, 너무나 긴 시간이었다.

잠시 부엌에 서 있던 그녀는 카운터 위에 올려놓은 자신의 배낭을 보고 눈살을 찌푸렸다.

'랠프와 해럴드와 함께 있음.'

그러니까 아라파호 외곽에 있는 해럴드의 작은 집에는 오늘 밤 9시 30분까지 사람이 없을 것이라는 얘기였다. 물론 그들이 그 집에 모여 있지 않다면 말이다. 그리고 만약 그들이 거기 있으면, 그들 사이에 끼어 호기심을 충족시킬 수 있었다. 프랜은 곧바로 거기까지 자전거를 타고 갈 수 있었다. 만약 그 집에 아무도 없다면 자신의 마음을 안심시켜 줄 만한 무언가를 찾아낼지도 몰랐고…… 또는…… 하지만 그것에 관해 너무 골똘히 생각하진 않으려 했다.

'네 마음을 안심시켜 준다고?' 내면의 소리가 잔소리했다. '아니면 그저 마음을 더 미칠 듯이 망쳐 놓으려나? 너 '진심으로' 재밌는 무언가를 찾아낼 작정이니? 그런 다음엔 어쩌려고? 그걸 가지고 뭐할 건데?'

프랜은 알지 못했다. 실제로는 눈곱만큼도 알지 못했다.

'너무 걱정 마. 스튜.'

그러나 걱정이 있었다. 그녀의 일기장 속에 있던 엄지의 지문이 곧 걱정할 게 있다는 뜻이었다. 왜냐하면 남의 일기장을 훔치고 남의 생각을 좀도둑질하는 사람이라면 도덕 규범이나 양심의 가책을 별로 못 느끼는 사람이므로. 그런 사람이라면 미워하는 사람 뒤로 살금살금 다가가 높은 곳에서 떠밀어 버릴지도 모르므로. 또는 돌을 사용해서. 또는 칼로. 또는 총으로.

'너무 걱정 마. 스튜.'

'하지만 만일 해럴드가 그런 짓을 한다면, 그 애는 볼더에서 끝장나는 건데. 그러고 나면 뭘 할 수 있을까?'

그러나 그 순간 프랜은 해럴드가 어떤 행동을 할지 알았다. 그녀는 해럴드가 그녀가 생각하는 부류의 사람인지는 잘 몰랐지만 (아직은 아니었다. 확실한 증거가 없었다.), 이젠 그런 성향의 사람들을 위한 장소가 존재한다는 사실을 마음속으로 깨달았다. 정말로 존재했다.

프랜은 재빨리 배낭을 메고 조금은 서둘러 문밖으로 나갔다. 3분 뒤 눈부신 오후 햇살 속에서 아라파호를 향하는 브로드웨이를 자전거로 지나가며 생각에 잠겼다. '해럴드네 거실에 다들 모여 있을 거야. 커피를 마시며 마더 애버게일 님에 관해 이야기하며. 그러면 모두 다 괜찮을 텐데. 정말 괜찮을 텐데.'

그러나 해럴드의 작은 집은 어두웠고, 인적이 없었고…… 잠겨 있었다.

그 자체로 볼더에선 별난 일이었다. 예전에는 외출할 때 문을 꼭꼭 잠가서 아무도 텔레비전, 스테레오 오디오, 아내의 보석 등을 훔쳐 가지 못하게 했다. 그러나 이제는 스테레오 오디오와 텔레비전이 공짜였으며, 기가 막히게도 그것들을 작동시킬 전기가 끊어진 상태였고, 보석이라면 아무 때나 덴버에 가서 한 자루 가득 집어 올 수 있었다.

'왜 집 문을 잠그니, 해럴드? 뭐든 공짜인 세상에. 아무도 강도와 마찬가지로 도둑을 걱정하지 않잖아? 다들 그렇잖아?'

프랜은 자물쇠나 따는 좀도둑이 아니었다. 체념하고 떠나려는 순간 지하실 창문에 도전해 보자는 생각이 떠올랐다. 그곳 창들은 지면 바로 위에 붙어서 흙먼지로 지저분했다. 프랜이 시도한 첫 번째 창문이 창틀 홈을 따라 옆으로 열리자 간신히 공간이 생겼고, 지하층 바닥에 흙먼지가 떨어졌다.

프랜은 주위를 두리번거렸지만, 세상은 고요했다. 지금껏 해럴드 말고는 아무도 이 먼 아라파호에 거주하지 않았다. 그 점 또한 이상했다. 해럴드는 얼굴이 일그러지도록 미소 짓고 사람들 등을 토닥거려 주고 주민들과 살갑게 인사를 나눌 수 있었고, 남한테 부탁을 받을 땐 언제든지 그리고 때로는 부탁이 없더라도 기꺼이 도움을 베풀 수 있었으며 실제로도 그렇게 했다. 또한 사람들이 자기를 좋아하게 할 수 있었고 실제로도 그렇게 했다. 그리고 볼더에서 높은 호감을 사고 있는 것이 사실이었다. 그런데 해럴드가 거주하려고 선택한 곳…… 그곳은 뜻밖이었다. 그렇지 않은가? 그곳은 사회와 그 속에서 자신의 위치를 바라보는 해럴드식 관점의 약간 색다른 면을 보여 주었다. 또는 어쩌면…… 해럴드는 그저 조용한 것이 좋았는지도 몰랐다.

창문 속에서 꼼지락거리느라 블라우스를 더럽히고 나서 프랜은 바닥으로 떨어졌다. 지하실 창문이 눈높이에 있었다. 프랜은 자물쇠 따는 사람이 아닌 것만큼이나 운동 신경이 뛰어난 사람도 아니었고, 다시 밖으로 나가려면 무언가를 딛고 올라서야 했다.

주위를 둘러보았다. 지하층은 오락실 겸 유흥실로 꾸며졌다. 아빠가 늘 입에 침이 마르도록 말했지만 실제로는 만들 엄두조차 못 냈던 종류의 실내 공간이라고, 프랜은 약간 서글픈 감정을 느끼며 생각했다. 옹이 박힌 소나무 벽 속에 4채널 스피커들이 설치되어 있었고, 머리 위에는 암스트롱 장식 천장이 매달려 있었으며, 조각 그림 퍼즐과 책으로 가득한 커다란 장식장, 전기 기차 모형 세트, 미니카 경주 세트도 있었다. 또한 에어 하키 놀이 탁자도 있었는데 해럴드는 그 위에다 코카콜라 한 상자를 아무렇게나 올려놓았다. 어린애들의 방이었던 그곳에 포스터가 벽 여기저기에 붙어 있었다. 이제는 낡아 빠진 가장 큰 포스터는 조지 부시 대통령이 뉴욕 할렘에 있는 교회에서 걸어 나오며 두 손을 높이 쳐들고 얼굴에 커다란 미소를 짓는 모습을 보여 주었다. 크고 빨간 글씨로

문구가 붙어 있었다. '로큰롤의 제왕 앞에서 케케묵은 부기우기 리듬을 논하려 들지 마라.'

프랜은 갑자기 예전보다 더욱 슬퍼졌는데 그 예전…… 글쎄, 사실대로 말하면 그 예전은 기억조차 할 수 없을 만큼 까마득했다. 프랜은 충격과, 두려움과, 적나라한 공포와, 비통하기 이를 데 없는 잔혹함을 여러 차례 겪어 왔지만, 깊고 고통스러운 슬픔은 새로운 감정이었다. 그 감정과 함께 오군큇 마을을 향한, 바다를 향한, 메인 주의 멋진 언덕과 소나무를 향한 향수병이 파도처럼 갑자기 밀려왔다. 뜬금없이 오군큇 공용 해변의 주차장 관리인 거스를 생각했고, 한동안 심장이 상실감과 비애로 터질 것 같았다. 국토를 두 쪽으로 갈라놓는 산맥과 평원 사이에 양다리를 걸친 이 지역에서 그녀는 무엇을 하고 있는 것인가? 원래 있어야 할 곳이 아니었다. 프랜은 여기 출신이 아니었다.

흐느낌이 한 차례 자기도 모르게 튀어나왔는데, 그 소리가 너무도 두렵고 쓸쓸하게 들려서 그날 들어 두 번째로 입을 두 손으로 찰싹 덮었다. '더 이상은 안 돼 프래니, 이 애늙은이 울보야. 이토록 큰 시련은 그 무엇으로도 순식간에 극복할 수 없어. 한 번에 아주 조금씩 극복해 나가자. 꼭 울어야 한다면, 나중으로 미뤄. 여기 해럴드 로더의 지하실 방에서는 안 돼. 우선은 용건부터 처리해.'

프랜은 포스터를 지나 계단으로 걸어갔고 조지 부시의 히죽거리는, 지친 기색도 없는 명랑한 얼굴을 지나치는 동안 약간 쓸쓸한 미소가 얼굴에 어렸다. '사람들이 분명 당신한테 부기우기를 좀 들이대긴 했지. 여하튼 누군가는 그랬지.'

지하실 계단 꼭대기에 이르렀을 때 문이 잠겨 있을 거라고 프랜은 확신했지만, 그 문은 쉽사리 열렸다. 부엌은 깔끔하고 단정했고 설거지가 끝난 점심 그릇들이 싱크대 속에서 물기를 말리고 있었으며, 작은 콜맨 가스레인지는 깨끗이 닦여 윤이 났지만……음식을 볶은 기름 냄새가 아직도 공기 중에 스며 있었다. 해럴드의 과거 자아가 남긴 유령처럼. 과거의 해럴드는 프랜이 아버지를 땅에 묻고 있을 때 로이 브래니건의 캐딜락 운전대를 잡고 프랜의 집으로 굴러 들어옴으로써 프랜 인생의 최근 시간 속으로 자신의 존재를 알렸다.

'만일 해럴드가 지금 당장 집에 돌아오기로 작정한다면 분명히 곤란해질 거야.' 그런 생각이 들자 갑자기 어깨 너머로 뒤를 돌아보았다. 해럴드가 거실로 통하는 문 옆에 서서 자신을 향해 히죽거리는 모습을 보리라고 반쯤 예상했다. 그곳엔 아무도 없었다. 그러나 프랜의 심장은 기분 나쁘게 가슴팍을 두들기기 시작했다.

부엌에는 아무것도 없었으므로, 거실로 들어갔다.

거실은 어두웠으며, 너무 어두워 불안했다. 해럴드는 문을 다 잠갔을 뿐만 아니라 차양도 모두 끌어 내렸다. 프랜은 또다시 해럴드의 인격이 무심코 외부로 표출된 모습을 목격하는 듯한 기분이 들었다. 살아 있는 사람이 찾아왔다가 죽은 사람의 집이라고 오해하게시리 왜 소도시에 살면서 차양을 꼭꼭 끌어 내려놓고 지내는 걸까?

부엌처럼 거실도 아주 정갈했지만, 가구는 촌스럽고 약간 누추해 보였다. 거실의 가장 근사한 볼거리는 난롯가였다. 위에 앉을 수 있을 정도로 널찍한 벽난로를 커다란 돌로 꾸며 놓은 것이다. 프랜은 잠시 실제로 그 위에 앉아 꼼꼼하게 주변을 살폈다. 몸을 뒤척이자 엉덩이 아래서 벽난로 장식 돌 한 개가 들썩거리는 것을 느꼈고, 일어나서 살펴보려고 했을 때 누군가 현관문을 노크했다.

공포가 수북이 쌓인 깃털처럼 프랜에게 나풀나풀 내려와 쌓였다. 갑작스러운 두려움에 몸이 마비되었다. 숨이 멎었고, 당장은 눈치 못 챘지만 나중에서야 그때 약간 속옷을 적셨다는 것을 알았다.

또다시 노크 소리가 났다. 예닐곱 번의 빠르고 단호한 두드림이었다.

'맙소사, 그나마 차양이 다 내려져 있어서 무척 다행이로군.'

그 생각에 뒤이어 불현듯 누구나 볼 수 있는 곳에다 자신의 자전거를 두고 왔다는 서늘한 확신이 따라붙었다. 정말로 그랬나? 필사적으로 생각해 보려 했지만 한참 동안 쓸 만한 생각은 전혀 떠오르지 않았고 다만 익숙한 횡설수설 잡소리만 찜찜하게 마음을 어지럽힐 뿐이었다. '네 이웃의 눈 속에 있는 티를 없애기 전에, 그대 눈의 파이부터 없애도록……'

노크 소리가 또다시 났고, 여자 목소리가 들렸다.

"집에 누구 없어요?"

프랜은 꼼짝 못 하고 앉아 있었다. 불현듯 자전거를 집 뒤에다, 해럴드의 빨랫줄 아래에다 세워 놓은 것이 기억났다. 집 정면에서는 볼 수 없는 위치였다. 그러나 만약 해럴드의 방문객이 뒷문으로 가 보려고 결심하기라도 했다간…….

현관문 손잡이가 오른쪽 왼쪽으로 반원을 그리며 헛되이 돌았다.(프래니는 가까운 거리의 현관 홀에서 펼쳐지는 그 광경을 볼 수 있었다.)

프래니는 그녀가 누구든 간에 자신보다 자물쇠 따는 데 선수가 아니었으면 좋겠다고 생각했고, 그러고 나니 광기 어린 웃음보가 터지는 걸 막으려고 두 손으로 입을 꼭 누르고 있어야 했다. 그때 비로소 자신의 면바지를 내려다보고는 심하게 겁에 질리는 바람에 자신이 두 손으로 구겨 놓았던 흔적을 확인했다. '그래도 저 여자는 내가 똥을 싸 버릴 만큼 놀라게 하지는 못했어.' 프랜은 생각했다. '적어도, 아직까진.' 또다시 웃음이 부글부글 끓어올랐고, 병적으로 흥분하고 겁에 질린 그 웃음이 수면 바로 밑까지 차올랐다.

그 순간, 형언할 수 없을 만큼 다행스럽게도, 발걸음이 문에서 멀어지며 해럴드네 집 시멘트 길을 저벅저벅 내려가는 소리가 들려왔다. 프랜은 재빨리 현관 홀로 내달려 창문 언저리와 차양 사이의 작은 틈에 눈을 갖다 댔다. 기다란 검은 머리에 흰머리가 줄무늬를 이룬 여자가 보였다. 그 여자가 인도 경계석에 세워 둔 작은 베스파 스쿠터에 올라탔다. 모터가 부르릉 트림을 내뿜자, 그 여자는 머리칼을 뒤로 젖혀 핀으로 한데 묶었다.

'저 여자는 크로스 양이잖아. 래리 언더우드랑 같이 왔던 사람! 해럴드랑 아는 사이인가?'

그때 네이딘이 스쿠터에 기어를 걸었다. 약간 덜컹거리며 출발하더니 이내 시야에서 사라졌다. 한숨을 크게 내쉰 프랜의 다리가 휘청거렸다. 그녀는 수면 밑에서 부글거리던 웃음을 내보내려고 입을 열었는데, 이미 웃음소리가 어떨지 알았다. 떨리면서도 긴장이 풀린 소리일 터였다. 그러나 프랜은 웃음 대신 눈물을 터뜨렸다.

5분 뒤, 이제는 더 수색을 못 할 만큼 지나치게 신경과민이 되어 버린 프랜은, 끌어다 놓은 등의자에 발을 딛고, 지하실 창문 속으로 몸을 들이미는 중이었다. 일단 몸이 밖으로 나가자, 누군가 그 의자를 발 디딤판으로 사용했다는 것을 눈치 못 채도록 의자를 상당히 멀리까지 발로 밀쳐 낼 수 있었다. 의자가 원래 제자리를 좀 벗어나긴 했지만, 사람들은 그런 정도야 거의 신경 쓰지 않았고…… 해럴드가 지하층을 그리 자주 사용하는 것 같지도 않았다. 다만 코카콜라를 보관하는 용도 말고는.

　프랜은 창문을 다시 닫고 자전거에 탔다. 아직도 갑작스러운 공포 때문에 피로하고 어안이 벙벙하고 조금 메스꺼운 기분이 들었다. '그나마 바지는 마르고 있으니 다행이네. 다음번에 주거 침입하러 갈 때는 말이야, 프랜시스 레베카. 요실금 팬티 입어 두는 거 명심해라.'

　페달을 부지런히 밟아 해럴드네 마당에서 벗어나 가능한 한 빨리 아라파호를 떠나서, 캐니언 대로의 중심지로 들어섰다. 15분 후 자신의 아파트로 돌아왔다.

　그곳은 극도로 고요했다.

　일기장을 펴고 질퍽한 초콜릿 지문 자국을 내려다본 프랜은 스튜가 어디 있을까 궁금했다.

　해럴드와 함께 있을지 궁금했다.

　'오, 스튜. 제발 집으로 와 줘. 당신이 필요해.'

　점심 후, 스튜는 글렌과 헤어져서 집에 돌아왔다. 거실에 멍하니 앉아서, 마더 애버게일이 어디 있는지 또한 그 문제를 그냥 놔 두고 지켜보자는 닉과 글렌의 의견이 가당키나 한 것인지 생각해 보고 있었는데, 그때 문 두드리는 소리가 났다.

"스튜?"

랠프 브렌트너가 불렀다.

"이봐, 스튜. 집에 있어'?"

해럴드 로더가 함께 있었다. 해럴드는 오늘은 입을 다물었지만 그렇다고 미소까지 완전히 사라진 것은 아니었다. 장례식 참석을 위해 엄숙해지려고 애쓰는 유쾌한 조문객처럼 보였다.

마더 애버게일의 실종으로 상심한 랠프는 30분 전에 해럴드를 만났고, 해럴드는 볼더 개천에서 물을 긷는 작업반 일을 도운 후 집에 돌아가던 중이었다. 랠프는 해럴드를 좋아했는데, 누구든 슬 픈 사연을 말하고픈 사람이 있으면 해럴드는 시간을 내서 귀 기울 여 주고 딱하게 여겨 동정하는 듯했다…… 그리고 그 보답으로 아무것도 바라지 않는 듯했다. 랠프는 마더 애버게일의 실종에 관 한 이야기를 모조리 쏟아 내고, 만일 할머니가 밤새도록 바깥에 있 다간 심장 마비에 걸리거나 연약한 뼈가 부러지거나 온갖 위험에 노출돼 죽을지도 모른다는 자신의 두려움도 털어놓았다.

"그리고 자네들도 알다시피 거의 매번 빌어먹을 오후만 되면 소나기가 징그럽게 내리잖아. 만약 그분이 흠뻑 젖으시기라도 하 면, 분명히 감기에 걸리실 거라고. 그러고 나면 어떨까? 폐렴이 찾아오겠지."

랠프가 연설을 끝내자 스튜는 커피를 따랐다.

"우리가 무엇을 할 수 있을까요?"

스튜가 그들한테 물었다.

"할머니께서 원치 않으시면 억지로 돌아오시게 할 수도 없는데."

"어휴, 그렇지."

랠프가 마지못해 인정했다.

"하지만 해럴드한테 진짜 좋은 아이디어가 있다고."

스튜의 시선이 옮겨 갔다.

"그동안 잘 지냈어, 해럴드?"

"무척 잘 지냈죠. 아저씨는요?"

"좋았지 뭐."

"그리고 프랜 누나는요? 누나를 잘 돌봐 주고 계세요?"

해럴드의 시선이 스튜의 시선에서 물러설 줄을 몰랐는데 약간 유쾌하고 즐거운 분위기를 줄곧 유지한 시선이었지만, 스튜는 순간적으로 해럴드의 웃음 짓는 두 눈이 고향에 있던 브레이크맨 채석장에 고인 물 위에 반짝이던 햇살 같다는 느낌을 받았다. 그 물은 너무도 맑고 아름다워 보였지만, 수심은 햇볕이 절대 닿지 않는 암흑까지 깊게 끝없이 내려갔고, 수년간 네 명의 소년들이 아름다워 보이는 브레이크맨 채석장에서 목숨을 잃었다.

"최선을 다하는 거지. 네 생각은 뭔데, 해럴드?"

스튜가 말했다.

"음, 어디 보자, 저는 닉 씨의 요점을 이해해요. 글렌 교수님의 요점도 역시. 그분들은 자유 지대가 마더 애버게일 님을 신정(神政)의 상징으로 이해한다는 사실을 알아본 거죠…… 그리고 그분들은 이제 자유 지대를 대표하는 위치에 매우 가까워진 거고요,

그렇죠?"

스튜가 커피를 한 모금 마셨다.

"그게 무슨 뜻이냐, '신정의 상징'?"

"저는 그것을 신과 맺은 계약을 나타내는 세속의 상징이라고 불러요."

해럴드의 눈빛이 조금 무덤덤해졌다.

"영성체 같은, 또는 인도의 신성한 소 같은 거요."

스튜가 그 말에 약간 발끈했다.

"그래, 아주 멋진 말이구나. 그런 소들은…… 사람들은 그런 소들이 거리를 돌아다니며 교통 체증을 야기해도 그냥 놔두지, 맞지? 소들은 상점을 들락날락할 수 있고, 또는 떼 지어 마을을 떠나기로 결심할 수도 있고."

"예."

해럴드가 동의했다.

"그러나 그런 소들은 대개가 병약해요, 스튜 아저씨. 그것들은 늘 굶어 죽기 직전이라고요. 일부는 결핵에도 걸리고. 그리고 모든 게 다 그것들이 총체적 상징이기 때문이에요. 사람들은 신이 그 소들을 잘 돌봐 줄 것이라 믿거든요. 하나님이 마더 애버게일 님을 잘 돌봐 줄 것이라고 우리 쪽 사람들이 믿는 것과 똑같죠. 하지만 불쌍하고 아둔한 소 한 마리를 고통 속에 헤매고 다니도록 방치하는 것이 옳다고 말하는 하나님이 과연 제정신인지 저는 의심스럽습니다."

랠프가 순간적으로 불쾌한 듯 보였고, 스튜는 랠프가 느끼는 감정이 무엇인지 알았다. 자신도 그것을 느꼈고, 그것은 해럴드가 마더 애버게일에 관해 어떻게 느끼는지 가늠할 수 있는 계기를 만들어 주었다. 해럴드가 서서히 신성 모독으로 나아간다는 느낌이 들었다.

"어쨌든 말이죠."

해럴드가 씩씩하게 말하며, 인도의 신성한 소들을 쫓아냈다.

"우리는 그분에 대한 사람들의 감정을 변화시킬 순 없고요……"

"그리고 변하는 걸 원치도 않을걸."

랠프가 재빨리 말을 보탰다.

"맞습니다!"

해럴드가 소리쳤다.

"아무튼 간에, 엄밀히 말하면 그분께서 우리를 한데 불러모으신 거지, 무선 통신 때문에 우리가 모인 건 아니죠. 제 아이디어는 튼튼한 오토바이를 타고 오후 동안 볼더 서쪽 지대를 정찰하자는 겁니다. 적정 거리만 유지하면 워키토키로 서로 연락할 수도 있다고요."

스튜가 고개를 끄덕이고 있었다. 이것은 자기가 처음부터 하고 싶었던 종류의 일이었다. 신성한 소든 아니든, 하나님이든 아니든, 할머니가 혼자서 방황하도록 놔두는 것은 결코 옳지 않았다. 그런 것은 종교와 아무 상관 없었다. 그렇게 방치하는 것은 그저 냉담한 묵살일 뿐이었다.

"그리고 만약 그분을 찾으면, 무엇이든 원하시는 게 있는지 여쭤 볼 수도 있을 거예요."

해럴드가 말했다.

"오토바이 타고 마을로 돌아가기 비스무리한 거."

랠프가 의견을 내놓았다.

"적어도 일깨워 드릴 순 있겠죠."

해럴드가 말했다.

"좋았어. 이거 아주 멋진 아이디어 같아, 해럴드. 내가 프랜한데 메모 남길 동안만 기다려 줘."

스튜는 메모를 갈겨쓰는 동안 계속 어깨 너머로 해럴드를 돌아보고픈 충동을 느꼈다. 스튜가 눈을 돌리고 있는 동안 해럴드가 무엇을 하고 있는지 확인하려고, 그리고 그의 두 눈에 어떤 감정이 표출되어 있는지 확인하려고.

해럴드는 볼더와 네덜란드 사이로 구불구불하게 펼쳐진 길을 수색하겠다고 말해서 허락받았는데, 그가 따져 보기에 그곳이 할망구 발견 가능성이 가장 낮은 지역이기 때문이었다. 그는 자기라면 하루 동안 볼더에서 네덜란드까지 걸어 다닐 수 있을 것 같진 않았고, 그 미친 늙은 여자라면 말할 것도 없었다. 그래도 그 길을 달리다 보니 즐거운 드라이브가 되었고 생각할 여유를 얻었다.

해럴드는 6시 45분이 되어 돌아가는 중이었다. 혼다 오토바이를 휴게소에 세워 놓고 소풍 탁자에 앉아 코카콜라와 슬림짐 육포를 먹고 있었다. 안테나를 최고로 길게 뽑은 상태로 혼다의 핸들에 매단 워키토키에서 랠프 브렌트너의 음성이 희미하게 지지직거렸다. 무전기는 근거리 통신용이었고 랠프는 플랙스태프 산 위쪽 어딘가에 있었다.

"……해돋이 원형 극장…… 그분의 흔적 없음…… 폭풍이 이 위로 몰려옴."

그러고 나서 더 뚜렷하고 더 가까워진 스튜의 목소리. 스튜는 셔토쿠어 공원에 있었는데 해럴드와 겨우 6킬로미터 떨어진 곳이었다.

"다시 말해요, 랠프 형님."

랠프의 목소리가 다시 나와 고래고래 소리 질렀다. 어쩌면 자업자득으로 심장 발작을 일으킬지도 몰랐다. 그날을 마감하는 사랑스러운 방법이 될 터였다.

"여기엔 그분의 흔적이 없다! 어두워지기 전에 난 내려가는 중이다! 오버!"

"잘 알았어요."

스튜는 낙심한 기색이었다.

"해럴드, 거기 있나?"

해럴드가 일어서며 육포 기름을 청바지에 문질러 닦았다.

"해럴드? 해럴드 로더 응답하라! 들리는가, 해럴드?"

해럴드는 오군퀫의 고등학생 원시인들이 좆가락이라고 부르던 가운뎃손가락을 워키토키를 향해 날렸다. 그러고는 통화 버튼을 누르고 쾌활하게, 그러면서도 적절하게 실의에 빠진 어조로 말했다.

"저 여깄어요. 길 한쪽에 나가 있었습니다…… 배수로 안에 뭔가 있는 것을 본 것 같아서요. 확인해 보니 그냥 낡은 재킷이었어요. 오버."

"그래, 알았다. 셔토쿠어 공원으로 내려오는 게 어떤가, 해럴드? 거기서 랠프 형님 오는 걸 기다리자."

'넌 남한테 명령하는 걸 정말 좋아하는구나. 그렇지, 씹퉁아? 나는 너한테 줄 특별한 것을 가지고 있을지도 몰라. 그래, 정말 그 럴지도 몰라.'

"해럴드, 들리나?"

"예. 죄송해요, 스튜 아저씨. 잠깐 딴 데 정신을 팔고 있었어요. 15분 내로 그곳에 도착할 수 있어요."

"무선 듣고 계십니까, 랠프 형님?"

스튜가 고함지르는 통에 해럴드는 질겁했다. 또다시 스튜의 목소리한테 가운뎃손가락을 날리며 슬그머니 히죽거렸다. '이 손가락 통신이나 잘 들어라, 황량한 서부의 니미 씹할 놈아.'

"들었다. 자네들이 셔토쿠어 공원에 있을 거라고."

랠프의 목소리가 잡음의 포효 속에서 희미하게 들렸다.

"나는 돌아가는 중이다. 오버 앤드 아웃."

"저도 돌아가는 중입니다. 오버 앤드 아웃."

해럴드는 워키토키를 끄고 안테나를 쑥 집어넣어 통신기를 또다시 핸들에 걸었지만, 시동 페달을 건드리지 않은 상태로 잠시 혼다에 걸터앉았다. 그는 잉여 물품으로 시중에 풀린 군용 방탄 재킷을 입고 있었다. 8월일지라도 해발 2,000미터 고지대를 오토바이로 달릴 때는 두툼한 보온 재킷을 입는 편이 좋았다. 그러나 그 재킷에는 또 다른 목적이 있었다. 그 옷은 지퍼 달린 주머니가 아주 많았고 그중 한 곳에 스미스 앤드 웨슨 38구경 권총이 들어 있었다. 해럴드는 권총을 꺼내 손안에서 이리저리 굴렸다. 실탄이 가득 장전된 권총은 손안에 쥔 느낌이 묵직했다. 마치 총이 자신의 용도가 심각한 것임을 깨닫기라도 한 듯. 죽음, 파괴, 암살.

'오늘 밤? 안 될 게 뭐 있어?'

해럴드는 총을 쏠 수 있을 만큼 오랫동안 스튜와 단둘이 있을지도 모른다는 기대를 품고 이 원정을 제안했던 것이다. 이젠 그 기대를 충족시킬 수 있을 듯싶었다. 셔토쿠어 공원에서, 채 15분도 안 걸려서. 그러나 이번 나들이에는 그것 말고도 또 다른 목적이 있었다.

네덜란드까지, 볼더에서 한참 높은 곳에 자리 잡은 그 초라한 작은 마을까지, 유일하게 내세우는 자랑거리라야 예전에 납치당해 이른바 악의 길로 들어섰던 부잣집 상속녀 패티 허스트가 도망자 신세일 때 그곳에서 은신했다는 것뿐인 그 마을까지 먼 길을 달려갈 생각은 없었다. 그러나 높이 더 높이 달리며 혼다 오토바이가 다리 사이에서 부드럽게 부르릉거리고, 얼얼한 면도날같이 차가운 공기가 얼굴에 부딪히는 동안, 어떤 일이 벌어졌다.

자석을 탁자 한쪽 끝에 놓고 반대편 끝에 쇠붙이를 놔두면, 아무 일도 안 생긴다. 만약 천천히 간격을 줄이며 쇠붙이를 자석에 더 가까이 이동시켜 보면(해럴드는 한동안 이 이미지를 마음속에 유지했고, 그것을 음미했고, 오늘 밤 집에 들어가서 그것을 일기장에 기록하려고 단단히 마음속에 새겼다.), 원래 쇠붙이를 밀면서 가한 힘보다도 쇠붙이가 더 멀리 나아가려는 것처럼 보이는 때가 찾아올 것이다. 쇠붙이를 멈추면 억지로 마지못해 서 있는 것처럼 보인다. 쇠붙이가 살아난 것도 같고, 그것의 팔팔한 기운 중 일부는 관성의 법칙을 막은 데 대한 분노인 듯도 하다. 한두 번 더 살짝 밀어 보면 쇠붙이가 덜덜거리고 미세하게 진동하며 탁자에서 떨고 있는 모습을 볼 수도 있는데(어쩌면 확실히 눈에 보일 것이다.), 그 모습은 꼭 선물 가게에서 파는 멕시코 등대풀 씨앗, 즉 손가락만 한 나무 마디처럼 보이지만 실제로는 속에 살아 있는 벌레가 들어 있어서 들썩거리는 씨앗과 흡사하다. 쇠붙이를 한 번 더 밀어 보면 마찰 관성과 자석의 자력 사이의 균형이 자석 쪽으로 넘어가기 시작한다. 이젠 완전히 활발해진 쇠붙이가 서설로 움직인다. 빠르게 더 빠르게, 그러다 급기야 자석의 품으로 철썩 돌진해 들어가서 달라붙는다.

  무시무시하도록 매혹적인 과정.

  올 6월에 세상이 끝장났을 때 해럴드는 자력의 힘을 아직 이해할 수 없었다. 해럴드가 생각하기에 그런 것들을 연구하는 물리학자들은 자기력이 중력 현상과 밀접하게 얽혀 있으며 중력은 우주 만물의 근본 원리라고 생각할 것 같았지만 말이다.(해럴드의 성향은 결코 합리적이거나 과학적이지 않았다.)

  네덜란드를 향해 서쪽 고지대로 움직이면서 공기가 점차 쌀쌀해지는 것을 느낀 해럴드는 네덜란드 너머 저 멀리 까마득히 더 높다란 봉우리들 주위로 천천히 몰려드는 천둥 구름을 바라보면서, 자신의 내면에서도 그런 과정이 진행 중임을 느꼈다. 그는 균형점으로 접근하는 중이었고…… 그 너머로 얼마 안 가서, 힘의 전환점에 다다를 것이었다. 해럴드는 자석과 거리를 두고 있는 쇠붙이였으며, 살짝 떠밀리기만 해도 보통 상황에서 미는 힘이 낼 수 있는 결과보다 더 멀리 달아나는 거리에 있었다. 그는 자신의 내면에서 덜덜거리는 힘을 느낄 수 있었다.

  그것은 해럴드가 이제껏 겪었던 일 중 가장 신성한 체험에 근접

한 것이었다. 젊은이들은 신성한 것을 거부하는데, 그 이유는 그것을 받아들인다는 건 곧 모든 경험적 대상들의 궁극적 죽음을 받아들인다는 뜻이므로 해럴드 또한 그것을 거부해 왔다. 그 할머니는 일종의 영매 같은 존재라고 생각해 왔고 플랙, 다크맨도 마찬가지 존재였다. 그들은 인간 라디오 방송국일 뿐 그 이상은 아니었다. 그들의 진정한 힘은 각각의 무선 신호 주위로 몰려든 인간 집단에 달렸다. 그들의 무선 신호는 서로 너무도 딴판이었다. 그런 식으로 해럴드는 생각해 왔다.

그러나 혼다의 중립 기어 녹색등을 고양이 눈처럼 켜 둔 채로 네덜란드의 너저분한 중심가 끝에 오토바이를 주차해 놓고, 소나무와 미루나무 사이를 지나는 바람이 겨울처럼 흐느끼는 소리를 귀 기울여 들으면서, 해럴드는 단순히 자석의 흡인력보다 더한 것을 느꼈다. 서쪽으로부터 나오는 장엄하고 비이성적인 힘을 느꼈으며, 그 흡인력이 너무나도 어마어마해서 더 자세히 헤아려 보다 간 미쳐 버릴 것만 같았다. 만일 균형의 영역에서 더 멀리 나아가는 위험을 무릅쓴다면, 자신만의 소망은 무엇이든 죄다 잃을 거라는 기분이 들었다. 현재 상태에서는 그냥 빈손으로 서쪽에 가야 할 터였으니.

그리고 그런 결과에 대해 비난을 받아야 할 이유는 전혀 없을지라도, 다크맨은 그를 죽일 것이었다.

그래서 해럴드는 가던 방향을 되돌리고, 끝없는 추락을 생각하던 긴 시간을 빠져나온 자살 시도자의 서늘한 안도감을 느꼈다. 하지만 오늘 밤엔 갈 수 있었다. 만약 자신이 원하기만 하면. 그렇다. 바로 정면에서 발사한 단 한 발의 총알로 레드먼을 죽일 수 있었다. 그러고 나서 그 자리에 태연히 남아 있다가 오클라호마 출신 시골 무지렁이가 오토바이 타고 오는 것을 맞이하는 것이다. 그 꼰대의 관자놀이에 또 한 방 발사. 총소리가 나도 아무도 놀라지 않을 것이다. 수많은 사람들이 마을로 어슬렁거리며 내려오는 사슴들한테 총을 쏴 댈 정도로 사냥감이 풍부했다.

이제 6시 50분이었다. 7시 30분까지는 그 두 사람을 처치할 수 있었다. 프랜은 10시 30분이나 더 나중까지 경보를 울리지 않을 터였고, 그때가 되면 일을 성공적으로 처리한 해럴드는 배낭 속에 장부를 챙겨 넣고 혼다로 서쪽을 향해 달려갈 수 있었다. 그러나 만약 여기서 오토바이에 죽치고 앉아 시간만 축내고 있다간 그런 행복한 일은 생기지 않을 것이었다.

발로 두 번 시동을 걸자 혼다가 움직이기 시작했다. 좋은 오토바이였다. 해럴드는 웃음 지었다. 해럴드는 히죽거렸다. 흥겨운 환호성을 힘차게 내질렀다. 해럴드는 셔토쿠어 공원을 향해 오토바이를 몰았다.

황혼이 깔리기 시작할 때 스튜는 해럴드의 오토바이가 공원으로 들어오는 소리를 들었다. 잠시 후 차도의 오르막 길을 따라 늘어선 나무들 사이로 점멸하는 혼다의 전조등 불빛이 보였다. 그러고는 헬멧을 쓴 해럴드의 머리가 좌우로 움직이며 자신을 찾는 모습이 보였다.

돌로 만든 바비큐 화덕의 언저리에 앉아 있던 스튜가 손을 흔들고 소리쳤다. 곧이어 해럴드가 손을 마주 흔들며 2단 기어로 변속

했다.

 그날 오후 그들 세 사람이 함께 일을 하고 나서 스튜는 해럴드가 상당히 마음에 들었다. 사실은 어느 때보다 더욱 마음에 들었다. 설령 수색 결과가 안 좋았다 해도 해럴드의 아이디어는 몹시 좋은 것이었다. 그리고 해럴드는 네덜란드 도로를 맡겠다고 고집했다. 두툼한 재킷을 입긴 했지만 틀림없이 무척 추웠을 텐데. 오토바이가 멈추자, 스튜는 해럴드의 만년 미소가 우거지상에 더 가까운 것을 보았다. 얼굴이 긴장한 데다 너무 하얘서 수색 결과가 안 좋아서 실망했구나 하고 스튜는 짐작했다. 그런데 자신과 프래니는 변치 않는 미소와 과도한 친절로 사람들을 대하는 태도에 무슨 꿍꿍이속이 있을 거라고 저 아이를 의심했다니, 스튜는 죄책감에 갑작스럽게 얼굴이 달아오르는 것을 느꼈다. 저 아이가 그저 성실한 인생을 새롭게 살아 보고자 노력하는 것일 수도 있다고, 저 아이는 예전에 한 번도 그런 시도를 해 본 적이 없었기 때문에 그 모습이 약간 이상하게 보일 수도 있다고, 그들은 진정 그렇게 고려해 보진 않았던가? 스튜는 자신들이 그런 기특한 생각을 한 적이 있다고는 여기지 않았다.

 "아무것도 못 찾았구나, 그렇지?"

 스튜가 바비큐 화덕 꼭대기에서 훌쩍 뛰어내리며, 해럴드한테 물었다.

 "전혀 아무것도."

 해럴드가 말했다. 활짝 미소가 다시 나타났지만 기계적인 모습이어서, 힘없이 입을 벌린 표정과 비슷했다. 얼굴은 여전히 이상하게 시체처럼 창백해 보였다. 두 손은 재킷 주머니 속에 찔러 넣고 있었다.

"괜찮아. 좋은 아이디어였어. 잘은 모르지만 어쩌면 할머니께서 지금쯤 집에 돌아와 계실지도 모르지. 그렇지 않다면 내일 다시 찾아볼 수도 있는 거고."

"그건 시신을 찾는 일에 더 가까울지도 몰라요."

스튜가 한숨 쉬었다.

"어쩌면…… 그래, 어쩌면. 우리 집에 같이 가서 저녁 먹을래, 해럴드?"

"예?"

해럴드가 나무 밑에 짙어지는 어둠 속으로 꽁무니를 빼려는 듯했다. 그의 미소가 어느 때보다 더욱 긴장되어 보였다.

"저녁 식사."

스튜가 느긋하게 말했다.

"저기 말이야, 프래니도 널 보면 반가워할 거야. 빈말 아니야. 정말 반가워할 거라고."

"글쎄요, 어쩌면."

해럴드는 여전히 불편해 보였다.

"하지만 저는…… 글쎄, 저는 누나랑 얽혔던 일이 있잖아요, 스튜 아저씨도 아시다시피. 어쩌면 우리가…… 지금은 그냥 있는 게 최선일 것 같아요. 개인적인 감정은 전혀 없어요. 두 분은 참 잘 어울려요. 그건 저도 알아요."

해럴드의 웃음이 한층 새로워진 진정성을 띠고 앞쪽을 향해 반짝거렸다. 웃음은 전염성이 있었다. 스튜도 웃음으로 화답했다.

"네 뜻대로 하자, 해럴드. 그렇지만 우리 집 문은 언제든지 열려 있어."

"고맙습니다."

"아냐, 내가 너한테 고마워해야지."

스튜가 진지하게 말했다.

해럴드가 눈을 끔뻑거렸다.

"저한테요?"

"다른 사람들은 하나같이 창조주가 그분을 이끄시는 대로 놔두자고 했는데 너는 우리가 수색하는 걸 도와주었잖아. 설령 결과가 신통치 않다 해도 상관없어. 우리 악수할까?"

스튜가 손을 내밀었다. 해럴드가 한동안 그 손을 멍하니 주시한 까닭에 스튜는 자신의 손길이 받아들여질 것이라고 생각하지 않았다. 그때 해럴드가 재킷 주머니에서 오른손을 꺼내 (그 손이 무언가를 잡고 있었던 것 같았다. '아마도 주머니 지퍼였겠지.') 스튜의 손을 잡고 짧게 흔들었다. 해럴드의 손은 따뜻했고 약간 땀이 배어 있었다.

스튜가 앞으로 걸음을 내딛으며 차도를 내려다보았다.

"지금쯤이면 랠프 형님이 여기 도착했어야 하는데. 그 양반이 망할 놈의 산길을 내려오다 사고를 당한 게 아니었으면 좋겠는데. 그 양반…… 저기 오네."

스튜가 도로 쪽으로 걸어 나갔다. 두 번째 오토바이의 전조등이 차도에 번쩍거리면서 주위를 둘러싼 나무들 속에서 숨바꼭질을 하고 있었다.

"예, 정말 그 아저씨네요."

해럴드가 스튜 뒤에서 기묘하게 메마른 목소리로 말했다.

"누구랑 같이 있는데."

"뭐, 뭐라고요?"

"저기 봐."

스튜가 첫 번째 오토바이 뒤에 있는 두 번째 오토바이의 전조등을 가리켰다.

"어."

괴상하게 무미건조한 그 목소리가 또다시 나왔다. 그 목소리에 스튜가 뒤를 돌아다보았다.

"너 괜찮니, 해럴드?"

"그냥 피곤해서 그래요."

두 번째 탈것은 글렌 베이트먼의 소유물이었다. 저출력 모터 자전거로 글렌이 타고 올 법한 오토바이였는데, 거기에 비하면 네이딘의 베스파 스쿠터는 대형 오토바이인 할리 데이비드슨처럼 보일 지경이었다. 랠프 뒷자리에 닉 앤드로스가 타고 있었다. 닉은 커피와 브랜디 양쪽 다 아니면 어느 한 가지를 대접하겠다며 랠프와 함께 생활하는 집으로 가자고 그들 모두를 초대했다. 스튜는 동의했지만 해럴드는 핑계를 대고 거절했는데, 여전히 긴장되고 피곤해 보였다.

수색 결과에 몹시도 실망해서 그러는 거라고 스튜는 생각했고, 그것이 자신이 해럴드한테 느낀 최초의 동정심일 뿐만 아니라 너무도 뒤늦게 깨달은 감정이라는 사실을 알고 반성했다. 스튜가 직접 닉의 초대를 거듭 권해 보았지만, 해럴드는 그저 고개를 내저으면서 하루 종일 너무 지쳤다고 했다. 집에 돌아가 잠을 자고 싶은가 보다고 스튜는 짐작했다.

집에 도착하자 해럴드는 몸이 너무 심하게 떨려서 현관문에 열쇠를 끼우기가 여간 어려운 게 아니었다. 간신히 문을 열고 마치 미치광이가 뒤에서 살금살금 걸어올지도 모른다고 의심하듯 집 안으로 뛰어 들어갔다. 문을 쾅 소리가 날 정도로 세게 닫고, 자물쇠를 채우고, 빗장을 걸었다. 그런 다음 한동안 문에 기대어 머리를 뒤로 젖히고 눈을 감은 해럴드는 이성을 잃은 눈물이 터져 나올락 말락 하는 것을 느꼈다. 다시금 마음을 굳게 추슬렀을 땐 현관 복도에서 거실로 가는 길이 우울하게 느껴져서 기름 등불 세 개를 전부 켰다. 실내가 밝아졌고, 밝아지니 기분이 한결 나았다.

그는 제일 좋아하는 의자에 앉아 눈을 감았다. 심장 고동이 약간 느려지자 벽난로에 가서 헐거운 돌을 빼고 '장부'를 꺼냈다. 그러자 마음이 진정되었다. 장부라는 것은 빚 진 부채, 미결제 어음, 쌓여 가는 이자 수익을 기록해 두는 곳이었다. 최종적으로 모든 금전 거래를 정산하는 곳이었다.

해럴드는 다시 자리에 앉아, 자신이 마지막으로 기록했던 면까지 장부를 넘기고, 망설이다가 글을 적었다. '1990년 8월 14일.' 거의 1시간 30분 동안 줄을 거듭하고 쪽을 거듭하며 좌충우돌 펜을 놀렸다. 글 쓰는 동안 그의 얼굴은 음흉하게 흥겨워졌고, 잘난 체하는가 하면 겁에 질렸고, 기쁨에 취했다가 상처를 받고 히죽거렸다. 글쓰기를 마치고 적어 놓은 글('이것들은 세상에 보내는 나의 편지들이다/세상은 결코 나에게 편지를 쓰지 않는다.')을 읽어 보면서 부지불식간에 쑤시는 오른손을 주물렀다.

해럴드는 장부와 덮개 돌을 제자리로 돌려놓았다. 마음이 평온했다. 속에 담아 둔 모든 것을 글로 썼으니까. 그는 자신의 공포와 분노를 장부에 옮겨 놓았고 그의 결의는 변함없이 굳건한 상태였다. 그런 점이 좋았다. 가끔씩 여러 가지 일을 글로 쓰는 행동이 해럴드를 더욱 신경과민이 되게 했고, 그럴 때면 자신이 거짓으로 글을 적었다는 것을 깨닫는 시간이 되거나, 무뎌진 진실의 가장자리를 마땅히 절단했어야 할 곳까지(피를 부르고야 마는 곳까지) 갈아 버릴 필요성을 별다른 노력 없이도 깨닫는 시간이 되었다. 그러나 이날 밤엔 평온하고 차분한 마음으로 일기책을 다시 집어넣을 수가 있었다. 격노와 공포와 좌절이 안전하게 책 속으로 옮겨갔다. 잠자는 동안 억눌러야 했던 응어리와 함께.

해럴드는 창문 차양으로 달려가 고요한 거리를 내다보았다. 플랫아이언 구릉지를 올려다보며, 어찌 됐든 일을 저질러 버리려고, 38구경 총을 재빨리 끄집어내 그들 네 사람 모두를 소탕하려 했던 자신의 노력이 그야말로 성사 직전까지 갔던 것을 조용히 생각했다. 성사됐으면 그들의 썩은 내 나고 독실한 척하는 임시 위원회를 뜯어고쳤을 텐데. 그들을 끝장냈더라면 나머지 위원들을 가지고는 좆같은 위원회 정족수조차 못 채웠을 텐데.

그러나 마지막 결단의 순간에 닳아 빠진 제정신의 밧줄이 풀리는 대신 자신을 옭아맸다. 그래서 총을 그냥 놔두고 배은망덕한 허풍쟁이의 손과 악수할 수가 있었다. 어쩌다 그랬는지 이유는 전혀 모를 터였지만, 일이 그렇게 돼서 하나님한테 감사했다. 천재의 특징은 때를 기다리는 능력에 있었다. 그리고 해럴드는 그렇게 할 것이었다.

이제는 졸렸다. 길고 파란만장한 하루였다.

셔츠도 벗지 않은 채로, 기름 등불 셋 중 두 개를 끄고, 침실로 가져갈 마지막 한 개를 집어 들었다. 부엌을 지나가던 해럴드는 멈춰 서서 얼어붙고 말았다.

지하층 문이 열려 있었다.

등불을 높이 쳐들고 그리로 갔고, 계단의 처음 세 단을 내려갔다. 공포가 심장으로 찾아들며 평온함을 밖으로 내몰았다.

"거기 누구야?"

해럴드가 소리쳤다. 대답 없음. 에어 하키 놀이 탁자가 보였다. 포스터들. 저쪽 구석에 화려한 줄무늬의 크로케 방망이 한 세트가 진열대에 놓여 있었다.

계단 세 개를 더 내려갔다.

"여기 누구 있어?"

없다. 아무도 없다는 것을 느꼈다. 그러나 그것으로 해럴드의 공포가 가라앉지는 않았다.

계단을 마저 내려가 등불을 머리 위로 높이 들었다. 괴물 같은 그림자가 실내를 가로질러 너울거렸으며, 소설 「모르그 거리의 살인」에 나오는 원숭이처럼 거대하고 새까맸다. 정말로 흡사했다.

저쪽 바닥에 뭐가 있는 것인가? 그랬다. 있었다.

미니카 경주장 뒤를 지나서 프랜이 들어왔던 창문 아래로 다가갔다. 바닥에는 연한 갈색 잔모래가 떨어져 있었다. 해럴드는 그 모래 부스러기 옆으로 불빛을 갖다 댔다. 모래 한가운데에는, 손가락 지문만큼이나 또렷한, 운동화 또는 테니스 신발 자국이 있었다. 와플 비슷한 벌집이나 지그재그 무늬가 아니라, 동그라미와 선이 모여 있는 무늬였다. 해럴드는 그 모양을 주시하며, 마음속에 각인시킨 다음, 옅은 구름을 일으키며 그 흙먼지를 걸어차 흔적을 뭉개 버렸다. 그의 얼굴은 콜맨 램프의 불빛 속에서 살아 있는 밀랍 인형의 얼굴이 되었다.

"너는 대가를 치를 것이다!"

해럴드가 조용히 소리쳤다.

"너희 중 어느 누구의 소행이건 간에, 너는 대가를 치를 것이다! 그래 너는 그렇게 될 거다! 그래 너는 그렇게 될 거야!"

다시 계단을 올라가 집 안 구석구석을 돌아다니며, 또 다른 부정 탄 흔적이 있는지 찾아보았다. 새로 발견해 낸 것은 없었다. 거실에서 탐색을 끝낸 해럴드는 이제 전혀 졸리지 않았다. 누군가 (어쩌면 꼬마 애가) 호기심에 침입했던 것으로 그럭저럭 결론 내리고 있었을 때, 마음속에서 '장부' 생각이 깜깜한 하늘의 한 점 불꽃처럼 터져 나왔다. 주거 침입의 동기가 너무나 명확했고, 너무나 무시무시했는데, 하마터면 완전히 간과할 뻔한 것이다.

해럴드는 벽난로로 달려가 돌을 뽑고 속에서 장부를 끄집어냈다. 그 책이 얼마나 위험한 물건이인지가 처음으로 가슴에 절절히 사무쳤다. 만약 누군가 그것을 발견하면 모든 것이 끝장이었다. 많고 많은 사람들 가운데 하필이면 그가 그런 위험한 비밀을 끌어안고 있어야만 했다. 그러나 이 모든 것이 프랜의 일기장에서 비롯된 것 아니었던가?

장부. 발자국. 후자는 전자가 발각되었다는 뜻인가? 물론 아니었다. 그러나 어떻게 확신한다? 아무런 방법이 없었으며, 그것이야말로 이번 문제의 지랄 맞은 진실이었다.

해럴드는 벽난로 장식 돌을 제자리에 놓고 장부를 침실로 가져갔다. 장부를 베개 밑에 스미스 앤드 웨슨 리볼버 권총과 함께 놓아두면서 불태워 버릴까 생각해 봤으나, 스스로는 결코 태울 수 없음을 알았다. 자신의 인생에서 이제껏 만들어 냈던 가장 좋은 글이 장부 표지들 사이에 들어 있었다. 믿음과 직접적 헌신의 결과로 맺어진 유일무이한 글이었다.

해럴드는 드러누워 잠 못 드는 밤에 순응했고, 장부를 숨길 만한 곳을 떠올리려 안절부절못하고 마음이 들썩거렸다. 헐거운 마룻바닥 밑에? 찬장 뒤쪽에? 어쩌면 에드거 앨런 포의 옛날 소설 「도둑맞은 편지」에 나오는 수법을 써서 대담하게 장부를 책꽂이에, 다른 책들 틈에 뒤섞어서 꽂아 둘 수 있을까? 장부의 한쪽 옆엔 『리더스 다이제스트 모음집』을 그리고 다른 쪽 옆엔 마라벨 모건의 『사랑받는 아내』를. 안 된다. 그 방법은 너무나 대담했다. 그런 식으로 하면 집 밖에 있는 동안 결코 맘이 편할 수가 없었다. 은행의 안전 금고를 이용하는 건 어떨까? 안 된다. 그것으론 충분하지 않을 것이다. 해럴드는 장부를 곁에 두고 싶었다. 자신이 눈으로 확인할 수 있는 가까운 곳에.

마침내 의식이 홀연히 표류하기 시작했고, 밀려오는 잠에 힘이 풀린 마음이 방향도 의식하지 않고 떠돌아다녔다, 슬로 모션으로 움직이는 핀볼 공처럼. 해럴드는 생각했다. '장부는 숨겨 둬야 해. 그것은 중요한 문제야…… 만약 프래니가 자기 일기를 더 꼭꼭 숨겨 두었더라면…… 만약 프래니가 정말로 나를 어떻게 생각했는지 적어 놓은 일기를 내가 훔쳐 읽지 않았더라면…… 프래니의 위선…… 만약 프래니가…….'

해럴드가 침대에서 몸을 벌떡 일으켜 앉더니, 입속으로 뭐라고 작게 외치며 두 눈이 커졌다.

오랫동안 그렇게 앉아 있었고, 한참 뒤 몸을 벌벌 떨기 시작했다. 프래니가 눈치 챈 것인가? 그것이 프랜의 발자국이었나? 일기들…… 일지들…… 장부들…….

마침내 다시 드러누웠지만, 잠들기까지는 오랜 시간이 걸렸다. 해럴드는 계속 프랜 골드스미스가 일상적으로 테니스 신발이나 운동화를 신는지 궁금했다. 그리고 만약 그게 맞는다면, 신발 밑창 무늬가 어떻게 생겼을까?

밑창의 무늬, 영혼의 무늬. 자는 동안 꿈은 불쾌했고 해럴드는 한 번 이상 어둠 속에서 비참하게 부르짖었다. 마치 이미 영원토록 휘말려 있는 것들을 피하려는 듯.

스튜는 9시 15분에 귀가했다. 프랜은 스튜의 셔츠를 입고(거의 무릎까지 내려왔다.) 더블 침대에 웅크리고 누워 『50가지 유익한 식물들』이라는 책을 읽고 있었다. 그녀는 스튜가 들어오자 몸을 일으켰다.

"어디 갔더랬어? 걱정했잖아!"

스튜는 그들이 직접 찾아 나서야 적어도 마더 애버게일의 안위를 지켜볼 수 있다는 해럴드의 아이디어를 설명했다. 신성한 소들 얘기는 언급하지 않았다. 셔츠 단추를 풀며 이야기를 마무리 지었다.

"우리가 당신도 데려가려고 그랬어, 여보. 그런데 찾아봐도 없더라고."

"난 도서관에 있었어."

프랜은 스튜가 셔츠를 벗어 문 뒤에 걸어 놓은 세탁물 그물주머니 속으로 집어넣는 모습을 지켜보았다. 가슴과 등에 털이 무성했는데, 스튜를 만나기 전까진 늘 털 많은 남자를 다소 징그럽게 여겼던 과거의 자신을 떠올렸다. 프랜은 스튜가 무사히 돌아왔다는 안도감이 머릿속에서 자신을 조금 주책 맞게 하는 것이라 짐작했다.

해럴드가 그녀의 일기를 읽었고 이제는 그녀 자신도 그 사실을 알았다. 해럴드가 스튜를 혼자 남겨 두고는…… 스튜에게 무슨 해코지라도 하려 들까 봐 몹시도 무서웠다. 그런데 왜 지금에서야, 오늘에서야, 진상을 깨달은 현 시점에서야 일이 터질 거라고 여겼을까? 만약 해럴드가 잠자는 개를 이토록 오랫동안 그냥 놔두었다면, 그는 그 개를 깨울 의사가 전혀 없다고 추정하는 편이 더욱 논리적이 아닐까? 그리고 그녀의 일기를 읽음으로써 해럴드가 그녀 뒤를 지속적으로 쫓아다니는 것이 헛된 일이라는 사실을 깨달았다고 간주하는 편이 훨씬 그럴듯하지 않은가? 마더 애버게일의 실종 소식까지 겹친 바람에 프랜이 위태위태한 감정에 빠져 겁먹은 마음에서 흉한 조짐들을 떠올리긴 했지만, 사실을 직시해 보면 해럴드가 읽었던 것은 단순히 일기였을 뿐, 세속적인 범죄에 관한 고백이 아니었다. 그리고 만약 스튜한테 그녀가 발견한 사실을 말했다간 그저 그녀만 멍청하게 보일 거고 어쩌면 스튜는 해럴드한테 열 받을 거고…… 그리고 아마도 애당초 물건 간수를 그토록 멍청하게 했던 자신에게도 열 받을 것이다.

"그분의 흔적은 전혀 없었어?"

"전혀."

"해럴드는 어때 보였어?"

스튜가 바지를 벗고 있었다.

"무척이나 마음 아팠했지. 그 친구 아이디어가 별 소득 없이 끝나 유감이야. 언제든 오고 싶으면 저녁 먹으러 들르라고 내가 초대했어. 너도 괜찮았으면 좋겠어. 있잖아, 난 그 녀석이 좋아지기 시작했다는 생각이 확실히 들어. 내가 뉴햄프셔에서 너희 두 사람을 만났던 날을 떠올려 보면 결코 믿을 수 없는 일이지. 그 아이를 우리집에 초대한 게 잘못일까?"

"아니."

생각하느라 뜸을 들인 후에 프랜이 말했다.

"나도 해럴드와 좋은 사이로 지내고 싶어."

'난 해럴드가 스튜의 머리를 날려 버릴 계획을 세울지도 모른다고 생각하며 집 안에 앉아 있었는데. 그런데 스튜는 그 애를 저녁 식사에 초대하다니. 임산부의 망상을 제대로 보여 주는 좋은 사례로구나!'

"만약 마더 애버게일 님이 동튼 후에도 나타나지 않으면, 나랑 같이 다시 찾아보고 싶은지 해럴드한테 물어봐야겠어."

프랜이 재빨리 말했다.

"나도 같이 갈래. 그리고 할머니가 갈까마귀 떼한테 먹이가 되고 있다고는 절대 믿지 않는 몇몇 사람들이 이 주위에도 있어. 딕 볼먼 씨도 그중 한 명이야. 래리 언더우드도 그렇고."

"좋았어. 잘됐네."

스튜가 침대로 올라와 그녀 옆에 붙었다.

"그런데 말이야, 그 셔츠 밑에는 뭐 입고 있어?"

"오빠같이 덩치 좋고 힘센 남자라면 내 도움 없이도 해답을 찾아낼 수 있어야지."

프랜이 의기양양하게 말했다.

그 결과 속에는 아무것도 안 입었다는 사실이 밝혀졌다.

이튿날의 수색대는 8시에 여섯 명의 인원으로 조촐하게 출범했다. 스튜, 프랜, 해럴드, 딕 볼먼, 래리 언더우드, 루시 스완. 정오가 되자 수색대는 스무 명으로 불어났고, 해 질 무렵엔(산기슭의 작은 언덕에선 여느 때처럼 잠시 번개를 동반한 비가 지나갔다.) 쉰 명이 훨씬 넘는 사람들이 모여들어 볼더 서쪽 덤불 숲을 뒤지고, 개울을 철벅거리며 협곡을 오르락내리락 탐색했으며, 무전기로 연락을 주고받으며 부산하게 움직였다.

체념의 불안감이 팽배한 묘한 분위기가 어제의 긍정적 분위기를 차츰 퇴색시켰다. 안전지대 안에서 마더 애버게일한테 신에 버금가는 지위를 부여했던 꿈의 강력한 기세에도 불구하고, 사람들은 대개 생존에 관해서는 현실주의자가 되기에 충분할 만큼 닳고 닳았다. 그 할머니는 100살을 훌쩍 넘겼고, 혼자서 밤새도록 야산에 있었던 것이다. 그리고 이제 두 번째 밤이 찾아오고 있었다.

열두 명의 인원을 이끌고서 루이지애나에서 볼더까지 국토를 횡단하느라 고군분투했던 사내가 그 냉소적인 상황을 완벽하게 대표했다. 그 사내는 일행과 함께 어제 정오에 자유 지대로 들어왔다. 마더 애버게일이 사라졌다는 말을 전해들었을 때, 노먼 켈로그라는 이름의 이 남자는 애스트로스 야구 팀 모자를 땅바닥에 집어 던지며 말했다.

"나도 참 지지리 복도 없지…… 그분을 찾으러 또 길을 떠나야 하나?"

안전 지대에 거주하는 재수 없는 소리의 일인자 지위를 어느 정도 확보했던 찰리 임페닝(9월에 눈이 억수로 온다는 유쾌한 뉴스를 전해 주었던 바로 그 사람)은 만약 마더 애버세일이 뒤었다면, 어쩌면 그것이 주민들이 모두 튀어야 하는 신호일 것이라는 말을 퍼뜨렸다. 아무튼 간에 볼더는 너무 지독하게도 가까웠으니까. 무엇과 너무 가깝다는 말인가? 너무 신경 쓰지 마시라. 볼더가 무엇과 너무 가까이 있는지는 다 아는 사실 아닌가. 그리고 뉴욕이나 보스턴 정도는 돼야 메이비스 임페닝의 아들 찰리한테는 더욱 안전하게 느껴질 것이었다. 임페닝에게 호응하는 사람은 없었다. 사람들은 지쳤고 현재 상태에 안주하려 했다. 만약 날이 추워지고 난방 장치가 가동하지 않으면 떠날지도 모르지만, 그 전에는 떠나지 않으려 했다. 그들의 사정은 나아지고 있었다. 혼자서라도 떠날 계획이냐고 임페닝은 정중한 질문을 받았다. 자신은 좀 더 많은 사람이 진실을 깨달을 때까지 기꺼이 기다려 주겠노라고 대답했다. 찰리 임페닝은 지독하게 불쌍한 모세 짝퉁이 될 것이라고 글렌 베이트먼이 비웃었다는 소리가 들려왔다.

'체념의 불안감'은 공동체의 전반적인 정서라고 글렌 베이트먼은 믿었는데, 그 이유는 많은 꿈을 꾸었음에도, 로키 산맥 서쪽에서 무슨 일이 벌어지고 있는지에 대한 걱정으로 불안감이 깊숙이 자리 잡았음에도, 주민들은 여전히 이성적인 마음을 지닌 사람들이기 때문이었다. 진실한 사랑이 그러하듯이 미신도 그것이 존재

제52장 339

한다는 사실 자체만으로 영향력을 미칠 만큼 힘이 커지려면 시간이 필요한 것이다. 어둠이 야간 수색을 끝장낸 후에 글렌은 닉과 스튜와 프랜한테 다음과 같이 말했다. 헛간이 완성되고 나면 복이 들어오라고 문 위에 말 편자를 못 박아 매달아 두는 법이다. 하지만 못 하나가 떨어져 말 편자가 덜렁거린다고 해서 헛간을 버리지는 않는다.

"만약 말 편자에서 복이 다 빠져나가면 우리가 또는 우리의 자손들이 헛간을 버리는 날이 올지도 모르지만, 그것은 먼 미래의 일이지. 지금 당장 다들 느끼는 것은 조금 낯설고 길을 잃은 듯한 감정일세. 그리고 그런 것은 지나갈 거라고 난 생각하네. 만약 마더 애버게일 님이 죽는다면(그분이 죽지 않기를 내가 소망한다는 건 하나님도 아시지.) 아마도 이 공동체의 정신 건강에 바람직한 상황은 아닐 테지만."

닉이 글을 적었다.

'그렇지만 만약 그분께서 우리 적수에 대한 견제자, 그의 맞상대로서 의미가 있다면, 누군가가 저울의 균형을 이루기 위해 이곳을 이끌어야 한다는 얘긴데요······.'

"그래, 나도 알고 있네."

글렌이 음울하게 말했다.

"나도 알아. 말 편자가 중요치 않았던 시기가 정말로 지나가는 중인지도 모르지······ 아니면 이미 그런 시기는 완전히 지나가 버렸는지도. 정말이야, 나도 알고 있단 말이지."

프래니가 말했다.

"우리 손자들이 미신에 사로잡힌 원주민이 될 거라고는 전혀 생각지 않으신 거죠. 그렇죠, 글렌 교수님? 마녀들을 화형에 처하고 복을 받으려고 손가락 사이로 침을 뱉을 거라고는?"

"나는 미래를 읽는 능력은 없어, 프랜."

램프 불빛 속에서 글렌의 얼굴은 늙고 지쳐 보였다. 어쩌면 실패한 마법사의 얼굴과도 흡사했다.

"스튜가 야밤에 플랙스태프 산에서 지적해 주기 전까지, 나는 마더 애버게일 님이 공동체에 끼치고 있는 효력을 제대로 볼 수조차 없었지. 그러나 나는 이것만은 잘 안다네. 우리가 모두 이 마을에 있는 이유는 두 가지 사건 때문인 걸세. 인류의 어리석음에서 비롯되었다고 할 수 있는 슈퍼 독감. 우리가 저질렀느냐 아니면 러시아 인들인가, 아니면 라트비아 인들인가 하는 것은 중요치가 않아. 어떤 녀석이 실험실의 비커를 비워 버렸느냐 하는 문제는 총체적인 진실에 비해 중요성이 떨어지는 거지. 즉 총체적 진실이란 모든 합리주의의 최후에는 공동묘지가 존재한다는 것이야. 물리학 법칙들, 생물학 법칙들, 수학 원리들, 모든 것이 죽음을 향해서 가는 활동의 일부가 되는 것이고, 그 이유는 우리 인간의 본질 때문이지. 만약 캡틴 트립스가 없었다고 해도, 또 다른 무언가가 생겼을 걸세. 예전에 유행한 학설은 그런 것을 '과학 기술'의 탓이라고 비난하려 들었지만, '과학 기술'은 나무의 몸통인 것이지 뿌리는 아니라네. 그 뿌리는 합리주의고, 나는 그 단어를 다음과 같이 정의하려고 해. '합리주의란 우리가 존재의 본질에 관한 한 무엇이든 온전히 이해할 수 있다는 사고방식이다.' 그것은 죽음의 활동이야. 늘 그래 왔다네. 그런고로 자네들이 공감한다면, 슈퍼 독감이 합리주의에서 비롯되었다고 치부할 수 있는 것이지. 그런데 우리가 여기에 있는 다른 한 가지 이유는 꿈 때문이고, 꿈은 비합리적인 거라네. 우리가 위원회에 있는 동안은 그 단순한 사실에 관해 말하지 말자고 동의했지만, 지금 이건 위원회가 아니잖은가. 그러니 우리가 모두 아는 것이 다음과 같은 사실이라는 점을 난 말해 두겠네. 우리는 우리가 이해하지 못하는 힘들의 엄명을 받아서 여기로 모여든 것이라고. 나한테는, 그것이 실존에 관한 전혀 다른 정의를 우리가 받아들이기 시작하는 것일 수도 있음을 의미한다네.(지금은 겨우 어렴풋이 받아들이는 중이고, 문화 지체 현상 탓에 과거에 저질렀던 수많은 잘못이 퇴보하는 형국이지.) 우리가 존재의 본질에 관한 한 그 무엇도 전혀 이해할 수 없다는 사고방식이 도래한 것일세. 그리고 만약 합리주의가 죽음의 활동이라면, 그렇다면 비합리주의야말로 생명의 활동이라 칭하는 것도 완전히 터무니없는 일은 아닐 거야…… 적어도 그것이 합리주의의 결과와 다를 바 없다고 판명 나지 않는 한은."

스튜가 느릿느릿 자신의 의견을 밝혔다.

"글쎄요, 저도 나름의 미신이 있어요. 나는 미신 숭배를 비웃어 왔지만, 나한테도 그런 게 있긴 있어요. 성냥불 하나로 담배 두 개비에 불을 붙이든 세 개비에 불을 붙이든 별 차이가 없다는 것을 알지만, 담배 두 개비는 괜찮지만 성냥불 하나에 담배 세 개비가 모이면 불안해져요. 사다리 밑으로는 걸어 다니지 않으려 하는 반면에, 앞길에 검은 고양이가 지나가는 모습을 보면 그냥 무덤덤해요. 그러나 과학 없이 살아가는 건…… 태양을 숭배하는 것, 어쩌면 천둥이 칠 때는 괴물들이 하늘에다 볼링공을 굴리고 있는 것이라고 생각하는 것…… 그런 것은 무엇 하나 나를 그다지 설레게 하지 않아요, 대머리 아저씨. 에휴, 나한테는 그것이 일종의 노예 생활처럼 보여요."

"하지만 그러한 미신들이 사실이었다고 가정한다면?"

글렌이 조용히 말했다.

"뭐라고요?"

"합리주의의 시대가 지나갔다고 추정해 보게. 나 자신은 지나갔다는 것이 거의 확실하다고 보지. 그런 시대는 예전에 왔다가 갔다네. 그랬어. 그것은 1960년대에, 이른바 물병자리의 시대에 우리를 거의 떠나갔지. 그리고 중세 동안은, 빌어먹을 거의 영원토록 휴가를 떠났지. 이렇게 가정해 보게…… 합리주의가 완전히 떠나간 상황을 가정하고, 그것을 마치 눈부신 빛이 한동안 꺼져 있는 상황이라고 치면 우리가 볼 수 있는 것은……."

말끝을 흐린 글렌의 눈이 움푹 들어간 듯 보였다.

"무엇을 볼 수 있는데요?"

프랜이 물었다.

글렌이 프랜의 눈을 향해 눈을 들었다. 글렌의 눈은 희뿌옇고 기묘했으며, 그 자체에 내재한 빛으로 이글거리는 것 같았다.

글렌이 부드럽게 말했다.

"어둠의 마법. 물이 위로 흐르고 트롤 괴물이 깊은 숲 속에 살고 용이 산맥 아래에 사는 경이로운 세계. 찬란한 불가사의들, 선을 행하는 새하얀 힘. 예수께서 가라사대, '죽은 나사로야, 살아나서 밖으로 나오너라.' 물이 포도주로 변한다. 그리고…… 혹시나 어쩌면…… 악마 쫓아내기."

글렌이 말을 멈추고 웃음 지었다.

"생명의 활동이지."
"그럼 다크맨은요?"
프랜이 조용히 물었다.
글렌이 어깨를 으쓱거렸다.
"마더 애버게일 님께서는 다크맨을 악마의 자손이라 부르시지. 어쩌면 다크맨은 우리에게 해가 되는 과학 기술의 도구들이 한데 뭉쳐진, 합리적인 생각이 낳은 마지막 마법사일 수도 있어. 어쩌면 더욱 심각한 존재, 더욱 어두운 존재일지도 모르겠어. 내가 아는 거라곤 그저 그가 존재한다는 것이고, 사회학이나 심리학이나 그 밖에 무슨 무슨 학이 그를 끝장내리라고는 절대로 생각하지 않아. 오로지 백색의 마법만이 그를 끝장내 줄 거야. 그리고 우리 편 백색의 마법사는 저 바깥 어딘가에서, 홀로 방황 중."
목소리가 거의 푹 꺼졌고, 글렌은 황급히 고개를 숙였다.
저 바깥은 어둡기만 했고, 산맥에서 내려온 산들바람이 스튜와 프랜의 거실 유리창에 세찬 빗방울을 흩날렸다. 글렌은 파이프 담배를 피워 물었다. 스튜는 주머니에서 손에 잡히는 대로 동전을 한 움큼 꺼내 위아래로 흔들다가 두 손을 펴서 앞면이 얼마나 많이 나왔는지, 또는 뒷면이 얼마나 나왔는지 세어 보았다. 닉은 메모장 앞면에 어수선한 낙서를 하면서 마음속으로 소요의 텅 빈 거리를 보았고, 속삭이는 목소리를 들었다. 그랬다. 정말로 들었다.
'그가 너에게 오고 있다, 벙어리 녀석아. 이제 더 가까워졌어.'
잠시 후 글렌과 스튜가 벽난로에 불을 지피자 그들은 모두 별말 없이 불꽃들을 지켜보았다.

그들이 가고 나서 프랜은 침울하고 불행한 느낌이 들었다. 스튜 또한 골똘히 생각에 잠겼다. 프랜은 그가 피곤해 보인다고 생각했다. '내일은 집에 있어야겠어. 그냥 집에만 있으면서 대화나 하고 오후에 낮잠을 자야겠어. 우린 좀 느긋하게 지내야 해.' 그녀는 콜맨 기름 램프를 바라보며 램프 대신 전깃불이 있다면, 벽 스위치를 척 누르기만 하면 켜지는 전깃불이 있다면 좋겠다고 생각했다.

프랜은 눈물 때문에 눈이 따끔해지는 것을 느꼈다. 울지 말라고, 안 그래도 문제가 많은데 울음까지 보태지는 말라고 자신한테 화내어 말했지만, 눈의 상수도 시설을 감독하는 신체 기관은 그런 말에 귀 기울이고픈 마음이 없는 모양이었다.

그때 갑자기 스튜의 표정이 밝아졌다.

"아 이거 참! 빌어먹을 깜빡 잊을 뻔했네. 왜 잊고 있었지?"

"뭘 잊을 뻔했는데?"

"보여 줄게! 여기 잠깐 있어 봐!"

스튜가 문밖으로 나가 홀 계단을 부리나케 내려갔다. 문간으로 간 프랜은 잠시 후 그가 다시 올라오는 소리를 들을 수 있었다. 스튜는 손에 무언가를 들고 있었고 그것은…… 그것은…….

"스튜어트 레드먼, 그거 어디서 났어?"

놀란 그녀가 기뻐하며 물었다.

"민속 악기 가게에서."

스튜가 씩 웃으며 말했다.

프랜은 빨래판을 집어 들고 이리저리 기울여 보았다. 어슴푸레한 빛이 빨래판에 낀 파란 표백제 찌꺼기 위로 쏟아졌다.

"민속……?"

"다운 월넛 스트리트에서 좀 떨어진 곳이야."

"악기 매장에 빨래판이?"

"그렇다니까. 굉장히 멋진 빨래통도 있었어. 하지만 누군가가 이미 그곳에 구멍을 뚫어서 콘트라베이스를 만들어 놨더라고."

프랜이 웃음을 터뜨렸다. 빨래판을 소파에 내려놓고 스튜에게 다가가 꼭 껴안았다. 스튜의 두 손이 유방으로 올라오자 프랜은 그를 더한층 꼭 껴안았다.

"의사가 잡동사니 난타 음악을 처방해 줬어."

프랜이 속삭였다.

"응?"

프랜이 그의 목에 얼굴을 밀착시켰다.

"그게 기분을 한결 개운하게 해 줄 거라나. 그냥 노래 가사야. 내 기분을 개운하게 해 줄 수 있어, 스튜?"

스튜가 웃으며 프랜을 안아 올렸다.

"글쎄. 한번 해 볼 만하겠는걸."

다음 날 오후 2시 15분, 글렌 베이트먼이 노크도 없이 아파트 안으로 곧장 들이닥쳤다. 프랜은 루시 스완의 집에서 효모를 사용하여 빵 반죽을 부풀리려고 애쓰는 중이었다. 스튜는 맥스 브랜드가 쓴 서부 소설을 읽고 있었다. 그는 고개를 들어 글렌을 보고는 얼굴이 창백해졌고 충격을 받은 듯 눈이 휘둥그레지며 책을 바닥에 내던졌다.

"스튜. 이봐, 스튜. 자네가 여기 있다니 다행일세."

"뭐 잘못됐어요?"

스튜가 글렌한테 날카롭게 물었다.

"그…… 누군가 그분을 찾아냈습니까?"

"아니."

글렌은 두 다리가 완전히 맥이 풀린 듯 털썩 주저앉았다.

"나쁜 소식은 아냐, 좋은 소식이야. 그렇지만 몹시 이상하기도 하고."

"뭔데요? 뭔데 그래요?"

"코작 말이야. 점심 먹고 나서 낮잠을 잤는데 깨어나 보니 코작이 현관에서 곤히 자고 있지 뭔가. 그 애가 떡이 되도록 얻어맞았네, 스튜. 뭉툭한 칼날이 줄지어 늘어선 비좁은 교차로를 헤치고 나온 것처럼 보이더구먼. 그래도 보니까 그 애인 것이 분명하더라고."

"그 개 말씀하시는 거예요? 코작?"

"내 말이 그 말일세."

"확실해요?"

"뉴햄프셔 주 우즈빌이라고 적힌 똑같은 개 명찰. 똑같은 빨간색 목걸이. 똑같은 개야. 정말 앙상한 몰골이고, 싸움에 시달렸던 것 같아. 딕 엘리스는 기분 전환 삼아 돌볼 동물 환자가 생겼다고 매우 기뻐하더군. 딕이 그러는데 그 아이는 한쪽 눈의 시력을 영영 잃을 거래. 옆구리와 배에 심하게 할퀸 상처들이 났고, 그중 몇 군데는 세균에 감염되었지만 딕이 치료해 주었다네. 진정제를 처방해 주고 배에 붕대를 감아 줬지. 딕은 그 아이가 늑대와, 어쩌면 한 마리 이상과 뒤엉켜 싸운 것처럼 보인다고 했어. 여하튼 간에

광견병 증상은 없다는 거야. 그 애는 깨끗해."

천천히 머리를 흔드는 글렌의 뺨으로 두 줄기 눈물이 흘러내렸다.

"그놈의 개가 나한테 돌아왔어. 혼자서 찾아오다니. 그 애를 뒤에 남겨 두고 떠나지 않았더란면 얼마나 좋았을까, 스튜. 그것 때문에 난 기분이 너무도 지랄 맞게 안 좋았다네."

"오토바이로는 동행할 수가 없었잖아요, 교수님."

"그래, 하지만…… 그 애가 나를 따라왔단 말이야, 스튜. 《스타 위클리》에서나 읽어 봄 직한 일이야. 충견이 3,000킬로미터를 달려 주인을 찾아오다. 어떻게 그 애가 그런 일을 해냈을까? 어떻게?"

"어쩌면 우리가 그랬던 것과 똑같은 방식이겠죠. 아저씨도 아시다시피 개도 꿈을 꾸잖아요. 분명히 개들도 꿈을 꿔요. 부엌 바닥에 곤히 잠든 개가 발을 씰룩거리는 모습 본 적 없으세요? 아네트 마을에 빅 팰프리라는 나이 든 분이 있었는데, 그 양반은 개들이 두 가지 꿈을 꾼다고, 좋은 꿈과 나쁜 꿈을 꾼다고 말하곤 했어요. 좋은 꿈을 꿀 땐 발을 씰룩거린대요. 나쁜 꿈을 꿀 땐 으르렁거리고요. 나쁜 꿈, 으르렁거리는 꿈을 꾸는 중간에 개를 깨워 보세요. 그러면 개가 물어 버리려고 할 겁니다, 십중팔구는."

글렌이 어리벙벙한 태도로 고개를 내저었다.

"자네 말은 그 애가 꿈을 꿨는데……."

"어젯밤 교수님이 했던 것보다 더 괴상한 말은 한마디도 안 했는데요."

스튜가 약을 올렸다.

글렌은 씩 웃으며 고개를 끄덕였다.

"그런 괴상한 소리라면 몇 시간 동안이고 계속 나불댈 수 있지. 나는 사상 최대의 헛소리꾼 중 한 명이니까. 무슨 일이 터졌다 하면 요 입이 가만있질 못한다니까."

"연설할 때는 팔팔하시다가 혼자 계실 땐 꾸벅꾸벅 조는 분이시죠."

"까불지 말게, 동부 텍사스 양반. 우리 집에 와서 내 개 보고 싶나?"

"두말하면 잔소리죠."

글렌의 집은 볼더라도 호텔에서 두 블록 떨어진 스프루스 스트리트에 있었다. 현관 격자 울타리 위로 기어오르는 담쟁이덩굴은 거의 죽어 있었다. 볼더에 있는 모든 잔디와 모든 꽃이 그러했듯이. 도시의 수도관에서 나온 물을 매일같이 뿌려 주지 않았으므로 건조한 기후가 승리를 차지하고 말았다.

현관에는 진토닉 술을 떠받치는 작은 원형 탁자가 있었다.("얼음 없이 그 무시무시한 술을 마셔 보면 어떨까요?" 스튜가 묻고 글렌이 대답했다. "세 잔 마시고 나면 자넨 왼쪽 오른쪽도 구분 못 할 걸세.") 술 옆에는 담배 파이프 다섯 개가 담긴 재떨이,『선을 찾는 늑대』,『볼 포』, 그리고『내 총이 빠르다』등의 책이 있었다. 모두 제각기 어질러져 있었다. 크래프트 치즈 경단을 담은 비닐봉지도 있었다.

코작은 상처로 엉망이 된 주둥이를 앞발에다 갖다 대고 현관에

평온하게 엎드려 있었다. 피골이 상접했고 몸이 비참하게 찢겼지만, 스튜는 그 개를 척 알아보았다. 잠깐 얼굴을 익혔던 사이인데도. 그는 쭈그리고 앉아 코작의 머리를 쓰다듬기 시작했다. 코작이 깨어나 스튜를 행복하게 바라보았다. 개들 특유의 표정을 지으며 씩 웃는 듯 보였다.

"야, 너 참 훌륭한 개로구나."

스튜가 불현듯 목이 메는 것을 느끼며 말했다. 앞면이 보이게 쌓아 둔 트럼프 카드 한 벌이 재빨리 좌르륵 펼쳐지는 것처럼, 그의 머릿속에서 그가 겨우 다섯 살이었을 때 어머니가 올드 스파이크를 주었던 이래로 그가 기른 모든 개들이 스쳐 지나갔다. 그는 수많은 개들과 함께 지냈다. 어쩌면 카드 하나당 한 마리씩 쳐서 카드 한 벌을 채울 정도까진 아니겠지만, 그래도 수많은 개를 겪었다. 개는 좋은 동반자였고, 스튜가 아는 한 코작은 볼더에 있는 유일한 개였다. 스튜는 글렌을 힐끔 올려다보았다가 황급히 시선을 내렸다. 단숨에 책 세 권을 읽어 치우는 늙은 대머리 사회학자일지라도 눈에서 눈물이 새어 나오는 모습을 들키고 싶어하지는 않을 성싶었다.

"훌륭한 개로구나."

스튜가 되뇌었다. 코작이 현관 바닥 판자에 꼬리를 철썩거리는 모습을 추측건대, 자신이 실제로 훌륭한 개라고 동의하는 듯했다.

"잠깐 집 안에 들어갔다 나오겠네."

글렌이 탁한 목소리로 말했다.

"화장실 좀 써야겠어."

"그러세요."

스튜가 고개도 들지 않고 말했다.

"훌륭한 녀석이야. 어이, 멋쟁이 코작, 너 훌륭한 녀석 맞지? 정말 그렇지?"

코작의 꼬리가 동의하듯 유쾌하게 철썩거렸다.

"너 벌러덩 뒤집을 수 있어? 시체가 되어라, 애야. 몸을 뒤집어 봐."

코작이 고분고분하게 등을 대고 몸을 구르며 뒷다리를 쩍 벌리고 앞발을 허공으로 뻗었다. 딕 엘리스가 붙여 놓은 붕대의 뻣뻣하고 하얀 결을 따라 부드럽게 손으로 훑어 보던 스튜의 얼굴이 차츰 근심스러워졌다. 계속 어루만지다 보니 빨갛고 부어 보이는 긁힌 상처들이 붕대 속에서는 틀림없이 살점이 후벼 파였을 정도로 깊어진 것을 알 수 있었다. 틀림없이 무엇인가가 그 개를 노린 것이다. 떠돌이 개 따위가 아니었다. 개였다면 주둥이나 목을 공격했을 것이다. 코작한테 벌어진 일은 개보다 더 열등한 동물의 소행이었다. 더 비열한 동물. 어쩌면 늑대 패거리. 그러나 스튜는 코작이 그런 패거리한테서 도망칠 수 있었을지 미심쩍었다. 어떤 놈의 소행이건 간에 배가 갈라지지 않은 것이 행운이었다.

방충망 문이 쿵쾅거리며 글렌이 현관으로 다시 나왔.

"어떤 놈이 덮쳤든지 간에 급소를 잘도 겨냥했네요."

스튜가 말했다.

"상처가 깊어서 출혈이 심했어."

글렌이 동의했다.

"내가 이 아이를 이 지경에 빠뜨린 당사자라는 생각을 도저히 떨쳐 버릴 수가 없네."

"딕 씨는 늑대들 짓이라고 말했군요."

"늑대들 아니면 코요테들…… 하지만 그 사람은 코요테들이 이런 짓을 저질렀을 가능성은 적다고 생각하고 나도 동감이야."

스튜가 엉덩이를 토닥거리자 코작이 다시 몸을 굴려 배를 대고 엎드렸다.

"거의 모든 개들이 죽어 버렸는데 이렇게 훌륭한 개한테 달려들 만큼 많은 수의 늑대가 한 곳에(더군다나 로키 산맥 동쪽에) 모여 있다니 어찌 된 노릇일까요?"

"우리는 결코 알지 못할 것 같구먼. 망할 놈의 전염병이 말은 덮쳤는데 소는 놔두고, 거의 모든 사람은 덮쳤는데 우리만 놔둔 이유를 아는 것과 오십보백보지. 그것에 관해선 생각도 하기 싫네. 그저 애견용 살코기를 엄청나게 구해다가 요 녀석 요기나 시켜야겠어."

"그래요."

스튜가 코작을 바라보자 녀석의 눈이 스르르 감겼다.

"이 녀석은 여기저기 찢겼지만 몸속은 멀쩡합니다. 녀석이 몸을 굴릴 때 확인했어요. 눈을 부릅뜨고 암캐를 찾아 주는 것도 나쁘진 않을 겁니다. 안 그래요?"

"그래, 그 말이 맞구먼."

글렌이 생각에 잠겨 말했다.

"뜨뜻미지근한 진토닉 한잔하려나, 동부 텍사스 양반?"

"아이고, 아닙니다. 제가 직업 기술학교 1학년 중퇴생이긴 하지만 그 술을 들이켤 만큼 야만인은 아니에요. 맥주 있어요?"

"흠, 쿠어스 캔 맥주를 하나 마련해 볼 수 있을 것 같네. 그런데 뜨뜻미지근해."

"상관없습니다."

스튜가 글렌을 따라 집 안으로 들어가려다 방충망 문을 잡고 멈춰서 잠자는 개를 돌아다보았다.

"잘도 자는 구나, 훌륭한 녀석아. 네가 여기 있어서 참 좋다."

스튜와 글렌은 집 안으로 들어갔다.

그러나 코작은 잠들지 않았다.

그 개는 대개의 살아 있는 생명체들이 심하게 다쳤지만 죽음의 그림자가 드리울 정도로 위급하지는 않을 때 긴 시간을 보내는 공간 속 어딘가에 있었다. 맹렬한 가려움이 열기처럼 뱃속에 모여들었는데, 그것은 치유의 가려움이었다. 붕대를 긁으면 상처들이 벌어져 재감염될 것이므로 글렌은 개가 가려움에 신경 쓰지 않도록 오랜 시간 애써야 할 것이었다. 그러나 그것은 나중 일이었다. 지금 당장 코작은(여전히 이따금 자신을 원래 이름이었던 빅 스티브라고 생각했다.) 이 공간 속에서 표류하는 데 만족했다. 네브래스카에서 늑대들이 찾아왔을 때 코작은 헤밍포드홈이라는 작은 마을에 있는 자동차 수리용 잭으로 떠받친 집 주위에서 낙심한 채 계속 코를 킁킁거리던 중이었다. 그 남자의 냄새, 그 남자의 느낌이 이 장소까지 이어졌다가 끊어져 버렸다. 대체 어디로 간 것일까? 코작은 알 수 없었다. 그때 늑대가, 늑대 네 마리가 너덜너덜한 시체의 망령처럼 옥수수밭 속에서 걸어나왔다. 늑대들의 눈이 코작을 향해 이글거렸고, 이빨에서 말려 올라간 입술이 적의를 드러내는 나지막하고 걸걸한 으르렁 소리를 내뱉었다. 그것들 앞에서 물러선 코작은 으르렁거리며 발에 잔뜩 힘을 주고 마더 애버게일의 앞마당 흙을 파헤쳤다. 왼쪽에서는 매달린 타이어 그네가 깊이를 알 수 없는 동그란 그림자를 던지고 있었다. 우두머리 늑대가 공격을 개시하던 바로 그 순간 코작의 하체가 현관 옆으로 드리워진 타이어 그림자 속으로 빠져 들었다. 그 늑대가 낮게 파고들며 복부를 노렸고, 나머지 늑대들도 따라나섰다. 코작이 덥석 물려고 덤비는 우두머리 늑대의 주둥이 위로 펄쩍 솟아오르며 아랫배를 내주자 우두머리가 물어뜯고 할퀴기 시작했고, 코작은 그 늑대의 목에 깊숙이 자신의 이빨을 단단히 찍어 박아서 피를 터뜨렸고, 늑대는 울부짖느라 빠져나가느라 발버둥치느라, 순식간에 용기가 사라졌다. 녀석이 몸을 뒤로 빼자, 코작의 턱이 번개처럼 빠르게 그 늑대의 말랑말랑한 주둥이를 악다물었고, 쩌렁쩌렁한 비명을 비참하게 내지르면서 녀석의 코가 잘려 나가 콧구멍이 훤히 드러났고 갈가리 뜯겼다. 심한 고통에 깨갱거리던 녀석이 미친 듯이 머리를 이리저리 뒤흔들고 달아나면서 오른쪽 왼쪽으로 핏방울을 흩뿌렸고, 코작은 비슷한 종류의 모든 동물들끼리 나누는 어수선한 텔레파시를 통해 녀석이 계속 또 계속 되풀이하는 생각을 분명하게 읽어 낼 수 있었다.

(내 속에 말벌 떼 오 말벌 떼 내 머릿속에 말벌 떼 말벌 떼가 내 머리 위에 오)

그 순간 나머지 늑대들이 코작을 덮쳤다. 뭉툭한 대형 탄환처럼 왼쪽에서 한 놈 그리고 오른쪽에서 또 한 놈이 덤볐고, 삼인조의 마지막 놈은 몸을 낮춰 공격하며 이빨을 드러내고 덥석 물어 코작의 창자를 끄집어낼 채비를 했다. 코작은 오른쪽으로 박차고 나와 목이 쉬도록 짖어 대면서 오른쪽 놈을 먼저 처치하고 현관 밑으로 들어갈 수 있기를 바랐다. 현관 밑으로 들어갈 수만 있다면 녀석들과 거리를 둘 수 있었다. 어쩌면 영원토록이라도. 지금은 글렌의 집 현관 위에 드러누운 편한 팔자가 된 코작은 일종의 슬로 모션으로 그 전투를 되살려 보았다. 으르렁거리는 소리와 짖는 소리, 치고 빠지는 공격들, 뇌 속으로 흘러 들어와 차츰 개를 일종의 전투 기계로 변모시켜서, 한참 후까지도 자신의 상처들을 인식하지 못하게 했던 피 냄새. 개는 오른편에 있던 늑대를 첫 번째 늑대를 처리한 방식으로 눈 하나를 못 쓰는 상태로 몰아넣었고 커다란, 핏물로 흥건한, 아마도 치명적인 상처를 녀석의 목 옆면에 남겼다. 그러나 그 늑대도 답례로 손상을 입혔다. 대개는 하찮은 상처였지만 유혈이 낭자한 두 군데는 극도로 깊은 부상이어서 갈겨 쓴 소문자 t자 모양의 단단하고 꼬불꼬불한 흉터로 아물 것이었다. 그 개가 늙은, 아주 늙은 개가 되었을 때까지도(그리고 코작은 글렌 베이트먼이 사망한 뒤에도 오랫동안, 16년을 더 살았다.), 그 흉터들은 축축한 날마다 고통스럽게 욱신거릴 터였다. 개는 한바탕 정신없이 싸우고는 현관 마룻바닥 밑으로 기어 들어갔고, 남아 있던 두 마리 늑대 중 한 마리가 피를 맛보고 싶은 욕망에 사로잡힌 나머지 현관 밑으로 몸을 구겨 넣으려 했을 때, 튀어나와 녀석을 꼼짝 못 하게 붙잡고 목을 쭉 찢어 버렸다. 남아 있던 다른 늑대는 당황해서 낑낑대며 옥수수밭 언저리로 물러났다. 만약 코작이 싸움질하러 밖으로 나왔다면 그 녀석은 양다리 사이에 꼬랑지를 내리고 도망쳤을 것이다. 그러나 코작은 밖으로 나오지 않았다. 그

때는 그랬다. 기진맥진했다. 그저 옆으로 드러누워 연방 가냘프게 헐떡거리며 상처들을 핥고, 남아 있는 늑대 그림자가 가까이 오는 것이 눈에 띌 때마다 가슴 깊은 곳에서 터져 나오는 소리로 으르렁거릴 뿐이었다. 그러다 날이 어두워졌고, 안개 자욱한 반달이 네브래스카 하늘에 떴다. 마지막 늑대는 코작이 살아서 여전히 싸울 태세가 되어 있는 소리를 내는 걸 들을 때마다 매번 낑낑거리며 뒷걸음질쳤다. 자정이 지났을 무렵 늑대들은 자리를 떴다. 나중에 와서 살았는지 죽었는지 확인해 볼 요량으로 코작을 홀로 남겨 두었다. 이른 새벽 시간에 그 개는 어떤 다른 동물의 존재를, 그 개가 나지막하게 끙끙대는 소리를 부단히 내도록 겁을 주었던 어떤 것의 존재를 감지했다. 그것은 옥수수밭 속에 있는 생명체였으며, 옥수수밭 속에서 걸어 다니는, 어쩌면 그 개를 사냥하는 생명체였다. 코작은 누운 채로 몸을 벌벌 떨며 이 생명체가 자신을 찾아낼 것인지, 사람 같기도 하고 늑대 같기도 하고 눈동자 같기도 한 느낌이 드는 이 무시무시한 생명체가, 옥수수밭 속에 도사린 고대의 악어 같은 어둠의 생명체가 정말로 자신을 찾아낼 것인지 기다리고 있었다. 얼마나 흘렀는지 알 수 없는 상당한 시간이 흐른 뒤, 달이 지고 나서 그것이 사라졌음을 코작은 느꼈다. 개는 잠에 빠져 들었다. 사흘 동안 현관 밑에 틀어박혀서, 오로지 굶주림과 갈증에 내몰릴 때만 밖으로 나왔다. 마당에 있는 수동 펌프의 주둥이 아래에 늘 물이 고인 웅덩이가 있었고, 집 안에는 온갖 종류의 호사스러운 음식 부스러기들이 있었는데, 그것들은 대개 마더 애버게일이 닉의 일행을 위해 요리했던 식사에서 나온 것이었다. 계속 이동할 수 있겠다는 생각이 들었을 때 코작은 어디로

가야 할지 알 수 있었다. 냄새 때문이 아니었다. 그 개가 겪은 깊고 기나긴 시간에서 우러나온 열기에 대한 깊은 감각 때문이었으며, 서쪽으로 뻗어 이글거리는 열 기류 때문이었다. 그리하여 그 개는 마지막 800킬로미터 거리를 내내 세 다리로 절룩거리며 찾아왔고, 끊임없이 복부를 괴롭히는 고통을 감수해야 했다. 때때로 개는 주인 남자의 냄새를 맡을 수 있었고, 그 덕분에 옳은 길을 따라가고 있음을 알았다. 그리고 마침내 그 개는 여기에 도착했다. 그 남자가 있었다. 여기에는 늑대가 하나도 없었다. 여기에는 음식이 있었다. 그 어둠의 생명체는 느껴지지 않았다…… 늑대 냄새를 풍기는 남자와, 시선을 돌리면 멀리 떨어진 거리에서도 목표물을 볼 수 있는 눈동자의 낌새는 사라졌다. 당장은 형편이 좋았다. 그리고 그렇게 생각하면서(거의 전적으로 주관적인 느낌으로 인식한, 철저하게 세상에 대해, 그것들의 신중한 이해관계에 따라 개들이 생각할 수 있는 한도에서), 코작의 의식은 더 깊숙이 이제는 진짜 잠 속으로, 이제는 꿈속으로 표류했으며, 토끼풀과 배 높이까지 자라나 매끄러운 이슬로 촉촉해진 큰조아재비풀 사이로 토끼들을 쫓아다니는 행복한 꿈을 꾸었다. 그 개의 이름은 빅 스티브였다. 이곳은 북쪽의 드넓은 초원이었다. 그리고 아, 어슴푸레하고 끝을 알 수 없는 아침에 사방 천지에 토끼들이 넘실대고…… 꿈을 꾸는 동안, 그 개의 앞발이 씰룩거렸다.

〈5권에 계속〉

 **밀리언셀러 클럽을 펴내면서**

지난 수백 년 동안 소설은 기묘하면서도 교양 넘치고, 자유로우면서도 현실에 뿌리박고 있으며, 흥미진진하면서도 감동적인 이야기로 독자들의 사랑을 독차지해 왔다.

민담이나 전설 등에 비해 비교적 최근에 탄생한 이야기 형식인 소설이 순식간에 이야기 왕국의 제왕으로 올라선 것은 현대인들이 살아가면서 느끼는 희망과 절망, 불안과 평화 등 온갖 삶의 양상들을 허구 속에 온전히 녹여 내어 재창조함으로써 이야기를 읽는 기쁨과 더불어 삶을 재발견하는 즐거움을 주어 온 까닭이다.

사실 이야기를 읽음으로써 삶을 다시 생각하고, 삶을 생각함으로써 이야기를 다시 만들어 온 것은 인간이라면 피할 수 없는 숙명이다.

그런데도 최근 이야기의 제왕이라는 소설의 위기를 말하는 목소리가 점점 늘어나고 있다. 만약에 이 말이 사실이라면, 그리하여 사람들이 소설을 점차 외면하고 있다면, 핏속에 스며들어 있으며 뼛속에 틀어박힌 이야기 본능이 무언가 다른 것에 홀려 있음에 틀림없다.

사람들은 이제 이야기를 소설이 아니라 거리에서, 인터넷에서, 영화에서, 드라마에서, 광고에서, 대중가요에서 즐기고 있는 것이다.

'밀리언셀러 클럽'은 이러한 소설의 위기를 넘어서려는 마음에서 기획되었다. 국내뿐만 아니라 전 세계 각국에서 독자들의 사랑을 한껏 받은 작품들을 가려 뽑아 사람들 마음을 다시 소설로 되돌리고 이야기를 한껏 즐길 수 있도록 배려하였다.

'밀리언셀러'라는 이름을 단 것은 소설이 다시 사람들의 마음을 끌어 널리 읽히기를 바라기 때문이고, '클럽'이라는 이름을 단 것은 소설을 사랑하는 독자들이 이 작품들을 가운데 놓고 오랫동안 이야기를 나누기를 바라기 때문이다.

앞으로 '밀리언셀러 클럽'에는 예로부터 오늘날까지, 동양에서 서양까지 시대와 장소를 가리지 않고 널리 독자들의 사랑을 받아 온 작품들 중에서 이야기로서 재미에 충실할 뿐만 아니라 인간 본연의 모습을 확인시켜 줄 수 있는 소설들이 엄선되어 수록될 것이다.

이 작품들이 부디 독자들을 소설의 바다로 끌어들여 읽기의 즐거움을 극대화함으로써 이야기 본능을 되살려 주어 새로운 독서 세대를 창출하기를 바라는 마음 간절하다.

옮긴이 | 조재형

1972년 서울에서 태어났다. 숭실대학교 법학과를 졸업하고 전문 번역가로 활동 중이다. 『미저리』를 우리말로 옮겼고, 그 주인공인 애니 윌크스에 뒤지지 않는 스티븐 킹의 열성 팬이라고 자부한다. 스티븐 킹과 그의 작품에 관한 한 우리나라에서 가장 방대한 자료를 담은 팬 블로그(http://stephen-kingfan.tistory.com)를 운영하고 있다.

스탠드 4

1판 1쇄 펴냄 2007년 11월 23일
1판 4쇄 펴냄 2017년 5월 23일

지은이 | 스티븐 킹
옮긴이 | 조재형
발행인 | 김세희
편집인 | 김준혁
펴낸곳 | 황금가지

출판등록 | 2009. 10. 8 (제2009-000273호)
주소 | 06027 서울 강남구 도산대로 1길 62 강남출판문화센터 5층
전화 | 영업부 515-2000 편집부 3446-8774 팩시밀리 515-2007
홈페이지 | www.goldenbough.co.kr

도서 파본 등의 이유로 반송이 필요할 경우에는 구매처에서 교환하시고
출판사 교환이 필요할 경우에는 아래 주소로 반송 사유를 적어 도서와 함께 보내주세요.
06027 서울 강남구 도산대로 1길 62 강남출판문화센터 6층 민음인 마케팅부

ⓒ 황금가지, 2007. Printed in Seoul, Korea

ISBN 978-89-6017-127-5 04840 (4권)
ISBN 978-89-6017-123-7 (set)

㈜민음인은 민음사 출판 그룹의 자회사입니다.
황금가지는 ㈜민음인의 픽션 전문 출간 브랜드입니다.